我们阅读
WOMENYUEDU
魅丽文化
花火工作室

江苏凤凰文艺出版社
JIANGSU PHOENIX LITERATURE AND ART PUBLISHING

图书在版编目（CIP）数据

一万次心动.4 / 一路烦花著. -- 南京：江苏凤凰文艺出版社，2020.12
ISBN 978-7-5594-5451-5

Ⅰ.①一… Ⅱ.①一… Ⅲ.①长篇小说－中国－当代
Ⅳ.①I247.5

中国版本图书馆 CIP 数据核字 (2020) 第 238355 号

一万次心动.4

一路烦花 著

责任编辑 张 倩
特约编辑 朵 爷 肖云梦
装帧设计 丹青客 李 娟
出版发行 江苏凤凰文艺出版社
南京市中央路 165 号，邮编：210009
网 址 http://www.jswenyi.com
印 刷 湖南天闻新华印务有限公司
开 本 880mm × 1230mm 1/32
印 张 11
字 数 418 千字
版 次 2020 年 12 月第 1 版
印 次 2020 年 12 月第 1 次印刷
书 号 ISBN 978-7-5594-5451-5
定 价 42.80 元

目　录 CONTENTS

目 录 C O N T E N T S

[第一章]

首席大弟子

楼上。

秦苒也直接给林思然填了一个 J 大，林思然这是纯文化课的分数，不占任何加分。这分数去 J 大没问题，至于选择什么专业，秦苒还是打电话询问了一下林思然。

“选什么专业？”秦苒靠在椅背上，腿搭着桌子，手里拿着杯水，慢慢地喝着。

林思然那边跟她爸妈讨论了半晌，最后选了金融。

秦苒还能听到林爸爸在那边嘀咕着“园林绿化”。

填完志愿后，秦苒的手机又响了一下。她看了一眼，是 A 城本地的来电，响了几声又挂断，然后一条信息进来——

“你好，我是戴然……”

戴然啊，秦苒眯了眯眼，是秦语的那个老师。她看完信息，却没有回，把手机调了静音，继续去练小提琴。

那边，林思然打完一局游戏。

班长发来语音：“林思然，你在 A 城吧，把信息给我，我明天去学校帮你填志愿。”

林思然回道：“不用，苒苒帮我填了。”

说完，林思然忽然觉得有些不对劲，她好像还没跟秦苒说她的考号、学号跟身份证号吧？

秦苒怎么帮她填的报考志愿？

与此同时，A 城沈家，秦语在外面接电话。

沈老爷子看向林婉，压低声音：“那秦苒真是高考状元？”

林婉神色复杂地颔首。

沈老爷子不知道秦苒跟林家的纠葛，只是笑了笑:“有时间请她来家里吃饭。”

每年都有一个高考状元，虽然不是每一个高考状元都特别厉害，但大部分都不会差到哪里去，毕竟实力在此。

听着沈老爷子的话，林婉拿着筷子，不知道说什么，只是低头笑了笑。她没敢跟沈家提，她跟秦苒之间的矛盾太深，已经解不开了。

两人正说着，秦语已经从外面进来了，手里还有一张烫金的请柬。

沈家人跟林婉都看到了。

“是我老师的电话。”秦语把请柬放到桌上。

“戴老师？”听到是戴然打来电话，沈老爷子语气缓和，“是让你去协会吗？”

A城这个地方水深，稍有不慎，就有可能全军覆没，如同孟家，连得罪了什么人都不清楚，就没了。沈家因为加入了戴然这个圈子，也慢慢在金字塔外围站稳了脚跟。

秦语拿起筷子，淡淡开口：“明天是魏大师的宴会，我老师给了我一张请柬。小姑，你明天跟我一起去吧。”

“魏大师的宴会？”沈老爷子听到这一句，不由得撑着桌子站起来，“语儿，你怎么也不早说，好让我们给你准备一下礼服跟造型。”

沈老爷子说完，直接看向林婉，语气非常柔和：“你待会儿带语儿去看看高定的礼服，造型师也要重新找一下。”

秦语接触的大部分还是戴然的人，并不知道A城的势力分布，也只从戴然他们口中听到提起过“那几个家族”。A城水深，秦语现在接触的也不过浅浅一层，自然不知道更深一点的是什么人。不过看沈老爷子这么在意这个宴会，比当初戴然举办宴会时要上心不少。

秦语意识到……魏大师可能比她想象中的还要不一般……

她不由得捏紧了手，这个暑假，她一定要考到六级，拿到新学员的第一！

还有……M洲的通行证。

翌日，下午五点。

李秘书从外面推门进来，推了下鼻梁上的眼镜：“大小姐，您晚上七点有一场宴会？”

程温如放下手中的笔，“嗯”了一声，然后伸手按了下太阳穴。

李秘书点点头：“造型师半个小时后到达，我们直接从公司出发。”

他安排一向合理，程温如没有意见，接过他手中的请柬，翻开来看了一下。看到请柬上写的名字，她微微眯眼：“魏琳？”

“就是魏大师，小提琴协会的。”李秘书已经看过请柬，解释道。

“我知道，很厉害、很低调的一个人。”程温如合上请柬，站起来若有所思。

她只是疑惑，程隽怎么会给她魏大师的请柬？程隽看起来也不是有多少音乐细胞的一个人，以前也没听说他跟魏大师有来往，倒是听说徐家有个对小提琴十分感兴趣的晚辈，跟小提琴有些关系。

傍晚，林婉跟秦语盛装出席。

她们到的时候，酒店的停车场已经停了不少车，跟秦语一年前见的一样，不是不好惹的车牌，就是大面积的豪车。酒店大门处依旧铺着红毯，两边站着保安。

秦语腰背挺得很直，两人跟在戴然身后把请柬交给保安，然后走进去。

去年，她跟林婉被酒店保安拦住，告诉她正门不能走。

今年，她已经能步入这种层次的宴会。

宴会排场盛大，林婉跟秦语一进去就能感觉到。两人在A城参加过最盛大的宴会，就是戴然当初的那场收徒宴会。可比起现在，大巫见小巫。

大门边还挂着魏大师收徒的海报。

“魏大师收徒了？”林婉多看了一眼，不太相信，“他当初连你都看不上，还能收到谁？”

沈家人都知道，现在秦语是青秀第一。

很快，林婉就看到了中间的一行字——

“魏大师首席大弟子：秦苒。”

魏大师这么多年一直没有收徒，而每年能入协会的新成员都是全国极其出色的小提琴学员，他都没一个看上的。所有人都觉得他可能是不收徒了，谁知道他不声不响地就收徒了。

身侧还不时有来往宾客交谈的声音：“魏大师竟然收徒了？”

“秦苒是谁？好像没听说过。”

“魏大师这么挑，能被他看上的一定不简单。”

听着耳边的声音，林婉确定自己没有看错，瞬间像是被五雷轰顶。她不由得抓住了秦语的手腕：“语……语儿，这上面写的是秦苒？”

秦语也抿了抿唇，前两天知道五级学员的事情，她就猜测到这位新学员要被协会里的那些老师争抢了……

谁知道，一直没有收徒的魏大师竟然收徒了！

“是秦苒，不过跟你想的不是一个人。”秦语不知道为什么，心里挺烦躁的，直接开口，“是我们协会今年的新成员，一入会就达到了五级。”

“是吗？”听着秦语笃定的话，林婉稍微松了一口气，不是就好……

“不然呢？”秦语看着上面的“首席大弟子”，讽刺地开口，“就她那样好几年不学琴，还能成为五级学员？怎么可能会是她？！”

秦苒刚去林家的时候，就说过她早就不跟灵海镇那位许老师学习了。

宁晴被秦苒的这句话气了半天，秦语记得清清楚楚。

听秦语这么说，林婉也反应过来。若秦苒被魏大师收作徒弟，林家那边怎么也会有风声，可秦苒半点风声也没透露。

林婉觉得自己最近是被秦苒的高考成绩给弄得恍惚了，才会觉得魏大师收的徒弟是秦苒。

两人身侧，戴然也看了这海报许久，脸上的笑容都收敛了，好半晌才抬脚往里面走。

林婉也镇定了一下，同秦语跟上了戴然。

宴会厅很大，服务生穿梭于人群之间，是秦语跟林婉都从未见过的盛大规模。来往的宾客也都没有见过，两人不敢多走动，只跟在戴然后面。戴然拿着酒杯，偶尔给她们介绍一个人。

这两个人，今天才算是摸到A城圈子的冰山一角。

六点五十分，李秘书跟程温如也到达了酒店门口。

李秘书递过去请柬，然后把车钥匙扔给了一个保安，直接有人过来帮他们停车。

可以看到周围还有不少记者，这些记者是正规报社受到邀请的。

“竟然还有记者？”程温如身上是一件红色的长裙礼服，勾勒出她完美的身线，鬈发松懒地披在脑后。

李秘书跟过来，也觉得万分奇怪：“动静好像不小。”

“程总。”张向歌看到程温如，连忙打招呼。

程温如看了眼张向歌，她记性不差，认出了这个人是经常跟在程隽、陆照影那行人身后的，略微点头：“你知道今天这里是干吗的？”

张向歌为人圆滑，张家本身是不能跟程家、徐家这些家族比的，可他交际能力强大，甚至连最难融入的程隽的圈子都能融进去，说明这人的双商绝对不低。

“今天是魏大师的收徒宴。”张向歌狗腿似的跟上了程温如。

“收徒？”程温如略微点头，她对小提琴不太了解，也不知道魏大师收徒意味着什么，“那他徒弟应该也很厉害。”

小提琴她不知道，但她却知道魏大师在M洲都非常吃得开。M洲聚集着全世界的势力，能在那里有一席之地的人都不简单。

A 城那些后起的家族都已经在往 M 洲扩展了，只是世界上这么多国家，每个国家都有那么多势力，不是随便一个势力都能步入 M 洲的，一个不小心就会被 M 洲吞得什么都不剩。

张向歌开口："程总，我听说秦小姐来了 A 城？上次见面我还邀请她去 A 城到处逛逛呢，没想到这么快就过了一年了。"

"你认识苒苒？"提到秦苒，程温如脸上的表情稍微变换了一下，精致的眉微挑。

"去年十月份……"张向歌看到程温如的表情，就知道她对秦苒的态度，连忙开口说起去年秦苒、程隽那一行人的事。

两人一边聊着，一边往里面走。

宴会厅大门口还挂着海报，不过两人一路上都在聊秦苒，没有注意到。

跟在两人身后的李秘书看到了，他脚步顿了一下，忽然开口："大小姐，你等等。"

"怎么？"程温如双手环胸，微微顿住。

张向歌也停了下来，看到李秘书望着门口，他也朝那个方向看过去，一眼就看到了海报上的信息——

嗯？是秦苒。

张向歌愣了一下。

程温如也才反应过来程隽给她这张请柬的意思，原来是秦苒的拜师宴。

她这几天也知道秦苒每天晚上都在练琴，却并没有在意。毕竟她小时候也学过乐器，也就跟着老师学学，能完整地弹出一首曲子，在业余人面前能忽悠一番，可放到专业人士眼里就不太够看。

原本她以为秦苒也是这样的存在，毕竟秦苒的家庭环境她也听说过。可她没想到秦苒拉小提琴真的拉得非常好，好到能被魏大师收徒！

"秦小姐竟然是魏大师的徒弟？"张向歌也反应过来，难怪能在这里看到程温如。

他心底也有些莫名，A 城圈子里从去年就开始流传着秦苒。不知道是从谁那里传出来的流言，几乎整个圈子的人都知道程隽身边有一个类似村姑的人物，还有一个月前的高考，听说程家给秦苒找好了大学……

张向歌也就之前在天堂会所见过秦苒一面，对她了解不太多，但知道陆照影跟程隽都很看重秦苒，所以没有与那一行人讨论秦苒。

眼下，张向歌觉得秦苒可能跟他们想象中的不一样……

"应该就是苒苒了。"程温如点点头。

见识过秦苒的抽屉，现在程温如觉得这件事也不是那么特别难接受。

进去后，程温如熟门熟路的，很快就在角落的沙发上找到了程隽。

一路过来，不少人认出了程温如，前来打招呼。不过看到沙发上的程隽，这些人面色迅速变换了一下，瞬间又离开。

“你竟然不告诉我魏大师的事情。”程温如从服务生的托盘中拿起一杯酒，居高临下地看他。

程隽没看她，只是望着一个方向，语气不紧不慢：“现在知道了？”

程温如顺着他的目光看过去。

秦苒跟魏大师正从旋转楼梯上下来。

今天魏大师请的人都是他精挑细选的，也为了给秦苒进一步铺路，不仅仅是因为秦苒是他的关门大弟子，还有一个原因是陈淑兰临终前的嘱咐。

“苒苒，这世界比你眼里看到的还要大很多，你看不到的势力也还有很多。”魏大师压低声音，“不要觉得今天是终点，今天，只是你迈向这个世界的起点。”

说着，他往前走了几步，给秦苒介绍着一位老人：“这是M洲小提琴协会的副会长，你叫他恩格老师就成。至于M洲，两个月后，我再同你解释……”

“恩格老师。”秦苒非常礼貌地叫人。

恩格打量了秦苒一眼，然后看向魏大师，举了下酒杯：“这就是你选的徒弟？我很期待她。”然后又看向秦苒，“听你老师说你现在是五级，你老师说两个月后你能达到六级，我很期待你的表现，也很期待我们M洲能迎来新的成员。”

两方人打完招呼，魏大师带她接着认人。

恩格拿着酒杯看着秦苒的背影，挺奇怪：“我总觉得她有点眼熟……”

身边的人想了想，回：“可能因为东方人都长得一样吧。”

恩格微微眯眼：“是吗？”

与此同时，秦语跟林婉一直跟在戴然身后。

戴然在小提琴协会里几乎仅次于魏大师，实力也不错，但这仅限于在小提琴协会中，格局放大一点，比如放到A城来说，他跟魏大师的明显差别就出来了。

秦语跟在戴然身后，戴然正给她介绍着人。

两人说完，看到林婉端着一杯酒愣愣地看着一个地方。

魏大师作为今天的主要人物，他走动的方向人总是最多的，林婉自然也注意到。一看到那边，她眼睛就动不了了。

“小姑？”秦语叫了她一声，有些奇怪地顺着她的目光看过去。正巧看到魏大师在向秦苒介绍恩格的画面，秦语整个人也愣住。

戴然手中的一杯酒见底，正把酒杯放到服务生的托盘上，重新换了杯酒。

“你在看恩格先生？”他注意到秦语的目光，“恩格先生是M洲小提琴协会的副会长，也是 M 洲皇家演奏厅的负责人、马斯家族的门客。语儿，你今年暑假要把握好机会，进 M 洲小提琴协会。”

“不……不是。”林婉看向秦苒的方向，目不转睛，“秦苒怎么会在这里？”

戴然转头，看了眼林婉：“你说秦苒？她是今年协会的五级学员，这么多年，第一次有刚入会就达到五级的学员，现在是魏琳的徒弟，你们认识她？”

一切发生得太过突然，林婉茫然失措地看向秦苒那边，好似麻木了。

刚来这场宴会的时候，她就听秦语说了魏大师跟他的徒弟，而后跟在戴然身后，又听到不少人提到这个。到后来，林婉也不觉得那个秦苒跟自己所认识的是同一个人。

直到现在，戴然一句话把她猛地拉回现实。

林婉几乎是喃喃地开口：“原来魏大师的徒弟真的是她？”

听到这一句，戴然更加确定林婉认识秦苒，不由得眯了眯眼，语气十分遗憾：“早知道你们认识，我当初就直接找你们，也不会让魏大师捷足先登……”

戴然感叹了一会儿，才低头看向秦语：“不过，这个秦苒刚来协会，距离 M 洲协会开放时间只有两个月不到，今年的名额她跟你争不了，不然你就要危险了。”

戴然估计秦语的水平两个月后能达到六级。

秦语进协会十个月，去年年底从小提琴四级成功晋级到五级，如今时隔半年，到六级也在意料之中。

秦苒天赋惊人，但两个月的时间，大抵也在六级。幸运的是秦苒比秦语大一岁，所以协会选择的还会是秦语。

戴然的话秦语根本就没有心思在听。

她只是低头看着自己的双手，从来到 A 城、步入 M 洲开始，秦语就把自己跟以前的生活划了一道界线，她已经没有把秦苒、秦汉秋那一行人看在眼中，她还曾经驳斥秦苒不懂小提琴……

秦语连接下来的宴会都没有心思参加。

秦苒会小提琴？还是一进小提琴协会就达到五级的学员？魏大师的徒弟？

这世界是出了什么问题？！

秦苒不知道林婉跟秦语都因为她要疯了，她一晚上就跟在魏大师身后认识了一行人。除了恩格，其他都是魏大师在 A 城的核心人脉。

“闻音老师，你们俩应该很熟了。”魏大师继续向秦苒介绍，“这位是我们京协的刘副会长，以后你有事可以找他……”

这一圈都是小提琴协会的人，看到魏大师带秦苒过来了，全都站起来。

秦苒一个个十分有礼貌地打招呼。

介绍完一圈，魏大师带她去另外一个圈子。

等魏大师一行人走后，刘副会长这行人才面面相觑，其中一人开口：“魏老真的收徒了，不然，我真怕魏老在京协被架空，不过只收一人也太少了。”

“这一人比现在京协所有学员都要出色。”另一人眯眼，笑道。

“这个倒是，那秦语用四个月时间从小提琴四级考到了五级，到现在半年了，还没到六级。”旁边的人抿了一口酒，收回目光，微微思索，“不知道她俩谁先考到六级？”

“肯定是秦语，她达到五级后，在小提琴协会学了半年多了。那个秦苒即便天资惊人，我估计她应该四五个月后能考到六级。”

其他人想了想这速度，不由得咂舌。

并不是说秦语先考到六级，她就比秦苒厉害，京协这些人算的是时间。

秦语自去年年底到现在，花了近七个月的时间，还没考到六级，当然听说她马上就要达到六级，秦语的速度在京协真的算是很快了，有些人学三年都不一定能达到六级。

可这些老人估摸着秦苒达到六级只需要四五个月的时间……

听到这些人的讨论，闻音只是站在一边喝酒，并不参与。

“闻主任，这秦苒是什么来历？”刘副会长拿着酒杯看向闻音，“你觉得她几个月能考到六级？”

闻音朝他举杯，没有透露，只开口：“不清楚。”

“难不成……会是三个月？”看闻音那副模样，刘副会长整个人顿了一下。

闻音依旧笑：“魏大师叫我，你们先聊。”

其实……还能再逆天一点。

闻音跟刘副会长打了个招呼，就朝魏大师那边走过去。

闻音的表情着实有点耐人寻味，刘副会长看着他的背影，不由得眯眼：“难不成会是两个月？”

身侧的人听着刘副会长嘀咕，转过身来问：“副会，什么两个月？”

“没什么。”刘副会长摇了摇头，只觉不可能。

跟随着魏大师招摇了一圈，秦苒才找到了程隽跟程温如这儿。

看到秦苒过来，张向歌连忙放下手中的酒杯：“秦小姐。”

秦苒眯眼看了看他，点点头：“又见面了。”

虽然之前跟张向歌只是说了几句话，但她向来记性好。

这让张向歌十分惊讶，他甚至有点受宠若惊。他之所以记得秦苒，那是因为秦苒是不好惹的人，他也用心去记了，而且就秦苒那长相、那气质，一般人都很难忘记。

可秦苒竟然也记得他？

张向歌看向程隽："听说秦小姐在 J 大，我在 J 大也认识学生会的几个人，秦小姐以后有什么不熟悉的就打我电话。"

程隽摸着下巴看他："可以。"

张向歌立马给秦苒留了自己的联系方式，还趁机加了秦苒的微信。

程温如好不容易等来秦苒，有一肚子疑惑要问她，不仅仅是魏大师，还有她那个抽屉的事情。只是宴会上人多口杂，还有不少端着酒杯来认识她或者秦苒的人，程温如就一直憋着没问。

直到宴会结束，程温如才跟秦苒、程隽一起离开。

"李秘书，你把我的车开回去。"程温如坐上了程隽车的后座，把秦苒也拉到了后座，让程隽开车。

程隽没有说什么，只是看了程温如一眼，就发动了车子。

张向歌看着他们的车离开，才松了一口气。

兜里的手机响了一声，张向歌低头看了看，是狐朋狗友的消息——

"欧阳薇过几天有个局。"

若是以往，张向歌肯定不会放过这个机会。毕竟现在在 A 城这个圈子里，欧阳薇是正经的炙手可热的第一名媛，不管是欧阳家的身份地位，还是欧阳薇本身……

可现在，张向歌回绝了狐朋狗友。

欧阳薇的心思在圈子里不是秘密，去了她的局，她一问话张向歌又不能不回答。毕竟欧阳薇他也得罪不起，唯一的办法只能避开她。

手机那边，狐朋狗友有些摸不着头脑："这一个个怎么回事？张向歌不是个'交际花'吗，这么好的机会他不来？还有程木，以前看到欧阳小姐比谁跑得都快……"

这一边，车上。

程温如终于找到了机会跟秦苒说话。

"苒苒，你抽屉里那些'忘忧'哪里买的？"没了外人，程温如显得有些随意，只是声音有些急切。

秦苒偏头看着窗外，语气有些漫不经心："都是朋友送的。"

程温如一时间竟不知道该怎么答话。

红灯，程隽停了车，手搭着方向盘，目光瞥了眼后视镜，轻笑一声。

“那你知道为什么市面上突然没有‘忘忧’了？”好半晌，程温如问出了自己最关心的问题，“以后还会有吗？”

她自然没有问秦苒，“忘忧”的卖家是谁。那卖家把自己藏得这么隐秘，肯定是不想让人知道，程温如也没有让秦苒为难。

“这个我知道……”秦苒手支着下巴，想了想，很认真地回答程温如，“因为他们家养的宠物不听话，把那些草啃了。”

程温如再一次无话可说。

在秦苒说这个答案之前，程温如想了很多，比如培育困难，比如被仇人谋害了，比如恶性竞争……

她唯一没有想到的是，竟然是被宠物啃了？！

金融中心的高级公寓。

程隽在大门口停了车，手搭着椅背，侧身看向程温如，语气挺有礼貌的：“你家到了。”

程温如默默下车，她跟秦苒互相道别，转身要走的时候，似乎听到程隽在跟秦苒说“副驾驶座”……

她看了眼程隽的车，“啧”了一声：“这小子也有今天……”

说话间，她拿出了手机给程老爷子打电话。

“忘忧”还没绝种，这件事她要跟老爷子报备一下。

程家。

程饶瀚刚回到家，也终于得到了欧阳薇的回话。他连停都没有停留一会儿，直接带着他的人去正屋找程老爷子。

眼下是晚上九点多，程老爷子还在逗鸟，没睡。

“什么事？这么晚找我？”程老爷子似乎精神还不错，看到程饶瀚过来，就放下了手中的鸟食，示意程饶瀚等人坐下。

程管家给他们端来了茶。

程饶瀚已经等不及了，直接开口：“爸，刚刚我的人得到了欧阳薇的回复，明天就能见到拍下‘忘忧’的人了。我会把‘忘忧’带回来给您。”

程老爷子也坐好，端起手边的茶，听到程饶瀚的话，他只是略微点头，没有激动也没有兴奋，表情平淡：“这件事暂时搁下。”

程饶瀚本以为会得到老爷子的赞赏，没想到老爷子反应这么平淡，不由得愣了一下：“爸？”他把手中的杯子磕在了桌上，十分震惊。

“你大晚上的，来找我就是为了这件事？”程老爷子喝了口茶，眸色很淡，面色刻板威严。

程饶瀚不知道情况有变，但老爷子威严在，他只点点头。

程老爷子放在桌上的手机响了，是程温如打来的。他朝程饶瀚摆了摆手，不多言：“程管家，送大少爷出去。”

程饶瀚一回来就满心欢喜地跟老爷子报告这个消息，不敢多问，出来后才敢开口：“程管家，我爸是怎么了？我花了好大代价才通过欧阳薇从‘129 侦探所’那里得到了买家的消息，错过这次机会不知道什么时候才会有忘……”

程管家看着程饶瀚，不由得摇头叹了一声，然后从兜里掏出来一个小玻璃瓶：“大少爷，你看这个。”

程饶瀚本来还想说什么，一转眼就看到程管家手中的东西，是一瓶“忘忧”，他如同见了鬼。

“你们怎么还有额外的？”拍卖场不是都没有了吗？

谁手里还有这些东西？！

翌日，星期一。

一个星期过去，每个星期一早上八点到十点，小提琴协会的二楼跟一楼教室都会进行公开课。

秦苒跟汪子枫、田潇潇七点就到了训练室练习。

昨天晚宴虽然小提琴协会只去了少数几个高层，但魏大师收徒的消息已经在小提琴协会传开。

“听说昨晚小提琴界有一场名流宴会，魏大师还收了个徒弟。”汪子枫拿着小提琴，他消息一向非常灵通，才过一夜，他连魏大师收了个徒弟都知道，正在跟两位同伴解释，“都是 A 城的大人物，我们协会也只有五六个人能去……”

说到这里，他压低声音：“似乎还有 M 洲的人。”

当然，他只能大致知道来了些什么人，至于到底是谁，他也不清楚，只能说个大概。

A 城这种高级宴会隐秘性很高，去的都是有身份的人，不会嚼舌根子。至于其他的服务人员……他们谁敢把这些大佬的事情往外抖？

不过，几家媒体报道了些许。

只是眼下网络流量至上，微博上每天都是那些流量明星的分手、自拍……大戏，专业性、学术性的报道，在这里都激不起半点水花。

“M 洲？”田潇潇放下手中的书，看向他，有些好奇。

“天才云集。”汪子枫含糊地开口，没多解释，只是看向秦苒，“秦苒，戴老师还没动静吗？他怎么还没找你？”

真的不科学，以秦苒这分量，不说戴然，其他老师也不会无动于衷。连他自己都有好几个老师询问，秦苒这么优秀不可能没有老师找她。

秦苒把耳机塞到了耳朵里，低头，似乎是没听到。

汪子枫也没在意，他看了眼时间，快到八点了，站起来道："两位，快走了，今天有公开课，机会难得，不知道是哪位老师讲课！"

进小提琴协会的，有些出色的学员被小提琴七级或者八级的老师收作徒弟，可以开小灶，其他没有老师的学员只能听每个星期一次的公开课。

有时候运气好还有可能遇到魏大师！

那时候即便是秦语，也会放下手边的事去听公开课。

今天来的这位老师似乎有点分量，汪子枫去抢位置的时候，已经被占了一大半。

"来听课的人好多。"汪子枫占了中间的一排位置。

八点，讲课老师带着 U 盘进来。

一看到老师的脸，201 教室里的学员一个个兴奋地相互讨论起来。

来人正是戴然，他打开投影仪，对 201 教室里的人介绍自己："我是戴然，你们可以叫我戴老师。今天我给你们讲讲动作模仿、内心感悟这两方面……"

秦苒听了一会儿，戴然作为仅次于魏大师的人，在小提琴方面的造诣自然很厉害，至少是现在的她比不上的。她带了本书，一边翻看着书，一边听着戴然的课程。

听到一半，她手机振动了一下，是闻音发来的消息——"在哪儿？"

秦苒很老实地回——"201 听课。"

那边的闻音以为自己看错了，好半晌，才回——"我知道了。"

他放下手机，看向坐在会议室里的魏大师，失笑："秦苒小姐去 201 听公开课了，好像是跟她的组员一起。"

这还真是头一遭，魏大师自己都没想到，他的学生跑去听公开课，这是对他这个小提琴协会的会长有多么不信赖啊？

"她之前是在哪个训练室练习？"魏大师放下手中的文件。

"211 训练室。"闻音很关注秦苒的学习进度，自然也清楚。

"行。"魏大师手撑着桌子站起来，又弯腰拉开抽屉，拿出他昨晚刚完工的一份训练表格，"我直接去找她，协会这边你看着。"

一个星期过去，他要检查秦苒的学习进度，并给她一份新的训练表。

闻音送魏大师出门。

等魏大师出门后，会议室内坐着的其他几人才继续刚刚的话题，略显忧虑："戴老师昨天好像又收徒了……"

戴然是铁了心要跟魏大师杠，收了那么多优质学员，不就是要在两个月后，M洲协会的招生表演上让自己的学生大出风头？可魏大师只有一个徒弟啊。

两个小时过得很快，上午十点，201教室的公开课结束，戴然收起了自己的东西。

田弋筠站起来，拿着笔记本恭恭敬敬地走到他身边，声音挺响亮："老师，我昨天有一个点想不明白。"

戴然这一次看中的学员本来是秦苒，但昨晚魏大师都公开了收秦苒为徒，戴然只能退而求其次，看中了田弋筠。

"是弋筠啊。"戴然对自己的徒弟有足够的耐心，他看了眼田弋筠的笔记本，声音和缓，"这个问题有些复杂，走吧，去我办公室，你师姐也在那里。"

田弋筠合上了笔记本，跟在戴然身后往外走。她笑得一如既往地甜，一张娃娃脸也很给人好感，但此时她眉宇间有些掩饰不住的得意。

秦苒是五级学员的消息出来后，田弋筠也消沉过一段时间，她原本以为戴然一定会选择秦苒，可没想到昨天晚上峰回路转。

这样想着，她不由得看向秦苒的方向，对方低着头，看不清脸。

等戴然两人离开，201教室里其他人才反应过来，十分震惊。

"田弋筠竟然拜在戴老师门下了？"

有人忍不住看秦苒的方向。

"昨晚的事情。"李雪作为田弋筠的代言人，直接被其他人围起来，她也不隐瞒，"戴老师人很好，弋筠还拿到他的私人笔记了。等她看完了，就会给我看。"

一个多星期前，李雪对自己的决定确实非常后悔。毕竟人往高处走，知道自己失去了一个跟五级学员组队的机会，她怎么不会捶胸顿足？

可眼下戴老师收了田弋筠为徒，没有收秦苒，这让李雪有了些许安慰。

"这简直太不科学了！"汪子枫拧着一双俊秀的眉，沉声开口，"为什么戴老师没有选你？"

秦苒拿着本书，慢悠悠地跟着他们俩，手搁在脑后。

田潇潇拿着秦苒的学员卡，去开训练室的门，不紧不慢地开口，一张妖娆的脸上笑意不减："淡定，万一戴然眼瞎呢？"

汪子枫一愣，你都这么激动了，还叫我淡定？

"嘀——"门打开。田潇潇先进，汪子枫紧随其后，走在最后的秦苒带上门。

汪子枫有些不太高兴，有气无力地往小提琴的方向走："我先练……"

他一句话还没说完，就看到书架边站了一个老人。

老人手上还拿着本书，似乎是听到声音，他侧了侧身，露出一张苍老又威严的脸。

田潇潇不认识这个人，语气挺礼貌的："请问您是？"

田潇潇刚来协会没多久，以前也没看过魏大师的演奏会。

尤其魏大师经常奔波于国际，田潇潇不认识很正常。

魏大师微微颔首，表情还算温和："我是秦苒的老师。"

"哦。"田潇潇点点头，反应过来，"您好。"

"最近练得怎么样？"训练室里人不多，魏大师直接看向秦苒，抬抬下巴，示意她去窗户那边聊。

"还行。"秦苒放下手，又把书扔到了桌子上，走到窗边拿起了一把小提琴，"不过有几个疑问……"

魏大师把新的一份训练表搁到一边，听她说。因为训练室还有其他人，两人声音压得有些低。

而这边，汪子枫还站在原地，没动。

"你没事吧？"田潇潇没去打扰那对师徒，她用手拨了拨头发，看向汪子枫。

汪子枫这会儿才动了动手，似乎见鬼了一般。

田潇潇去书架上找书，见汪子枫也过来了，她凑近，用仅有两人能听到的声音问："为什么秦苒的老师不是戴然啊？"

"戴然？"听到这个名字，汪子枫终于清醒过来，他看了田潇潇一眼，"你知道她老师是谁吗？"

"没见过。"田潇潇抽出来一本书，语气里还有些遗憾。

汪子枫面无表情地看她一眼："魏大师。"

"谁？"

汪子枫重复："魏大师。"

"啪——"田潇潇手中的书掉在了地上。

没过一会儿，田潇潇跟汪子枫两人都坐在魏大师身边，听魏大师讲课。

接近十二点的时候，魏大师有事要处理，他就给秦苒留了一份新的训练表。他站起来，语气挺感叹："进步很快，对你我可能要有新的规划。"

秦苒就这么站着，低头翻着新的训练计划，语气不紧不慢："还行吧。"

魏大师微微低头，看着自己的徒弟，心里想着他给她的两个月时间考到六级，真的不难。

等魏大师离开了，田潇潇跟汪子枫二人才目不转睛地看着秦苒。

秦苒淡定地收起了训练手册，朝两人抬抬下巴，开口："去吃饭。"

"其实，这件事也算正常……"汪子枫跟上秦苒，"秦苒是这群新学员中最出色的一个，肯定是那群老师的争抢对象。"

只是他一直想的是戴然，所有人包括一行老师，都没有考虑过魏大师，因为魏大师从未收过徒……

田潇潇跟在两人后面，拿出手机认认真真地给她的经纪人发了一条消息——“实不相瞒，我真是欧皇！”

经纪人依旧毫不留情，回得很快，信息言简意赅——“呵。”

紧接着——

“所以，今天的你被大导演挑中成女主角了吗？”

“今天的你跟秦影帝一起拍电视了吗？”

“今天的你有一千万粉丝了吗？”

“你只是网剧里演一具尸体的女N号。”

死亡三连问。

田潇潇默默收起了手机。

一行三人来到了协会里的食堂二楼，汪子枫熟练地点了菜。

身边正巧是田弋筠那一行人，田弋筠那一桌人挺多，正在热烈地讨论戴然老师的问题。

“真的吗？你在戴老师那里看到秦语了？她是不是很厉害？”那人似乎是有意放大声音的，说得特别大声，秦苒这一桌听得清清楚楚。

田弋筠一张娃娃脸上的笑意十分明显：“戴老师跟秦语师姐人都很好……”声音特别特别吵。

秦苒靠在椅背上，眉头拧起，腿微微搭着，手指没什么规则地敲着，似乎挺不耐烦。

隔壁一桌的人都是田弋筠这一个圈子的，看到秦苒等人来，自然是故意放大了声音。

若是放在几个小时前，田潇潇跟汪子枫肯定很气。

只是现在……

田潇潇淡定地给自己还有秦苒倒了一杯水，她笑眯眯地看向汪子枫：“汪子枫，今天魏大师说的技术要点，你记了没有？”

声音也不小。

“当然，魏大师说的我都记在了笔记本上，回训练室拿给你。”汪子枫反应过来，立马接上。

“感谢魏大师看在秦苒的面子上不嫌弃我们。”

“毕竟是秦苒的老师魏大师。”

“是的，魏大师是个好人。”

两人你一句我一句，句句不离“魏大师”。

隔壁桌的人说话声音渐渐消失。这两人还在“魏大师”“秦苒”继续说着，似乎别人听不见一般。

秦苒本来挺不耐烦的，看见两人这样，她这个一向不知道什么叫“尴尬”的人此时也有些忍不住了。

“不是。”她拿手敲敲桌子，靠着椅背，侧身笑骂，“你们两个够了啊。”

“好吧。”田潇潇伸手拨了拨自己的鬈发，点点头，略显遗憾地说了最后一句，“秦苒，十分感谢你的老师魏大师。”

语气还贼真诚。

秦苒无语。

这两人……怕不是戏精学院的。

等他们三人吃完了饭离开，隔壁桌的田弋筠一行人才回过神来。

一人忍不住开口：“我似乎听说魏大师也收徒了，没想到会是秦苒。难怪戴老师……”说到这里，另一人掐了下他的手臂。这人看了眼田弋筠的表情，立马收回了到嘴边的话。

戴然虽然仅次于魏大师，但就算是十个戴然也比不上一个魏大师，这不是用数量就能衡量的。

“汪子枫他们运气真好，听说魏大师教秦苒的时候，他们还能旁听。”有人忍不住开口，语气不乏羡慕嫉妒。

只是说到这里的时候，这些人都下意识地看向李雪……

毕竟，李雪当初才是最先分配到秦苒那一组的……

李雪的神色有些僵硬了，但是表情控制得还可以。

田弋筠一张娃娃脸上似乎只有一个甜笑的表情：“我师姐过几天就要去考小提琴六级了。”

“这么快就考六级了？”桌上的一行人又勉强打起精神，但最终是没胃口吃下这顿饭了。

“好恐怖，她不是去年年底才考到五级吗？”

傍晚，下课。

秦苒三人一起下楼，今天他们提前离开。田潇潇的经纪人还没来，秦苒也没提前通知程隽，估计他还有半个小时才到。

外面挺热，三个人就准备去对面的咖啡店等人。

靠近小提琴协会不远处，有个影视基地，这边偶尔能遇到一些不是特别出名的艺人。三个人刚进去，迎面正好遇到了一行人。

为首的是一个男人，他看了田潇潇一眼，似笑非笑地开口："原来是田大明星。"

当然，他也没看田潇潇身边的汪子枫跟秦苒二人，能跟田潇潇混在一起的能是什么人物，他阴阳怪气的。

田潇潇看了他一眼，直截了当道："谢谢。"

"你还真敢应声。"男人眯眼看着她，也不在意她的语气，只是讥诮地开口，"我早就知道不能带你，若是没有你，我们团队早就……"

秦苒抬手压了压帽子，她嚣张惯了，不知道什么是收敛："麻烦，让让。"

她语气散漫又欠揍："好狗不挡道。"

男人应该没被人这么说过，他似乎有些恼怒，冷笑着看田潇潇一眼："田潇潇，我看你是真不想混了！"

他面色阴沉地看了田潇潇等人一眼，然后直接转身离开。

田潇潇似乎心情又好了。等坐到了窗边的位子上，服务员端来咖啡时，田潇潇才搅着咖啡开口："刚刚那是我之前的经纪人。"

汪子枫是个直男："现在呢？"

"他跟我解约了。"田潇潇取下墨镜，不在意地回。

秦苒慢条斯理地喝着咖啡，挑眉没说话。

不多时，咖啡店外停了一辆保姆车。田潇潇的经纪人从里面下来，她气呼呼地踩着高跟鞋，走进咖啡店，目光转了一圈，很快就看到了田潇潇："田潇潇，你个万年'非酋'又给我惹事！你不知道白天天跟她的经纪人已经签了江氏吗？！你还给我惹他们！你是不想在娱乐圈混了？！"

声音好大，秦苒掏了掏耳朵。

田潇潇戴上墨镜，已经习惯了。她跟秦苒二人挥手告别："明天见。"

她的经纪人也是气急了，才会张口就骂。意识到秦苒跟汪子枫也在，她还是给田潇潇留了点面子，没继续往下说。

"你是潇潇朋友吧？"经纪人看了秦苒一眼，语气立马变缓，"有进娱乐圈的打算吗？"

"没。"秦苒侧头看了眼窗外，一眼就看到了程隽停在对面的车子，她扣上鸭舌帽，"我先走了。"

秦苒头也没回地朝他们敷衍地挥手，慢悠悠地朝门外走。

经纪人看着她的背影，满脸遗憾，这姑娘想也没想地就这么直接拒绝，看来确实是没有进娱乐圈的打算。

秦苒走了，汪子枫也没有多留，跟田潇潇打了个招呼也回家了。

田潇潇跟经纪人一起上了保姆车。

“我说真的，你现在没事别跟白天天他们杠上。”田潇潇的经纪人坐上了后座，语气严肃，“她签了江氏，一句话都能让你这个小新人撞得头破血流。”

田潇潇双手环胸，刷着微博，自己依旧是102万的粉丝，大部分还是经纪人给她买的僵尸粉。她“嗯”了一声，有些郁闷：“知道了，温姐。”

进娱乐圈的，没有哪个人不想混出名堂来，田潇潇童星出道，现在十几年了，也就接了个女N号，时间久了她自己都淡定了。

她的前经纪人一开始还看中她的颜值跟潜力，后来遇到了白天天之后，就跟她解约了。她被公司分配给温姐……温姐本来是带白天天的，不过也挺倒霉，手底下最有潜力的艺人白天天被田潇潇前经纪人看中，换了个“非酋”田潇潇。

论起运气，这两人在娱乐圈也确实没谁了。

这一边，秦苒也坐上了副驾驶座，还打包了一杯奶茶。

“今天提前结束练习了？”程隽看了秦苒一眼，询问。

“星期一，传统。”秦苒咬着吸管喝了一口奶茶，侧头看了眼他。

程隽点点头，发动车子，搁在车上的电话响了。

他一只手搭着方向盘，另一只手要去拿手机。他还没拿到，就被秦苒伸出两根手指捏走了。

秦苒咬着吸管，看他一眼，慢条斯理道：“你看什么看？”

程隽收回目光，想起来，眉眼温和：“两只手开车，没忘。”

“江东叶。”秦苒翻了下手机，一眼就看到了上面显示的名字。她直接按了接听键，也想起来江东叶跟顾西迟在A城的事儿了。

顾西迟来A城后消息就传得很少，秦苒只知道他这半年间一直在A城的医学实验室，不知道在研究什么。

“隽爷，云光财团的大动静，你知道吗？”那边的江东叶放下手中的笔，开口。

“不知道。”秦苒靠着椅背，面无表情。

江东叶：“秦小姐？”

秦苒“嗯”了一声，打开扬声器：“你说吧。”

江东叶说的无非就是云光财团EA机器人跟智能系统的事儿，昨天刚开了发布会，今天还上了微博热搜。云光财团总部就放在了A城金融中心，俨然是有入驻A城的打算。不少势力都派过人查探云光财团的底细，毕竟这是亚洲五大佬之一的巨擘，然而到今天也没有哪个家族潜入过云光财团的核心区。

江东叶没敢问自家老爷子，就来问程隽。

程隽专心致志地开车，只随意地“嗯”了一声，这让江东叶十分受伤。

江东叶要挂断电话的时候，秦苒放下奶茶，手支着下巴问了他一句："你是开娱乐公司的？"

秦苒记得江东叶在云城时说过。

刚刚田潇潇的经纪人说江氏的时候，她也稍微注意了一下。

"是的，秦小姐，你有什么指示吗？"电话那边的江东叶站起来，"你是要进娱乐圈吗？我一定给你顶级资源、顶级经纪人……"

"不，我不是，没想过。"秦苒坐直身体。

江东叶的声音充满遗憾："好吧。"

车拐过一个弯道，秦苒才继续支着下巴："你们公司是不是有一个叫白天天的艺人？"

"白天天？"江东叶陷入迷茫，他"啊"了一声，"我不知道。"

挂断电话，江东叶手指敲着桌子。半晌后，他拨打了内线电话，叫了助理过来。

"江总？"助理看了江东叶一眼，立马开口，"是顾哥又缺什么了吗？"

江东叶的娱乐公司上上下下的人员，都知道有位顾哥很牛。

"不是。"江东叶收起文件，"我们公司有叫白天天的艺人吗？"

"没印象，我查查。"助理收回目光。

亭澜。

秦苒跟程隽回来，一眼就看到了坐在沙发上的程温如。她一手拿着签字笔，文件夹随意地被她放在腿上，严谨肃穆地在批着文件。李秘书站在她身侧，手里还拿着一沓文件。

"你怎么又来了？"程隽把钥匙丢到沙发上，拧着眉头看程温如。

程温如听到声音，直接合上手中的文件夹，不动声色地开口："我跟你说正经事。"

"完全不想听。"程隽很礼貌地打断了她。

"那你就这么游荡？"程温如把文件夹递给李秘书，双手环胸，往沙发上一靠，"顶着程家太子爷的名声游手好闲？"

程木拿着一盆花面无表情地从程温如面前晃过，又端着一杯茶面无表情地从程温如面前晃过。

程温如扶额："程木，你给我坐好！"

程木坐在茶几边，默默端着茶杯。

厨房里，从程家过来的厨师已经做好了晚饭，正走到厨房门口等着他们吃饭。

程隽看秦苒一眼："去吃饭。"

秦苒点点头，她等会儿还要练琴。

几人刚坐到饭桌边的椅子上，门铃声响起，程木立马放下手中的茶杯，跑过去开门。

门外站着两个人。

程木认出来其中一位，他连忙开口，语气带着敬意："周校长？"

程木以前也是J大的，不过他不是自己考的，是J大收程隽时附送的……

"嗯。"周校长点点头，语气温和，"秦苒同学在家吗？"

"在，秦小姐在。"程木转过身，让周校长进去。

都是一个圈子的，虽然程温如当时读的是A大，但她也认识周山，便停止了跟程隽的对峙，连忙站起来："周校长。"

她又看向程隽，压低声音："你跟周家人还认识？"

程隽不是一直自诩"本少爷天下第一"，除了几个发小，其他家族都不关注的？

还跟周家有交情？

"不熟，应该不是找我的。"程隽也站起来，懒散地把手中的茶杯放下。

程温如眯了眯眼，没想明白。

周山眼睛一扫，就看到坐在饭桌边的秦苒。他先跟程隽、程温如打了招呼，才看向秦苒，介绍他身边的另外一个人："秦苒同学，这是我们学校数学系的院长，我是带他来找你的……"

在秦苒选J大之前，周山就捷足先登把秦苒的档案调到J大了。秦苒的照片档案中心有，尤其她这张脸……简直比明星还好认。

J大的一些院长也注意到那个全国卷第一名填了J大，一时间都在期待猜测她到底选哪个专业……

直到今天下午她选的专业公开，有些人便坐不住了。

数学系的院长不等周山说完，直接打断他，看向秦苒："秦苒同学，今年高考数学这么难，你都能考满分，全国卷唯一的满分，可见你在数学上的造诣，你为什么要选自动化？"

今年卷子很难，理综也难，但理综没有数学难，毕竟数学卷是能让一群参加过IMO的考生都头疼的卷子。

秦苒选了自动化系，是谁也没有预料的发展。

秦苒放下筷子，站起来，她看着数学系的院长，礼貌地开口："因为我想选。"

原本以为秦苒会数出个一二三四来，没想到她这么任性，数学系的院长头脑发热，直接开口："自动化有什么好的？那里都是一群秃头研究生！"

秦苒一时语塞。

周山也咳了一声。

研究学术的、读研的、整天待在实验室的……秃头的确实不少，可数学系也有两个秃头教授……实在没什么说服力。

秦苒是铁了心要学自动化，周山跟数学系的院长都看出来了，两个人最后也是无功而返。

程隽见三个人聊完了，才抬了抬眼眸，很懂礼数地询问："两位要留下来吃饭吗？"

数学系的院长受挫，半点也没有想留下来吃饭的打算。他无力地朝程隽挥挥手："不了，我回学校。"

走到门边，他还回头看了眼秦苒。

秦苒正低头拿着筷子认认真真地吃饭。

院长："……"他有点扎心。

周山跟院长走后，程隽关上了门，看向愣愣站在原地的程温如跟李秘书，十分客气地询问："两位不吃饭吗？"

两人相互对视了一眼，一言不发地坐到了饭桌上，跟秦苒、程隽等人一起吃饭。

厨师也是个有眼力见儿的，看到程温如跟李秘书过来的时候已经顺带做好了两人的晚饭。

秦苒要上去练琴，最先吃完，就跟几人告别，直接去楼上练琴了。

等秦苒去了楼上，程温如才看向程隽，眯眼："周校长他们是怎么回事？"

她以为秦苒小提琴这么牛，是学艺术的……

"这个啊。"程隽慢条斯理地夹了一筷子青菜，不太在意地开口，"她数学、物理都满分，两个学院打起来了吧。"

程温如继续沉默，不说话了。

一边坐着的李秘书有点心塞。

听听，这是人话吗？

又一个星期之后，小提琴协会，二楼考级处。

两个老师看向秦语，又低头看了眼资料："秦语，你确定是今天考核六级？"

"确定。"秦语抿了抿唇，直接开口。

两个老师惊讶地相互对视了一眼："好，你开始。"

他们本来估计秦语要到八月底表演赛的时候才会考级，毕竟那时候会稳一点，没想到她考得这么快。

十分钟后，秦语从考级室出来。

外面，田弋[illegible]紧张地看向她："师姐，你过了吗？"

秦语看了她一眼，淡淡地笑了一声，语气也漫不经心的：“过了。”

“这么快？！”田弋筠当即兴奋，低头拿着手机在群里大肆宣扬。

秦语任由她说话，自己坐到电脑边，打开网页，网页上的排名已经发生了变化。

高级学员秦语（五级）已经变成了——高级学员秦语（六级）。

而下面依旧是高级学员秦苒（五级）。

秦语坐在电脑前看了好半晌，才重重地松了一口气。

二楼，练习室。

这两个星期，汪子枫已经不声不响摸进了各种群里。

秦语考到六级的消息似乎给了田弋筠那一派注入一针强烈的镇静剂，她考到六级的消息被大肆宣传。汪子枫自然也刷到了，“腾”一下站起来，十分意外：“秦语竟然到六级了？”

田潇潇放下小提琴：“这么快？”

“确实很快。”汪子枫点点头，然后又想了一下，“我现在四级，勤学苦练的话要到年底才能考到五级，至于六级……明年年底才会有希望吧。”

田潇潇来小提琴协会主要是为了“镀金”，不过因为秦苒跟魏大师，她也存了好好学小提琴的心思。其他的，对于秦语到底多少级，她不太感兴趣，“哦”了一声就直接转开了目光。

秦苒不太管两人在说些什么，她只是坐在窗边，拧着眉头在试音。

这时，训练室的门发出“嘀”的一声，门被打开。

田潇潇跟汪子枫都忙不迭地站起来，看向魏大师的方向，立马变得正经起来：“魏大师。”

“嗯。”魏大师朝他们微微颔首，笑得依旧和缓，“最近两天学习得怎么样？”

“学得很好。”田潇潇跟汪子枫都疯狂地点头。

外界抢破头都抢不到魏大师一节课，他们每个星期都能免费听好几节，田潇潇跟汪子枫每天都会准时来训练。田潇潇都暂时放下了公司里的艺人形体课。

温姐跟她聊过这件事，不过田潇潇一直都没有通告，到最后温姐也没说什么，就让田潇潇在小提琴协会自由生长了。

反正，也就这暑假一段时间。等开学了，田潇潇还是要回表演系的。

秦苒也放下小提琴，站起来：“还行。”

魏大师收回目光，笑了一声，又继续给三个人上了一节课。等课程结束的时候，他才收起了书，却坐在椅子上没走。

三个人都知道他有话要说，就坐在凳子上看着他。

魏大师手指敲着桌子，沉吟了半晌才看向三人："今天上午的公开课你们都没去吧？"

"没。"汪子枫举手，"知道您下午来授课，我们都没有去。"

"嗯。"魏大师继续颔首，"那我就跟你们说说下个月的表演赛，涉及进修学员，只会选择其中一名。我希望你们三个人都能参加。"

汪子枫抱着小提琴，他是魏大师的迷弟，疯狂地点头："好的，魏大师！"

田潇潇慵懒地笑了笑："反正，我也就是去凑个数。"

魏大师最后才将目光看向秦苒。

秦苒手搁到脑后："哦。"

魏大师跟三个人说完，留了一张新的训练表，然后走了。

闻音正从楼上下来，看到魏大师，停顿了一下："魏大师，怎么样？"

魏大师气定神闲地开口："三个人都同意了。"

"那就好。"闻音点点头，笑道，"今天上午戴老师那一行人可得意了。"

因为秦语出乎所有人意料之外，这么早就考到了六级。

魏大师手背到身后，笑了笑："暂且再让他们得意一段时间。"

还真当他这么"佛系"？几年不收徒，那些人都快忘了他魏琳教徒弟也不输于任何人。

"那汪子枫跟田潇潇两人……"闻音想起来这两人。

魏大师按了电梯按钮，语气挺淡："资质差了点儿，可以做个普通弟子。"

这几天魏大师天天抽时间来给秦苒他们讲课，发现秦苒跟那两人关系不错，这三人也偶尔会交流。

汪子枫跟闻音性格有些像，都是小提琴的狂热粉。他的一天不是在学小提琴，就是在学小提琴的路上，是个勤奋程度比秦语还要高的学生。秦语那么努力主要还是为了名利，但汪子枫只是热爱小提琴，所以两人学到最后的效果并不一样。

魏大师很满意随机分配的效果，给了秦苒一个勤奋的榜样。

至于田潇潇……她则是有些偏向于秦苒，她对小提琴也是无所谓的态度，得过且过。

这样也能达到三级，魏大师觉得田潇潇本身的天赋也是极其不错的。

不知道这三个人在一起训练会产生怎样的化学反应？

电梯门开了，魏大师走进去，淡淡想着。

他有些期待下个月这三个人给他的惊喜。

一个多月后，小提琴协会。

戴然神清气爽地站在大门口。

一辆黑车在大门口停下，里面下来几个外国人。

“恩格先生。”戴然往前走了两步，迎上去，“我是戴然，这一次主要是负责接应您。”

正是之前在秦苒拜师宴上出现过的恩格先生，也是M洲小提琴协会这次招会员的主要评审官。

“戴老师。”恩格先生一边跟戴然打招呼，一边跟着他往小提琴协会里面走，“这次你们推荐了几个学员？”

“二十个人。”

这些学员都是协会里不足二十五岁就达到四级以上的学员，各位老师早就提交了自己的学生名单。

“二十个？”恩格先生挑眉，“你们今年推荐的学员人数不少啊。”

以往也就十五个左右。

戴然笑了笑，没说话。

可不是，魏大师连一个三级学员都推上去了，人能不多？

两个人很快就到了小提琴协会里。

今天就是八月下旬的表演赛，这场比赛有恩格先生跟协会里的人共同参与。

恩格先生也不是第一次来了，对小提琴协会并不陌生，戴然就没有带他去参观小提琴协会，直接带他去了演奏厅。

在演奏厅门外，他们看到了秦语：“老师。”

“恩格先生，这是我的徒弟，秦语。”戴然朝恩格先生介绍着秦语，下巴稍稍抬起，“这次学员中唯一的六级学员。”

因为秦语的六级进度实在太快了，她考过六级之后，戴然在协会里的地位有了显著的变化，所以这次招待恩格先生的工作直接交给了戴然。

接恩格先生也是一门学问，协会里大多数老师都争着抢着去做。毕竟恩格是M洲小提琴协会的副会长，本身在小提琴上的造诣就非常高，又是M洲的，能得到他指点两句或混个眼熟，都将是意外之喜。

以往都是魏大师亲自招待，因为魏大师跟恩格先生很熟。

“六级学员？”恩格先生听到这一句，确实万分惊讶，“竟然出了一个六级学员？她进小提琴协会多长时间了？”

“不到一年。”戴然微笑。

听到这一句，恩格先生多看了秦语一眼，略微低头，算是赞赏：“今年你们京协确实不错。”

戴然跟秦语相互看了一眼，都能看到对方眸底的惊喜。别说秦语，连戴然都很意外。

恩格先生继续往里走，走了两步，忽然又想起来什么，看向戴然："对了，你们今年招的新会员秦苒怎么样？"

这是魏大师的徒弟，魏大师还专门带她见过自己，恩格先生对秦苒印象非常深刻。

"秦苒？"戴然听到恩格先生问起秦苒，淡淡笑了一下，"她很少在小提琴协会出现。"

秦苒这两个月一直没有动静。

其他学员在听到秦语考了六级之后，一个个都受到了刺激去二楼考级处，几乎每天都有人尝试着去考核。

尤其是心高气傲的新生田弋筠跟李雪等人，虽然没有考过，但这些老师大概把握了田弋筠跟李雪他们进度。

只有秦苒那三人，没有一次去过考级处，仿佛销声匿迹了一般。

"是吗？"恩格先生点点头，有些疑惑。

戴然让身边的老师带恩格先生进去，而他停留在原地跟秦语说话："语儿，这一次机会难得，你好好把握，恩格先生对你印象很好，你一定要超常发挥出自己最强的实力。这次的名额是稳的了，你主要是让自己在恩格先生那里刷够脸。"

听了戴然的话，秦语也正了神色，她点点头："好。"

说完这句话，她看着恩格先生离开的背影，眼眸渐渐转深。

演奏厅后台，依旧是抽签序号。秦语一过去就拿到了自己的序号——11，中间序号，不算太前，也不算太后。

"师姐，你 11 号？我运气真不好，竟然排在了你后面。"田弋筠看了眼自己手中的号码牌，不由得开口。其他人都过来看了一眼，也纷纷附和。

看到自己也是在 11 号之后的，一个比秦语大的五级老学员更加郁闷："秦语，你怎么这么靠前？"

这位学员是负责这次号码牌的老人，这排序也是她临时抽取的。五级跟六级差距太大了，这场表演赛依旧是采取得分制，秦语恰好在中间，看了她的表演，后面这一行人的表演在这些老师的眼中就有些索然无味了。这个老学员怎能不郁闷？

尤其是田弋筠，紧接着秦语身后。她才四级，跟秦语有两级的差距，这对她来说就是公开处刑。

此刻快到表演赛的时间了，秦语看了眼前方的三个号码牌，分别是 5 号、7 号、

20号，她一眼就看到了20号。

“这是谁的？”秦语目光一转，指着20号问道。

给恩格先生留下最好的印象就是最后一个上台，完全不同于前面十九场的表演，秦语向来算计得非常周到。

老学员虽然是负责20位学员的号码牌，但也不会记得每个人的名字，5号、7号他就不知道，但他知道20号，魏大师的那个徒弟，这一次可能仅次于秦语的学员：“是秦苒的。”

“秦苒？”秦语笑了笑，她手滑到脸侧将头发别到耳后，“我能跟她换一张号码牌吗？”

老学员先是一愣，而后心头又涌上了一层隐秘的欣喜。他勉强抑制住，偏头看向场上的其他人：“你们有意见吗？”

这句话一出，场上其他学员相互对视了一眼，没人反对，尤其是排在11号之后的一行人。秦苒虽然也厉害，但还没到六级，跟他们没有质的差距，比秦语要好上一点。

在秦语之后表演会被比得很惨，不占优势，在秦苒之后表演就会好上很多。

参加表演赛的这些人也是人精，自然为自己考虑。毕竟这次听说有位很牛的人物，没人不想表演得更好。

这情况也在老学员的预料之中。

他上前一步，帮秦语调换了号码牌。

[第二章]

秦汉秋的隐藏身份

秦苒三人依旧是踩着点到的。

汪子枫走在最前面，一张棱角挺分明的脸，一个月没怎么出现，他身上的气质仿佛有了质的变化，比以往要深沉得多。他最先看到桌上仅剩的三张号码牌，直接拿起来。

“这是秦苒的号码牌？”汪子枫拿了 11 号，问了句身边的老学员。

老学员看了一眼，表情不变，声音还带着笑意：“是的。”

其他学员都没有说话。

“是吗？”汪子枫收下了三张号码牌，略显疑惑，不过他也没有多想。

“秦苒，你怎么是 11 号？”汪子枫走到那两人身边，把号码牌递给秦苒，压低声音，挺疑惑的，“魏大师不是说你是 20 号吗？”

秦苒扯下了头顶的鸭舌帽，随手接过号码牌，别在腰间，不太在意：“不知道，没差别。”

田潇潇取下鼻梁上架着的墨镜，往椅子上一坐，也接过自己的 5 号：“还好我是 5 号，在你前面。”

“嗯。”汪子枫点头。

经过这一个多月的训练，汪子枫才发现，没有最厉害，只有更厉害。论在小提琴上的认真程度，他自信没有人能比得过自己……

直到他遇到了秦苒……

三个人踩点来的，很快，第一个人就拿着自己的小提琴上台了。

演奏厅，全方位的摄影记录。第一排依旧坐着各位评分老师：魏大师、恩格先生、闻音、戴然……这七个重量级人物。

能被推选来参加M洲小提琴协会会员入选考核的都不是弱者，第一个出场的也是京协的老人，在四级停留了两年。他的运用技术娴熟，就是少了点灵气。

在场坐着的都是非常苛刻的老师，尤其魏大师跟恩格先生。两人虽然没有按照M洲的标准，但都会下意识地进行比较，最后魏大师给了60分，恩格先生也给了60分，再多没有。

这些都是每年协会表演赛上的常态，其他老师都很淡定地给了七八十分左右。

一连四个，很快就到了田潇潇。

一听到她的名字，戴然就忍不住笑，他看向魏大师："她好像是这一次唯一的三级学员。"

这场表演赛除了争取去M洲进修的唯一名额，也是为了向M洲展示京协的众多天才，最低都是四级学员。只有魏大师，把一个三级学员添了进去。

其他老师一听，没敢说什么，毕竟这是魏大师推选出来的学员。

魏大师拿起自己的打分笔还有纸，淡定地看着表演台，没有说什么。

戴然靠着椅背，志得意满地看了魏大师一眼。

"戴老师，听说这一个多月，田潇潇跟秦苒那三个人一直在秘密训练……"戴然身侧的老师压低声音，这一个月戴然的地位也悄无声息地发生了些许变化，尤其是知道戴然的徒弟会进M洲之后。

"一个月能学什么？"戴然淡淡开口，漫不经心道，"推三级学员到恩格先生面前，丢人现眼。"

因为M洲协会的最低入会标准是四级。在戴然眼里，魏大师是淡定不了了，才会病急乱投医，秦苒跟汪子枫就算了，两人都是四级以上，可田潇潇……

两人说话间，田潇潇拿着把小提琴上来了。

田潇潇今天穿了件稍微正式一点的连衣裙，手里拿了一把小提琴。身后的工作人员立马就把田潇潇的资料分发给了诸位评分老师。

"三级？"恩格先生身侧唯一坐着的M洲老师一翻资料就忍不住出声。

三级，还是刚进协会两个月不到的新学员。

"田潇潇是魏大师的弟子，人家可能两个多月就达到了四级。"说话的是京协里站在戴然这一派的老师，一通暗损。毕竟所有人都知道……两个月不到从三级到四级太难了，尤其这个学员各方面都并不是特别出色那一挂的。

听说是魏大师的徒弟，恩格先生有些感兴趣，他低头看了眼资料，挺惊讶："还是自己创作的曲目？"

魏大师也有些惊讶，他原本以为这一次只有秦苒一个人会拉自己原创的曲目，没想到田潇潇竟然也会有自己的创作曲目。

外面有转播录屏。

田弋筠跟秦语等人漫不经心地看着，知道田潇潇是里面唯一的三级学员，大部分人都没有在意。

李雪也是三级，不过她并不参赛，只是陪同田弋筠一起来的。除了这些老师，观众席上也坐了新学员跟小提琴协会的其他人。

屏幕上，魏大师看了田潇潇一眼，笑道："开始吧。"

田潇潇朝各位老师鞠了一躬，然后闭眼酝酿了一下。头顶的聚光灯一下子就变得暖起来，田潇潇终于动了！

轻快的琴声乍起，欢快跳脱。

纯净轻松的协奏曲，田潇潇在这场小提琴演奏中，如鱼得水。

她拉小提琴的时间没有汪子枫长，可她将几个有些难度的技巧都把握得淋漓尽致！

起始连弓！揉弦！颤音！

她的音乐本来就是欢快类型的，颤音的加入赋予了曲目生动的灵魂！

几个老师，连恩格先生都不由得看向田潇潇。

音乐不错，还能再炫技吗？

然而，下一秒——双弦颤音！这是小提琴里比较难的一个技巧，颤音跟揉弦不一样，它拼的是实力，能看得出来，田潇潇掌控得非常好。

炫技没有那么多、那么繁杂，但运用衔接得太美妙，尤其是自创音乐里的灵气几乎要喷涌出来。

这是一场听觉盛宴！

五分钟不到的音乐，观众席上响起了雷鸣般的掌声！

"我的天，田潇潇是达到四级了吧？"

"这肯定有四级，我四级都达不到她这样的状态！"

"她不是才来协会两个月吗？"

"看看评委给了多少分？"

现场的气氛瞬间高涨，坐在看台上的学员跟其他会员们，一个个激烈地相互讨论着。

戴然从一开始的不在意，到现在整个人说不出一句话。

两个月从三级到四级？！

魏大师十分淡定地看了众人一眼，笑道："各位老师，打分吧。"

其中有一位老师给了 90 分，其他都是八十几分。

魏大师跟恩格先生都破天荒地第一次给出了 70 分。

前面的四个人基本上都是在七八十分徘徊，还是第一次出现了 90 分！尤其魏大师跟恩格先生都给了 70 分。

田潇潇拿下话筒，鞠躬感谢各位老师，最后还说了一句致谢词："十分感谢我人生的导师魏大师，感谢我的组员秦苒跟汪子枫，尤其是秦苒，她帮我编曲……"

半句话不离秦苒，魏大师不由得摆手，笑骂："行了，你下去吧。"

田潇潇最后意犹未尽地说了句感谢词，才拿着话筒离开。

刚到后台，她就看到李雪愣愣地看向自己的目光。

田潇潇伸手拨了下头发，没理会她，只是笑眯眯地看向秦苒："秦老师，我没让你失望吧？"

有几个人跟田潇潇他们没什么纠葛，大方地上前询问："田潇潇，你也太厉害了，两个月就从三级到四级了？"

若是平日里，田潇潇懒得说这些。可今天，田潇潇慢悠悠地转着墨镜，笑道："你们也知道我小提琴拉得一般般，进协会的时候还是垫底进来的，能在这么短时间内到四级，说起来要多亏我的组员秦苒，都是她……"

秦苒面无表情地拿起身侧的鸭舌帽扣到自己头上，还往下压了压。

然而，这些话对其他人影响却很大。

老成员不知道，但新成员却知道，田潇潇刚进来的时候一点也不起眼，确实是进来的三十个新成员中最不起眼的一个。

今年新进来的学员总共就三个三级以上的。两个月过去，这些新学员三级的还是三级，然而跟他们同一批的比他们还弱的田潇潇突然成了四级，而他们还在三级！

他们的训练室还有其他方面都一样，除了某一点……

他们没有队员秦苒……

这还只是两个月，若时间长一点，一年、两年，又该达到几级？五级或六级？

李雪一想到这些，浑身都在颤抖。她知道自己不该想，可又忍不住低头看自己的手。

两个月前，就是这双手，推拒了秦苒。

她有些失控，跟田弋筠说了一声就出去了。

田弋筠现在心态也不稳，并没有管她，随意地应了一声。

第六个参赛人员很快就表演完。

第七个出场的是汪子枫，他也是新学员中很受大家看中的成员。

观众席上，一行新人都知道秦苒、田潇潇、汪子枫这三个人是一组的。

看到汪子枫上台，这群新学员都低声讨论着。

“你们说田潇潇到四级了，汪子枫会不会到五级？”

“这……不可能吧？”

“田潇潇都可以，万一汪子枫也可以呢？”

当然，这行人大多是不信的，三级到四级，跟四级到五级不一样。

正说着，汪子枫已经开始演奏了。很意外地，他演奏的也是自己的曲子，跟田潇潇不一样，他的曲风浑厚而又庄严。他也是连弓开场，一小段回旋去引子之后，热烈蓬勃的气势迸发出来！

他学琴十几年如一日，所用的技巧繁杂！连弓、跳弓、顿弓、连续换把、滑音，甚至复调双音！

作为老师的重点观察对象，大部分人都知道，两个月前，汪子枫的换把都不是特别娴熟，复调双音更是见都没见过！

跟田潇潇完全不同的一场听觉盛宴！分明就是五级学员的程度！

戴然一脸蒙地看向汪子枫，为什么他以前没发现这个学生？

“各位老师，打分吧。”魏大师依旧是叫醒各位老师的人。

这一次毫无疑问，四个 90 分，一个 88 分，88 分是闻音给的。

最后，魏大师跟恩格先生又同步地给了 75 分。

汪子枫拿好琴，也先是感谢了各位老师，然后开始了：“非常感谢我的组员秦苒……”

后台的秦苒再度压低了鸭舌帽。

看到得分，底下的观众不由得小声嘀咕。

“这才 75 分？魏大师跟 M 洲协会的老师是有多严格啊？”

“谁能让他们上 80 分？”

“我估计难。”

没多久，就轮到 11 号学员上场。

后面的工作人员给各位老师递来了资料，魏大师随意地接过来看了一眼。

秦苒的 20 号是他安排的，所以接下来的表演赛他也不在意。

直到他看到上面的 11 号学员的姓名——秦苒。

魏大师猛地清醒。

“这是怎么回事？”魏大师偏头，询问工作人员，“排序是不是弄错了？”

工作人员一愣：“后台给我的就是这个。”

“11 号学员原本是谁？”魏大师沉声开口，“弄错了，秦苒是 20 号，让他们把人员换过来。”

身侧的戴然翻了下资料，偏头：“魏大师，11 号原本是秦语，应该是她们协商之后换的，既然定了就这样吧。”

他心里知道，肯定是秦语在后台做了什么。

“换掉。”魏大师把资料递给工作人员。

听到这一句，戴然面色也不好。但鉴于恩格先生他们在，戴然还是压低了声音：“魏大师，不能好事都让你的徒弟全都占了！”

最后一个位置才能让恩格先生他们记忆更加深刻。

魏大师搭在桌上的手一顿，看向戴然，声音发沉：“你是这么想的？你以为我让秦苒最后演奏是为了她好？”

“我知道你想要你的学员占最后一个位置，我也想要我的学员占最后一个位置。”戴然看了魏大师一眼，开口道。

魏大师一双眼睛浑浊却透着一丝精光，听了戴然的话，他深吸了一口气：“好。”

他没有再说什么，只是转身又拿回了工作人员手上的资料。

看到魏大师妥协了，戴然露出了笑容，心里也松了一口气。

毕竟魏大师还是魏大师，戴然虽然因为几个徒弟在协会站稳了脚，可魏大师执意要换排序，戴然也没有办法。

眼下魏大师不跟他争这个自然是好事。

闻音就坐在两人中间，他知道秦苒是20号，魏大师吩咐下去的。

如今秦苒变成了11号，闻音一看戴然的表情，就知道戴然心里在想些什么，不由得摇了摇头。

魏大师跟戴然不一样，他把秦苒安排在最后一个，是为了前面学员的得分。毕竟有M洲的人在场，魏大师很顾全大局。

要是让秦苒先表演，闻音有些预料到接下来的惨不忍睹。

戴然……

知道事实真相的闻音看向表演台，不再说话。

秦苒是这几年唯一出现的五级新生高级学员，老师们对她的关注比秦语还要多。

她今天的穿着依旧是休闲风，白色T恤，黑色长裤，简单又干净。

一位老师看着她上台，不由得看向魏大师：“魏大师，汪子枫跟田潇潇都升了一级，秦苒不会也升了一级吧？”

魏大师只笑了笑，并不回答。他看着台上的秦苒，也有些期待。

看着魏大师的表情，这些人面面相觑……

尤其戴然，也微微眯了眼，不知道心里在想什么。

“难道真的到了六级？”

三级到四级，四级到五级，他们都还能理解，可五级到六级……两个月不到的时间……

“不……不会吧？”

“没那么厉害吧……”

“我也猜她下个月到六级……”

这一行人心里觉得不可能，从理智、现实上分析都不可能，但刚刚田潇潇跟汪子枫的表现，让他们不由得有些动摇。

一行人看着秦苒的方向。

秦苒也是演奏自己的创作曲目。

舞台上，一束白色的聚光灯亮起，秦苒倏然睁开眼。

灯光下，她那双漆黑幽深的瞳孔分毫毕现，嘴边没什么笑，但就这么站在那里，也能感觉到一丝干净利落的帅气。

“是秦苒！我知道她，魏大师的首席大弟子！”

“终于等到她了，好期待！”

“不知道她能有多少分？肯定会比汪子枫高。”

这两个月，秦苒是魏大师徒弟这件事在协会里传得很猛。只可惜秦苒向来神出鬼没，这些人没有一个能蹲到她。

演奏开始，一上来就是情感分明的急茬儿！

所有人的心都被狠狠地震颤了一下。

一开始，秦苒就用重断弓、顿弓演奏出了强烈而又激昂的气氛！双弦颤音以及高位指法一连串出现，不只是听众，就连七位评分老师也有些蒙，这一开始就这么高能地炫技？接下来怎么办？

音乐逐渐步入高潮，秦苒的这首曲子刺激强烈，颤音从开始就快打，演奏到高潮的时候张力很猛！

拨奏！滑奏！

这还是自己的编曲，对技巧的运用、对曲风的把控也太娴熟了吧？！

这编曲一看就不是普通人能做到的，有一种让人眼花缭乱的效果。

紧张的顿弓之后，一道漂亮的声音忽然响起——

等等……诸位老师眼前都是一亮，这是……小提琴中最漂亮的泛音！

泛音也是魏大师名震M洲的成名技巧。每个小提琴手所按出来的泛音是不一样的，需要很多次的训练跟本身对小提琴的理解！

这几个都是难度极其大的演奏技巧，从一开始到现在，几乎没有人能娴熟地运用泛音，因为一旦运用得不好就是失分点。

可这次的泛音用得漂亮，高级学员中都很难听到这么漂亮的颤音。

太好听了！跟前面的十个人完全不是同一水平。

即便是在M洲协会中也是难得一见的表演赛！

三分半的时间过得非常快，在所有人还意犹未尽的时候，声音戛然而止。

无论是观众席，还是第一排的评分老师都震撼了，一瞬间陷入了安静。

恩格先生在M洲见惯了大场面，此刻却激动又兴奋地看向魏大师：“真是太不可思议了！你这个徒弟给我的惊喜太大，就算在M协的青秀名单上也能排入前三名！”

魏大师没有立马说话，因为他自己也没想到，只是震撼地看向秦苒。魏大师是知道秦苒总有种游戏人间的态度，一开始他预料到了秦苒一定会到六级。

可现在……秦苒不声不响地，无论是技巧，还是演奏方面，确确实实达到了七级！

这些老师议论的声音也传到了观众们的耳里，一行人面面相觑，不知道该说什么。

“老师们是说秦苒达到……七级了吧？”

“好像是的……”

他们之前猜测秦苒从五级到六级很难，可没想到秦苒连跨两级直接达到了七级？

新学员刚入会不到一年就达到七级？协会历史上出现过吗？

秦语上个月达到六级，就让一群学员震撼了。毕竟协会中二十五岁以下的学员能到六级的人不多，秦语还这么年轻……

眼下跟秦苒比起来，她好像就非常不够看了。

最终，还是魏大师开口说话：“好了，打分吧。”

魏大师跟恩格先生两人都给了本场最高分——90分。

闻音什么也没说，直接亮出了100分。

其他老师都给了95分，毕竟还要照顾一下其他表演者的感觉。

可即便这样，秦苒也是唯一一个分数全在90分以上的学员！

还剩最后一个戴然，他呆坐在座位上，迟迟没有开口说话。

闻音心里不由得摇了摇头，秦苒在中场一表演，后面的学生几乎就没什么看点了，评分也会大大不如前面。

因为秦苒的这场表演太过震撼了。

那些学员大部分都是四级左右，秦苒七级，这怎么比？

不过，这也不是闻音所关注的事，他只是提醒戴然：“戴老师，打分了。”

比起戴然，更加后悔的还是后台的那一群人，一个个面色都变了。秦苒的这场表演，对他们影响太大了，可以预见，就算是同等水平的，前十名的分数一定会比后十名的分数高。

他们差点儿没疯了。那个老学员一开始给秦苒还有秦语换号码牌，就是因为不想被秦语的六级影响。谁知道，换来换去，竟然把最厉害的秦苒换到了11号？

其他几个人面色都有些黑，他们一开始也是为了自己的利益没有阻止老学员，眼下却是后悔得要命。尤其是田弋[illegible]，她就在秦苒后面一个，影响肯定是最大的，工作人员已经在叫她的名字了。

田弋筠拿着小提琴，十分忐忑地上台。到最后七个老师打分，她的最高分也只有75分，如果按照正常情况，她最少有三个80分的！

其他人与田弋筠相比也好不到哪里去。

后面的几位选手，没有一个达到90分，几乎都是七八十分。

秦苒也才95分啊，你得有多牛才能达到90分？你是六级吗，还是你是七级？

至于本场最后表演的唯一一个六级表演者秦语——

本来她要是排在前面的话，该是第一个全场达到全90分的，毕竟六级在她这个年纪也非常少见。

但因为有秦苒在前面，最后——

恩格先生只给了80分，魏大师也给了80分，至于其他人，有人给了90分，有人给了89分。

到最后，秦语的得分跟汪子枫几乎差不了多少，可明明……这两人差了一个等级。

秦苒不知道秦语的最后得分，因为她演奏完之后，就来到了J大。她身后慢悠悠地跟着程隽。

八月底，新生要开学了。

J大的新生报到时间要比其他学校早一点，今天还没正式报名，但提前两天来看学校的新生也不少。秦苒今天过来也不是为了报名。

头顶太阳很大，秦苒停下脚步，才看程隽，指着一个方向：“这边？”

程隽抬头看了眼，笑得散漫：“是。”

“秦小姐，你来过J大？”程木跟上来。他拿着一把遮阳伞，原本是给秦苒带着的，当初程管家定制的时候，还特地定得稍微少女点，伞外圈有一圈白色的蕾丝边。

然而，秦苒扣了顶鸭舌帽，没用遮阳伞。

程隽两手插在兜里，那慢条斯理的模样也没有要打伞的意思。

于是，程木就僵硬地打着把蕾丝遮阳伞跟在两人身后。他一个一米八三的硬汉，一路上迎来了路人奇异的目光。

当然，他们看得最多的还是秦苒跟程隽二人。

秦苒抬头看了眼前方的路，顺便压了下鸭舌帽，淡定地回他：“我昨晚查了一下J大的地图。”

程木张了张嘴，想说你昨晚不是一直疯狂地练习小提琴吗？

当然，他没敢说出来。

秦苒今天是来解决第二专业的，她报考志愿填的是自动化。所谓的自动化就是能让机器人代替人工的设备，或者一系列智能系统。

其实，秦苒就是去这个专业报个名，该学的她从九岁开始，在陆知行那里陆陆续续看过不少书，陆知行也教过她很多内容。听陆知行提过一点，他当初也是J大自动化的学生。

因为感觉到秦苒在这方面的天赋，陆知行有很用心地教她。她自己也自学了不少内容，所以在这方面秦苒不担心。

秦苒需要自动化的毕业证书，不过，她今天是来搞定第二专业的。基本上所有的院校第二年才会开放第二专业，秦苒不想浪费一年的时间，直接就找到物理系的院长。

兜里的手机响了一声，秦苒低了低头，是秦陵的信息——“姐姐，我们到了。”

“你弟弟他们？”程隽低垂着眼眸，半遮住眸光。

秦苒点头，指尖漫不经心地转着手机，不紧不慢地回：“在校门外。”

程隽笑，朝程木抬抬下巴：“你去接。”

物理系院长办公室。

这些天还在放假期间，学校里的学生并不是很多，物理系院长在整理新生的资料，他对面还坐着一个中年男人。

外面有人敲门，院长抬了抬头：“进来。”

程隽打开了门，让秦苒先进去。

有些反光，院长没太看清秦苒的脸。等秦苒跟程隽都进来的时候，他才看清：“程少？”

他又转向秦苒，略微思索了一下，也认出来：“你是秦苒？”

秦苒的资料J大早就收录了。当时知道秦苒选了物理系的自动化专业，物理系院长还被其他几个系的院长围攻过。全国卷747分的高考状元，还是个女生，而且是个长得非常好看的女生，物理系的大宝贝，他自然是认得秦苒。

他手撑着桌子，起身笑道：“两位快坐。”心里也惊讶这两人的关系。

“这位是江院长。”程隽给秦苒介绍了一下。

秦苒礼貌地跟江院长打招呼：“江院长，您好。”

“对了。”江院长坐了回去，笑眯眯地看向秦苒，对于物理系新上任的大宝贝，他丝毫不吝啬笑容，又指着对面的中年男人道，“这是你们自动化专业的周郢博士。”

一行人说了几句之后，秦苒就说了来意。

“等等！”周郢听完，沉默了一下，然后看向秦苒，“你说你现在想辅修什么专业？”

“核工程。”秦苒重复了一遍。

周郢沉默了一下，没有再说话，只是下意识地皱了下眉头。

江院长也惊住了，好一会儿才开口：“我们大二才开启第二专业，而且……秦苒同学，我建议你只专心于一个专业。”

毕竟贪多嚼不烂，这才开始就分心，在哪个领域里都走不到最高点。

秦苒是学校关注的焦点，这会儿她突然做了这样一个决定，着实让江院长感到难办。他知道大多数天才都很自负，可能因为前面的路太顺了，让她自信得有些过了。

江院长说完，还看了眼程隽。

程隽只随意地坐在椅子上，慢条斯理地喝茶，江院长看过来的时候，他只是挑了挑眉，不发表什么。

周郢眉头依旧是拧着的。

“大一就开始修两个专业，那你准备怎么分配时间？”江院长坐直了身体，声音严肃。

秦苒是周山好不容易才从A大抢过来的，也是物理系今后重点培养的一个人才，江院长实在不愿意看她走入歧途。

秦苒依旧是刚刚那个模样，特别理直气壮地回：“专心学核工程。”

江院长气结，那你为什么要选自动化？！

这时，程木带着秦陵跟秦汉秋进来了。江院长是认识程木的，但不认识秦汉秋，看到程木站到了程隽身后，他就没有多问什么，现在最关心的还是秦苒的事。

“江院长，自动化每年的期中检测、期末检测我都会考。”秦苒想了想，开口，“如果哪一次我没考第一，我就退出自动化专业，专心学核工程。”

周郢一愣，你为什么选了自动化还想着要退出？

这句话挺自大的，周郢听了会儿，被秦苒气笑了，他恨不得拿戒尺把秦苒敲醒：“秦苒同学，你以为我们自动化是什么好学的？不上课也能考个满分？”

秦苒摸了摸鼻子，心想，是啊。

然而，她没说出口。

今天要是秦苒一个人来的，江院长直接就关门了，不理会她的胡闹，可偏偏旁边坐着一个喝茶的程隽。

程公子在A城名声太盛。

不过，江院长也是有对策的，他想了想，看向周郢："周博士，你们专业上学期期末的专业考卷还有吗？"

J大每年的期末期中考卷都非常难，毕竟是全国数一数二的高校，最近几年也排到了国际前五十，没点专业水平也不敢去申请。

听江院长一说，周郢就知道了江院长的意思，他拿出手机让系里的一个辅导员发来一套去年的期末试卷，直接就在江院长办公室的打印机上打印。

江院长这才看向秦苒："这是自动化系去年大一的期末试卷，你能考到及格，我就批你的第二专业。"

秦苒沉默了一下："你确定？"

江院长缓了一口气："当然。"

等待的过程中，秦汉秋一开始有些拘谨，后来也发现周郢有些生气，不由得小声地询问程木，语气里有些焦急。

程木知道今天秦苒是来干吗的，不过他也知道秦苒是云光财团人工智能的内部人士，所以特别小声地给秦汉秋解释了一句。

秦汉秋一听，就没程木那么淡定了，他焦急地问："那怎么办？苒苒会不会给她老师留下不好的印象？"

程木摇头，小声道："您放心。"

不多时，周郢就打出了四张卷子，都是去年大一的卷子。

周郢知道秦苒高考数学考了150分，所以高等数学的期末试卷他没敢拿出来，怕到时候数学系的院长不死心。其他杂七杂八的基础课他也没打印，最后打印出来的是四门核心课程——

大学物理、电力系统工程、智能控制和计算机程序。

周郢把打印出来的四张试卷递给秦苒。

秦苒接过来，看了一眼。

江院长已经走到一边，把办公桌让开，给秦苒做试卷了。

周郢看了眼秦苒，他知道秦苒的理综很好，估计大学物理对她而言不会太难。毕竟物理高中也有延展，大学也有不少高中的内容。但其他的三门，尤其是计算机程序，大一下学期才会学到，高中没有任何一点延展，大部分刚接触到计算机的自动化学生，一些程序代码就能让他学得秃头。

最重要的，知道J大的期末考题有多难吗？都是各大教授用心出的考题！

还是他特意找的挂科最多的四门试卷！

周郢也端了杯茶，心里轻哼一声：小朋友！

“笔给你。”江院长把手中的笔递给秦苒。

秦苒接过笔看了一眼，拉开凳子坐好。

秦苒没有立马写，只是低头翻了翻这四张卷子，都是大一的专业课。从大学物理一直到计算机程序，在看到最后一张计算机程序的试卷时，秦苒手顿了一下。

“当然，这最后一张试卷对没有学过的人来说有些摸不着头脑。”周郢看出来秦苒的迟疑，“所以说大一的课程并不是你……”

“不是。”秦苒抬了抬手，指尖敲着笔，认真地问，“这最后一张试卷需要上机操作，里面有程序。”

江院长拿着茶杯，笑眯眯地站在一边，好脾气地开口：“用我的电脑，用我的。”

秦苒点点头，谢过：“好。”

这种需要上机操作的试卷，每年J大考试的时候都会专门开辟出来考试机房，大部分都是做了一半的系统程序，剩下的给考生完成。

随便用一台电脑连程序题目都没有怎么做？周郢站在一边，本来想跟秦苒说可以去机房操作，但看到秦苒这么干脆利落地说“好”，他忽然就憋下来，也不提醒了，老神在在地捧着茶杯。

让你小看自动化！

一边的秦汉秋看得胆战心惊，再三追问程木有没有事。

倒是秦陵，淡定地坐在程隽身侧玩手机游戏。

程木安慰了一句秦汉秋，就低头看秦陵手机上的游戏。

一个跳格子的游戏，方方正正的，看起来还挺有意思。

程木觉得适合自己，就低声问他：“你这是什么游戏？在哪里下载？”

秦陵面无表情地看了程木一眼，顿了顿，又把目光放在他手上的蕾丝伞上，不知道该用什么语气开口：“下载不了，姐姐写的程序。”

程木：“哦。”他抹了把脸，又转回了头。

两人声音小，秦汉秋听不到他们的对话，只是低头看了看秦陵，他怎么就不担心自己姐姐？

来A城的时候，最开心的不就是秦陵吗？

秦苒做卷子的时候，周郢、江院长就在一边跟程隽聊天。

秦苒是按照卷子的顺序来做的。

她最开始写的是大学物理，大一的内容还不是特别深奥，但出题人确实挺刁钻，哪个学生没有认真听课、认真研究这门学问很容易掉坑里。

秦苒看过陆知行的书，写得挺流畅。

大学试卷跟高中不一样，题量没高中那么多，只是四道大题占分比例高。

秦苒做完大学物理也就只过了半个小时。

电力系统工程跟智能控制没有大学物理那么刁钻，尤其电力系统工程，大篇的电路图，一看就知道，她将两张卷子做完也不过四十分钟。

一个小时多一点，她便把三张卷子写完了，随后打开桌上的电脑："江院长，借用一下你的电脑。"

江院长有些愣："你三张卷子都写完了？"这才多久？！

秦苒眯着眼睛，先输入了一串代码分析电脑数据，闻言"嗯"了一声，就开始在电脑上操作。

江院长的电脑上只有办公软件，她直接打开编辑器。电脑上没有题目，她就按照题目上的提示弄了一个半成型的程序。

这一边，周郢放下手中的茶杯，走到秦苒这边拿过她的三张卷子，全都写满了。他没时间研究题目，直接找上一届大一的辅导员要答案。

上一届的辅导员头疼得要命，好不容易拿到了试卷，又要开始在数据库翻找答案，没两分钟就发给了周郢。

周郢坐好，把手机放到一边，没拿笔，就对照着答案跟试卷看。他表情很淡定，看着看着，本来淡定的脸渐渐崩裂，漫不经心的态度也变了，他渐渐坐直了身体。

江院长观察到周郢的态度，不由得看了他一眼："周博士？"

周郢没有理会他，迅速拿起了下面一张试卷，几乎眼也不眨地对照着答案看。他整个人变得十分严肃，又迅速从严肃变成了目瞪口呆。

他"腾"一下站起来，又连续对照了三张试卷。

周郢深吸了一口气，然后拿起手机，给辅导员发了一句话——"你确定你拿的是挂科最多的试卷？"

手机那头的辅导员很年轻，是周郢之前的徒弟，还以为自己犯什么错了，战战兢兢地回了一句——"是啊，您是对题目的难度不满意吗？那我今年跟各位任课老师说一下，加大考试难度。"

周郢拿起大学物理看了一遍，最后几道大题确实不是什么浅显的题目，出题的老师很认真地在给考生挖坑。J大不说集结了全国最优秀的学子，但每个学生放在人群中也是出类拔萃的，能让他们挂科的试卷难度不会低。

可……

周郢好半晌都没有动作，他只是张了张嘴，然后再度看了一遍秦苒的答卷……

她没有做错一道题……

他都怀疑秦苒是不是什么时候偷了J大期末考试的答案？

周郢想起了秦苒学第二专业的请求，他默默转头，看向秦苒的方向，心里稍稍安慰了一下，至少还有计算机……

这四门课中，秦苒最擅长的就是计算机程序。大一学的程序基本上都是引导新生入门的，但对秦苒来说就是手速问题。

周郢询问答案、对照答案也用了将近二十分钟。此时，秦苒已经把计算机程序的试卷完整地在电脑上还原了，还做出来了。随手把鼠标放到一边，她手撑着桌子站起来，看向周郢："周博士，我做完了。"

周郢一愣："程序也做……做完了？"

秦苒颔首，伸手拉开凳子，往旁边走了一步，让周郢过来看。

周郢放下试卷跟手机，走到秦苒这边一看，一眼就看到完整的答题系统……

都是有办公室的人，周郢怎么可能不知道办公室是没有这些系统的。

看到这一幕，他沉默了一下，他完全没有想到事情会发展成这样，也没有想到秦苒竟然连计算机程序都会，最重要的是她看起来还不是一般的水平……

周郢表情莫测，秦苒靠着桌子，双手环胸，挑眉，想了想，垂眸开口："这样吧，你觉得还不够，把其他课程给我……"

"不！"周郢突然清醒，"够了，完全够了！你不用再做其他试卷！"

他神色严肃地看向秦苒："你要学核工程专业是吧？好，可以，这个课程我给你批，开学的时候到我这里来拿报告，但是自动化专业的一系列活动你要参加。"

"这个自然。"秦苒挺懒散地笑了笑。

"你走吧。"周郢不知道说什么了，只是摆了摆手，"记得过几天准时来学校报到。"

程隽见事了，这才放下手中的杯子，起身，礼貌地跟江院长告别："那您忙，我们就先走了。"

江院长不知道周郢怎么突然变了态度，不过他猜想秦苒可能考得不错。

他站起来，等秦苒跟程隽等人离开了，这才往自己的办公桌边走，一边走一边询问周郢："怎么回事？她考得怎么样？"

电脑页面还开着，正是计算机程序的页面。江院长是物理系的，没学过程序，他看了一眼电脑页面："计算机程序也做完了？我等会儿让计算机系的老师看看……"

物理学院没有计算机老师，大部分任课的计算机老师都是计算机系的教授，所以江院长才有这么一说。

周郢站在原地，本来不知道在想什么，听到江院长的话，他突然清醒，反应特别大："别，不要发给他们看！"

江院长被他吓了一跳，手中的杯子差点儿掉下来，他问："为……为什么？"

为什么？

周郢一言难尽地看向江院长："您不知道您的电脑上是没有考试系统的吗？"

江院长点头，这个他自然是知道的。

"那您没有发现她把机房电脑上的考试系统挪到您电脑上来了？！"

周郢指了下电脑答卷页面，面无表情地开口。

他刚刚看了试卷，知道计算机程序的题目有一半是需要出题老师写好程序的。

秦苒的……很完整。

她才大一，还没入学啊……就不动声色地把教务系统那边的考试程序复制到江院长电脑上了，这要是被计算机系那群人知道……那他们学院可真就不安宁了！除了防数学系，还要防计算机系！

听完周郢的话，江院长愣怔了。

他没再说话，只是迅速又冷酷地把秦苒考卷的页面删掉。

至于这张考卷考多少分……一个能黑J大教务系统的人，还要改她的卷子？

周郢面无表情地把另外三张卷子收起来。

这一边，秦苒跟程隽等人出了校门。

正好是饭点，一行人准备先去吃饭。

程木已经提前订好了酒店，一行人坐在包厢内。

程木把遮阳伞挂到了一边。秦陵拿着手机，目光跟随着程木一直到他把太阳伞放下。

"你有什么需要的吗？"程木感觉到了秦陵的目光，询问。

秦陵收回了目光，冷酷地摇头。

"叔叔这次来A城是要长期住下去？"程隽给秦汉秋倒了一杯茶，低垂着眼睫，十分有礼貌地开口。

秦汉秋对这小伙子的印象十分好，他也没把程隽当外人，略微思索了一下才开口："好像是……我家里人找过来了。"

"叔叔家里人？"程隽抬眸。

"我是小时候被拐到灵海镇的。"秦汉秋也不隐瞒程隽，拿着茶杯，沉吟了一下才开口，"两个月前，有人找到了灵海镇。"

其他事情秦汉秋知道得也不多，那些人只让他先来A城。他看了眼秦苒，嘴角嗫嚅了一下，然后小声地开口：“苒苒，你愿不愿意……”

“不了。”秦苒一手支着下巴，一手翻转着手机，没等秦汉秋一句话说完，就直接开口拒绝。

秦汉秋知道是这个结果，小时候秦苒就跟他不亲，他关注得最多的也是秦语，可现在……

秦汉秋心底暗叹了一声，没有再说什么。

“叔叔，你们现在住哪儿？”程隽感觉得出来秦苒对秦汉秋的态度挺冷淡，不过她对那个臭弟弟的态度挺好。

秦汉秋回过神来：“不知道，要等一会儿秦叔才会联系我。”

程隽点点头，他斜靠着椅背，手搁在扶手上，看了眼秦苒，然后笑道：“等确定地址了，您发微信给我。”他跟秦汉秋早就互相加了微信。

秦汉秋拿着筷子：“我知道。”

秦汉秋跟程隽处得比较自然，两人这一顿饭又喝了一点酒，絮絮叨叨地说了很多，大部分时间都是秦汉秋在说，程隽就听着。

秦苒这一次吸取了上次的教训，没让两人喝很多。

吃完饭，秦汉秋口中那个“秦叔”还没联系他。

秦苒手敲着桌子，等得有些不耐烦了。她偏了偏头，询问秦陵：“你们说的那个秦叔怎么回事？”

“不知道。”秦陵低头玩着手机上的小游戏，秦苒问话，他才抬了抬头。

秦苒还想说什么，秦汉秋兜里的手机终于响了，他口中的“秦叔”终于给他打来电话。电话里的秦叔询问他的地址，秦汉秋不知道这个酒店的地址，就下意识地看向程隽，程隽说了一个名字。

等挂断电话，秦汉秋才站起来，对程隽道：“不用陪我等了，秦叔马上就来了。”

程隽看了一眼秦苒，对方等得不耐烦了，低头慢吞吞地剥开了一根棒棒糖。

一行人到了楼下。

天还没完全黑，但路灯已经渐次亮起。秦汉秋站在一盏路灯下，朝秦苒等人摆手：“你们先走吧，路边蚊子多。”

“行，叔叔您自己小心。”程隽礼貌地跟秦汉秋告别，“我们先回去了。”

确认秦汉秋口中的那位秦叔会到酒店来接他，程隽跟秦苒两人没多等，就先离开了。

秦汉秋站在路灯下，低头看了眼秦陵，秦陵还在玩游戏。

他抿了抿唇，开口：“小陵，你以后要是有钱了，要记得你姐姐。”

秦陵依旧玩着游戏，没抬头，“哦”了一声

“我知道你小时候经常逃课去你姐姐学校。”秦汉秋伸手拍拍秦陵的脑袋，叹息一声，不再说话。

秦陵的手顿了一下。

从很小的时候，秦陵就听到周边有人说他跟他那个姐姐一样，所以他经常逃课去灵海中学看别人口中的他的姐姐……

两人说话间，一辆车缓缓停在两人身边。

“就他们？”副驾驶座上，一个头发略显花白的老人眯着一双眼睛，打量着秦汉秋二人，声音十分冷淡。

驾驶座上的中年男人点头。

老人淡淡地收回了目光，十分失望：“没老太爷的半点风范，让他们上车吧，先不回老宅，开到云锦小区。”

中年男人开口：“听说二爷还有两个女儿……”

“别找了。”老人摆手，语气依旧很淡，也没什么表情，“不用。”

中年男人没有再说，只是打开车门去找秦汉秋二人。

与此同时，秦语也回到了沈家。她今天整个人都不在状态，失魂落魄的，不知道在想什么。

沈老爷子等人都在等秦语吃饭，一看到她，脸上的笑容止不住，语气温和地询问：“语儿，今天表演赛怎么样？”

“还行。”秦语握紧了筷子，低着眼眸，不让林婉他们看到她眸底的神色。

“我就知道。”林婉闻言，笑了一下，“语儿可是唯一的六级小提琴手，她肯定是这次的第一。”

秦语捏着筷子的手更紧。

她用尽全力争取这次 M 洲的名额，甚至为了给恩格先生留下印象，不顾魏大师对她的印象把号码牌换了。她原本以为自己考到了协会六级，就能把秦苒踩在脚下，在这次表演中一鸣惊人……

谁能想到，秦苒竟然不声不响地达到了七级？！

她在这场表演赛中输得一败涂地，最后评定成绩跟汪子枫差不多！

七级，都能在协会申请当老师收徒了……六级跟七级就是一个坎儿，秦语就算再自信，也不认为自己一年内就能从六级考到七级……

这差距不是用时间就能弥补的……

想到自己曾经对秦苒说过的话，秦语不知道该用什么词来形容自己现在的心情。

林婉没看出来秦语的表情不对，依旧笑着：“语儿，你的微博是不是该发一个视频了？你已经快半个月没发视频了，你的粉丝都在催呢。”

秦语一直有经营微博，平日里就让人拍摄她录曲子的视频。因为她长得好看，还有才，吸引了一大拨粉丝。

高考后，她又晒了一下高考成绩，微博粉丝早就过一千万了，现在逼近一千两百万，成了一个网红博主，每天还有各种广告商联系她。

只是秦语并不看重那些广告，从来没有理会过，并在微博上写了一句——“只关注音乐，不接广告。”

因为这一句话，她也吸引了不少粉丝。

“我知道了，马上去楼上就发。”秦语点头，她没什么胃口吃饭，就扒了几口，然后起身，“我上去练琴了。”

楼上，秦语回到了自己的房间后，就翻了翻自己的库存，从里面挑出了一个视频发到了微博上。

没过一会儿，各种消息接踵而至。

秦语点开了评论页面，就看到了被赞上热门的一条评论——

木小鱼鱼：“啊啊啊，神仙博主！竟然会泛音！”

微博另一边，木小鱼鱼点开秦语的视频看了好几遍，才依依不舍地放下手机。

没多久，她的好友就给她推送了另外一条微博——

“你看看，这个热搜上的小姐姐比你粉的那个博主是不是要厉害？”

木小鱼鱼疑惑地顺着链接点开微博，也是拉小提琴的视频，视频里的女生她没见过。不过开场的急茬儿就惊到了她，接着颤音等各种技巧接踵而至，听得人酣畅淋漓，只是……

听到一半，木小鱼鱼关了视频，看了微博上的描述：原创。

她眯了眯眼，并气愤地留言——

木小鱼鱼：“请问博主，为什么这个人的原创音乐跟@秦语 早期一个视频很像？”

木小鱼鱼是一个在校大学生，去年因为一个热搜小提琴视频关注了秦语这个博主。

她是学音乐的，很少有秦语这种级别的小提琴手会来当一个微博博主，还会分享各种学习小提琴的技巧。

秦语不仅长得好看、小提琴拉得好，还是J大的学生，哪一个不是吸粉点？

木小鱼鱼就是其中一个特别忠诚的粉丝，去年秦语的小提琴表演是她的入坑曲，自然记得特别清楚。然而她的评论被埋葬在很多评论之下，没有泛起一丝水花。

她本来想转发，但鉴于她每次基本上都能抢到秦语的热门评论，也算秦语的大粉，不能在丝毫没有证据的情况下给秦语招黑。想了想，木小鱼鱼就把这个博主的小提琴视频保存下来，然后开始扒谱，做对比证据。

这一边，秦苒回到亭澜就直接去楼上接潘明月的视频了。除了秦苒，还有潘明月、乔声和林思然也都考到了J大，衡川一中给他们四个人还取了个“J大四霸”的外号。

林思然一个月前就来了，潘明月跟乔声都是明天过来，后天报名。

秦苒的小提琴可以暂时放一个阶段，就跟他们确定明天到达的时间。

“我明天跟封叔叔他们一起去，下午四点多到。”四个人开了群聊视频，潘明月依旧戴着黑框眼镜，她按着眼镜，声音很小。

云城到A城的飞机每天也就那么几班。

乔声似乎在楼下的沙发上，他摸着脑袋，凑近镜头：“我明天中午就能到。”

“我接你们啊。”林思然发现她有三张神牌就比较嘚瑟，她每天除了打游戏还是打游戏，她兴奋地开口，“来啊，我们面对面开黑啊！”

知道他们明天都能到，秦苒心情也挺好，她坐在桌边，靠着椅背，顺便打开电脑。电脑页面依旧没有任何图标。她随手按了几个键，就出现了一个文件库，从文件库里找出上次常宁给她的文件。

调查她的几个势力主要是欧阳家跟A城第一研究院。

秦苒指尖敲着桌面，目光放在A城第一研究院上，她微微眯眼，得找个时间去一趟“129侦探所”总部。

[第三章]

一家都是大神

楼下，程木正准备把那一盆草抱到楼上。

门铃响了一声，程木放下花盆，去开门。来亭澜这边的客人一向很多，老爷子三天两头来喝杯茶，程温如没事就过来溜达一圈……

今天晚上程金说了差不多是这个点回来。

程木开门，以为会是程金他们回来了。他没想到打开门来，是一张完全不认识的脸。

对方身材高挑，穿着一身松软的休闲服，手里还拿着个精致的袋子。看到程木，他微微一笑，犹如朗月，清雅出尘："请问，秦苒睡了吗？"

第一，叫的不是秦苒小姐。

第二，只问秦苒睡了吗，很确信秦苒是住这里。

程木接收到这两个讯号，脑子里的警报响起："秦小姐在楼上练琴。"

"我知道了。"对方也没说什么，只是笑了笑，冰雪之色似有融化，他把手中的袋子递给程木，"那你能帮我把这个给她吗？"

男人没说要进去找秦苒，语气舒缓。程木觉得比隽爷那"贼拽"的态度好多了。

"那您是……"程木接过袋子，毕竟是秦苒的东西，他不敢不要。

"不用，她知道我是谁。"男人说完，就直接转身离开，进了电梯。

等他的身影完全消失在了眼前，程木才拿着袋子，疑惑地往屋内走，一眼就看到了从楼上下来的程隽。

"隽爷。"程木站直。

"嗯。"程隽晚上喝了酒，倒没上头，就是身上有些酒气，洗了个澡才下来，他身上穿了棉质的居家睡衣，没以往那么锋锐，"谁来过？"

他从厨房里倒了杯水出来，注意到程木手上精致的小袋子。袋子上很空，只看到左下角上有一个不是特别明显的类似于某朵花的 logo。

他就靠在楼梯边，微微挑眉。

程木神经大条："是一个先生送来的，我问他是谁，他也不回答，就说秦小姐看到东西就知道他是谁了，应该是秦小姐很熟的人。"

跟在秦苒身边这么久，程木越来越淡定了。毕竟见过的人太多，更何况还有程隽这个重磅大佬。

他说完，没听见程隽回话，气氛似乎陷入极其诡异的寂静。

程木摸了一下头："隽……爷？"

"东西给我。"程隽慢吞吞地伸手。

程木立马把手中的袋子递给程隽。

程隽接过来看了一眼，袋子不是很重，大概也就一个小茶杯的重量。

他没翻，就是低头看了眼袋子，然后又喝了一口杯子里的水，才不紧不慢地往楼上走。

程隽停在秦苒房门外敲门。

秦苒刚挂断了跟乔声等人的视频，去拿背包里的东西，就过来开门了。程隽斜靠着门框，修长如玉的手里把玩着一个袋子，有些懒洋洋的姿态。

秦苒一看到袋子就知道那是什么，她转身继续掏自己的黑色背包，然后坐到电脑面前，不太在意。

"你都不好奇这是什么礼物？"程隽往里面走，心情似乎好了一点儿，手上还掂了掂袋子，递给她，另一只手漫不经心地撑在她身侧的桌上。

秦苒拿出背包里的笔记本电脑，抬头看了他一眼，就伸手去接袋子。她知道里面是什么东西，并不好奇。

她刚伸出手去，程隽面不改色地又把手抬高。

秦苒本来就坐在凳子上，没他高，这一抬手，秦苒再多长一只手都够不到。

她点点头："行，大爷，送你了。"她还不能不要了？

"谁是你大爷？"程隽垂眸，听她这么说，也猜到了是什么，就低头看了看，袋子里面放着一部黑色手机。

"啊。"秦苒关掉电脑上的文档，又按了几个键打开社交软件，敷衍地开口，"哥，兄弟，送你了，行不行？"

程隽垂眸看了看她，她眉眼清然，语气漫不经心。

程隽忽然笑了："不对，等等，你刚刚叫我什么？"

"兄弟？"秦苒头也没抬。

"前面一个。"他那双好看的眉眼垂着。

秦苒想了想，偏头，手支着下巴："哥？"

程隽低声笑了笑，眸底也有些隐秘的笑，他伸手把那个小袋子递给了秦苒：“拿去吧。”

“你不要了？”秦苒接过来，“这手机挺好用的。”

“不用。”程隽站直，“我听到了程金他们的声音，先下楼了。”

楼下，程木抱着盆花，求生欲让他没敢跟着程隽一起去楼上。他坐在楼下的沙发上，先是发信息给林思然报告了一下这盆花的状态，然后又发给了老园丁。

以往老园丁都很冷漠地“嗯”一声，今天忽然回了一句——“我发现你很有种花的潜质。”

程木盯着这句话看了半晌，不太懂这意思。

大门响了一声，这次真是程金回来了。他一边脱了西装外套，一边要往楼上走：“隽爷呢？”身后还跟着程温如。

“应该在找秦小姐。”程木提醒了一句。

程温如立马顿下来，没敢继续往上面走。她坐在程木对面，把公文袋随手放到桌上，腿微微搭着。

程木看了一眼程温如的公文袋，袋子左下角也有一个花形 logo，花形很奇特。程木一向不注意程金他们的事儿，最近半年都是围绕着花，他对花比较在意，程温如那个袋子上的花他很眼熟。

“你这朵花，我刚刚见过。”他伸手指了指程温如的文件袋，开口。

闻言，程温如低了低头，看了眼文件袋。她双手环胸，挑眉：“哪儿见到的？”

语气显然不太相信。

这是云光财团发放的文件袋，今天云光财团的投标，大大小小企业去了不少，云光财团第一次涉及电子产品生意，然而没有人会担心这个项目会不会崩。

Logo 也是云光财团才注册没多久的，并没有在市场上发行。

楼上有脚步声，程隽正顺着楼梯慢条斯理地往下走。程木余光瞥到，吓得一个激灵，立马闭嘴，不再说一句话，而是抱着花盆往楼上走，去找秦苒。他速度很快，如同一阵风。

程金一愣，这速度……不太正常。

“找我干吗？”程隽坐到沙发上，低头理自己睡衣的袖子，靠着沙发，语气散漫。

程温如的目光还放在程木的后背上，不知道在想什么。

听到程隽的话，她收回目光，伸手把桌上的文件袋扔给程隽：“你看看。”

程隽接过来，一眼就看到了文件袋上的 logo，他挑了挑眉：“你今天去投标了？”

“这都知道？”程温如“啧”了一声，不过程隽的消息向来比她多，她也没有太纠结，“确实是，毕竟一块肥肉，多少人盯着呢。”

云光财团毕竟是亚洲这一方的大佬，在经济上能跟他抗衡的，只有另外四位。这是云光财团第一次入驻A城，别说程温如等人，就连A城的几方势力都希望它能够成功入驻。

毕竟能够带动A城经济的增长，有这个机会，程温如不想放过。

“我之前不太关注这方面，听说是云光财团核心的一个大佬参与的智能系统，主要是人工智能跟手机吧。”程温如手撑在桌上，询问程隽，“分析分析，我机会大不大？”

“零。”程隽随手翻了几页，就把文件放回去，毫不客气地开口。

“我也觉得不大。”程温如倒也不恼怒，微微眯眼，“不过，云光财团这一次的动静有些大啊。”

手机IT市场会迎来巨大的转变。毕竟她的公司也才兴起，资金方面也比不过A城的那些家族，要技术没技术，也不是专门从事电子产品，这方面还不如一个专门从事IT行业的小集团。

除非天上掉馅饼。

“云光有很大动静？”一直坐在沙发上的程金等两人说完了，才看向程温如。

“肯定。”程温如腿微微搭着，说得确定，“据我所知，好像是IT界的大佬……”

今天去招标的时候，大部分IT企业都在讨论那几个核心人物，她不关注IT界，但也从那行人的热情中感觉到那几个大佬不简单。

程金点头，略思索了一下，没再说话。

半晌后，程温如有些意兴阑珊，想要去找秦苒：“苒苒还在楼上练琴吗？”

“没，在忙其他事儿。”程隽对程温如就没什么表情，语气也是随意敷衍。

“那好吧。”她遗憾地看了眼楼上，开口，“我就不打扰她了。”

楼上，秦苒把程木搬进来的花草放在窗台上，然后登录电脑上的账号，随手按了几个键，就转到了视频页面。

虽然是晚上，但对方接得很快。

视频里是一张中年男人的脸，他应该是在书房中，正捧着茶杯，好整以暇地看她：“大佬，我排到队了？”

秦苒伸手把桌边的袋子拿过来，闻言笑：“对，没错。”

对面正是常宁。

“你认真的？”常宁坐直，被秦苒晾了两个月，他已经“佛”了。

秦苒翻了翻袋子，把里面的黑色手机拿出来，头也没抬：“我会跟你开玩笑？”

“行。”常宁手撑着桌子站起来，“说吧，明天哪里见？我定时间地点，还是你定？”

“不用。”秦苒按了开机键，等手机自己加载系统，这才抬头看常宁，“我明天直接去总部大楼，顺便查点资料。”

“怎么都行。”常宁也无所谓是不是顺带看他了，排到队就好。

“就跟你说一声。”秦苒余光看着手机，上面的系统已经显示加载完成了。她不紧不慢道，“先挂了。”

她伸手挂断了视频，这才看向黑色手机。这是她自M洲回来前给云光财团的一个策划方案，内容有些复杂，云光财团用了两个月才做出来的概念机，很薄的一部手机，拿在手里几乎没有什么重量。

秦苒又拿出来纸袋里的一张纸。

里面是一张A4白纸，上面写了一行字，大概内容就是这款手机没有名字，只有一个罂粟花的logo。如果真要有个名字那就是poppy，并且云光财团要发展一条罂粟花logo的线，除了手机，之后还有EA系列的机器人。只是机器人成本大，技术繁杂，云光财团并没有公开售出，还在研发阶段，最新抛出来的是手机。

秦苒笑了笑，把纸折起来，随手放到抽屉里，然后试用新款手机——

“请进行瞳孔认证。”

秦苒通过了认证，然后联网，随手打开一个网页。她两只手随意一滑，网页如同铺开了一层信息网，在她面前投下了一层虚拟投影，主题色调是蓝色的，打开的网页也是云光财团的智能信息网页。

秦苒靠在椅背上，手支着下巴看着虚拟投影。然后，她想了想，拿出背包里的黑色厚重手机，扔到桌上：“看看，你弟弟。”

黑色的手机没有亮，只嗡嗡地响了两声，像是在抗议。

秦苒瞥了一眼，也不管它，把手机放到一边，就拿着睡衣去浴室洗澡。

她关上了浴室的门。

两分钟之后，黑色厚重的手机亮了一下。

与此同时，常宁家。

常宁住在市中心，他买下了最高的一层楼，这个点站在落地窗边，能看到城市的繁华喧嚣。

不过，他这个时候显然是没有兴趣。

常宁出了书房，倒了一杯冷水，喝了一口，才坐到沙发上，冷静一下。不知道想起了什么，他又给秦苒发了一条信息——“可以告诉其他人吗？”

他说的其他人自然是指“129 侦探所”的核心创始人，没几个人，他跟何晨早就知道秦苒，但没告诉其他人，毕竟秦苒年纪实在太小。

没一会儿，就得到了秦苒一个字的回答——“行。”

常宁立马切换社交账号，点进一个企鹅群——“明天孤狼来总部，有谁在附近？”

渣龙：“老大，你没说错名字？”

渣龙：“孤狼？！”

渣龙：“？！”

渣龙：“震惊！”

不能怪渣龙震惊，“129 侦探所”最出名的就是五位元老，其中孤狼更以没有任何败绩的业务成绩成功登到神坛顶端，很简单——上次连国际刑警马修都要点名找孤狼接单，就能看出来他们之间的排位。

当然，最直接的一个原因是，只有孤狼是黑客。

其他四个人私底下都见过面，互相很熟，而孤狼除了接单，别说露面，连姓甚名谁都不知道。这会儿突然说孤狼要去“129 侦探所”俱乐部，渣龙觉得信息量爆炸！

常宁：“再刷屏禁言。”

晨鸟：“我在外地跟个采访节目，明天下午能回。”

巨鳄：“孤狼？我兄弟他在 A 城？他竟然也没说一声，我在边境，他真的要来吗？”

渣龙：“我也不在 A 城，不过可以晚上赶过来，不说了，我去开车！”

渣龙说着就下了线。

另一边的巨鳄有点难受：“‘129 侦探所’好热闹，我也想去见我兄弟。”

几个元老都知道，三年前，巨鳄在边境进行一场恐怖交易，差点儿被马修抓到。要不是孤狼，常宁跟巨鳄的手下可能要去国际监狱救他。

从此，孤狼就是巨鳄口中单方面的大兄弟。

常宁：“你别来了，你一来几个大佬肯定知道，到时候动静太大。”

巨鳄有点郁闷。

常宁：“你自己做什么生意的你心里没点数？还想要孤狼救你一命？”

T 城，何晨看了眼群消息，笑了笑。

晨鸟：“据我所知，掌管着水陆空三大出‘行’的大佬就在 A 城，信不信你刚坐上私人飞机，还没飞过边境，就会被人打下来？”

何晨最近有接触这方面的事情，查到了掌管水陆空这位大佬的一系列信息，最近这些年他的活动范围基本都在 A 城。

她敢肯定这位大佬是A城人士，就是不知道是哪一位。

藏得跟他们家孤狼一样深。

巨鳄觉得还是小命要紧："我改天请我大兄弟来边境。"

何晨看了一眼回复，轻笑一声，巨鳄在网络上跟真人相比几乎是个极端，她放下了手机。

"何姐，我们收工了？"身边的一个女生看了她一眼。

何晨点头，重新拿好背包："可以。还有最后一个报道，你们跑一趟，我回A城有点事。"

她拿了车钥匙，直接离开。

她走后不久，一位身高腿长的男人从大门里出来，一群记者连忙围上去："瞿总……"

瞿子箫一双漆黑的眼眸往人群一扫，没有在人群中看到熟悉的人影，他不由得皱眉。

跟开发商一起应付完记者，瞿子箫坐到了自己的车上。

"瞿总，有电话——"副驾驶座的秘书拿着手机。

瞿子箫皱眉："不接。"

秘书压低声音："是欧阳小姐。"

瞿子箫顿了顿，伸手拿过电话，表情变得和缓。

翌日。

程老爷子一早就来到了亭澜，坐在餐桌边，跟秦苒等人一起吃早饭，神色状态看起来都非常不错。

程隽刚晨跑完回来。

"秦小姐。"程木咬着一块面包，询问秦苒，"你为什么每天不训练，还能这么厉害？"

他就从来没有看过秦苒晨跑过。

秦苒拿起身侧的牛奶，语气散漫："谁知道？"

程木一噎。

程隽洗完澡下来，秦苒已经吃完了，靠在椅子上懒洋洋地玩手机。

秦陵手机上的小游戏三天没过关，秦苒在给他录屏。

程隽拉开秦苒身侧的椅子坐下，看了她的手机一眼，才懒洋洋地伸手拿了块面包。放在一边的手机响了，他直接接起来。听完一句，他看了秦苒一眼："是魏大师，问你要不要去进修？"

"进修什么？"秦苒没抬头，还在录屏。

程老爷子也坐在一边，他吃完了，正在喝茶，听到程隽的声音，也竖起了耳朵。

“M洲小提琴协会。”程隽开口。

“不去。”秦苒知道有这件事，她估计大概是自己得了第一，头也没抬地道，“名额让给汪子枫。”

程隽又跟魏大师礼貌地转告了一下，挂断电话。

程老爷子在听到M洲的时候，拿着茶杯的手就顿住了。他没看程隽，只是看向秦苒：“苒苒，为什么不去M洲？其实M洲发展不错，你在M洲协会的话，肯定会去M大……”

身后站着的程管家点头，小鸡啄米一样。

坐在程管家对面的程木看了程管家一眼。

程管家咬牙：又来了！

秦苒已经通关，录完屏，然后把这个视频打包发给秦陵，这才看向程老爷子，下意识地坐直：“M洲太小了。”

程老爷子本来还要继续跟秦苒解释一下去M洲发展对她本身的好处，猛地听到这一句，他以为自己听错了：“你说什么？”

“M洲还没一个云城大，太小了。”秦苒继续解释。

M洲是国际势力金融发展中心，几乎就几大势力驻扎着，繁华又动荡。因为它不属于任何一方，所以扩展地域并不大，但这“不大”也不是一般的城市能比的，而且繁华程度也是极高……

至今，程老爷子都没有听过有人用“小”来形容过M洲……

他神情恍惚地看向秦苒：“确……确实不大……”

程管家看了秦苒一眼，突然有一种秦苒跟他们家三少一样拽的气质，纵贯古今，谁敢说M洲小？

吃完饭，程老爷子跟在程隽身后，带秦苒去逛了商场，帮她买开学需要的东西。

J大的不成文规定，大一上学期，每个人都必须要住宿。以前程温如跟程隽的东西都是程家置办好的，程老爷子还是第一次做这种事。

程隽那样子就不像是会逛商场的人。

至于秦苒……商场人多，她宁愿跟何晨一样去地摊选衣服。

最后还是程管家出面解决了尴尬。买完一系列东西，程管家让程家的司机送回亭澜公寓，秦苒跟程隽一行人去楼上餐厅吃午饭。

吃完午饭，秦苒就准备去“129侦探所”看常宁。

“见朋友？”程老爷子关心了她一句，“在哪儿？一个人去安全吗？”

秦苒说了个大概地址。

程老爷子点点头："那让司机送你去。"

等秦苒走后，程老爷子才眯了眯眼，他在A城待了几十年，自然知道A城的局势，秦苒说的那条可不就是黑街，几乎不受任何势力掌控。

"苒苒一个人去没事吧？"程老爷子看了程隽一眼，忽然十分生气，"你怎么不陪她去？"

二十多年了，程家老爷子第一次对他的老来子发火。

程隽："……"

程木坐在一边默默喝水，他没有说话，只在心里给程隽点了根蜡，家庭地位堪忧。

A城，黑街。

秦苒下了车，让程家司机离开。她把头上的鸭舌帽压低，又拿出口罩给自己戴上，一边给常宁发信息，一边朝"129侦探所"的基地走去。

微信上，她正好收到汪子枫发来的"跪谢"表情包。

常宁一直在捧着手机等秦苒的消息，看到秦苒发来微信，他连忙从椅子上站起来，一边拨通秦苒的电话，一边往外面走。

"常所长？"楼下的人第一次看到铁面无私、冷酷无情的常所长这样的表情，不由得意外地开口。

常宁朝他们点点头，就出了玻璃门，站在大门口张望着。没多久，他就看到一道穿着白色T恤的身影，对方头上的鸭舌帽檐压得低，还戴着口罩，看不清脸，但身上气质却是怎么也掩盖不掉。

不太融于人群的冷酷，偏又带了点儿懒散，跟常宁想象中的差别不大，他招手："这边。"

常宁带着秦苒上楼，给她开门又帮她按电梯，这态度震惊了一楼的普通会员们。

等电梯门合上，一楼的会员们才面面相觑："刚刚那是常所长吧？"

他们这些普通会员平时是见不到常宁等人的，只在"129侦探所"内部网站上看过他的照片。

"是他。"欧阳薇收回目光，深吸了一口气。

"真是常所长！"一行新人十分激动，"那他身边的女人是谁？感觉常所长对她很有礼貌？"

欧阳薇在这群普通会员中威信比较高，大家都下意识地看向她。

"应该是核心成员……晨鸟吧？没想到她这么年轻。"欧阳薇放下手机，笑了一声。

其他人都点点头："应该是她。"

"129 侦探所"的核心会员，孤狼跟巨鳄最神秘，巨鳄大家都知道他是个男的，但孤狼连是男是女都不知道。

只有晨鸟信息多一点。

一行新人还在激烈地讨论，欧阳薇却再次看向了电梯。

通往高层……

楼上，秦苒进了办公室，扯掉了口罩，又随手把鸭舌帽取下来，放到一边。她的目光在办公室扫了一圈，最后停在办公桌的电脑上："我用一下你的电脑。"

纵然跟秦苒视频了不止一次，可真正看到秦苒这张脸，常宁还是觉得有很大冲击。他站在门口停了一下，手机又响了。低头看了看，常宁就关掉了，然后看向秦苒："你随便用，我下去再接个人。"

秦苒知道应该是那几个人，何晨肯定是不用接的，她随意地拉开椅子坐下，抬眸，挺好奇："谁？"

常宁神秘一笑，没直接告诉秦苒："等他上来，你就知道了。"

他说完，就开门出去，并带上了门。

常宁出去后，秦苒打开了"129 侦探所"网站，里面都是一些内部资料，不能转录，需要高级会员的权限。

常宁的账号是自动登录的，就查个资料，秦苒也没有特意去登录自己的账号，直接在搜索栏打下了一行字——"A 城第一研究院"。

"129 侦探所"上的资料非常全，从基本介绍到第一研究院的人，再到里面掌握的几个工程。

A 城的四大势力，第一研究院就是其中一个。这些势力几乎就站在这个圈子的顶端，A 城几乎被四大家族掌控，第一研究院背后就是徐家人，主要研究的就是核动力工程与核能，里面的分支很多。各种核技术的实验研究、机械设计……

J 大、A 大的物理系都是第一研究院名下的，每年两个院校都会向它输送人才，相互竞争十分激烈，想要学校在世界排名前进一名，研究院的资源分配跟支持非常重要。

J 大跟 A 大物理系大部分出名的教授都是在研究院研究项目的，研究院也会派出更有资历的教授去两所院校培养各方面的人才。

秦苒慢慢往下看，一眼就看到了 A 城第一研究院的院长——方震博。

她看着这个名字，放在鼠标上的手紧了紧。

好半晌后，她跳过了年限，去查看几十年前的事情。

只是几十年前网络还没有现在这么发达，研究院的资料大多数都是写在档案上，第一研究院应该会有一个庞大的资料库。

“129 侦探所”成立不足十年，最多也只记录到二十年前 A 城第一研究院的事，再往前就没有了。

楼下。

常宁刚走到大门外没多久，一辆红色的跑车就从街口转角处呼啸而来。

“刺啦——”很刺耳的车轮与地面的摩擦声。

驾驶座上的人取下墨镜，没打开车门，只用手撑着车窗直接从里面翻出来。他上身穿着文着骷髅头的 T 恤，下身是一条破洞牛仔裤。

渣龙不是第一次来“129 侦探所”，也不是第一次见常宁，一眼就看到了站在大门口处的常宁，他随手把墨镜夹在领口，朝常宁挥手，笑得毫无攻击力：“老大。”

常宁对待他就没有对孤狼那么温和有礼貌了，直接瞥了他一眼：“进来。”冷酷又无情。

渣龙趿拉着一双破板鞋，懒洋洋地跟在常宁身后。

这会儿一楼的几个新会员还没有走，渣龙目光东张西望的，看到新会员，尤其其中还有个美女，他眼前一亮，伸手跟他们打了个招呼：“嗨。”

常宁没有看他，侧身按电梯。

渣龙这会儿急着见孤狼，对这些新学员也没那么大好奇心，见常宁进了电梯，还要按关门按钮，他连忙闪身进去。

一楼的一行新学员自然也没有见过渣龙。不过能跟常宁走在一块儿，不说核心成员几个元老，最少也是高级会员。

“不说高级会员，我什么时候能升到中级会员就满足了。”一个普通会员羡慕地开口。

“欧阳小姐，你是不是快要到了？”有人询问欧阳薇。

电梯内。

“老大，孤狼到了没？是在你办公室吗？”渣龙双手抄着兜，侧眸看着常宁，他话多，也停不下来，“他今年多大，应该比我大吧？不过，他那么冷酷，肯定要比你小，大概三四十岁？

“他本人是跟巨鳄一样冷漠又无趣吗？

“会不会很可怕？

“老大？你怎么不说话？”

“129 侦探所”的这五个元老，大多数都比较沉稳，秦苒年纪小，也沉得住，当然……暴躁时另当别论。

何晨就不说了，大概因为生长环境，她是最稳的一个。

巨鳄虽然在网上话多，但本人比较冷。

只有渣龙……常宁至今不知道，其他人眼里的大神……话为什么能这么多？！比麻雀还烦。

“叮——”电梯门打开，常宁走出去，感觉空气都清新了不少。

“老大，我感觉你的表情让我有点害怕。

“老大，你为什么不回我？”

常宁加快步伐，走到办公室门口便直接打开了大门。

渣龙跟在常宁身后，他来过常宁的办公室几次，也不陌生，一眼就看到沙发，空的：“老大，孤狼——”

他话说到一半，看到坐在常宁办公桌上的人，忽然停下来。

常宁关上门，也没管他，看向秦苒，询问：“资料找到没？”

“还差一点儿。”秦苒靠在老板椅上，随意地搭着腿，一手搁在脑后，声音不紧不慢，“第一研究院的资料十年前就断层了。”

“差不多。”常宁也不意外，“129 侦探所”能查清它十年的底细，已经很不容易。

就算是另外三个大家族，也不知道第一研究院这十年的底细。

常宁一边说着，一边倒了两杯水，自己喝了一杯，另外一杯递给秦苒，然后给秦苒介绍：“渣龙。”

渣龙是话多，但作为“129 侦探所”的人，他智商并不低，一看到秦苒坐在老板椅上的时候，大概就猜出了她是谁。他看着那张过分年轻，像是刚高考完的脸，终于找回了自己的声音：“孤狼？”

秦苒手支着下巴，看向渣龙身上的骷髅上衣、破洞裤、流浪鞋，跟她想象中的没差多少。她好看的眉眼微微挑着，冷酷十足地“嗯”了一声。

“你多大？”

“二十。”秦苒把水喝完，语气漫不经心。

渣龙卡壳了，人生第一次，他竟然不知道要说些什么。

这态度确实是孤狼没错……

但……为什么孤狼是个女的就算了，还这么年轻、这么好看？！

“129 侦探所”元老级别的人物不到二十岁？你让今年新加的普通会员情何以堪？！

渣龙挠了挠头，又从兜里摸出来一根烟，思考人生。半晌后，他又低头，觉得自己今天穿错衣服了。

二十分钟后，办公室内。

渣龙悠悠地在何晨耳边念叨着："谁能想到，孤狼今年才刚上大一，是个女的……"

何晨把背包往沙发上一扔，听完，她只是瞥他一眼，点头："孤狼大概也没想到，渣龙是个话痨。"

几个人都在网上"神交"已久，但正式会面跟秦苒当初第一次见何晨一样，没什么尴尬。

四个人坐在办公室聊了几个小时，何晨才把秦苒送回去。

渣龙非要跟着她们俩。

最后，渣龙坐在了副驾驶座，秦苒坐在了后座。

何晨问了地址之后就开始导航。

A 城地大，何晨一直待在边境，也就最近一年才回来，还经常出差，对 A 城不太熟。

这时，渣龙开口问："孤狼，你怎么会突然见我们？

"你竟然才二十岁！

"孤狼……巨鳄一直叫你大兄弟……

"孤狼……"

后座，秦苒终于取下了耳机，她开口："停车，我到了。"

渣龙望向窗外，这边都是商业区，没看到居民住宅，疑惑地问道："这么快就到了？"

何晨看了眼后视镜，在路边停了车。

秦苒拿着鸭舌帽下车。这时，何晨车中导航好听的女声传出来——"前方三百米处红绿灯路口左转。"

渣龙立马转头，他以为秦苒看错了："还没到，孤狼你还没到，你快上……"

"闭嘴。"秦苒把帽子往头上一扣，眉眼一扫，又冷又不耐烦，"我说到了就到了！"

她转身往路边走。

今天巨鳄虽然没来，但常宁接待了三个人的事情也被A城一部分势力收录到。

渣龙本来就想来看看孤狼，看到何晨跟秦苒两人都几乎常驻 A 城不走了，他就回到"129 侦探所"，让常宁帮他安排住所。

默默地，A 城的大佬也开始越集越多。

与此同时，A 城机场，宁晴刚到。

J 大明天正式报名。宁晴一个暑假都在云城接待客人，在秦语要开学的时候，她也来了 A 城，照顾秦语。

宁晴这次来 A 城，沈家人非常客气地派人来接待她。来接她的还是沈老爷子身边的一把手，跟她第一次来 A 城的时候态度不一样，礼貌又热情。

热情过头，比去年秦语被戴老师收徒还要过。

宁晴讶异。

“舅夫人，我们顺路去小提琴协会接表小姐。”对方十分尊敬地开口。

沈家的车开往小提琴协会。

小提琴协会。

秦语还坐在电脑面前，看着电脑页面的排名。直到手机响了，沈家的电话打过来她才回过神。

她烦乱地关掉了电脑排名页面，站起来往门外走。

最近两天小提琴协会的人讨论得大多都是表演赛的事情。大出风头的是秦苒那一行三人，尤其是秦苒。

秦语实在不想听有关他们三个人的任何一件事，她知道第一名会去 M 洲协会……

她刚下电梯，还没走出大楼，就看到大门前围观的一群人，吵吵嚷嚷的，似乎很热闹。秦语对这些不太关心，却在看到路边的汪子枫跟恩格先生那一行人时停住了脚步。

“他们在看什么？”她看到他们，疑惑地问了一句。

戴然向她介绍过恩格先生，秦语自然知道他在 M 洲是什么身份，只是汪子枫为什么跟恩格先生在一起？若是秦苒，她能理解，汪子枫不过是五级学员啊？！

“师姐，”身侧田弋筠摇了摇头，不太清楚，“他们好像是在说一个什么名额的事情……”

田弋筠并不知道 M 洲的这些事。秦语却像是被戳中什么似的，整个心脏似乎要从胸口跳出来，她声音一紧，连自己都没有发现还带着些颤抖：“名额？秦苒？”

身侧有老学员认出了秦语等人，听到她们也感兴趣，立马兴冲冲地回头：“不是秦苒，是汪子枫！去 M 洲的名额本来是秦苒的，不过，听魏大师说秦苒要专心学业，她就把名额让给汪子枫了！”

他一脸羡慕地看着汪子枫的方向：“对了，你们知道 M 洲协会是什么地方吗？

它在国际的地位就如同我们京协在国内的地位一样，是无法撼动的权威！”

田弋筠不知道M洲是什么地方，可听老学员的形容就知道不是什么普通地方，她一脸向往，不知道是羡慕还是嫉妒地看向汪子枫。

秦语脚步却是踉跄地往后退了一步。

M洲是什么地方，她怎么可能不知道？甚至去过M洲的秦语知道得比老学员要多很多，那里就是权势的化身，她为之努力了一年也不能去的地方，秦苒就这么随意地让给了陌生人？

秦语还在疯狂地想着，身侧的老学员又紧接着开口：“对了，不仅仅是M洲名额，听说魏大师还收了田潇潇跟汪子枫为记名徒弟。汪子枫跟田潇潇的运气可真好，秦苒把名额让给他就算了，魏大师竟然还能收他们做记名徒弟……”

“还有……”老学员说着，又看向田弋筠，“听说魏大师收徒是因为汪子枫他们两人是秦苒的组员，你们这一届的人真幸运，早知道我也晚两年入会，说不定也能当秦苒的组员。不说去M洲的名额，我至少也能当魏大师的记名弟子……”

这句话一出，别说秦语，田弋筠身侧本来就后悔莫及的李雪心口又被狠狠插了一刀。

接下来的话，秦语一句也不想听了。她拿着自己的包，失魂落魄地出了大门，脑子里还在回想老学员的话……

两个普通队员就能让秦苒这样……

“语儿，你没事吧？”沈家车边，宁晴远远就看到了秦语，立马从车上下来。看到秦语的面色有些白，她抓着秦语的手臂，紧张地上下看了一番。

八月底，天气依旧十分燥热，秦语却觉得内心都是凉的，她摇了摇头，直接坐上了后座，一行人回到了沈家。

一路上秦语都没有说话，只是看着窗外，也不知道在想什么。宁晴不知道秦语怎么了，也不敢打扰她，只是默默跟在秦语身后。

到了沈家，沈老爷子等人都在等秦语跟宁晴回来吃饭。

“你们回来啦。”以前林婉面对宁晴的时候，一直高高在上，有种目空一切的意味。此时却亲切地跟宁晴打招呼，让宁晴诧异的同时，又极其不习惯，沈家这些人究竟是怎么回事？她不在A城的这段时间，秦语又做什么了吗？

秦语今晚没有胃口，直接摇头：“你们先吃吧，我去楼上练琴。”

宁晴在沈家人的热情招待下吃完了一顿饭，然后敲开了秦语房间的门进去，秦语的房间比上次她来沈家的时候布置得还要好得多。

“你没事吧？”宁晴把饭端到秦语房间，搁在桌上，看着她。

秦语刚洗完澡，正坐在椅子上拿毛巾擦头发。闻言，她摇头道：“没事。”

她心理素质强大，表面上已经看不出来任何异样。宁晴看了她半晌，确定没事了，才舒出了一口气。

现在她的人生只剩下秦语一个指望，宁晴对她的关心程度可想而知。

“语儿，我感觉今天你小姑他们的态度不对劲……”宁晴坐在她的床边，疑惑地开口。

态度不对劲？还不是因为看到秦苒被魏大师收徒了。

秦语拿着毛巾的手一紧，低头，另一只手的指尖几乎要戳破掌心。她几乎能想象，秦苒这会儿要是回来，沈家跟林家会是怎样的普天同庆。

两天过去，木小鱼鱼已经把秦苒的小提琴谱子扒出来了。

木小鱼鱼先扒的框架，把秦苒的小提琴曲的高潮分界位置都给标出来。听第一遍的时候她没有用心去记，很轻易地沉浸到那种状态中了。

听了好几遍，她才记下了大概框架，然后继续扒各种难点片段。

越往下扒，木小鱼鱼对秦苒的这个曲谱就越惊艳。

秦语一年前的谱子木小鱼鱼早就扒出来了，对比过后，她很轻易地能发现确实有好几个片段很像。但秦苒的明显更加大气，格局也更大，至于秦语一年前的那场演奏，对比起来简直毫无特色……

如果中间不是隔着“疑似抄袭”这件事，木小鱼鱼觉得自己很容易爬墙。

她看着两张曲谱，其中的类似片段，已经不仅仅能用巧合来说明了。

木小鱼鱼内心的纠结可想而知，秦语是她第一个粉上的博主，秦苒……则是她在扒谱过程中无意粉上的人……

好半晌后，木小鱼鱼才看着京协的官方微博号，打开了私信，询问——

“请问，你们最新发的那条微博小提琴手的曲谱，是什么时间原创的？”

京协的微博号一直没有回复。

木小鱼鱼眼睛盯着微博的私信，想了好半晌，最后还是点开了秦语的私信，询问她琴谱的事情……

秦苒并不知道这二三事。

她下了何晨的车，又重新打了辆出租车回去。这次的司机是个中年男人，话很少，一路上就说了两句话。

秦苒拧着的眉头松下来，看了眼微信群，乔声跟潘明月等人已经到A城了。

林思然刚接到乔声，正在大群里呼叫班长，晚上要上星。

亭澜，程老爷子并没有回程家，只是坐在沙发上，端着一杯茶，眉眼挺严肃的，不知在思考什么。

他身侧还坐着程温如，她靠着沙发，腰背挺直：“苒苒去见朋友了？什么朋友？”

程老爷子刚想说自己没问，秦苒就推门进来了。听到程温如的问话，她随手拿下头顶的鸭舌帽，放到一边：“几个以前认识的网友。”

“去见网友了？”程老爷子坐直身体，声音严肃，“现在网上骗子多，一个女孩子见网友不安全，下次去见网友，身边要带个人。”

程木去厨房里给她端了一杯茶，放到了程老爷子对面的茶几上。

秦苒坐好，端起茶，语气与以往没什么两样：“没事，大家都很熟，有一个女记者之前在云城见过了。”

程木坐在沙发的另一边，也刚打开一瓶冰啤酒，才喝了一口，听到秦苒的话，他差点儿喷出来。

就那个随便拿出一管药都是一百万的女战地记者？他想起了那些年被“普通朋友”支配的恐惧。

程老爷子跟程温如都没有关注程木的脸色，两人都还在教导秦苒不要随便出去见网友。

秦苒就安静地听着。

说了十分钟之后，等程隽跟程金也从外面回来了，两人才收住了话题，去饭桌边吃饭。

吃饭的时候，程老爷子的手机响了一声。他接完，表情有了些变化。

程管家询问：“出事了？”

程老爷子放下筷子，拿着手机思索了好半晌。他张口，本来想说什么，但看到秦苒，他又收回了口中的话，摇头：“没多大事，你们别担心。”

程老爷子说完，神色如常，继续拿起筷子吃饭。

以往吃完饭，程老爷子都会找些借口留下来，今天走得却很急。

程温如本来有事要跟程隽商量，看老爷子这样，拧眉，也拿着公文包追了出去。

“爸，出什么事了？”程温如走到电梯里，按了地下一楼，侧头，询问老爷子。

程老爷子抬头，看着电梯上方红色的楼层数字：“今天‘129侦探所’那边有异动……最近一年，A城是越来越不太平了。”

云光财团的入驻，“129侦探所”的异动……

“‘129侦探所’异动？”程温如诧异地抬眸。

“129侦探所”跟其他机构不同，太过神秘，资料也少，情报网几乎遍布全球，谁也不清楚他手里有没有捏着几个家族的命脉。

电梯门打开，程老爷子往外面走：“听说有两个核心人员来了A城，欧阳薇看到了。”

“不会是巨鳄吧？”程温如拧眉，喃喃开口，“怎么会把这么危险的人物放到A城？”

“我先回去看看情况。”程老爷子停在车边，手放在车门上，没立马进去，“那欧阳薇，听说会成为‘129侦探所’的中级成员，秦家……更毫无胜算。”

程温如多多少少知道“129侦探所”元老的一些信息。

“129侦探所”之所以掌控了这么多情报没人敢惹，一个原因是“129”的势力，另一个原因则是“129侦探所”的几个元老成员特别恐怖。

关于巨鳄的事情，A城四个大家族都听过，边境的一个武器大佬。

欧阳薇要是真打入了内部，不说早就没落的秦家毫无胜算，就连其他几个家族都要忌惮欧阳家。

云锦小区。

秦陵把秦苒发过来的视频看了一遍又一遍，然后盘腿坐在沙发上继续通关格子的游戏。他耳朵上塞着耳机，隔绝杂音。

不远处的饭桌边，秦汉秋正在跟那位秦叔说话。

秦叔把一个文件袋递给秦汉秋：“学校我已经找好了，国际小学，秦陵以后上小学，你跟着我学一些东西。”

秦汉秋接过文件袋，讪讪地点头，然后翻开来看。里面一堆繁杂的文字，他看得头疼。

秦叔看他这样，心底叹了一声，手撑着桌子站起来。

“他在干吗？”秦叔在大厅里晃了一圈，目光放在秦陵身上。

他身侧的中年男人这几天都跟在秦汉秋他们身后，怕他们惹事，闻言，低声回答：“是在玩一款游戏，好像是他姐姐给他玩的。”

“他姐姐？”秦叔听到这里，不由得按了下眉心。

中年男人听出来秦叔心里应该十分失望，没敢再说什么，只低了低头，心里也叹息了一声。

秦叔花了好大代价，才把秦家正统的二爷找回来。

谁知道……

毕竟是从小走失，没有家族的培养，算是赶鸭子上架。

秦叔在这里停留了一会儿，就准备回秦家。

中年男人把他送了出去。

秦叔走后，秦汉秋才不逼迫自己去看那些数字，而是走到秦陵身边，蹲下来，小声道：“小陵，明天你姐姐开学，我们去看你姐姐好不好？”

秦陵手指在屏幕上翻飞着，终于过了这一关。他伸手取下了耳机，听到秦汉秋的这句话，他眼睛亮了亮："好。"

中年男人很快就回来了，听到他们明天要去看秦陵的姐姐，他也没阻止，只是严肃地嘱咐："二爷，不要告诉她你们现在的情况。"

秦汉秋早就跟秦苒说了，不过他没有跟中年男人解释，只是憨憨地点头："我知道。"

"明天我送你们去。"中年男人看了秦汉秋一眼，觉得他应该不会乱说。

秦陵已经低头拿起手机，在联系秦苒。

翌日，J 大第一天开学。

秦苒去得很早，新生招待处人不是特别多。

程隽拿着她的行李箱站在路边，等她去新生招待处。

秦苒眼睛一扫，就走到最近的一个新生招待处。她长得扎眼，几乎一过去就吸引了所有人的目光。几个学长立马围上来，因为她没有行李，都自告奋勇地想带她去办手续。

"行了，我来吧。"是一个气质略显温润的男生接待了秦苒，"学妹，你没有行李吗？"

头顶太阳太大，秦苒压了压头顶的帽子："有，在那儿。"

她伸手指了指程隽的方向。

程隽单手插兜，因为她去的时间太久了，他就懒洋洋地坐在箱子上。大夏天的，他依旧穿着黑色的 T 恤，映得锁骨一片莹白，懒洋洋地晃着腿，引起了过往学生的注意。

"那我就轻松了。"男生一愣，然后笑了笑，带秦苒去办手续，心底"啧"了一声，长得这么好看，果然不是单身狗，"我是夏珉，大二法律系，你有兴趣加入校学生会的话，记得找我。"

两人离开，新生招待处，一行学生会的人不由得面面相觑。

"新生是不是来错学校了，我们不是影视大学啊……"

"不知道是哪个学院的？"

"长得这么好看，应该是艺术学院吧？"

"不管是哪个学院的，肯定不是那四大学院。"

"看来校花榜要多加一个人了吧？今年新生资源不错。"

"什么叫校花榜多加一个人？她这明明是要傲视群雄啊！"

因为人不多，秦苒也没怎么排队，不到一个小时，手续就办好了。

她分到的寝室是老教学楼改造的 301 室。

因为来得早，寝室里没有其他人。

寝室有四张床，每张床上都贴了名字，秦苒的床铺靠近窗边，她跟程隽随手把东西收拾好，就下楼了，没留在寝室。

新生报名一共有三天，报完名不一定要住寝室，有些学生还会趁这三天跟父母好好玩。

与此同时，一辆黑色的车也停在了热闹的商业街入口。驾驶座上坐的是中年男人，他停了车，看向秦汉秋，挺诧异："他姐姐考到了A城的大学？"

这一块是A城的大学城，集结着所有知名大学，能考到这里的，都不简单。

秦汉秋脸上的笑容毫不掩饰："是啊，今年刚高考完。"

中年男人确实很惊讶。

他找到秦汉秋的时候，才知道为什么秦汉秋的资料那么难找，因为秦汉秋在灵海镇，那儿表面上是一个扶贫地点，实际上是几个大家族的实验基地。说是扶贫，不过是让更少的人去那儿发展。

也因此，灵海镇的资料专门有人把控，想要调用特别难，中年男人到现在还没弄清楚秦汉秋近些年的事情。

他跟秦汉秋接触过，自然知道秦汉秋之前一直在工地搬砖，文化程度不高。不过，他毕竟是秦家二爷，不能一辈子就在灵海镇过。好在秦陵还小，这会儿培养还来得及。

至于对方的两个女儿他也听说了，本身没多大期待，秦家局势险恶，找回秦汉秋跟秦陵都要冒好大风险，只是这两人跟他们想象中不一样，所以对他另外两个女儿没多大期待，却不知道他女儿竟然考到了A城。

中年男人有点惊讶，不过也没多问，只再次嘱咐了一句，让秦汉秋别多说。

说完之后，他觉得自己太刻意，就随口问了句秦苒学什么。

秦汉秋不太清楚秦苒学什么，就兴奋地开口："她小提琴学得很好。"

秦苒给秦陵发过一个视频。

说到这里，秦汉秋拿出手机给中年男人看："你看看……"

中年男人是一个大老粗，听得有些不耐心，只敷衍了两声。

秦苒这会儿刚从寝室出来，秦汉秋跟秦陵就没有去J大里面，只在一处路口等了两分钟。

秦语本来是打算去M洲的，眼下名额是汪子枫的了，所以开学日，她还是跟宁晴一起去J大报名。

沈家的车开往J大。秦语无意识地看着窗外，一眼就看到了站在路口的秦汉秋，她手一紧，不可思议道："妈，他们怎么会在A城？"

秦语知道秦汉秋现在的生活情况。

以往他每一次去云城一趟都是因为厂里要运货，手里的每一分钱都要精打细算。

云城到A城因为路途远，别说机票，就算是火车票都不便宜，更别说来到A城之后的生活费、住宿费……秦汉秋就算有钱来A城，又哪里有钱能在这里住宿花销？

宁晴顺着她的目光看过去，一眼就看到了站在路口的秦汉秋跟秦陵二人。

秦汉秋长得确实超出常人，但他身上没有丝毫气质，粗鄙又市侩，拿到精英人士那里，瞬间就沦落为司机、保镖之流。

听到两人的声音，司机放缓了车速，看着后视镜："夫人，表小姐，是看到朋友了吗？需要我停下来吗？"

"不用。"宁晴回过神来，黑着脸立马开口，"你快点开。"

她好不容易才从那个小镇子逃脱出来，再者……若是被林婉跟沈家人知道秦汉秋，就算是他们面上不显，内心也肯定会嘲笑。

秦语也从后视镜收回目光，没有说话。

这会儿马上就要去J大，要是停了车秦汉秋肯定要跟自己一起去，他那个形象……今天刚开学，秦语也不想让人知道她亲生爸爸是这样的。

沈家的车很快开走，在一个转角的时候，秦语又往后面看了一眼，路口处已经没有秦汉秋跟秦陵的身影了。

秦语重重地松了一口气。

这一边，秦汉秋已经跟秦苒他们坐到了咖啡店里。

秦陵把手机上的游戏页面给秦苒看。秦苒接过来，瞥了一眼，微微一愣。

秦陵过关了。

手机上的这个格子游戏在她很小的时候，陆知行就在电脑上给她玩过，虽然是普通的格子过关游戏，却需要很强的网编逻辑思维。

也正是因为如此，陆知行才发现了她的电脑天赋。

后来有了智能手机，秦苒把这个小游戏加大了难度放在了手机上。

秦陵玩游戏的时候，秦苒只是随便给他打包了一堆游戏，这个也在里面。秦苒没有想到秦陵会玩到这款游戏，还差点通关，后面她的录屏只能说给他一点启发。

没想到昨晚刚发给他，他今天就通关了。

秦苒一直没动静，在跟秦汉秋聊天的程隽注意到了，程隽看了她一眼，又把奶茶放到她身边，压低声音："怎么？"

她拿过奶茶，一手支着下巴，骨节微微泛着白，懒洋洋道："没事。"

秦苒看着秦陵，略显惊讶，她一直以为，她的高智商包括在电脑上的天赋来自她外公……现在看来，其他方面或许来自她外公，至于电脑这方面……或许还真不是。

她小时候有陆知行启蒙，秦陵并没有。以至于到现在秦苒才发现，秦陵在这条路上有着得天独厚的天赋。

"你们住哪儿？"秦苒往椅背上一靠，指尖漫不经心地敲着杯子，雪白的手指映着杯沿，缓慢而又有节奏。

秦汉秋也一直关注秦苒这边，不过他知道秦苒大概不怎么喜欢他，所以没说话。只是在秦苒问话的时候，他立马回答："云锦小区一单元二……二……"

说到这里的时候，秦汉秋卡壳了。

云锦小区的地址中年男人跟他说了一遍，秦汉秋记得不是很清楚……

秦陵淡淡地看了秦汉秋一眼，语气没什么变化："云锦小区一单元 26 号楼 801。"

秦汉秋讪讪地笑了一声，他端起茶杯，低眸喝了一口咖啡："好、好像是这样，小陵你记忆真好。"

"对了。"秦汉秋想起来一件事，他看向秦苒，"要是秦叔派人找你怎么办？"

秦苒漫不经心道："查不到我资料的。"

中午吃完饭之后，程隽先把秦汉秋送了回去。

程金给程隽打了个电话，程隽把秦苒送回亭澜，才出门。

程木今天去跟林思然交接新的一盆花了。

秦苒在楼上练了一会儿琴，想了好半晌，才拿着手机出门。她把鸭舌帽扣在头上，一边按着电梯，一边给陆知行发了条短信。

半个小时后，A 城金融中心。

这边都是高楼大厦，A 城几乎所有集团的总部都在这一块儿。

车停在云光财团总部的楼底。

秦苒刚到，云光财团的大门并没有人看守，因为这几天还在招标，来来往往的人络绎不绝。大厅中央是蓝色的透明四维投影，引起了不少人的驻足关注。

秦苒往四周看了一眼，直接朝一部电梯走去。

工作人员看到她，立马往前走"抱歉，小姐，这部电梯……"是内部人员专用。

他一句话还没说完，秦苒就拿着黑色的薄片手机往电梯感应区上一靠，电梯门打开。她走进电梯，稍微抬了头，看向工作人员，因为鸭舌帽帽檐压得低，只能看到她精致白皙的下颌，她声音又轻又冷："电梯有事？"

工作人员反应过来："没事，您请！"

电梯门合上，工作人员还站在电梯口，看着电梯一层层往上攀升，直至停在了 21 层。

工作人员内心更加震惊……

20 层和 21 层都是 IT 部，尤其 21 层是 IT 部精英核心层，杨总专门单独开了一楼，整个公司每一层的人都很热闹，每一层几乎都有一百人，然而在 21 层工作的人不到 20 人，十分安静，连保洁都只能在规定的时间内进去，是云光财团最神秘的一个部门。

工作人员也只是云光财团的新人，从来没有见过 21 层楼的核心人物……

大门口处，也有人停顿了一下。

"没事吧？"封辞看了林锦轩一眼，眸色微顿。

等到电梯门合上，林锦轩才收回目光，按了下太阳穴，侧眸："没事，可能因为太累看错了。"

秦苒怎么可能会出现在这里？

下午五点半。

云光财团下班的时候，秦苒才从 21 层下来。她拿着手机，程隽刚发了消息问她在哪儿，她就站在路口的地方回了一句。

她刚回完，身侧一辆黑车停下。

车窗降下，露出了后座上程温如的那张脸："苒苒，你怎么在这里？快上来，外面那么热。"

秦苒坐上了后座，扯下鸭舌帽，面不改色地跟程温如说话："我来逛街。"

驾驶座上，李秘书往后视镜看了一眼，心底疑惑，商业街跟金融中心隔了一条街吧？

然而秦苒就是程温如心里的小可爱，她关心地询问："你买了什么？东西多吗？是送上门的吗？"

"就买了一台电脑。"秦苒想了想，开口。

"电脑啊。"程温如点头，"你是喜欢打游戏吧，过几天我帮你弄一台云光财团的电脑，他们家电脑好。"

秦苒："谢谢。"

晚上七点，云锦小区。

秦叔照旧来看秦汉秋的情况。这时，有人敲门。

中年男人去开了门，门外是一个戴着红色鸭舌帽的人，他把手中的一个包装盒递给中年男人，话说得言简意赅：“您好，这是秦陵的电脑。”

说完，也不等中年男人回话，他直接按了电梯门离开。

中年男人有些奇怪地把电脑拿给秦陵：“小少爷，你买了电脑？”

秦陵低头拆开了包装盒，打开来一眼就看到了黑色电脑，跟他在秦苒那里看过的一模一样。

他眼里迸发出微亮的光，声音也带了些许波动，抬头：“不是，我姐姐给我的。”

是给他的，不是买给他的，只是这意思鲜有人懂。

他打开电脑，电脑开机很快，屏幕上是一片荒芜的沙漠，上面全都是游戏的图标。

秦陵直接拿着电脑去了卧室。

“他姐姐怎么跟他联系了？”秦叔看了中年男人一眼，“你去看看。”

中年男人去房间看了眼秦陵，三分钟后回来，恭敬地回答：“小少爷在玩游戏，他姐姐……他姐姐给他下了几十个游戏。”

“几十个游戏？”秦叔微微拧眉，进去秦陵房间看了一眼，秦陵果然在玩游戏。

秦陵今天心情好，看到秦叔他们进来，也不恼，反而礼貌地询问：“你们要玩游戏吗？”

“不了。”秦叔站在他身后，看了眼电脑上乱七八糟的游戏，眉头拧得更深。

J 大女生寝室。

秦语洗完澡出来，她桌上的电脑是打开的，显示着她的微博页面，一千两百万的粉丝。

她大大方方地打开着，也没关上。她的两个室友羡慕地在一旁讨论，看她出来，不由得开口：“秦语，这是你的微博吗？好厉害，抵得上二线明星的流量了。”

秦语笑得随意，不太放在心上。她把头发擦干，把毛巾放到一边，不小心碰到了鼠标，点开了一条私信。

上面是木小鱼鱼的消息。

“过两天校学生会招人，你们两个要去吗？”坐在秦语隔壁的短发室友想进校学生会，跃跃欲试。

另一个室友摇头：“我是想去，不过，我一不是四大学院的，二长得也不好看，人家不一定要我啊！不过秦语一定能进，秦语，你以后可能就是我们寝室的救星了！”

大学学生会相当于一个独立于学校的组织，有相当一部分的话语权。

“对啊，秦语你长这么好看，一定能进。”短发室友手托着下巴，看秦语。

校学生会选人无非就是那几个标准，长得好看或者擅长交际或者有一技之长的，基本上都能被挑中。

秦语微顿，不动声色地开口：“四大学院？”

她来A城这么长时间，一直都觉得自己会去M洲，从来没有注意J大这边的事，以至于室友说起来，她才会这么陌生。

“学校论坛有，就是我们学校大大小小有二十几个系，全校最厉害的系只有四个——政法系、物理系、医学系、数学系，简称四大学院。这四大学院的学生都很牛，我也想去政法，可惜我分数不够，只能填经济系。”短发女生靠着椅背，摇摇头开口。

不过，她显然对四大学院也不够了解。

秦语若有所思地收回了目光，看到点开的私聊页面，就要伸手把它关上——

可看到显示的内容，她的手忽然顿住。

木小鱼鱼的消息很简单，发了两份对比乐谱简图，又把京协官网的视频发给秦语看——“秦语前辈，这个人的谱子跟你的很像。”

秦语眯了眯眼，她戴上耳机，又点开了木小鱼鱼发来的视频，一眼就看出来那是秦苒在最后表演赛上的视频。

秦苒表演赛上的视频她没有认真去看，毕竟一听到是秦苒的表演曲目，她就有些心肌梗死。

此时全都听完，秦语心陡然乱了，几乎要从心口跳出来，拿着耳机的手都微微有些颤抖。

她忽然想起了魏大师一年前说的“抄袭”……

那张乐谱她是在林家捡到的，又是从陈淑兰行李中掉出来的，眼下跟秦苒的乐谱撞上，一切都太过巧合……秦语几乎已经理出来那条线了……

她心里有一个不可思议的想法跃出来……那张乐谱可能是秦苒的！

她关掉了木小鱼鱼的私聊页面，怔怔地坐在凳子上，连室友说的学生会跟四大学院她都没有心思去关注了。

不对……秦语靠着椅背，又想起来一件事，那张乐谱的手稿……

在她自己手里。

[第四章]

强势打脸，惊天逆转

常宁家。

渣龙从冰箱里拿出一罐冰啤酒，嘴里一边叨叨不停地在跟常宁说话，一边拨通了巨鳄的视频。

视频没响一会儿就被巨鳄接通了，他问得干脆利落："什么事？"

他那边漆黑一片，几乎连脸都看不清。

"没什么，就是想知道为什么你一点也不好奇孤狼的事？"渣龙喝了一口啤酒，神秘兮兮地开口。

"当然好奇我大兄弟了。"巨鳄把烟咬进嘴里，声音平稳，不过眉头却是拧着，"最近两天有点事。"

"遇到麻烦了？"渣龙喝完啤酒，把罐子一捏，直接扔到了垃圾桶，"跟我说说，什么麻烦？"

巨鳄本来挺感动的，想要回答，渣龙又开口了："说出来让我开心一下。"

"别理会他。"常宁伸手拿过渣龙的手机，"最近边境不太平？"

"有点。"巨鳄那边进了车，后面的灯开着，照清了他的眉眼，男人三十岁左右，有股异域风情的俊美。半晌，他拧眉，"有个势力确实有点麻烦，正好想联系你帮我查查。"

"哪个势力？"常宁一笑，能被巨鳄忌惮的人不多。

"M洲的，地下联盟同级势力，那什么土的，里面还有个人是黑客联盟的人。"巨鳄掐灭烟，随手扔到了窗外。

"随手扔垃圾不对。"常宁看了他一眼，说完一句之后，才皱眉，"M洲？地下联盟同级势力……这件事可不好查。"

"好查的话，我还能找到你？"巨鳄比了个手势，吩咐手下开车。

常宁把手机又还给渣龙，自己去倒了一杯茶："能查M洲的，只能是孤狼了，你也要下单吗？排队吗？"

不仅仅是查那个势力，更重要的是，孤狼也是一个黑客，巨鳄现在就缺一个黑客跟对方杠。

"我大兄弟会让我排队？"巨鳄抬了抬下巴，非常自信。

渣龙憋了半天，终于憋不住了，他开口："一天到晚大兄弟，谁是你大兄弟？"

巨鳄本人看着比网上高冷，他透过视频，淡淡地看了渣龙一眼："你话这么多，孤狼是不是特别嫌弃你？"

渣龙想起了两天前的事情，他感觉心口忽然被插了一刀。

与此同时，亭澜，书房。

程金正把一堆文件递给程隽："程土那边传过来的消息。"

"他去边境了？"程隽翻开来，略微看了看，就放到桌上。

程金点头，又摇摇头："问题不大，他在跟程火商量……"

程隽抬眸，略加思索。

两人正说着，门外的程木来喊他们下去吃饭。程金停住了话头，跟在程隽身后出去。

程木以前总以为程金是在处理程家的事情，可这一次程金回A城，他就再也没有这种天真的想法了。刚刚他隐隐听到程金说到程土，于是开口询问："程土现在在干什么？"

金木水火土，程水、程火在M洲庄园，程木已经清楚了。

他哥哥看起来是在做生意。只有程土，程木只能在群里看到他蹦跶的身影，程水跟程火也对程土闭嘴不谈，程木至今都不知道程土在经营着什么。

"他？"程金看了程木一眼，把手机塞回兜里，"他长年驻扎M洲，下次见面你不妨问问他。"

楼下，程温如还在跟秦苒说话，询问她今天报名的事情。

"物理系不错。"程温如拿着筷子，笑道，"J大的话，如果能进学生会，就尽量进去，对你之后去研究院有好处，要是……"

她一点儿也不觉得，秦苒以后不能进研究院，毕竟秦苒是两个院系的院长都争着要的。

"算了，你还没进研究院，这件事说起来太遥远。"不知道想起了什么，程温如又叹息一声，止住了到嘴边的话。

秦苒看了程温如一眼，觉得她话里有其他意思，不过也没有多问。

“我记得……J大的传统好像是至少住宿一学期吧？”程温如夹了一根青菜，说到这里，看了眼正拉开椅子坐着的程隽，笑了。

程隽兴致不太高地看了程温如一眼，不咸不淡地询问：“程金，最近我们是不是很缺资金？”

程金把“不缺”两个字吞下，板着一张脸开口：“很缺。”

程温如立马收回了笑：“别，财神，我跟你开玩笑的！”

程隽虽然退出了公司，但公司资金一旦转不过来了，银行贷款程序太多，涉及大量资金时，程温如都是找程隽借的……

程隽很有礼貌地看了程温如一眼，抱歉地开口：“我没开玩笑，真的缺钱。”

秦苒吃完饭，默默放下了筷子，她拿好手机：“我先上楼洗澡。”

手机上，正好显示了常宁的消息——

“有个新单子。”

“巨鳄的。”

秦苒拿手按了下额头。

能让巨鳄求到她这里来的，都不是什么简单事儿，希望开学前能够搞定。

秦苒忙着巨鳄的事情，自然不知道，一条关于她的微博正在迅速蔓延。

京协的微博不少人都在关注。

秦苒跟秦语都是比较出名的学员，木小鱼鱼的对比图在秦语的粉丝群传开。

几个片段几乎一模一样的乐谱，一个是今年发的，一个是去年发的，秦语的粉丝一个个都忍不住了，一条微博横空而出——

“@京协 笑死我了，还小提琴界未来的新星，这么明显的抄袭看不出来吗？秦语的这个视频都快一年了，时间过了这么久，她还敢发出来，当我们粉丝没有耳朵？！”

一条微博似嘲似讽，还放了几张图片，正是木小鱼鱼做的对比图，上面还有非常专业的分析。

这条微博被秦语的粉丝买了热门，秦语本身就是一个极其有热度的博主，不到一个小时，就有了上万条评论。

这么大的动静，京协的人自然也看到了。

“我看了，好像确实存在抄袭……”负责京协官博的几个人面面相觑，就是不知道谁才是抄袭的那个，“现在怎么办？”

“我记得去年魏大师好像就说过秦语抄袭，所以没有收她做徒弟吧？”另一人脑子里灵光一闪，忽然想起来这件事。

这件事事关魏大师跟他的徒弟，负责官博的这些人不过就是普通成员，几个人不敢擅自做主，只能去联系魏大师。

京协眼红秦苒的也不少，尤其是对方成了魏大师的首席大弟子，无数人想把这件事闹大，落井下石的人也不在少数，很快就传到了戴然耳里。

上次表演赛之后，戴然在小提琴协会的地位一落千丈，他最近一段时间心情都不太好，直至今天晚上的惊爆消息传出来。

“戴老师，这件事确实太过巧合……”身边的人微微思索了一下，低声开口，“不过，秦语比秦苒先发表一年，这就是事实。”

戴然笑了一声，眸光挺冷：“那秦苒要是一年前就能作出这样的曲子，何必到今天才来京协？”

这句话一出，戴然一派的人都不住地点头。这样出色的音乐，一般人作出来恨不得天下皆知吧，哪里还有藏着掖着一年才慢悠悠地放出来的道理？

戴然显然也是这样想的，这件事如果是真的，对魏大师的信誉和地位显然都是很沉重的打击。

他直接拨了秦语的电话。

这件事已经发酵了几个小时，秦语一直盯着，惶恐不安。电话铃声响起的时候，她惊得差点儿跳起来，不过还是按捺住自己，去阳台接了电话：“喂，老师。”

“微博上的事情你知道了吧？不用害怕，你只要告诉老师，乐谱是不是你一年前创作的，有没有什么证据？”戴然的声音很平稳。

他显然是相信她的，这一句话给一直不安的秦语打了一针强心剂。

她深吸了一口气，看着楼下走动的学生，定定地开口：“是我，我还有手稿。”

手稿看得出来是旧物，是最好不过的证据。

魏家。

魏大师刚回来，最近汪子枫要去 M 洲，魏大师在帮忙疏通程序，最近两天都是到晚上十点左右才回来。

“小少爷今天的进度怎么样？”回到家，魏大师脱了外套，接过海叔递来的茶杯。

“今天不错，已经在试图管理一些小生意了。”提到魏子杭，海叔的表情也缓了很多。

魏子杭暑假的时候就突然改过自新，要回来接受家族培训。一直闭关到现在，基本上都是海叔陪着他。

也因此，这两个月海叔没有跟在魏大师身边。

魏大师略微点头，坐到餐桌上吃饭。京协的电话就是这个时候打过来的。

海叔去沙发边接听，本来笑眯眯的和缓表情一顿。

魏大师按了下太阳穴，然后伸手端了一碗汤，慢慢喝着，感觉到海叔的表情不对，他不由得抬了抬头，眯眼：“怎么回事？”

他放下了碗。

“老爷，确实有件事……”海叔皱了皱眉头，把微博上的事情跟魏大师简单地说了一遍。

魏大师听完，“啪”的一声把手中的筷子放下。

他让人把秦语粉丝那条微博翻出来，一眼就看到了下面的评论。

“竟然还是京协的高级学员？一人血书求京协将她除名！”

“二人血书！”

“京协是疯了吧？这种人也收？简直就是小提琴界的耻辱，心疼秦语小姐姐。”

“因为她是魏大师的徒弟，她就能无所畏惧、光明正大地抄袭了？”

“听说还是@魏大师 的徒弟，魏大师您出来说几句？”

事情经过一晚上发酵，越演越烈。魏大师气得饭也吃不下去了，那乐谱是谁的，他能不知道？

“老爷，我们去找秦小姐？”海叔低声开口，“让她把她的手稿发出来就行了。”

“她哪里有手稿？”魏大师按了下太阳穴，秦苒以前根本就不知道她那些手稿的价值，也是她成功得太容易了，这也是她身上的一个缺点，“那些手稿她几乎都是随手乱丢的，达不到完美，就随手丢了。”

因为……她大概自己也没想到，自己当作垃圾一样的东西，别人如获至宝。

海叔一愣，完全没有想到会是这样，神色这会儿也严肃起来：“她那手稿……不会是被秦语捡去了吧？”

艺术界的这种事，最讲究证据。谁先发表，你得拿出证据来。

秦苒一没手稿，二没视频，而秦语那里有可能存有手稿，最重要的是……秦语一年前拉小提琴的视频还在，这是最直接的证据。秦苒这边只有最近几天的视频，很容易被网友带节奏。

魏大师一年前就知道秦语的这首曲子，但那个时候他也拿不出什么实质性的证据，只能稍微提一句。当时要真闹大，最后网友还指不定说他硬摁着头让秦语承认抄袭。

现在网上舆论压力太大，更多的人都会下意识地偏向弱者。

有部分网民的三观很奇葩，俗称你弱你有理，随便一个营销号就能影响舆论，指哪打哪，这方面魏大师也不敢小觑，事关秦苒的未来。

他一边朝楼上走，一边低头给程隽打电话。

至于秦苒那边……她那暴脾气，魏大师不敢跟她提，害怕她直接提刀就去找秦语了……

毕竟这事儿几年前也不是没有……

一夜过去，魏大师那边没有动静，秦苒那边也没有动静。

秦语从床上爬起来，心思也越发活络。她对秦苒那个人十分了解，这么长时间都不说话，说明秦苒本身可能没有证据！

秦语的心“扑通扑通”跳得很快，她看着自己一晚上多了好几千条的微博评论，都是安慰她的，没有一个人觉得有可能是她抄的秦苒。

她涨了十万的粉丝，而且还在不断上涨。

京协会要一个有抄袭历史的人吗？

如果没了秦苒，她不就是排名第一了？

秦语打开微博编辑器，发了一条微博，表示她是　年前在学校创作出的这首乐曲，学校里当初很多人都能证明这一点。为此，她还找了当初学校的几个同学。

那一段时间她确实在衡川一中的艺术楼练习小提琴，这件事知道的人不少。

今天是开学报名第二天，不需要留在学校，秦语还特地回到沈家，翻出来自己的行李，把那张小提琴谱拿出来，拍照发到了微博上——“这是我用了一个月才写出来的。”

亭澜。

秦苒还在房间内，窗帘没有拉开，她就坐在电脑前，冷白的手指在键盘上跳跃，一行行代码跳出来。

好半晌之后，她按下了“Enter”键，跳动的代码转化成了一个 IP 地址，有些眼熟，她眯了眯眼。不过，她没有在意，只是戴上耳机，跟常宁说了一句：“解决了，你让巨鳄走吧。”

常宁那边应了一声：“行。”说完就挂断电话，迅速联系巨鳄去了。

秦苒也没关电脑，只是拿着茶杯下楼。

楼下，程隽站在大厅里似乎在跟谁打电话，看到她下来，立马挂断了电话。

“去吃饭。”他指了下饭桌，然后坐到另一边，手上漫不经心地转着手机，神情有些莫名其妙地冷。

他的目光几乎毫不掩饰。

秦苒吃了一口饭，实在忍不住：“有事求我？”

“谁求……”程隽看她一眼，话说到一半，中途拐弯，就是语气不像是求人的样儿，“不是，确实有事求你，听说你有个生日成长记录，借我看看？”

“生日成长记录？”秦苒拿着筷子，目光若有所思，“你怎么知道这个？”

程隽垂着眼眸，睫毛微低，想了半晌，然后抬头看着秦苒，十分霸道：“我就是知道。”

秦苒：“……”行。

“程木，我东西在哪儿？”秦苒不看他，只是将目光转向程木。

秦苒刚下来，程木也刚去楼上把秦苒的花盆搬下来养护。这盆花娇贵得要命，光是养护工具就是一堆。听到秦苒的话，他把花盆搬到窗边：“在楼下收藏库。”

秦苒有一行李箱的宝贝，这个箱子是她当初从衡川一中带过来的，程木问过她是什么，她就说是宝贝，其他什么也不多说。

程木就保存好她的宝贝，还放在了楼下他的秘密基地。他观察过秦苒的箱子，看不出来其他什么，但说是“宝贝”她又那么不在意地随手给他管理……

甚至到 A 城两个月了她都不管，到现在才想起来……

程隽微挑着眼眸，看着秦苒，笑得漫不经心：“快吃，吃完去楼下。”

几分钟后，秦苒才吃完，就跟着程木一起去楼下。程隽微微落后一步，不紧不慢地跟着她。

“你怎么忽然想看生日记录？”秦苒顺着楼梯往下走，稍微侧身，声音清冷。

“好奇。”程隽低声笑了笑，他手插在兜里，漫不经心地跟在她身后，微微低头，俯身靠近，笑得轻缓，“好奇你以前的生活。”

“啊！”秦苒不动声色地避开了目光，语气懒洋洋，“也就是打架、逃课、打游戏。”

“是吗？”程隽直起身来，挑眉，“秦同学看起来在学校就很厉害。”

楼下，只有几步路，没走两分钟就到了。

程木拿着钥匙开门。程隽落后秦苒一步，看着她的背影，嘴边的笑容敛了敛。

昨天晚上，魏大师就把微博上的事跟程隽说了，让程隽忽然想起来，陈淑兰曾经跟他说过的生日录像。当时陈淑兰说得很琐碎，大致就是秦苒的生日会上很热闹，有很多人，她脾气不好，可那时候要求她拉小提琴她也不会拒绝。

程隽记性好，当时陈淑兰跟他说过的话跟表情他都记得。在说这一段的时候，她的表情略有异样。

直到昨天魏大师跟他说了秦语事件之后，程隽瞬间就想起来了。

纵使有过好奇，但他也不愿意让她撕开过去。

只是这一次……程隽垂眸，眸底寒意凛冽。

程木已经打开了门，秦苒跟在他身后进去，满房间一扫，都是程木小时候玩的东西，没见到她的黑色大箱子。她手负在身后："我箱子呢？"

程木立马开口："秦小姐，你别急。"

说着，他就打开一个暗格，从一个大型的明显是定制的保险柜里拿出了秦苒的黑色大行李箱。真是超大一个行李箱，箱子对于普通人来说有点重，程木拎着倒不是特别费劲，小心翼翼地放在秦苒面前。

秦苒蹲下来，拉开黑色行李箱的拉链。程隽也在她身边蹲下来，跟她一起看满箱子的宝贝。

程木好奇秦苒的宝贝，他最近有些飘了，就举着手，问："秦……秦小姐，我可以看宝贝吗？"

秦苒头也没抬，不太在意："也没什么，你看吧。"

程隽抬头扫了程木一眼。

秦苒打开了箱子，里面的东西很多，乱七八糟地摆着，没什么次序。秦苒随手划拉了一下，映入眼帘的就是一个金色的喇叭形状的奖杯。

原本秦苒给言昔寄回去了，言昔拒收又原路返回到秦苒这儿，秦苒就随手把它放到了箱子里。

最角落里的是一个造型古朴的木盒，盒子上还有着一把几乎生锈的锁。

还有些乱七八糟的书……

秦苒在这一边没翻到，就走到另一边，终于翻到了潘明月在拜师宴上送给她的礼物。她随手抽出来，一颗顾西迟送给她的粉钻，"骨碌"一声从录像带上滚到箱子的角落里。

看着这一幕的程木呆住了，不管其他东西，就凭这颗粉钻，也值得他用专门的一个保险柜去装。

程木蹲在距离两人最远的箱子一角，收回了放在粉钻上的目光，又看向其他物品。毕竟他在顾西迟家看过更大的钻，当然，杜堂主他们做一趟生意就是一箱子的钻。

程木又把目光放在粉钻边上的一册书上，看封面也不像是书……像是漫画。

书没有拆封，但看起来像是保存很久了，这让程木不由得想起在云城的时候，陆照影跟他说过的话，秦苒曾经在学校画过一期板报，她就是在那个时候第一次封霸的……

程隽把秦苒自九岁到十九岁的成长录像清理了一下，少了一年，加起来九碟影像。

时隔一年，秦苒再次看到这堆录像，心里没有去年那么感慨了。

潘明月的妈妈喜欢录影，每年过年或者她跟潘明月的生日，潘明月的妈妈总会录影，甚至魏子杭跟宋律庭两人还曾经问过潘明月的妈妈是不是对男生有意见，因为他们没有，潘明月的妈妈很大方地说对……

秦苒头往后仰了仰，不再想这些事。

她把东西收好，又把箱子合上，让程木再次把箱子放到保险柜。

拿到了录像，程隽就一个人回到自己的房间看了。

与此同时，边境。

一个络腮胡站在程火身后，瓮声瓮气的，挑眉："程火，你到底行不行？这都快一个小时了。"

"我当然行！"程火手忙脚乱地按着键盘，然而键盘上还是两个明显的字母——K. O。

嚣张！十足的挑衅！

"你行？"络腮胡有一双琥珀色的眼睛，十分好看，只是此时一脸的鄙夷，"然后呢？"

程火咬了咬牙，移开了放在键盘上的手，开始承认："对方不简单……"

"巨鳄能找到什么不简单的人？行了，你也配自封黑客联盟前十？"络腮胡赶苍蝇一样赶他，十分敷衍，"赶紧走，不需要你了！"

"谁跟你开玩笑了？"程火这暴脾气忍不住了，"你懂什么，这人的水平几乎赶得上我们会长了，现在只有靠大嫂……"

络腮胡不动声色，语气却还是嫌弃："什么大嫂，你看她理你吗？"

"为什么不理我？我跟她关系可好了！"程火蹦起来，拿出手机就打了一遍国际电话。

没接通。

络腮胡冷笑一声。

程火顿了顿，握紧手机道："大嫂肯定在打游戏，你再等一下！"

他又打了一通，依旧没接通。

络腮胡双手环胸，挑着眉眼看程火，再次呵呵。

程火咬牙："大嫂今天肯定在上学！你稍微等等！"

第三次，程火终于打通了。他挑着眉看了络腮胡一眼，然后开口，语气立马就变了："秦小姐，救命！"

秦苒这会儿刚换完衣服出来，手机搁在耳边。

程火声音咋咋呼呼，嗓门也大，听到这声音，她不由自主地将手机远离耳朵十厘米。

"什么事？"她随手关了电脑，问得漫不经心。

程火知道秦苒没什么耐性，就看着电脑，把这边的事情言简意赅地说了一遍："秦小姐，只有你能救我了！"

秦苒刚关了电脑，闻言，也挺好奇的："那人的电脑技术比得上你们会长？"

"当然。"程火疯狂地点头，想想秦苒看不到，他又肯定地说了好几遍。

对于黑客技术的判断，程火自然有自信不会弄错。

听他这么说，秦苒来了点兴趣。她把收起来的电脑又放到桌上，拖开椅子坐下，语气不急不缓，十分淡定："资料传给我。"

她一边说着，一边重新启动电脑。

程火那边忙不迭地也登录上自己的账号，把一堆乱七八糟的东西发给了秦苒。

秦苒接收了程火的消息，打开随意看了眼，就启动命令窗口。

程火发的几个代码跟定位都很全，主要是查几个定位，以及背景资料。秦苒输入地址之后，立马就锁定了一个区域。

这个区域……是在边境？有一点点眼熟。

秦苒在数字编码这方面有着与生俱来的天赋，数据库系统何其庞大，但她一眼看过去，大概就能看出相似点。

秦苒按在键盘上的手顿了顿，不过还是继续查了下去。噼里啪啦的，一堆代码敲完，秦苒看着引擎上的这堆代码，稍微顿了一下，然后伸出一根右手手指，按下了"Enter"键。

系统数据变化繁杂，一串串"0"跟"1"在跳跃，屏幕上的数字明明灭灭地翻滚着。

绿色的进度条页面才加载了 20%。

时间还有三分钟，秦苒手撑着桌子，去桌上给自己倒了一杯水，也没有继续坐在椅子上，就靠着椅子，一边慢悠悠地喝水，一边看着电脑页面。

三分钟后，繁杂的编码消失，进度条 100%，几番跳动之后，一行行数据出现，黑底白字，然而中间点一个 IP 地址异常显眼——

熟悉的 192 打头，熟悉的域名……

秦苒咳了一声，转手缓缓地把玻璃杯磕在桌上，重新运行了引擎。

又三分钟后，熟悉的域名。

秦苒微微仰了头，手搁在脑门上，好半晌之后，有点服气。

M 洲这边。

程火大马金刀地坐在电脑边的椅子上，他捏着一根烟，直接点上，眉眼嚣张："程土，我跟你说，不出半个小时，大嫂一定能解决这个麻烦！"

程土看了他一眼，伸手接过手下递过来的文件，抽空看了程火一眼："你对秦小姐很有信心？"

程土是金木水火土几兄弟中唯一没有见过秦苒的，五行群里他们四个人在讨论秦小姐的时候，他只能暗暗窥屏。虽然刚刚在损程火，但程火的黑客技术有多强，程土是知道的。毕竟中学的时候历史成绩不好，就能黑入教务系统改成绩的事情，程火也没少做。

能进入黑客联盟，还能跟其会长那么熟，程火的电脑技术自然不弱，所以程土才千里迢迢地找了程火过来。

"当然，我都跟你说了，她的电脑技术及得上我们会长。"程火吐出一道烟圈，自信又张扬。

他不是那么没分寸胡说八道的人，程土也略微放下心。

半个小时过去，秦苒却没有传来消息。

程土看了程火一眼，程火尴尬地咳了一声："应该是遇到了什么问题，我们再等十分钟。"

十分钟之后，还是没有动静。程土把文件递给了手下，一双琥珀色的眼睛看向程火。

这跟程火预料的不太一样，他立马坐直身体，拿出手机又给秦苒拨了一遍国际电话。

电话接通，程火就噼里啪啦地开口："大……秦小姐，你查出来没有？"

秦苒这边已经关了电脑，把电脑装进了背包，面不改色地开口："没有。"

"嗯？"程火一愣，又抓抓脑袋，不敢置信道，"怎么可能，你们俩技术应该相当，怎么可能查不出……"

"没有。"秦苒"唰"一声将背包拉链拉上，直接打断程火，声音微微拔高，"我说查不到。"

"哦哦，我知道了，你没有查到。"程火吓了一跳，连忙回她，"那你忙。"

秦苒“啪”一声直接挂断电话。

程火有些蒙地看着“电话已结束”的字眼，呆呆地坐在椅子上：“不可能的事情，她不可能查不到啊……”

程土也坐直了身体，眉头微拧。他嘴里咬着烟，思考了一会儿才问：“你确定她能查得到？”

“废话，能在我眼皮子底下攻入庄园系统。”程火没好气地看程土一眼，思索了好半晌，犹疑着开口，“难道两个人技术相当？”

程土站起来，眉心没松，事情陷入困境：“巨鳄这究竟找了谁？”

A 城，亭澜公寓。

程金拿着一个文件袋进来，看到拿着铲子的程木，他默默移开了目光：“隽爷呢？”

“楼上房间。”程木目光没转。

程金点点头，直接拿着文件袋去楼上找程隽。

程隽的房门没锁，半掩着，隐隐有些烟雾，窗帘拉着，有些昏暗。程金面不改色地推门进去。

“事情如何？”程隽拿着遥控器，关掉了电视，又走到桌边，把烟按灭，拉开了窗帘，房间瞬间就变得敞亮起来。他一边说着，一边走到电视边，把机器里面的录像带拿出来。

程金看了一眼那录像带，不过没看清那是啥，听到程隽的话，他拧眉：“您看看。”

他没多说，只是打开手机翻到一个微博页面。

微博是秦语发的——“这是我用了一个月才写出来的。”

底下评论基本上都是对秦苒的谩骂，然后就是安慰秦语。热评第一是戴然的，他表示自己会不畏强权，坚持为自己的徒弟找回公道。这条评论下面都是心疼他们并力挺他们的。

“心疼小姐姐！抄袭者去死吧！”

“小提琴协会怎么还没有声音？都上热搜了吧？为什么还要维护那所谓的‘新星’？！”

当然，也有不同的声音——

“其实，听听两个人的小提琴曲，只有我觉得另一个人比秦语表达得好吗？更燃更炸，还有一种说不清楚的压抑，学音乐的人表示绝了！”

然而，这条评论的点赞数不过六千，比起戴然的十二万点赞数简直可以忽略不计，但评论下面有七千多条回复，都是辱骂层主的。

“不听，打死不听抄袭者的音乐！”

“抄袭者比秦语拉得好听？你耳朵是聋了？你有没有问过秦语小姐姐一千两百万的粉丝？”

程金在一边战战兢兢地看着，原本他以为程隽看完会直接发火，然而没有，程隽只是表情变冷，周身的气息瘆人了一点……

“我让人把这些营销号跟博主的微博买了？”程金询问程隽。

他是程隽手下的得力干将，擅长工于心计，这件事要慢慢交代给他，他自然也能把黑的营销成白的，不过需要花时间。

如果拿不出来证据，两个月之后热度自然消失。

“不用。”程隽把录像带拿上，又拿了笔记本电脑跟U盘，他低垂着眉眼，声音冷冽，“去小提琴协会。”

程金看了眼程隽手上的录像带，若有所思地拿起了车钥匙，跟程隽一起去小提琴协会。

与此同时，沈家。

宁晴还在屋内收拾行李，秦语住校，林家在大学城周边买了一套小公寓，方便宁晴照看秦语。为了她，林家也花了大价钱。

只是收拾行李的过程中，宁晴偶尔会想起秦苒，跟莫名其妙地出现在A城的秦汉秋。

当然，宁晴绝对不会认为秦汉秋来A城是投奔秦苒的……

毕竟是自己亲生的，宁晴也了解秦苒，秦汉秋以前对秦苒的态度跟她差不多……现在就算有所缓和，也好不到哪里去……

就算退一万步，秦苒原谅了秦汉秋，秦汉秋也没这个脸留在秦苒那里。

秦汉秋也不会是来A城发展的，他那个人软弱无能，没人比宁晴更清楚。

宁晴想着，眉头稍拧，有些想不明白。她打开衣柜，拿出里面的衣服开始叠。

门被敲了两声，林婉从门外进来，在房间内环视了一圈：“嫂子，你东西收拾好了？”

宁晴还不习惯林婉的态度，拿着衣服的手微顿：“还差一点儿。”

林婉笑了，她比宁晴自然，站在房间内看了宁晴半晌，才拿着手机，询问：“微博上的事情你知道了吗？”

“什么？”宁晴这两天忙着秦语开学的事，无心管其他事儿。

“就你两个女儿抄袭的事情。”林婉注意着宁晴的表情，曼声道，“现在微博上都在说秦苒几天前原创的小提琴曲，是抄袭语儿的。”

“啪——”宁晴手中的衣服落在了地上。

林婉注意到宁晴的表情，她微微一笑，挺雍容的：“我就跟你说一声，打个电话多关心一下语儿。”

宁晴胡乱地点头，然后僵硬着身体去床头拿了手机。她翻开秦语的微博，底下的评论基本上都是讨伐秦苒，力挺秦语的，那些辱骂的话几乎不能看。

宁晴失神地坐在床上，手捏着手机，愣愣的……

她跟其他人不一样，陈淑兰之前跟她提过秦苒的事情，重点提了秦苒的曲谱……那时候她就意识到了秦语拉琴风格忽然大变的原因……

眼下又出现了抄袭这件事，看着微博上谩骂秦苒的语句，宁晴迟疑了，她是知道真相的。

作为秦语的亲妈，她能预想到如果她说出这件事来，对秦语会是怎样一个打击，无论是事业，还是学业上……

宁晴坐在床边，想了好半晌，最终还是关掉了微博，给秦语打了一个电话，安慰了她好一会儿，任由微博上的舆论发酵。

秦语毕竟是在她身边长大的，秦语跟秦苒之间，宁晴想要选谁，并不难。

与此同时，小提琴协会，魏大师的办公室。

“程少，你先坐，我先去一趟会议室。”魏大师拿着手机，神色挺颓。

程隽点头，也没多说，直接把录像带跟电脑放在办公桌上，又朝程金抬抬下巴：“你跟魏大师一起去。”

程金点头。两人出了门，程隽才打开电脑，复制录像带上的视频，阳光透过窗户落在他身上，眉眼分明。

视频他已经看过，每段录像一个小时多一点的时间，不时有说话声。

程隽直接拉到半个小时的地方，那里是一个眉眼俊秀的男生把小提琴递给秦苒。

程隽看了那男生一眼，注意到视频里的魏子杭在叫他“宋律庭”。

程隽打开视频编辑器，单独剪下秦苒拉小提琴的画面。他学过摄影，也学过剪辑，当然他也没想过跟那些剪辑大师、摄影大师比，就随便学学，现在也正好派上用场。

剪辑的画面，正是四年前的，秦苒也演奏了那段原创曲目。

程隽低了眉眼，戴上耳机，剪辑完之后，又把视频上秦苒的画面单独截下来，放在另外一个文件夹。

视频上，秦苒站在中间，一条腿不羁地踩着凳子，跟现在不一样，眉眼看得出青涩，也还不是长发，而是齐耳短发，额前的黑发盖过眉骨，衬得她整个人恣意洒脱，鲜活又孤野。

会议室，小提琴协会的一行高层聚集在一起。

戴然坐在最前面的位子上，看向门外："魏大师还没来吗？"

其他人摇了摇头。

微博上的事情还在发酵，已经有人在质疑京协的公正性，这件事如果不好好处理，对小提琴协会的公信影响太大。

秦语那边已经拿出了手稿，还有一年前的视频在前，基本确定了这个事实。小提琴协会也需要往前走，名声不能毁，眼下说是商议，不过就是想要撇清秦苒跟小提琴协会的关系。

只是这件事还涉及魏大师，小提琴协会不能无视他。

戴然又等了几分钟，等得有些不耐烦了，便站起来，看着小提琴协会的主任跟老师们："微博你们也看到了，高级学员涉及抄袭，不逐出京协，后果你们也清楚。"

一行人面面相觑间，魏大师从外面进来。魏大师身后还跟着姿态从容的程金，不过程金这张脸很面生，程家也没人关注小提琴协会，会议室内没人认出他，自然也没人关注他。

所有人的目光都转向魏大师。

魏大师面色挺沉，眼睑下一片青黑色，应该是一夜都没有睡好："等等，这件事还没查清楚。"

"难道查得还不够清楚？"戴然根本就不听魏大师的话，手撑着桌子站起来，眸光闪烁，"魏大师，你维护你的徒弟，我也维护我的徒弟，我徒弟拿出了证据，你也可以拿出证据。当然，如果你跟你的徒弟早早就发一条微博道歉，并且把M洲的名额让出来，这件事我会让语儿原谅秦苒，就当作没有发生。"

戴然朝魏大师笑了笑，彬彬有礼。

魏大师声音一沉，他看了眼办公室的人："你们先出去。"

办公室里的其他人迟疑了一下，随后便一个接着一个地离开了会议室。

程金直接走到会议桌边，拉开一张椅子坐下，没出去。

等其他人都走光了，魏大师才转头，声音冷漠："戴然，去年我就说过秦语的原曲是抄袭的，那是因为我很早之前就听过秦苒的原版。秦语这一年在小提琴协会有过其他的原创吗？我不信你自己不清楚。"

"魏大师。"戴然眼眸一眯，端起会议桌上的茶杯，抿了一口，声音也变淡，似笑非笑的，“饭可以乱吃，话可不能乱说，这一点魏大师你应该比我明白。”

看着戴然这样，程金手指点着桌子，心里总算明白，事实怎么样对于戴然来说不重要。

或许戴然从微博一发出来的时候，就清楚那首原创是谁做的。因为戴然已经看出来魏大师拿不出一点证据，所以才敢肆意妄为，甚至想通过这一次的事情彻底掌控小提琴协会。

“你这样无异于毁了秦苒以后的前途，她的灵气跟天赋……”魏大师手撑着桌子，眸色凛冽。

“她怎么样与我无关，我说了，只要你们发微博道歉，并让出M洲协会学员的位置，一切都好说。”戴然淡定地喝着茶，不急不缓的。

魏大师心下更沉。

“如果……”魏大师手指捏拳，砸了一下桌子，还想说话，被坐在一边的程金拦住了。

“魏大师。”程金终于从桌子上站起来，他看了眼戴然，然后手扶住魏大师的左臂，“我们家少爷还在等您回去。”

魏大师看了看戴然，欲言又止，他不想走。

程金在路上就已经知道生日录像的事，他声音淡定：“少爷在等您。”

他力气大，连拖带拎地把魏大师带走，止住了魏大师接下来的话。

两人走后，一人自会议室外面进来，走到戴然身边，微微拧眉：“魏大师没有答应，他手里会不会有什么证据？”

“怎么可能？他要有证据，昨天晚上就放出来了，怎么会纵容网友骂他的徒弟骂到现在？”戴然眸色讥诮，两人交手这么多年，戴然把魏大师的性格摸得非常清楚。

身侧的人微微放心，然后询问：“现在怎么办？”

“怎么办？”戴然摸出一根烟，不太在意地开口，“既然魏琳死鸭子嘴硬，继续闹大。”

魏大师办公室。

程隽已经收起了电脑，魏大师进来，他正把电脑合上，右手还捏着一根烟，左手的打火机摩擦出幽蓝色的火苗。

他看着窗外，神情漠然。

“程少，这件事你用硬手段处理吧。”魏大师走进来，坐到他对面，声音挺沉，听得出抑郁。

程隽转回头，看向程金，伸手掸了掸烟灰，烟雾绕着白玉般的手散开：“他们说什么了？”

他们指的是戴然等人。

程金伸手，先从兜里掏出了一支录音笔递给程隽，然后言简意赅地复述了一遍。

程隽接过录音笔，在手里把玩着，轻声笑了笑。

坐在他对面的魏大师很明显地能看出来，程隽眸底没什么笑意，又寒又冷。

就在此时，海叔走了进来，挺慌的：“老爷，戴然又发微博了。”

魏大师拿出手机，低头看了看自己的微博，他被戴然艾特了。戴然表达的意思很明显，他不屑与这样的人为伍，将自己的清高艺术范儿表现得淋漓尽致。

魏大师“啪”一声摔了手机！

程隽笑了笑，俯身捡起魏大师的手机，自顾自地扫描了魏大师的微信，并发了一个视频给他，又找到微博页面，编辑了一条微博，成功发送。然后，他把手机还给了魏大师，微博一发出去，手机就响个不停。

魏大师惊愕地看着他。

程隽站起来，拍了拍自己的衣袖，示意程金把电脑拿好，才转头看向魏大师，依旧咬着烟，徐徐开口：“这两天麻烦魏大师了。”

程金跟在程隽身后，默默给一行人点了蜡。

魏大师也反应过来，这位可是A城隽爷，秦苒确实没耐心，他自己也向来打直球，戴然自以为看穿了一切掌控了一切，却不知道程隽最擅长的就是玩弄人心！A城四大家族的一行人都不愿意跟程隽对上。

程隽说完，就转身离开了小提琴协会。

程金把电脑随手搁在副驾驶座上，程隽坐在后座，一手搭在车门上，一手随意地把玩着之前程金递给他的录音笔。

不知想到了什么，程隽又拿出手机，给魏大师发了一张图片。

回去的路上，程金的手机响了一声，打开蓝牙耳机，是程土。

“隽爷，程土他们遇到麻烦了。”程金往后视镜看了一眼。

程隽按了一下录音笔的开关键，里面魏大师跟戴然交谈的声音传出来，他神情淡漠，语气散漫：“你说。”

小提琴协会，魏大师办公室。

因为之前有程隽在，他就算再好奇也忍住了没去翻微博，但手机一直响个不停，都快要卡了。

等程隽走后，魏大师才迅速看向海叔：“海叔，关门！”

等海叔去关了办公室的大门，魏大师这才坐在沙发上，打开微博看了一眼。

微博有些卡，魏大师点进去，第一次被卡出来，第二次情况才好一点，然后就是铺天盖地的艾特、评论跟点赞数涌过来。

魏大师的微博很简单，没有说任何一个字，只是放了一个视频。

这几天热度太高，网友们从秦语这儿又转到戴然那里，到处吃瓜，只有魏大师一直没有发话，这让网友更认为其心虚。魏大师的微博发了视频之后，一部分人看也不看，上来就喷！

“你当初自己说秦语抄袭，不收秦语，现在自己的徒弟抄袭别人，打不打脸？”

“请你去给秦语道歉！”

这一部分评论被点赞回复暂时上了热门。五分钟后，才渐渐有新回复出来。

“那个，大家等等，我们好像站错队了，大家先看看视频……”

这个人给了秦苒高度的赞赏，还向魏大师道歉。

随即就有很多新的道歉评论冒出来，甚至刚刚让魏大师给秦语道歉的热门评论，层主还在他自己的评论下面回复了一条谩骂秦语跟戴然的话！

围观的吃瓜群众不明所以，点开了视频。

视频只有五分钟，看得出来有些年限，画质远没有现在的高清，但拍摄视频的人应该专门学过，各方面都拿捏得非常好。

去年的时候，秦语在表演赛上演奏了那首小提琴曲，被戴然称赞其极具“灵气”，收作徒弟。接着秦语的那个小提琴视频又很快走红了网络，秦语也成了一个小提琴方面的专业博主，积累了不少粉丝。

秦语的大部分粉丝都是因为这首“原创曲”入坑，后面秦语就不作曲了，专攻小提琴技巧这方面。

陷入小提琴风波时，大部分人都没去听秦苒的小提琴，一小部分听了并说秦苒拉得比秦语好的人都被喷得体无完肤，以至于再也没有人敢说秦苒拉得好听，敢这么说的都被打成秦苒的水军。

直至今天。

秦苒早期拉的小提琴曲没什么太多的技巧可言，但第一版的曲子情感充沛，仿佛黑夜中跳动的火苗，跟秦语所改编的轻松感完全不一样。

秦语之前是体会不了这种情感，驾驭不了这种曲风，所以改编了。她还融入了几段曲调，改得一股小家子气。

不进行对比看不出来，可一旦对比简直就是公开处刑！

就算是吃瓜群众完全不懂音乐，也不得不承认这一点。

最重要的是，所有人都能看到视频里的背景，里面的电视被关了静音，正直播着一场运动会，赫然就是四年前的国际运动会。

就算是没有背景电视，所有人都能看得出来，十五六岁的青少年本来就是成长期，一天一个变化，十六岁的秦苒短发，眉眼青涩，什么都可以造假，唯有时光造不了假。

视频放到这里，秦语说自己一年前一笔一画、花了一个月的时间写出来的……众多网友已经明白这件事的真相。

当然，也还有人提出疑惑，为什么秦语那里会有乐谱手稿？为什么她能晒出来？

这条质疑的评论刚发出来，魏大师的微博又更新了！

“乐谱手稿？我徒弟有很多啊。”

这条微博还附有一张图，那是一堆似乎被揉皱的乐谱图，被人随手放在地上。

跟视频不一样的是，这张图片很清晰，放大甚至能看清里面的字迹。

手稿上字迹凌乱，不羁恣意，跟秦语之前放在微博上的乐谱手稿字迹一模一样，跟秦语不同的是，魏大师这里有一堆，秦语那里只有一张！

不需要人整理，真相呼之欲出。

视频和图一出来，就被网友传疯了，戴然这两天认定魏大师拿不出证据，有些急功近利，所以买水军买热搜，彻底把事情闹大，这会儿仿如捅了马蜂窝，铺天盖地。

网友们在魏大师微博下面骂了一天一夜，这会儿事情反转，一个个都去道歉，紧接着就去戴然微博底下评论。

戴然微博首页就是他一个小时前发的微博，表示他不屑与抄袭的人为伍，清高又刚，还被他置顶了，坚定之心由此可知。

那会儿网友都支持他为他的徒弟维权，还非常赞扬他的精神，留言鼓励他，现在一看，简直就是一朵盛世白莲，恶心到不行。

戴然这边，他从会议室出来，就去给二楼的学员们上课。

上课上到尾声，课堂上有人小声议论起来，有人还偷偷看他。戴然不明所以，说了一声“安静”，然后拧眉直接离开了，课也没上完。

出门之后，他就看到协会内自己的人匆匆跑过来。

“怎么了？风风火火的？”戴然拍了拍衣袖。

“不好了，戴老师，你看微博！”那人匆匆说道，面色惨白，神色慌乱。

看样子不是件小事，戴然心里“咯噔”一声，然后立马打开微博。

微博有些卡，不停有新消息的提示。

戴然虽然是小提琴协会的老师，但只是在业内出名，在微博上的粉丝两百万都不到。虽然最近因为秦语，他微博的粉丝跟评论变多了，但也不至于这么疯狂。他点开评论，最新一条微博评论已经完全不是力挺他的了，而是骂他可耻，说他伪君子，不配为人师表，还有人问他打不打脸……

这究竟怎么回事？！

戴然这会儿有些慌了，他顺着网友们的评论，点开了魏大师的微博，第一眼看到的是那张满是手稿的图片，第二眼看到的是四年前的视频。

戴然瞬间犹如五雷轰顶，脑子里嗡嗡一片，眼前一黑。

"戴老师，现在怎么办？"这两天，有人看出来戴老师跟魏大师之间的事情，已经开始站队了，眼下事情发展成这样，这些待在戴然身边的人已经开始后悔站队那么早。

戴然脑袋已经空了，"伪君子""不配为人师表"……这些原本他以为会冠到魏大师头上的评价，此时全都冠在了他自己头上，他有些承受不起。

戴然拿着手机，慌乱中开始编辑新的微博，试图挽救——"我也不知道魏大师为什么明明知道他徒弟没有抄袭，一直没跟我说，任由事情发展到现在，让我像个跳梁小丑一样维护自己的徒弟？但是对这件事，我对秦苒还有魏大师感到很抱歉……"

此时，程隽已经回到了亭澜。他也没上楼，就坐在大厅的沙发上，电脑放在腿上，腿随意地搭着茶几，耳朵里塞着耳机，在剪辑刚刚程金的录音。

拿出手机翻了一下戴然的微博，程隽笑了笑。

刚给程隽端水的程木，看到他这笑，不由得抖了一下。

程隽喝了口水，然后把剪辑好的录音编辑好，打开微博，找到戴然刚刚发的微博，不紧不慢地发出了录音链接——

很多人点开了这条录音链接，是魏大师跟戴然的对话。

"戴然，去年我就说过秦语的原曲是抄袭的，那是因为我很早之前就听过秦苒的原版。秦语这一年在小提琴协会有过其他的原创吗？我不信你自己不清楚。"

"……饭可以乱吃，话可不能乱说，这一点魏大师你应该比我明白。"

"她怎么样与我无关，我说了，只要你们发微博道歉，并让出M洲协会学员的位置，一切都好说。"

戴然似嘲似讽、咄咄逼人的语气，跟他在微博上发出的话完全不一样，无一不彰显着，他其实心里有数。

程隽是在戴然微博下面发的评论链接。评论很快就被人回复点赞，一路扶摇直上占据热门第一。戴然发出这条微博的时候，还真有人内涵魏大师是不是借助这件事情蹭热度，却没想到不到几分钟，这个录音链接就出现了，从里面的对话可以听出来一个是魏大师一个是戴然。

很快，微博评论下面，又有京协的人爆料——“戴老师在京协会议室的原话：高级学员涉及抄袭，不逐出京协，后果你们也清楚。”

这句话彻底引燃了众多网友的怒火！再反观戴然又当又立的微博，围观群众都替他感到羞耻！

他自己说得没错，他确实就像个跳梁小丑。

“戴老师，你为什么还要发微博？”戴然办公室，站在他这边的几个人呆呆地坐到了椅子上。

好像……站错队了……

办公室内，一行人面面相觑，背后冷汗直流。

不管是因为得罪了魏大师，还是因为参与了秦苒跟秦语这场风波，他们好不容易走到京协的位置，在这件事之后，都要分崩离析。

戴然在这之前就没想过要给魏大师跟秦苒留后路，却没想到，这些反而应验到他的身上。被赶出京协这还算好的，往坏处想，他们以后……在小提琴界根本就混不下去。

与此同时，在学校的秦语也好不到哪里去。

找到那张乐谱的手稿发完照片之后，秦语就坐等戴然的好消息，顺道回了学校。她去新生接待处逛了一遍，找到了昨天接待她的那个学生会部长，两人早就交换了联系方式，在聊入会的事情。

这期间，戴然的好消息一直没有传来，秦语有些意外。

等回到寝室后，她才发现室友看她的目光有些不一样了，这让秦语有点儿惊讶。

她走到卫生间，关上了门。这时，手机响了，是宁晴打来的。

“语儿，你现在没事吧？”宁晴的声音十分慌乱。

“妈，发生什么了？”秦语坐在马桶盖上，尽量压低声音。

电话那头的宁晴深吸了一口气：“语儿，你听我说，微博上的事情我去找你姐姐，你别慌，妈这辈子就指望你了。”

宁晴说完，就挂断了电话。听着手机里的忙音，秦语蒙了一下，她连忙打开微博。

发了那条手稿的微博之后，她就出门去找学生会的那几位学长了，完全不知道这一个小时内，微博上已经发生了惊天逆转。

她点开自己最新的一条微博，热门评论早就换了新的。又顺着几个网友说的关键词，秦语手指颤抖地顺着爬过去，看清了魏大师发的视频……

甚至还有一堆手稿的图片。

“啪——”秦语手中的手机掉在了地上，她目光呆滞地坐在马桶盖上，心里只有两个字——完了。

“这是我用了一个月才写出来的。”这条微博这时候怎么看怎么讽刺。

秦语连忙又捡起手机，翻出这条微博想要删掉，然而怎么删也删不掉，微博似乎被谁控制了一样。这会儿秦语整个人都崩溃了，她明白了刚刚三个室友的目光是毫不掩饰的直白加恶心。

想到评论中大部分的网友都用这种目光看她，秦语终于惊慌了，她开始懊悔为什么最后要发这样一条微博！

尤其是，林家看到这些会怎样？！沈家看到这些会怎样？！

她是不是要被赶出小提琴协会了？！

秦语慌乱、悔恨又茫然地看着卫生间的大门……

她甚至开始后悔，为什么在一开始的时候跟秦苒争。如果没有，她是不是跟汪子枫一样……也能去M洲……也根本不会发生现在这样的事情！

这样的想法一旦出现在她脑子里，根本就挥斥不掉……

云锦小区。

秦汉秋在接宁晴的电话。

“语儿也是你的女儿，小时候你对她那么好，你就一点儿也不担心她吗？”宁晴知道自己联系不到秦苒，但她却知道秦汉秋跟秦苒还有联系，“网络舆论有多大你知道吗？语儿那么好强，要是因为这件事想不开怎么办？”

宁晴一句一句的，让秦汉秋开始担心。

说实话，对于秦语……秦汉秋毕竟是从小宠到大的，又是自己亲生的，他不可能真的不管她，只是涉及秦苒……

秦汉秋忧心忡忡地去敲开了秦陵的门，秦陵还在电脑边玩游戏。

电脑上一串他看不懂的字符，秦汉秋收回了目光，然后把这件事跟秦陵说了一遍。

秦汉秋心里也知道，如果是他打电话给秦苒，秦苒可能听到“秦语”两个字的时候就挂断了电话。

听完秦汉秋的话，秦陵看着显示屏的目光终于转过来，按在键盘上的手也猛地停下，他一双眼眸漆黑，眸光挺冷：“你看微博了吗？”

“什么？”秦汉秋一愣，一头雾水。

秦陵冷笑一声，直接伸手按了几个键，游戏页面缩小，转到了微博页面：“昨天这件事就发酵了，秦语不但没有发声，还雪上加霜……”

他一边说着，一边翻着微博评论，声音平静：“你去问问你前妻，她现在让你求姐姐，昨天晚上她有帮姐姐求秦语吗？她是不是跟你说这件事对秦语伤害有多大？对了，记得转告她，问问她有没有想到，若是没有证据，这件事对姐姐伤害有多大。”

听完秦陵的转述，秦汉秋整个人愣住。

宁晴说得语焉不详，秦汉秋确实不知道里面竟然还有这种内情。

而且……他能肯定，宁晴根本就不会帮秦苒求秦语。

“小陵，我……”秦汉秋有些不敢看秦陵那双又黑又冷的眼睛。

“不用跟我说对不起。”秦陵收回目光，打开游戏，淡淡开口，“毕竟你眼瞎也不是一次两次了，以后记得有什么事先跟我说，我不想到最后因为这件事跟你老死不相往来。”

秦汉秋听完，羞愧地关上了秦陵的门。

他低头看了眼手机，宁晴又迫不及待地打来电话。

之前在云城的时候，秦汉秋把宁晴的手机号拉黑了，现在宁晴来A城换了个手机号自然能通话。

秦汉秋把她的号码再度拉黑，他回到自己的房间，目光怔怔地看向窗外。

这会儿的秦苒根本不知道微博上发生的事情，她正在跟常宁通话。

“巨鳄又出问题了。”常宁这会儿在“129侦探所”总部，跷着二郎腿，帮巨鳄联系秦苒，“你能不能……”

秦苒拿着手机从楼上下来，半眯着眼睛，听到这句话，她忽然清醒：“不能。”

常宁一愣。

“没有为什么，不要问为什么。”秦苒掌心贴着额头，十分头疼，“让他们自己打架去。”

常宁挂断电话，然后打开群。

常宁：“@巨鳄 你们自己打架去！（龇牙）”

语气还挺幸灾乐祸。

巨鳄：“？”

秦苒挂断了电话，然后坐到沙发上。程隽看到她过来，收回了腿，努力别让自己露出得意扬扬的样子。

然而……秦苒根本就没有看他。

程隽随手把电脑放到桌子上，眉眼清淡："你以前是短发？"

秦苒靠在沙发上，打开一款游戏，没抬头，敷衍地"嗯"了一声。

"后来怎么留长了？"

"啊，就……有一年，忘了剪，它自己长长了。"秦苒手指按着手机，顿都没顿一下。

程木立马开口："秦小姐，你这都能忘……"

一句话没说完，程木被程隽扫了一眼，他立马闭嘴。

"你认识宋律庭？这个名字我有点耳熟。"程隽继续端起茶杯，云淡风轻地转了话题。

秦苒挑眉："当然耳熟，去年国家卷高考状元，J大，物理系。"

程隽喝了一口冷水，不感兴趣："哦。"

"程金。"程隽抬了抬头，看向刚从楼下上来的程金，"你不是有程土的事情要告诉我？"

"是。"程金立马跟着程隽去了楼上书房。

翌日，新生报到最后一天。

秦苒拎着一个黑包，轻轻松松地回到了自己的寝室。她到寝室的时候，寝室里另外三张床位都整理好了。

有两个室友在聊天，看到有人进来，都停了话，转而看向秦苒，大概是被秦苒那颜值吓了一跳，好半晌都没有回过神来。

片刻之后，一个短发戴着眼镜的斯文女生站起来，自我介绍，说话带了点口音："你好，我是杨怡，物理系自动化专业……"

"我叫南慧瑶，也是自动化的。"说话的女生长相很甜，个子不高，一头乌黑的头发披在脑后，眼睛很亮。

物理系是J大的四大招牌院校之一，每年只招200人，能进来的人，都是尖子生中的尖子，200人中，女生更是少之又少。今年不到十个，自动化就占三个，被分到一个寝室。

南慧瑶说完，又指了指秦苒对面的床铺，笑着开口："我们另外一个室友是冷佩珊，她不是自动化系的学生，是计算机系的，出去跟学生会的人吃饭去了，是A城本地人。"

秦苒摘下挂在另一边耳朵上的耳机，十分礼貌地点头："我叫秦苒，自动化系，云城人。"

她身上总有股又野又邪的劲儿，一般不熟的人看到她都不敢太大声说话。

南慧瑶觉得自己挺自来熟，面对秦苒，却是找不到什么话。

秦苒拿着睡衣去浴室洗了澡，再出来的时候，冷佩珊也回了寝室，她给大家都带了甜点。

看到秦苒出来，冷佩珊愣了一下，虽然早已听两个室友说过最后一个室友长得很好看，却没想到会好看成这样。

“这是我带回来的甜点。”冷佩珊柳叶眉，杏眼，标准的瓜子脸。她笑了笑，把包装精致的盒子放到秦苒的桌子上。

秦苒一手拿着毛巾擦头发，脚踢开桌子边的椅子，坐下：“谢谢。”

秦苒挺礼貌的，就是跟她不熟的人，会觉得这做派很跩。

“你是艺术系的吗？”冷佩珊也不介意，只是笑了笑。

南慧瑶吃了一块甜点，笑道：“不是，她跟我一个专业，也是自动化。”

自动化？冷佩珊一愣，竟然也是四大学院的学生？

她原以为秦苒长得这么好看，是艺术系的。

“你高考考了多少分？”冷佩珊看向秦苒。

秦苒依旧不紧不慢地擦着头发，语气漫不经心的：“一般。”

“哦。”冷佩珊点头，终于没再说话。

说一般的，基本上都是压线进来的。

南慧瑶咬着糕点，跟秦苒八卦：“佩珊高考 713 分，没有任何加分，是 A 城高考探花。”

都是考到 J 大物理系的，分数不会低到哪里去，但天才间也还是有差别的。

虽然 680 分跟 713 分差得不多，但差距千千万万。今年全国卷那么难，考到 700 分以上的，都是神人。

秦苒点点头，看起来挺敷衍的。

她头发还没擦完，桌子上的手机就响了。是程隽打来的，她走到阳台上去接电话。

“十天军训。”程隽跟她说了几句，拿着烟点上，“住不惯寝室的话，可以回来，学校那边我可以搞定。”

秦苒看了寝室内一眼，手撑在阳台上：“还行，能忍受。”

程隽：“那行吧，早点休息。”

秦苒一个电话打了十分钟，才回来。

“男朋友？”冷佩珊也不是听墙脚的人。但她不知道为什么，总是格外关注秦苒，她能看得出来，秦苒接完电话后，冷酷的眉眼似乎有些变缓。

听到这一句，秦苒拿着毛巾的手一顿，她看了冷佩珊一眼，没有回答。

南慧瑶笑出声来，挺感兴趣的："是我们学校的吗？"

"不是。"秦苒坐回椅子上，把黑色背包里的电脑拿出来，沉默了一下。

黑色电脑很厚重，没有标牌，像是二手市场上淘回来的玩意儿。

"那是……对面 A 大的？"冷佩珊继续询问。

A 城就这两所学校比较出名。

不到一秒，电脑就显示了页面，秦苒按着眉心，继续耐着性子道："不是，他早毕业了。"

"哦。"冷佩珊听到这一句，点点头，早毕业了，那得多大？她看着秦苒，没了兴趣。

杨怡小口吃着糕点，正在看一本厚重的书。南慧瑶跟秦苒是一排的，就坐在秦苒隔壁。她好奇地凑过来："秦苒，你电脑开机速度好快！"

"因为它没关机，"秦苒按了几个键，打开企鹅，刚登录就是一堆信息，"就是锁定了。"

"哦。"南慧瑶终于明白了，"难怪，你电脑上怎么都没有下载东西，你玩游戏吗？《九州游》听过没？一起来啊！我教你啊！"

南慧瑶是寝室最活跃的人，很自来熟。杨怡明显是学霸，不玩游戏，冷佩珊这两天一直出去跟学长学姐交流，南慧瑶就怂恿秦苒。

秦苒在看田潇潇的消息，对方发了一堆"大快人心"的表情包。

秦苒回了个问号。

听到南慧瑶的话，她关掉对话框，进了九班班级群，摇头："暂时不玩，早点休息，明天还要早起。"

一个暑假，除了拉小提琴，就只玩玩《九州游》带九班人上分，秦苒彻底玩吐了。

九班群里，开学的已经陆续开学了，有人在发自己军训期间被晒黑一圈的照片。

听到秦苒的话，南慧瑶也不关注游戏了，瞬间就想起了恶魔般的两个字——军训！

为期十天，她瞬间天雷滚滚。

冷佩珊也收回了看秦苒电脑的目光，不太感兴趣。没有下载东西……她都怀疑秦苒是不是个新手，不会下载东西……

她拿了毛巾去浴室洗澡。

秦苒跟南慧瑶、杨怡同是自动化专业的，却不是一个班。杨怡在二班，秦苒跟南慧瑶两人在一班，三个人不在一起训练。

操场早就划分好了学院跟班级。

南慧瑶来学校两天，认识一班的几个人，眼尖地找到了一班的集合地点，拽着秦苒就朝那边走。秦苒往下压了压头顶海蓝色的帽檐，懒洋洋地跟在南慧瑶后面，像是没睡醒。

一班的一众男生早就集合完毕，教官还没来，他们在讨论班级的新生。

“自动化系总共就三个女生，我们班占了两个，褚珩，我们发了！”一个男生坐在地上，手上拿着帽子，口气兴奋。

另一个男生学他坐下，点头：“南慧瑶我见过，十分可爱的一个妹子，颜值不低，不知道另外一个妹子怎么样，怎么一直没有动静？”

总共就三个，他们班就有两个女生，每个都是宝！运气好到爆。

叫褚珩的男生手里拿着部手机，敷衍地点点头。

一行人讨论的时候，南慧瑶拽着秦苒到达大部队。

秦苒一张脸被帽檐遮了一半，但还是能看到精致的下颌，雪白如玉。她两只手懒懒散散地揣在兜里，又冷又酷。无论是气质还是其他，都极其超群。

一众男生讨论的话语停顿了一瞬：“这是物理系我们班的，不是隔壁表演系的？”

一行人沉默几秒之后，惊醒过来，压低声音讨论，不时去看秦苒。

秦苒再度压低帽子，面无表情。

好在没两分钟，教官们排列整齐地进来。大家的讨论声戛然而止，J大训练严，所有人都知道，迅速排好队，还把两个女生隆重地放到了第一排，极其显眼。

教官是个年轻男人，面容冷厉，棱角分明，眉宇间一股不好惹的戾气，手上还拿了一班的名单。

“我是程青宇，你们的教官。”程青宇言简意赅，声音冷酷。

“程教官好！”一群男生声音震耳欲聋。

“点名，点到的答到。”程青宇点点头，将所有人扫视一遍，才拿着名单，开始点名。

“褚珩。”

“到！”

“邢开。”

“到！”

看到这个名字的时候，程青宇顿了顿，一双冷厉的眼眸朝人群看过去，缓缓念出来：“秦苒。”

秦苒懒洋洋地举手：“到。”

程青宇淡淡地看了她一眼，继续往后念。

点完名之后，他才收回名单："这十天，我会严格按照所有体系对你们进行训练，其间不会对任何一个人开小灶。不管你是男是女，是什么身份，既然参加了训练，就给我老老实实地训练。

"现在，所有人绕操场跑两圈。"

说这话的时候，他意有所指地看向秦苒那边。

昨天晚上，程老爷子知道他带J大大一新生，特地找周校长把他安排到了自动化系一班，让他优待一个叫秦苒的学生，不要让太阳晒到她。

程青宇之前一直在特训，刚回国没多久。自家父母也跟自己打过招呼，以至于还没见到秦苒，程青宇对这个女生就没什么好印象。

每个进J大的人都一样，怎么就她还没来便要被特殊对待？

特殊对待是吧？他就喜欢"特殊对待"手底下的人。

一般操场内圈都是四百米一圈，两圈八百米对这群学生来说不是特别要命，但也会小小吃一顿苦头。

程青宇的话刚说完，自动化系的一群男生便将到了嘴边的两名女生是不是可以不参与跑步的话咽下去。他们也都知道，这个教官不太好惹。

跑道上也有其他班级的人在跑圈，一班的人一开始还聚集在一起，但越到后面，差距就越大。

秦苒一直跟在南慧瑶身边跑，南慧瑶最开始还自信满满的，跑得很快，还能跟秦苒聊天。

"那个长得最帅的就是我们的临时班长褚珩，辅导员昨天在群里说的。对了，你还没加班级群吧？"南慧瑶说到这里时就有些喘了，"他身边的是邢开……"

她身侧的秦苒十分淡定："你还是别说话了。"

南慧瑶现在说话已经感觉到吃力了，立马闭嘴，然后张着嘴吸气，脚步也开始慢下来。

她一看就是平常没有怎么锻炼的，这一下就是两圈，根本就受不了，跑到最后脸色都是白的，几乎都在走了。秦苒是跟着她的步伐跑的。

两人落在整个班级最后面，有好几个男生跟南慧瑶也差不了多少。

程青宇一直站在一班训练地点看着，秦苒跟南慧瑶落在最后面，他淡淡地收回了目光。只是大学生的普通训练，比不得特训，程青宇对他们跑两圈用了几分钟不是特别关注，只是落后的这几个人身体素质太差了。

"你怎么看起来一点都不累？"南慧瑶坐在一班的训练地点，渐渐缓过来，"谢谢你陪我跑完。"

秦苒坐在她身边，脸不红气不喘：“我在家一直有晨跑的习惯。”

“难怪。”南慧瑶接受了这个说法。

不远处，邢开拿了两瓶水过来，递给两个女生。

南慧瑶恢复了一点力气，拧开瓶盖，喝了一口：“谢谢你。”

“那有什么。”邢开蹲下来，取下迷彩帽，笑眯眯地看向秦苒，自我介绍，“同学，我是邢开，本地人。”

“秦苒。”头顶还有太阳，耳边充斥着喊口令的声音，秦苒有些不太耐烦了。不过她还是礼貌地从兜里摸出黑色轻薄的手机，跟邢开交换了企鹅号。

之前她的双手一直很酷地抄着兜，这会儿能看清拿着手机的手冷白纤长，骨节分明，在阳光的映照下，散发着冷光。

邢开拿到了联系方式也不打扰两个女生，把秦苒拉进了一班群，还给班级的人隆重介绍了她。

一瞬间，加秦苒好友的人就变成了十几个。

“好冷漠，跟南慧瑶简直不是一个路子的。”邢开走到褚珩身边，压低声音，“你看群名片了吗？秦朝的秦，荏苒的苒，好奇怪，我感觉这名字有点眼熟。”

教官念名字的时候，几乎所有人都注意了秦苒的名字。

他们知道秦 ran，但并不知道是哪个 ran，现在邢开才搞清楚到底是哪个字。

“眼熟？”褚珩听完，朝秦苒那边看了看，若有所思，“能不眼熟吗？国家卷高考状元，忘了？”

747 分的恐怖成绩，当初在网上掀起了巨大风浪。大多数人还找不到“秦苒”的信息，又两个月过去，这些高考生大部分都忘记了考 747 分的考生名字，只记得有个人考了 747 分。

这会儿听褚珩一提醒，邢开猛然想起来之前自己还跟班级的人热烈讨论过的大神：“天啦！是她？！”

J 大……也不全都是天才。

邢开是本地人，录取分数线要比其他省市低，603 分就考到了 J 大。当然，他自己也知道自己这分数必定是自动化系垫底的存在……747 的分数当时还让他念叨了好几天，谁知道这个人最后竟然跟自己一个班？！

[第五章]

她就是那个
高考状元

五分钟休整时间一过，程青宇就拿着口哨吹了一声短哨。他站在人群最前面，站得笔直，穿着海蓝色的迷彩服，头顶的帽子被拿下，露出板寸头。

板寸头挺考验一个人的五官，很显然，程青宇五官十分能打。放在英语系、政法系这些女生多的院校，程青宇一定十分受欢迎。

自动化一班一群男生，仅有两个女生，秦苒见过比程青宇长得好看的不在少数。只有一个南慧瑶，她有一堆小鲜肉“男朋友”“老公”，手机屏保隔一个星期换一张，眼下正是娱乐圈的盛世美颜秦修尘。

“咱们教官好帅！你有没有发现？”南慧瑶压低声音，跟秦苒小声八卦。

“就，还行。”秦苒低头，站直了身体，面不改色地开口。

南慧瑶看她一眼，最后叹息：“你难道没有看到隔壁系的女生目光都恨不得黏在我们教官身上吗？行吧，你长得好看，你说什么都对。”

程青宇虽然是真人版的，但身侧的秦苒过分冷酷，几乎不跟自己一起八卦，南慧瑶就憋着，等回到寝室再跟其他人讨论。

“第一排第二个女生，你没吃饭吗？！”

“第一排第二个女生，站直！”

“第一排第二个女生，出列！”

“第一排第二个女生……”

一天的训练都是站军姿跟踢正步，秦苒没受过这么正统的训练，她就只会打架，属于力量型的，让她站在原地重复一件事……这在以前就是天方夜谭。

眼下……秦苒固然不耐烦，但她的动作都极其标准，她能感觉到程青宇似乎在针对她，对她极其不满。

因为她就是第一排第二个女生，南慧瑶是第一排第一个。

一天的训练下来，一班的人都感觉到了，一群男生围过来询问，还有人让秦苒去找辅导员开个单子，请假。

晚上九点，结束一天的军训，南慧瑶坐到自己的电脑椅上，想起来这件事，也看向秦苒："你是不是得罪程教官了？"

杨怡也刚回来，给自己倒了一杯水，闻言，忽然开口："是不是想吸引你的注意？"

南慧瑶瞬间坐直："对！没错！有这个可能！"

一行人正说着，冷佩珊也拿了钥匙从外面开门进来，她没有穿迷彩服，穿着一身便服，手里还拎着一个名牌包包，长发披在脑后，化着精致的妆容。看到寝室的三个人，她把包包放到自己的桌子上："你们军训回来了？"

随着她进来，一股淡淡的香水味弥漫开。很显然她并没有去参加军训，南慧瑶一愣："刚回来，你没去军训？"明明早上一起穿迷彩服出去的。

"太阳太大了，我打了个电话给外公。"冷佩珊淡淡一笑，仿佛一点儿也不在意，伸手开柜门，拿衣服跟毛巾，"我外公跟计算机学院那边说了一声，就不用继续军训了。"

说完，她就拿好衣服去浴室洗澡。

她进去之后，南慧瑶等人才反应过来，压低声音："竟然还有这样的操作，冷佩珊家里不简单，应该是A城本地有权势的豪门。我来的时候，学长有跟我说过，学校里遇到这几个姓氏的人最好不要惹……"

"我接个电话。"秦苒没再往下听，只是不紧不慢地朝她们扬扬手机，走到阳台。

亭澜公寓。

程老爷子坐在沙发上："今天太阳这么大，不知道苒苒训练习不习惯，我让程青宇特别关照她……"

说到这里，程老爷子看向程隽，挺嫌弃："你为什么让她去军训？磕了伤了怎么办？"

一边把水递给程老爷子的程木一顿。

程隽挺漫不经心地按着手机，嗤笑："她习惯得很。"

"我上楼了。"他把手机一握，直接离开，别的也不多说。

程老爷子收回目光，看向程木："你看什么看？！"

程木有点委屈。

亭澜公寓距离J大不远，开车十分钟就能到，这个点人也不是特别多。

女生寝室。

冷佩珊洗完澡出来，寝室正好有人敲门，是一个穿着 T 恤的干练女生。

“陈学姐？”冷佩珊似乎是认识这个人，立马开口，她对这个陈学姐挺尊敬的，“你是来……”

陈学姐不认识冷佩珊，只是朝她点点头，然后目光越过众人，最后停在刚从阳台进来的秦苒身上：“秦苒是吗？楼下有人找你。”

秦苒拿着手机，听到这位陈学姐的话，愣了愣：“谢谢。”

陈学姐看了看她，面色虽然严肃，但声音挺随和的：“没事，我是医学系的，陈洪雪，住 102 寝室，以后有事可以找我。”

医学系？秦苒想起来程隽跟陆照影他们一行人全都是医学系的。

“对了，要是有进学生会的想法，记得来 102。”陈洪雪朝她挥挥手。

秦苒松了粒迷彩服的扣子，笑道：“谢谢学姐。”

陈洪雪看着秦苒的背影，听得出来对方没有进学生会的想法，她遗憾地叹了口气。

啧，四大家族的人呢……

秦苒跟陈学姐一起下去，猜想过找她的人可能是林思然、乔声或者是宋律庭。直到下楼之后，她看到站在斜对面树边的一道人影。对方正微微垂着头，指间有一根点燃的香烟，他站在阴影处，五官看得并不是特别清晰，黑色衬衫袖口规整地卷了好几道。

即便看不太清脸，也能从拉长的影子中看出来气场。

将近十点，这个点女生寝室大门也还没关，来来往往的学生不少，都忍不住朝那个方向看。

“你怎么来了？”秦苒笑了声，懒洋洋地往对面走。

“过来转转。”程隽看她来，掐灭烟，扔到垃圾桶，垂眸看了她一眼，“看起来挺高兴？”小日子过得挺舒服。

“也就还行。”秦苒左右看了眼，没看到他的车，“你走过来的？”

“车在大路上，军训得如何？”程隽语气淡淡的，听不出来太大的情绪，只低头看着她，“我爸跟教官有打过招呼。”

听完，秦苒就知道程教官今天怎么一直看她不顺眼。她不紧不慢地开口：“确实挺优待我的。”

“那就好。”程隽看着她挺开心的，终于还是低笑出声，“过段时间还有个实地训练，那地儿……”

“怎么说？”秦苒来了兴趣。

“你肯定喜欢。”提起这个，程隽眉眼耷拉着，挺不高兴的，语气散漫，“有点远。”

他跟秦苒说了几句，就让她回寝室："回去吧，明天还要早起。"

秦苒本来想看看他车在哪儿，见他催促，就转身准备回寝室。还没走两步，她手腕一紧，被人抓住，还没来得及转身，腰部被另一只手抱住，程隽下巴磕在她的肩上，一股清冽的气息几乎贴近鼻息。

秦苒这两天积攒的不耐烦跟颓瞬间消失殆尽。

"寝室真有那么好？"他声音懒洋洋的，手覆上她的手背。

秦苒低头："说实话，不是特别好，但能忍受。"

程隽这才压着嗓子笑，昏暗光线下的眸子里细细碎碎的都是笑意："我就知道。"

寝室。

秦苒跟陈学姐一走，杨怡去洗澡了，南慧瑶坐回自己的椅子上，打开电脑，顺便询问冷佩珊："你认识刚刚那个陈学姐？"

"认识。"冷佩珊抓着毛巾擦头发，坐回到自己的椅子上，眉头微拧，"她是校学生会办公室的部长。"

冷佩珊认识陈洪雪，但陈洪雪不认识冷佩珊。

南慧瑶社交广，几乎跟每个人都相处得很好，自然也听过自动化系高年级的学长学姐说过，来学校能进校学生会就尽量进。她手支着下巴，眉眼带笑，挺激动："陈学姐似乎对秦苒很好，待会儿问问她能不能带我进学生会？"

冷佩珊有一下没一下地擦着头发，目光看向阳台的地方。她们寝室在第二排第三栋，看不到大门外的情况，阳台上只能看到前面一栋楼。

二十分钟后，杨怡洗完澡出来，秦苒才回来。

南慧瑶本来也要去洗澡，看到秦苒回来，她拿着毛巾，一脸八卦："你下去见谁了？"

秦苒手上拿着手机，似乎在跟人发信息，闻言，头也没抬，含糊着开口："就……一朋友。"

刚认识，南慧瑶也没好意思起哄问"男的女的"，又问她有没有要陈学姐的联系方式，得知秦苒没要，南慧瑶差点儿疯了。

冷佩珊坐在椅子上没有说话，但下意识地松了一口气。

"你没要？！你竟然没要？！"南慧瑶两手抓着秦苒的胳膊，刚想摇，"她是学生会的部长啊！"

秦苒抬了下眼眸，将手机一握："不可以？"

南慧瑶的声音戛然而止，讪讪地拿着毛巾去洗澡："可以，大佬，您怎么做都可以！"

秦苒最后一个洗澡。

等秦苒进去之后，南慧瑶才转过椅子来，一边擦头发，一边跟对面正在看书的杨怡说她想打醒秦苒。

没过多久，外面有人敲门，距离门边最近的南慧瑶拿着毛巾去开门。

外面又是一个高年级的学姐，化着十分精致的妆容，她朝南慧瑶点点头，长相大方又有气质："你好，请问秦苒是你们寝室的吗？"

"是的，学姐请进，她在洗澡。"南慧瑶立马让开一条路，让她进来，还递给了学姐一瓶酸奶。

学姐另一只手里还拿着笔跟一张纸。

"谢谢。"毕竟也有学姐的气势在，挺高冷的，话不多。

冷佩珊也多看了那位学姐一眼，心底也诧异，怎么今晚这么多学姐找秦苒？秦苒明明不是本地人啊？

有气势强大明显就不好惹的学姐在，南慧瑶没敢多说话。

直到浴室的门"咔嚓"一声被打开，秦苒一边往外走，一边正单手系睡衣的带子，睡衣衣领有些大，微微低头的时候，能看到一点绯红，映衬得锁骨一片雪色。

"秦苒同学！"见过秦苒的照片，学姐一眼就认出秦苒本人，果然比照片上还好看。学姐直接站起来，一扫刚刚的冷漠，"我是校学生会外联部的部长，想问问你有没有进我们外联部的想法？当然我们会长说了，你不想进外联部没关系，办公室、宣传部那些，你有想进的部门吗？你想进哪个部就进哪个部！"

学校有校学生会跟院学生会，这里面也有区别，每年军训的时候，校学生会就开始挖掘新生苗子。秦苒毋庸置疑是这群新生中最优秀的一个，才刚军训第一天，校学生会就找到了秦苒的入学资料，可惜入学资料上没有秦苒的联系方式，又怕被其他院系的学生会抢，找到秦苒的入学资料后，就让这位学姐来寝室抢人。

抢到的学生越优秀，对学生会的发展越好。新生不知道，学生会的人精们却是知道……747 的分数意味着什么，看看去年招进来的高考状元现在如日中天的样子就知道了……

秦苒将带子系好，听完，她抬了下眉眼，面不改色地拒绝："抱歉，学姐，我不想……"

"不！你想！"学姐拿出单子，往秦苒的桌上一拍，声音又变得柔和，"学妹，我连入会单子都拿来了，要我帮你填吗？"

秦苒头发还没干彻底，她拉开椅子坐下，跷着二郎腿，动作不急不缓地开始擦头发，偏头笑：“学姐，你去问问我们系的院长，他如果同意，算我输。”

学姐有点扎心，大概也没想到，这届的新生王这么不好带。她收起了纸，满脸遗憾，但她非常强制地跟秦苒交换了电话，让秦苒如果以后改变了想法，可以随时找她。

秦苒送学姐出了寝室门，刚转身，就看到南慧瑶等人还很蒙的样子。

“苒啊。”南慧瑶能听到自己似乎在飘的声音，“刚刚学姐找你是……”

新生们现在大概都知道了学生会的好处，有些消息来源多的新生知道进去后，毕业时几乎能进几个家族。但学生会难进，笔试、面试，还有培训，能在J大的，谁也不会差到哪儿去，每年想要加入学生会的人不计其数，但学生会一群干事加起来，也才刚过百。

对于J大的一群天之骄子来说，比高考还难。

连冷佩珊也只是找到了一个学长，拿到学生会的内部面试资料，这已经算是罕见了。

刚刚那个学姐说什么？随便进？还要帮秦苒填表？

“进学生会吧。”秦苒抬手，不太在意地把毛巾扔到桌上，又拿起手机跟耳机。她语气不急不缓，几乎没什么波动。

大学寝室的床铺几乎都是上面床下面书桌。秦苒爬到床上，又想起来什么，探出头，看向南慧瑶，非常嫌弃地开口：“没事别进学生会，麻烦。”

这句话，当然是忙到一定程度的宋律庭，在她来学校的时候，就严肃地叮嘱过她。他还教了她一招，遇到麻烦就拿院长当挡箭牌。

她说完，放下了窗帘。

南慧瑶跟杨怡相互对视了一眼，两人都有些无语。

对面，冷佩珊一直僵硬着没有说话，这秦苒究竟是什么人？

秦……莫非是秦家人？

可……秦家早就没落了，这一代也几乎没什么女性。

冷佩珊心里胡思乱想着。或许是她从小就过于优秀，冷佩珊没将大一的新生跟自己比。她站在原地半晌，最后拿了手机，打开门去了走廊尽头。

她拨了一个电话，没响几分钟就被接通。电话那边是一个女生，声音懒洋洋的：“这么晚找我，什么事？”

“表姐。”冷佩珊透过尽头的窗户往下看，“秦家有秦苒这个人吗？”

“秦苒？没听过。”欧阳薇下楼，给自己倒了一杯水，语气淡淡，眸色讽刺，“不过秦家接了两个人回来，一个蠢，一个小。”

听到“秦”字，欧阳薇心情也不太好。她不由得想起了程家人口中的那位“秦小姐”。

“129 侦探所”那么多资料，欧阳薇却总也找不到那位神秘的“秦小姐”半点儿资料，一看就被程隽保护得很好，圈内知晓内情的张向歌等人更是半个字不提。

她捏着杯子的手指微微泛白。

冷佩珊知道自家表姐是“129 侦探所”的人，手中的资料多。得知秦苒不是秦家人，她重重地松了一口气。

欧阳薇不知道她在想什么，喝完一杯水，才回自己的房间：“云光财团刚入驻 A 城，IT 部缺人，肯定会在人才市场招人，J 大机会多。”

“我知道的，表姐。”冷佩珊应声。

与此同时，程青宇刚回到寝室，就接到了父母的视频，询问他有没有帮程老爷子照顾好人。

“你们答应的，你们自己办。”程青宇伸手解开扣子，脱掉外衣，冷笑一声，“要不她就别来军训！在我这里，没有特权！”

“不是。”视频里，父母急了，“你一直在外特训，不知道，那可是隽爷的小女朋友，你可别乱来，要真出了岔子，小心隽爷削你！到时候你连程家分堂堂主的位子都够不到！”

“隽爷？”程青宇面色变了变，“他怎么找了这么一个人？当初欧阳薇还全程参加了特训……行了，我眼不见为净。”

接下来的五天，知道程青宇对自己不满的原因，秦苒也能理解，不过她一直就是个刺头儿，做事向来不羁惯了，几乎没跟人低过头。

程青宇是个眼里揉不得沙子的人，也带过不少刺头儿手下。

程家一直有培养势力，每一个人都被送去过特训，无论男女，包括程老爷子最喜欢的老幺都不能避免。程家人都是个中强手，这也是其他家族不敢招惹程家的原因之一。

第一次被要求在特训中对人放水，程青宇不知道秦苒跟程家什么关系，但不悦、不喜是真的。只是他父母跟他说明了原因，程青宇在接下来的过程中，看都没看秦苒一眼。两人倒也相安无事。

第六天，所有新生整顿出发，去训练基地。

J 大跟 A 大每年同时训练，都是跟程家合作的，程家每年都会开放十天训练基地，J 大跟 A 大平均分配。里面的训练对所有新生来说，都是极其难得的体验，能见识到更广袤的天空。

这也是周山作为 J 大校长，在程老爷子那里为新生拿到的第一份资源。

训练基地在 A 城郊区，占地面积 192 公顷。一眼看过去，几乎望不到围墙的边缘。

大门上方写着很明显的“程”字，嚣张又跋扈。

秦苒跟南慧瑶坐在一排，南慧瑶看着窗外，语气激动：“听说今天的课程是射击，好期待！”

因为接下来的射击、攀岩类的极限训练不适合在学校进行，才转到了训练基地，班级里的人都在激烈讨论着这个问题。

秦苒依旧只有一个黑色背包，随意地搭在腿上，耳朵里塞着黑色的耳机，半眯着眼睛，并不太在意：“哦。”

车很快停在一块巨大的平整土场上，自动化一班的人下来，就感觉到热气翻涌。

早上六点出发，到这里将近九点，不同于前几天的阴天，今天太阳大，又闷又热。一行人刚下车，就一身汗。

南慧瑶面色稍微变了变，额头沁出冷汗。

另一辆车上的杨怡把包放在一边，走过来，一扫南慧瑶，就发现问题：“生理期？”

“提前了。”南慧瑶面色苍白，她一直有痛经的毛病，这次提前了五天，来势汹汹，“没事，今天只是射击课。”

秦苒看了南慧瑶一眼，往下压了压帽子，又上了大巴，找出了自己的黑色背包。她再次下车后，随意地往地上一坐，把里面的东西倒在地上——

一瓶程隽给她准备的防晒霜，一部黑色的厚重手机，一个白色的瓶子，里面装着药，还有几张纸，几根棒棒糖……杂七杂八的。

南慧瑶也蹲下来，让自己好受一点。这些东西古里古怪的，像是堆在一起的垃圾，她问：“秦苒，你东西丢了吗？”

“没有。”秦苒在里面没找到需要的东西，又把东西装回去，拉好拉链。

“你……”秦苒把背包扔回了车上，侧身看了南慧瑶一眼，想了想，把帽子往头上一扣，低头发了条消息，“算了，先去列队。”

程青宇从教官车上下来，找到一班的队伍。他扫了所有人一眼，站姿笔挺，身边放着一张木桌，桌上放着十几把空气枪，面色依旧冷厉：“接下来的五天行程大家应该有所听说，今天是射击课程。”

“开始前先热身，所有人——向右转！齐步跑！”

“报告！”排列整齐的队伍中，又清又冷的声音响起，随即，清瘦高挑的身影出列。

“什么事？”看到是秦苒，程青宇脸色发黑。

“头疼！想要南慧瑶同学陪我去看医生！”秦苒站了个非常标准的军姿，理直气壮地开口，张狂又嚣张。

一班的众多男生都蒙了——现在的美女都这么有个性？

只是……你这中气十足的声音，确定头疼？

程青宇看着秦苒那张脸，目光渐渐沉下来，他笑了笑，只是眸底氤氲着寒意：“多久？”

秦苒想也没想地答：“一天。”

程青宇脸色更黑，他点点头，没跟秦苒讲道理，冷声道：“今天的课程是射击，只要你能达到及格分，我就让你走。”

说完，他把手里的空气枪扔到秦苒脚边，眸色凛冽：“里面十发压缩空气流，对面是靶子，只要有两发中十环，就算及格。”

秦苒俯身捡起空气枪，愣了一下。身后的南慧瑶立马抓住秦苒的胳膊，抖着嗓音：“秦苒，我知道你为了我，别跟教官杠，学校里都说姓程的不能惹，我去解释……”

“啊，不是。”秦苒站直，一手插着兜，古怪地开口，“我以为他要为难我。”

南慧瑶以为自己听错了。

靶子这么远，这在您老眼里还不是为难？！

人群里，一行男生也面面相觑。

褚珩跟邢开明显是知道一些事情的，邢开小声开口：“教官疯了吧，及格线明明是十发中只要随意中五发，就算及格，还中十环？五十米的距离，这得训练多久才能达到？”

程家训练基地，A 城家族，出了名的严格。

褚珩看着前方，没回。

邢开询问：“你觉得她能中吗？”

褚珩看着秦苒的方向，没收目光：“不知道，但是……她很自信。”

“新生王，能不自信？”邢开嘀咕一句，人家校学生会好几天前就跑去新生寝室抢人了。

程青宇的威严还是在的。除了邢开这两人，其他人不敢说话，都目不转睛地看着秦苒一步一步往程青宇那个方向走。

看到她过来，程青宇又重新拿起一把空气枪，随手拆了，给她介绍构造。他介绍完之后，才说了最后一句：“后坐力对女生来说不小，自己小心……”

虽然是有点不喜欢秦苒，太弱了，但该注意该吩咐的也一字不漏。

秦苒手里把玩着空气枪，漫不经心地听着，眉眼还有一股很明显的躁意。

程青宇本来好好地说着，看到她这样儿，他不由得伸手，揉了下眉心，程老爷子真是给他找了一个麻烦。

秦苒掂了掂手中的空气枪，不太在意地看向程青宇："我可以开始了吗？"

"行，你开始吧。"程青宇往后退了一步，把场地让给她，"所有同学往后退十步。"

他怕秦苒待会儿会误伤其他学生，说完之后才看向秦苒，一双锐利的眼睛微微眯起。

五十米的距离，中十环，别说对新生来说难，就算是程家的人，也不是每个人十枪就有一枪能中十环的。新人刚摸到空气枪，能不出丑、不脱靶就已经算是有些天赋了。

让你小看这次训练！让你不听话！

程青宇淡淡想着的时候，秦苒已经抬起了手，因为帽檐压得低，她一只手取下了迷彩帽，另一只手握着空气枪，抬起的手臂平直，肉眼看上去，看不到一丝颤动。只是她的神态一如既往的漫不经心，表情看上去还有些懒懒散散的，下巴微微抬着。

姿势还……还挺标准？

程青宇一愣。

他想这个的时候，秦苒已经瞄准了方向，眼睛都没眨一下，直接扣下——

"砰！"

"砰！"

"砰！"

"……"

十道响声连续响起，大概也就五秒的样子，一眨眼的工夫。这期间，秦苒的手臂依旧纹丝不动。

秦苒收回了手，她没看靶子，只是吹了吹枪口，抬手把空气枪扔到桌上，瞥了程教官一眼："教官，现在我可以走了吗？"

程青宇没有说话，只是目不转睛地看着靶子的方向。秦苒也就不管他了，抬手把自己的迷彩帽扣上，又朝南慧瑶那边看过去："过来。"

南慧瑶还在看着靶子的方向，听到秦苒的声音，她迷茫地"啊"了一声。

秦苒抬抬下巴，示意她跟上，双手插进兜里，往出口处走。

南慧瑶僵硬地跟在秦苒身后，似乎忘记了自己肚子疼。

两人走了，程青宇还有一班的一行人才反应过来。

邢开视力好，能看到靶子上只有一个弹孔，他张了张嘴："褚、褚珩……你看到没？"

褚珩点头："看到了。"

程青宇抿着唇，大步往靶子那边走，靶子上只有一个弹孔，因为穿透力很大，能看到它比一般的弹孔大。

十枪全中红心十环，程青宇瞳孔紧缩，能做到这个的，也不是没人，但程青宇觉得更不可思议的是……秦苒的十枪完全是连续发的，中间停都不停留一下，十枪五秒，这速度有多快？还有后坐力那么大，她的手臂为什么还能这么平稳，像是一滴水落入大海，看不到半点波澜！

这一点，才是程青宇最难以置信的，就算是他也会多多少少受后坐力的影响，开完一枪之后至少要停顿一两秒……

程青宇看了眼秦苒跟南慧瑶的背影，秦苒走得慢，就是一点儿也不像是头疼的样子。

南慧瑶……她拖着步子跟在秦苒身后，一手捂着肚子……程青宇也有点意识到，可能不是秦苒头疼，病的是另外一个人："基地有医院，直走左转再问人。"

秦苒懒洋洋地朝后面挥了挥手，表示知道，头也没回。

转身，其他学生还在看秦苒等人的方向，他眼眸一眯，言辞犀利："看着干吗？你们也要请假？"

"没有！教官！"一班的男生心底欲哭无泪，这种假，他们请不起……

程青宇这才点头："向右转——齐步跑！"

这边，秦苒已经到了基地的休息区，没去医院。休息区大门边有穿着黑色衣服的两队人把守，南慧瑶拽了拽秦苒的袖子，脸色苍白地开口："秦苒，刚刚教官说了那边有医院，我们不要进去了吧，来的时候班长就说过在这里不要随意走动……"

主要是这两队黑衣人太可怕了。

秦苒看了看休息区的大门，语气随意："没事，跟我过来。"

她穿过大门走进去，两边看守着的黑衣人都没有什么动静。

南慧瑶紧张兮兮的心也松下来，心里忍不住想着，难道是班长骗自己？

休息区是一个小型四合院，正中间的屋子门是开着的，施厉铭从里面出来，看到秦苒，眼前一亮："秦小姐！"

他最近可能是因为晒多了太阳，皮肤有点黑。整个人显然也有了些变化，没以往那么急躁，只是在看到秦苒的时候，明显激动了些。

"嗯。"秦苒点点头，带着南慧瑶往里面走，看向施厉铭，"你来A城后就一直在这里？"

施厉铭来A城后就消失了。

“对，我是经过层层选拔后进来的，现在是基地的大队长。”施厉铭侧身，让秦苒进去，语气十分激动，“等再过几个月，程金先生跟我说，只要我能爬到程家一个堂主的位置，就能行动自如了。”

两个月时间，从一个新人到现在的大队长，中间没有任何一个人的帮助，施厉铭的晋升在整个程家来说简直是个奇迹。在这过程中，施厉铭也渐渐变得沉稳，有向程金发展的趋势。

“老大在里面。”说完，施厉铭又跟南慧瑶打了个招呼。

南慧瑶现在整个人云里雾里，队长、堂主类的她听不懂，不过也明白了一点，眼前这人是秦苒的朋友。

转了个弯进去，就看到背对着他们站在窗口的人，矜贵淡漠。听到声音，他转过身来，身后的阳光窗台都沦落成了背景，他眉眼如画，丰神俊朗。

看起来就不像是普通人，像是豪门贵族走出来的大家子弟。

南慧瑶以前觉得世界上大概没有比她“老公”秦修尘更好看的人了，直到今天……

不对，她“老公”才是天下第一帅！

南慧瑶突然清醒！

南慧瑶给自己心理暗示的时候，程隽已经从一边的桌子上，拿了瓶药扔给秦苒，语气懒懒散散的：“条件不好，暂时只有这个。”

秦苒接过来看了看，就让南慧瑶先吃两粒。

“你怎么来这么快？”看着南慧瑶吃完，秦苒才坐到一边的椅子上，往后面靠了靠，挑眉看着程隽。

A 城到这边开车要将近三个小时，这才一个小时不到。

程隽低头理了理衣服，义正词严：“公事。”

土场这边。

中午休整，程青宇让一行学生去吃饭，他站在土场中间想了想，没去食堂，转身去了大楼。

五分钟后，他站在一个中年男人面前。

中年男人手里还拿着饭盒在吃饭，看了他一眼，语气熟稔：“是青宇啊，坐，过几天就要回程家了，你是来找我调资料？”

“不是。”程青宇摇了摇头，他一张冷脸，显得沉着又冷静，“我在新生训练中，发现了一个很好的苗子。”

“J 大的新生？”中年男人吃了一口饭，挑了挑眉，不太在意，“有多好？”

见识过比程家人还要彪悍的新人施厉铭，中年男人觉得自己的心态已经提升到了有史以来的顶端。

程青宇看了他一眼，语气淡定："今天射击训练，五秒不到十发红心，手臂很稳。"

"咳咳咳……"中年男人一口饭没吃完，呛到了。

程青宇就把一边放着的茶递给他。

中年男人咳了一分钟："没有经过专门训练？"

"当然，连军姿都站不好。"程青宇自然记得前五天的训练，秦苒那门外汉的样儿，没好气地轻嗤，"就是太刺头。"

"刺头算什么！咱们这里的刺头还少吗？"中年男人"啪"的一声把饭盒放下，眼睛发亮。

与此同时，J 大三食堂三楼。

江院长在跟朋友说话，放在手边的手机突然响起来。

江院长手上的筷子也没放下，只拿起手机看了一下，是今年大一物理系的辅导员小陶。

"江院长！"真炸耳朵，江院长连忙拿远了手机。

"什么事，慌慌张张的？"饭桌上的人都是认识的，江院长也没特意避开，淡定地开口。

手机那头的小陶淡定不了，继续吼着："程家那边的人看上我们今年的学生秦苒了！"

江院长手一抖，筷子刚夹起来的排骨都掉在了桌上。

"什么？！"江院长"腾"一下站起来，面色紧张，"你把联系方式给我，这件事我来解决。"

他挂断电话，就匆匆拉开椅子离开，饭才刚刚吃到一半。

周郢看着他的背影，慢条斯理地开口："江院长，您不吃了？"

"吃什么吃！"江院长侧了侧身，他回头看周郢，十分心累地开口，"再吃，今年的新生王就有可能一去不回了！"

江院长说完，雷厉风行地走向楼梯。

他也太难了……

程青宇还在中年男人这里没走，中年男人打了两个电话，又接了一个电话。

接完之后，他面色有些古怪。

"怎么样？"程青宇等得久了，就坐到办公室一张空着的椅子上，摘下头上的帽子，沉声开口。

听程青宇说话，中年男人总算回过神来，他看了程青宇一眼，继续拿着筷子吃饭："能怎么样？你知道那人是谁吗？"

"谁？她天赋真的不错，就是没耐心。"程青宇一双厉眸微眯，该不会是程老爷子打电话过来了？秦苒确实是个好苗子，要不然程青宇也不会特意找过来。

"J大今年的新人王，国家卷的高考状元，周校长好不容易挖到的。"中年男人吃了一口饭，抬眸，"你觉得J大会放人？别想了，回去带新生吧。"

"高考状元？"程青宇一愣。能考入J大的人都很优秀，知道秦苒这个人的时候，程青宇就知道对方成绩肯定不会太差。

可他也没想到会好到这样？！

这样的成绩，J大不放人也理所当然……

程青宇心底有些遗憾，不过也没再纠结。要走的时候，他忽然想起来一件事："施队长最近有在基地带新人吗？我有个瓶颈想要向他请教一下。"

对于这个最近在程家名声大噪的施厉铭，程青宇发自内心地敬佩。

在这里就是以实力服人。

施厉铭来这里唯一的弊端就是管理能力差点儿，但他本人十分聪明，这两个月，他爬到小队长的位置，可见他进步迅速。这里不少老人都想要跟施厉铭讨教一番，程青宇自然也不例外。

只是施厉铭是个拼命三郎，几乎不接受挑战。程青宇一直没找到机会，甚至连施厉铭的面都没见过几次。

"没有。"中年男人摇头，"他应该也不带新人了，别说你，我都找不到人。"

"好吧。"程青宇点点头，有些郁闷，当即下了楼。

施厉铭今天没有外出，手上拿了个食盒，匆匆往休息区的方向走。

"施队长，你今天没任务？"程青宇刚从办公室下来，就看到施厉铭，他大感意外。毕竟施厉铭在这里一向行踪不定，有时候就算是施厉铭的顶头上司找他都不太容易。

施厉铭记性好，跟程青宇没见过几面，却记得他，知道他是程家嫡系一脉的人，施厉铭对他也挺有礼貌。

"请了假。"施厉铭朝程青宇稍微打了个招呼，就离开，"我还有事。"

程青宇把帽子扣在头上，点点头，没再多说，他本来想找施厉铭好好讨教一番。对方的打法套路十分奇怪，不过施厉铭一直是个拼命三郎，他找不到什么机会。

这边，施厉铭很快就到了休息区。

休息区，南慧瑶还在睡觉。

程木今天没来，但施厉铭已经学到了程木的精髓，他摆好了菜，又给秦苒倒了一杯茶。

秦苒把南慧瑶叫醒，一行人都坐好。

南慧瑶坐在秦苒身边，拿着筷子吃饭，不敢看程隽，怕被程隽洗脑。

“我差不多好了，下午可以去训练了。”南慧瑶喝了一口汤，想了想，还对秦苒、程隽说了声谢谢。

程隽本来在漫不经心地吃饭，听到南慧瑶的声音，他抬了眉眼，淡声道：“确定？”

莫名其妙地，有股压力感，南慧瑶摸了摸发凉的后背，硬着头皮开口：“今天只是射击，我能坚持，谢谢您。”

“要回去训练？”程隽不想跟南慧瑶说话，只侧眸看向秦苒，问她。

秦苒一边吃饭，一边翻着手机，头也没抬地说：“她说可以就回去吧，顾西迟的药都很不错。”

程隽今天拿给南慧瑶的是顾西迟那里的药，秦苒对顾西迟的药不怀疑。南慧瑶说她可以训练，绝对不会是逞强。

“哦。”程隽的声音听起来没什么兴致。

新生中午除了吃饭时间，能休息一个小时，直到下午一点半的时候，秦苒才拿着帽子去了土场。程隽把她送到了土场入口处，等她入队了，才离开。

不远处，程青宇跟几个军官也正好进来，路遇往回走的程隽。

“隽爷。”一行人立马站直了身体。

程隽在 A 城似乎是无所事事的状态，但在这边，却是让人发自内心地尊敬，至于原因……一行跟他一起特训过的人不想回忆。

程隽刚从兜里拿了根烟，淡淡的烟雾腾起，目光在程青宇身上掠过，不咸不淡地开口：“加油。”

一行人也不敢走，等程隽走远了，才松了一口气。

“也不知道隽爷怎么突然来这里了，当年让他当总教头，他就跑去当医生。”一个教官拧开了手里的矿泉水。

程青宇往前走，言简意赅地回：“看人。”

看谁？另一个教官有些求知欲，但摸摸鼻子没敢问。

他们这一队也不是新人了，每年 J 大、A 大的教官都按规定分配，今年 J 大这边却是奇怪，程家特别指定了程青宇这一队。

说实话……程青宇的实力拿去特训那边当教官都足矣，拿来训练新生……真是杀鸡用牛刀。

基地的人都希望能跟施厉铭那一队合作，学学施厉铭的套路，本来程青宇这个队最近有个任务，好不容易有这个机会……谁知道会被临时派来带学生，任务跟合作也就因为这个不了了之。

队里的人也知道程青宇郁闷，实际上他们自己也极其郁闷，毕竟这机会以后就不多了。

这人忽然想起来中午在教官间传的一件事："对了，程队，你们排是不是有个特别厉害的女生，十秒十枪十环？假的吧？"

"是假的。"程青宇看了他一眼。

那人点头："我就说没这么神乎。"

"人家是五秒十枪十环。"程青宇说完，直接朝一班的队伍走去。

剩下那人还站在原地发愣。

第一天特训射击。

第二天障碍物攀岩。

第三天负重登山。

第四天、第五天学程家一般不对外开放的拳。

特训拳只有短短九式，教新生这个，一部分原因也是为了让他们遇到危险后能自卫、自保。这群能考入J大的学生天资都不错，只是毕竟是学生，没有底子，都是软绵绵的，没什么力道。

也就秦苒打的拳能看看。

程青宇目光扫了一圈，这两天他的注意力都放在秦苒身上，让秦苒上来给那群学生做示范。

入口处，程隽正跟着管理员往这边走。

"程少，这边就是今年J大的学生。"中年男人跟在程隽身后，落后他两步，语气恭敬十足，为程隽介绍，"这边是……"

程隽依旧穿着常服，目光在整个训练场转了一圈。秦苒那个班就在土场边缘，很容易能找到，他抬脚就往那边走。

中年男人本来想要跟程隽好好介绍这边，看到程隽似乎有目标，他一愣，然后了然，原来……程少是有私人目的，难怪会突然出现。

程隽跟中年男人路过的地方，教官的声音都大了一些。其他学生目光都不由得朝这边看过来，能看出这两人身份不一般。

"归队！"程青宇让秦苒暂时归队，然后转身给程隽还有中年男人敬礼。

程隽看了他一眼，双手懒洋洋地环着胸，半垂着眸："特训拳教得如何？"

程青宇说还可以。

“嗯。”程隽微微点头，伸手指了指秦苒，“你，出来。”

秦苒从队伍里出列。

“特训拳最重要的是实战。”程隽放下手，看了秦苒一眼，似乎是笑了下，眉眼清冽，“程教官，你来跟她对打，让这群学生好好感受一下特训拳的威力。”

程青宇一愣，站直身体：“我们班还有其他学生也学得很好，褚珩同学就不错，本身也练过。”

跟一个女生对打，尤其对方是秦苒，程青宇怕自己到时候下手没有轻重，把人家J大的新生王打伤了可怎么办？别说其他方面，程隽跟程老爷子还有他爸妈那关他就过不去。

程隽没有理他，只是看了眼秦苒。阳光下，秦苒本来有些不在状态，听到程隽这句时，她忽然清醒。

打架？

“报告，我可以用全力吗？”秦苒抬头。

程隽挑眉，十分纵容地回：“当然。”

这些天，秦苒不管做什么都有些懒洋洋的，不过她确实天赋好，程青宇到最后也就无可奈何了，甚至还会被气笑。昨天负重登山，她一个人拿着两个人的负重物，等其他人登到山顶的时候，她都已经爬到树上睡了一觉。

程青宇总觉得，秦苒的身体耐力好到可怕。

这会儿……程青宇看了秦苒一眼，一愣……

他觉得自己眼花了，不然怎么会看到秦苒的眼睛似乎隐隐有些发亮？

程青宇内心发苦，这一个班这么多男同学，找哪个不好，非要找秦苒？

“秦苒同学，你先出手，我只防守不还手。”程青宇往后退了一步，十分有礼貌地朝秦苒抱拳。

秦苒没有取下帽子，只是捏着手腕，微微侧头看着程青宇：“你是不是在这里面很厉害？”

程青宇面色冷凝，还是回她：“还可以。”

这人看起来是谦虚了。秦苒点头，心里有了些底。

一班的人已经席地而坐，一群男生看热闹不怕事大，扯着嗓子开口：“秦苒！加油！打倒教官！打倒教官！”

不远处还有其他训练班的教官，听到这喊破天的话，都不由得朝这边看过来：这个班的学生飘了吧？当他们教官是纸吗？尤其对方是他们的队长程青宇！

这两天秦苒剽悍的名声也在教官之间流传，还有不少教官要跟秦苒比射击，基本上都被程青宇拒绝了。这会儿看到秦苒跟程青宇对打，周边的几个教官都停止了训练，带着自己班的学生来看热闹：“集体都有，向左转！齐步走！停——”

“原地坐！”

隔壁化学系的学生在教官的带领下坐在东边围观。

隔壁数学系的学生在教官的带领下坐在西边围观。

隔壁艺术系的学生在教官的带领下坐在南边围观。

秦苒班上的人坐在北边，一瞬间把秦苒围在了中间。

程青宇看了围观的人一眼，训练快到尾声了，他也没对这些人多严格，任由他们围观。

几个教官不敢往程隽跟中年男人那边走，只聚集在另一边。

中年男人站在程隽身侧，负手而立，他看到秦苒摆拳的姿势，一愣：“程少，这位同学学的速度挺快的？有模有样……”

秦苒左手勾拳已经挥出去了，程青宇很确定秦苒没有经过系统训练，本来也没把跟秦苒的对打当回事，直到秦苒出拳，耳边几乎能听到拳声！程青宇脸色一变，立马往后退了一步，训练多年的本能让他感觉到危险，此时也不顾着只防守的话了，连忙出手。

被动地防守。

他还记着给新生们演示，用了第八招的格挡。

“砰——”力道冲击太大，程青宇就算做了最完美的格挡，也没防住秦苒的右手，手腕跟腹部都狠狠震了一下，程青宇毫无预料地摔在地上。

尘土飞扬。

秦苒也只是在试用新拳法，她之前学的都是自己摸索出来的致命杀招，这种打架防守的招式她还是第一次学，没怎么用力气。

程青宇一个鲤鱼打挺起来，揉了揉手腕。

秦苒的第二招攻势立马过来。

程青宇第一次还能防守，这一次连防守的招式都来不及做。

第三招……

第四招……

第五招……

……

全程，程青宇没有丝毫还手之力。

围观的学生跟教官，一开始还有人鼓掌，大声说“好”，到后来，已经没有一个人敢说什么，全都目瞪口呆地看着对打的两人。

连一开始有些担心的中年男人脸上也是错愕之色。

眼下就算程青宇没有多说，他也认出来，秦苒应该就是前几天程青宇说的那个苗子。

他心里已经在后悔今天陪程隽来这里。这样一个好苗子，只能看着不能要，这对惜才的他来说无疑是一个极大的打击。

秦苒终于收回了手，她伸手把帽子往上面抬了抬，云淡风轻地开口："特训拳果然很厉害。"

"特训拳，原……原来这么厉害？"好半晌，化学系的教官喃喃着。

身侧的数学系教官看他一眼："你也学过，有没有那么厉害你自己不知道？"

化学系的教官立马不说话了，他就是因为学过，才会这么震惊。这两天在基地待着，这群新生也知道他们教官不是一般人，都是经过特训的。程青宇还是这群教官的头子，竟然被虐成这样……

经过今天，"秦苒"这两个字会迅速在新生间传播！

新生训练今天是最后一天。

因为程青宇身负重伤，秦苒他们班最后一天的训练都是程隽接手。

十天训练一眨眼结束。

这十天内，一群新生什么都没记住，就光记住了"秦苒"这两个字。

不用几天，秦苒就会火遍J大。

休整一天后，新生才正式上课。

正式上课前一天晚上发教材。自动化一班就两个女生，男生们恨不得亲自把她俩的书送到女生寝室内，不过女生寝室男生止步。

秦苒在洗澡，南慧瑶就自己下去把两人的书拿上来了。她把秦苒的书放好，然后开了自己的电脑："你们有没有人听过J大的实验室？"

杨怡推了下鼻梁上的眼镜，显然不知情："实验室？"

冷佩珊军训一直没去，这几天她一直在帮学生会的学长学姐做事，听到南慧瑶的话，她淡淡开口："一个四大学院的人都想要进的地方。"

秦苒洗完澡出来，穿着白色的长T恤。军训十天，秦苒跟南慧瑶也熟了，拉开椅子坐下，跷着二郎腿，看到桌上整整齐齐的书，她淡定地开口："谢谢。"

放在手边的手机响了两声，秦苒低头看了看，备注上只有一个字——宋。

她一边拿上耳机，一边朝阳台上走。

"训练完了？"电话那头的声音温润文雅，是一直没有跟她联系的宋律庭。

秦苒头发没擦干，就靠在阳台上，低头看楼下行走的学生："下午刚回来。"

那边笑了一声，拿着手机找了一个安静的地方："我特意等你军训完再找你，听江院长说，你填的自动化跟核工程？嚣张啊。"

"一般一般。"秦苒手撑在阳台上，语气还挺谦虚的。

"明天满课？"

秦苒就看了一眼课程表，不过记得差不多，她想了想，回他：“下午最后一节没课。”

“到时候联系。”宋律庭很忙，跟她约了时间，就匆匆挂了电话，“明月那边我也说过，她明天一下午都有空。”

秦苒这次打电话不过两分钟，南慧瑶用手支着下巴问：“同学啊？”

“一个朋友。”手机“咚”的一声被秦苒扔到桌上。

南慧瑶也没那么八卦，继续刚才的话题：“对了，苒苒，你听过J大的实验室吗？”

“不太清楚，你想进去？”秦苒就查了A城几个研究院，J大实验室……宋律庭在那里，她气定神闲地开口，“放心，不难。”

因为他说没什么难度，所以秦苒也没特别去研究。

进研究院之前，第一关就是实验室。

冷佩珊本来拿着手机要往床上爬，听完秦苒的话，不由得“噗”的一声笑出来，她一言难尽地看向秦苒：“不难？你知道实验室是什么吗？”

J大、A大的四大实验室，是通往研究院唯一的道路。想要进实验室，需要通过层层的审核跟选拔。基本上都是继续往上读研，有博士教授带的学生才能进去。

至于大一大二的学生……他们有些连实验室是什么都弄不清楚。

研究院的发展已经趋向成熟，每年每个学校也就选几个人，具体人数，要看这批学生的质量。A城消息都对外封锁，尤其研究院的存在，网上找不到任何痕迹，也只有四大家族清楚底细。

冷佩珊跟欧阳薇走得近，自然很清楚。她更知道想要进实验室有多难，层层选拔，处处限制，就连四大家族的人想要进实验室都要凭自己的实力。

此时，听秦苒那一句“不难”，冷佩珊简直是一言难尽。

不过，她看了秦苒一眼，这会儿完完全全确定秦苒跟秦家没什么关系——秦家就算没落了，没了研究院的掌控权，但还没到小辈连研究院是什么都不知道的地步。

毕竟……秦家这些年一直谋划着怎么拿回掌控权。

想到这里，冷佩珊又轻松了很多。

上一个用这种语气跟她说话的佣兵弄不好还在烤肉。秦苒也没开电脑，只往椅背上一靠，侧头看冷佩珊，笑眯眯地问：“对，我不知道，你知道什么，说说。”

战火几乎一触即发，南慧瑶立马站出来打圆场：“佩珊，你不是要睡觉吗？赶紧上去睡觉；苒苒，我带你玩游戏，让你下载《九州游》你下载了没？”

冷佩珊实际上很会拉拢人心，第一天来寝室，就给南慧瑶还有杨怡送了不少东西，面膜、防晒霜，还有在外面跟学姐学长吃饭带回来的点心或者奶茶。

南慧瑶跟杨怡两人跟冷佩珊之间关系还可以。

但是……南慧瑶特别不理解，为什么冷佩珊一看到秦苒，就像是变了一个人？

想到这里，南慧瑶看了看秦苒，对方正跷着二郎腿，在翻着新教材。寝室里是白炽灯，从这个方向看过去，能看到她白玉般的侧脸，睫毛又长又密……

南慧瑶不止一次认为，秦苒要是进娱乐圈，肯定会火到爆。跟她“老公”一样，说起来两人都姓秦。

想到这里，南慧瑶又坐了回去，又看了眼冷佩珊，对方已经爬到床上去了。

实际上，冷佩珊长得并不差，也是校花级别的人，第一天来寝室的时候，南慧瑶比冷佩珊先到，自然还记得，当初是三四个学长跟在冷佩珊身后，名声甚至传到了自动化系。

直到秦苒来了……南慧瑶若有所思。

翌日，早上七点二十分。

自动化系第一节课是高数。

南慧瑶洗漱完化了个淡妆，秦苒也从卫生间出来了，她把秦苒桌上的书找出来递给秦苒：“快点！要迟到了。”

杨怡也准备好了，正抱着书等二人。

高数是专业课，自动化一班跟二班一起上，杨怡自然也跟她们一起。

“你们在哪个教室？”秦苒随手拿了支笔，跟两人往门外走。

“南 A 楼 304？”南慧瑶不太确定，就翻开高数书第一页，她把高数课的时间跟教室都写在了第一页，“没记错，南 A 楼 304。”

秦苒没带书，只低头，随手把袖子往上卷了卷，形状好看的眼睛微微眯起：“那我们可能就不同路了。”

南慧瑶跟杨怡都发愣。

“我先去一趟教务楼。”两栋楼不同路，秦苒手搁在脑后，心情似乎挺好，嘴角漫不经心地勾着，“应该不会去上自动化系的课了。”

她跟江院长说过，自动化系那边只会参加期中、期末考试，在核工程系那边上课。

看着秦苒离开的背影，已经跨上了小自行车的南慧瑶跟杨怡面面相觑，两人眼里的意思非常明显：第一节课就敢逃？

等到了教室，上课铃还没响。坐在最后一排的邢开一眼就看到了从后门进来的南慧瑶，立马招手：“这边！”

男生寝室那边都传开了，二班的男生都知道一班有个校花级别的嚣张美女，还揍翻了程青宇，此刻闻言纷纷转头——只有杨怡跟南慧瑶。

“嗯？”邢开一愣，让开一个位置，给南慧瑶二人坐，“秦苒呢？”

南慧瑶含混不清地开口：“请假了。”

没敢说她室友嚣张到……疑似逃课。

江院长办公室。

“江院长，您怎么来这么早？”整理办公室的教学助理看了一眼江院长，十分意外。

江院长一向日理万机，也不教学生课程，偶尔带几个研究生，平日里就算是去他办公室也蹲不到人，大部分时间都在J大的物理系实验室。

今天来这么早？

江院长坐到办公桌边，抬手看腕表上的时间，七点四十分，回教学助理：“来办点事。”

教学助理疑惑，不过立刻放下手边的事情，给江院长倒了一杯茶。

没几分钟，办公室的门就被敲响。一边忙着的教学助理很明显地看到，他们江院长的眼睛似乎亮了一下，脊背也挺直了。

来人是谁？

教学助理还没多想，一个穿着白色衬衫的女生便从外面进来。

江院长一手撑着桌子，站起来，另一只手把桌边早就准备好的教材推到秦苒那边：“这是教材，辅导员那里我已经说过了，核工程系的课程表你有没有？”

他一边说着，一边看向教学助理：“你把核工程专业大一的课程表打出来。”

核工程虽然是秦苒的第二专业，但学校还没有这个先例，教务系统上只有第一专业的课程。

秦苒还没有核工程系的课程表。

教学助理连忙收回目光，打开电脑去查核工程系的课程表。

“不用麻烦了，我有课程表。”秦苒把一堆书拿过来，对江院长道。

江院长拿着茶杯，有些烫，他也没喝，只是下意识地抬头：“你怎么会有？”

秦苒默不作声地看着他。

江院长反应过来，忽然想起半个月前，秦苒把教务系统黑了的事情。他放下茶杯，也沉默了一下：“秦苒同学，下次注意，工程部的人也很辛苦。”

秦苒“啊”了一声，意识到这是学校，有些抱歉：“不好意思，下次不会了。”

“没事，没事。”江院长大概也是习惯了，好脾气地开口，又想起了一件事，“你学两个专业，以后有没有想好去实验室？”

秦苒没来得及查J大实验室的情况，听江院长说起，她也抬了抬头：“进实验室有什么要求？”

“有个考核，一般都是在大三大四的学生中选择十个优秀的进行考核，最终标准由实验室的几位博士决定。”这件事对江院长来说也非常重要，毕竟实验室关乎着研究院，“不过也有例外。”

秦苒换了只手抱书，示意江院长继续说。

江院长笑眯眯地开口：“提前学完基础知识的，成绩优秀的会被提前录入实验室，去年的高考状元宋律庭，说起来也是你们云城的，他大一下学期开学时就进了我们物理系的实验室。”

这种级别的考核，大一就能考过的，就是天才级别的人物了，彻底炸翻了大二大三大四的学生。

到现在各种大考，还有人拜宋律庭。

说到这里，江院长又压低声音：“秦苒同学，你要是专注自动化，我保证你进得比他还快三四倍，博士们就喜欢你这种的。”

脑子计算速度比计算机还快，跟宋律庭有得一拼。

宋律庭当初进实验室的时候，几个博士差点打起来，还是江院长出面摆平。

秦苒颔首，终于明白宋律庭说的“容易”是什么意思了。至于江院长后面让她学自动化的话，秦苒直接忽略，礼貌地跟江院长告别。

她走之后，教学助理放下手中整理的文件，疑惑：“今年的高考状元大一就开始修两个专业？”

“选了自动化，主修核工程。”江院长低头，吹了吹茶沫，“都在等着她什么时候进实验室，估计不会比宋律庭晚。”

教学助理瞪眼，这比大二的那个宋律庭还要嚣张……修两个专业，还要在大一进实验室？今年的新生又要教老生做人？

南A楼304。

第一节高数课，自动化专业的高数老师是数学系的老师。他进来做的第一件事就是拿起名单，往教室内扫了扫，接着介绍了自己，然后才开始点名。

“第一节课就点名，怎么办？”南慧瑶压低声音，跟杨怡说话，“待会儿点到苒苒，我可以代答……”

南慧瑶还没说完，高数老师就开口了：“秦苒。”

自动化专业的学生都是按照姓名的首字拼音来排序的。高数老师直接跳过了一行人，点了秦苒的名字。

南慧瑶和杨怡一脸蒙。

“秦苒。”高数老师叫了两声都没人回答，不由得放下名单，推了下眼镜，“秦苒同学没来吗？”

南慧瑶硬着头皮举手，说秦苒肚子痛回寝室了。她原本以为高数老师会纠结秦苒这件事，没想到说完之后，高数老师什么也没问，就放下名单，摆手让南慧瑶坐下。

后续也没继续点名，仿佛只为了点秦苒一个名字。

两小节高数课上完。下一节大学物理，依旧是一班二班合上，南 A 楼 407。

大学物理老师到教室后，什么也没说，直接点名：“秦苒呢？秦苒在哪儿？”

南慧瑶和杨怡有点忐忑不安。

“秦苒一上午都没来上课了。”邢开压低声音，询问南慧瑶，“褚珩说过，今年大一物理系的任课老师都是实验室跟研究院的博士，非常重视我们这一届，你回寝室后，尽量让秦苒过来上课。”

“实验室的博士？”南慧瑶没听过研究院，但听冷佩珊说过实验室很牛。

邢开笑了笑：“岳老师就是实验室的博士。”他说的岳老师就是大学物理老师。

一上午的课上完，南慧瑶和杨怡去食堂打了饭回到寝室，连中午跟学长一起出去吃饭的冷佩珊都回来了，秦苒也还没回来。

冷佩珊把包放到自己的桌上，又从包里拿出两份报名表，笑道：“这是我在学长那里额外要的校学生会报名表，你们要吗？”

“内部报名表？真的是太感谢你了。”南慧瑶接过来，将一张递给杨怡，“我跟杨怡在路上都没有抢到校学生会的报名表。”

南慧瑶上了一上午的课，全程跟褚珩、邢开这群人坐一排，自然也知道了不少内部消息。她也知道能进学生会，对进实验室有很大用处，每年名单都是从学生会出来的。

南慧瑶在椅子上坐好，拿了笔开始填报名表，一边填一边偏头跟杨怡说话：“苒苒怎么还没回，她都一上午没来上课，微信问她在干吗，她就说自己在上课。邢开说我们的课程是实验室博士带的，很重要。”

冷佩珊正在理着自己的东西，听到南慧瑶的话，一愣：“实验室博士？你确定？”

“邢开说的，教我们大学物理的岳老师就是。”南慧瑶放下笔，侧了侧身。

“实验室的博士怎么会出来带你们的课？”冷佩珊微微错愕，她不是南慧瑶等人，自然知道这意味着什么。她坐好，语气近乎喃喃，“J 大今年这么注重物理系？”

她想不通这一点。

“重视吗？”南慧瑶不太了解学校的体制，但冷佩珊跟邢开都不像是普通出身，这么说也肯定有他们的道理。

她填完了报名表，就打开电脑，她也没玩游戏，就点开了学校论坛看。

论坛上的帖子有很多，南慧瑶一眼就看到了飘在首页的帖子——《今年的新生王》。

不是她好奇这个帖子，而是因为其他帖子大多都是几百几十的回复，这个帖子却有九千多条回复，将近一万。

南慧瑶直接点开了帖子，脑子里还在想新生王是什么意思？

帖子内容就是介绍。

姓名：秦苒

性别：女

高考分数：747

先给各位扒扒我所知道的吧，今年的高考J大、A大都有参与，是否记得高考前我们为新一届高考生点蜡的帖子？围观请到——http：%￥￥#@！

这747分，没有任何加分，语文147，数学、理综、英语全是满分。J大、A大校长为争高考状元打起来，最后我们J大获胜了。

然后——

高考状元入驻J大物理系，校方今年一连下达了两个任命，大家去查查物理系的课表就能看到任课老师，至少有四位是实验室级的博士。（说到这里楼主变身柠檬了，为什么连续两年的高考状元都选择物理系，我们数学系不配吗？）

新生王每年都来这么一次，据说校学生会会长在开学第一天就开始抢人（什么时候我也能有这个待遇？）……

新生刚开学，又经历了军训，根本就没有时间去讨论其他人，论坛上的帖子还是大二的学生写的。今天是大一新生休整好的第二天，一些喜欢逛论坛看八卦的人才会看论坛。

南慧瑶就是其中一个。

看完之后，她僵硬地转了转头，看向寝室的另外两人，飘忽地开口：“我好像知道为什么了……”

“什么？”杨怡还在慢吞吞地填报名表，听到南慧瑶的话，她把椅子往后滑了滑，偏头看电脑屏幕。

杨怡比较耿直，她看东西一目十行，当即开口：“原来秦苒是今年的国家卷高考状元？！”

对于高考状元这件事，杨怡也知道，不过她平时不上网，偶尔看看新闻，也不知道高考状元的长相……最重要的是，就算记得高考状元的姓名，她也不会想到是她们寝室的秦苒！

谁知道高考状元长得好看到可以直接出道？！

这年头高考状元都长这样？！

听到杨怡的声音，冷佩珊手一抖，她抿了抿唇，搭在椅子扶手上的手微微紧了紧：“你们俩说什么？”

南慧瑶缓了两分钟，终于缓过神来，她看了看冷佩珊：“哦，就是秦苒是高考状元，那天学生会的学姐，还有我们专业今年的任课博士，好像都是冲着她来的。”

秦苒在核工程系蹭了一上午的课，学校食堂人多，她去校外找了个安静的地方吃饭，吃完才回寝室，一到寝室才发现里面气氛不对。

南慧瑶跟杨怡都一动不动地看着她。

冷佩珊坐在椅子上，第一次没有用那种居高临下又挺不在意的眼神看她。

秦苒淡定地从门外走到自己的位子上，拉开电脑椅坐好，叼着奶茶吸管，腿微搭，挑眉看南慧瑶二人：“怎么？”

南慧瑶悠悠地看着秦苒：“高考状元？”

“是吧？”秦苒一手拿着奶茶杯，一手敲着电脑桌面，眉眼一抬，“有问题？”

南慧瑶内心一哽。还“有问题”？难道没问题吗？！

“你知道吗？去年的新生王大一下学期开学时就进了实验室，大家都在赌你哪个时间段能进实验室……”说到这里，南慧瑶话语一滞，她想起来昨晚秦苒说过进实验室不难……现在看来，秦苒进实验室好像确实没什么难度，就是时间问题。

寝室一度陷入诡异的沉默。

这时，寝室的门被人敲响了。距离门最近的南慧瑶反应过来，立马从椅子上站起来去开门。

门外是宿管阿姨，她看了眼门牌号，朝南慧瑶笑了笑：“秦苒同学是这间寝室的吧？这是她的快件。”

她把一个纸盒递给南慧瑶，笑容和蔼又非常有礼貌，跟平日里好像有点不太一样。

南慧瑶接过来，连忙开口：“谢谢阿姨。”

宿管阿姨脸上的笑容绽开，像是一朵菊花：“没事，以后你们寝室生活上有什么困难，直接来找阿姨。”

这宿管阿姨太热情了，南慧瑶有些招架不住。等阿姨走后，她才松了一口气，关上门把快件盒子递给秦苒，语气挺疑惑：“J 大快递员都这么贴心吗？竟然送到寝室门口？”

“没吧。”杨怡拿了一把剪刀过来，递给秦苒让她拆快递，“我昨天那个快递是去菜鸟驿站拿的。”

学校里要是送件上门，快递小哥得跑断腿吧？

南慧瑶让秦苒赶紧拆：“盒子好重，里面是什么？”

秦苒掂了掂分量，心里有数了，拿着剪刀拆开快递，里面的物品露出全貌。

南慧瑶眼睛一瞪：“这也太好看了！”

杨怡也点了点头：“确实好看，哪里买的？”

一直没有说话的冷佩珊听到这句话，终于没忍住回头，一眼就看到了秦苒手中物品的全貌，她面色一变，猛地从椅子上站起来。

秦苒手中的是一台白色笔记本电脑，外形轻薄，十分好看。电脑盖上很明显地印着罂粟花的形状。只是云光财团只对少部分集团售卖，在市场上还没完全开售，知道这个标记图案的人不多。

杨怡跟南慧瑶不混 IT 圈，也不知道云光财团新出来的 IT 商标，只开口夸好看。

确实好看，连一直没什么少女心的杨怡都十分心动。

这两人不清楚，可非常关注云光财团的冷佩珊却认识这个商标，她那一直冷淡的脸色终于有了变化。

云光财团什么时候出售电脑了？！假的吧？！

秦苒不太意外地翻开盖子，电脑自动开机，一如既往的蓝色屏幕，然后就是机器音——“请进行瞳孔认证！”

认证完不到两秒钟，自动进入系统，整体流畅到不行，性能速度可见一斑。

直到瞳孔认证出来，冷佩珊才愣愣地坐回了椅子上。

瞳孔认证人工智能系统，是云光财团独一无二的技术。

冷佩珊不太冷静地沉默着。

“好高科技哦。”南慧瑶把自己的椅子拖到秦苒这边，目光看得出来心动，“你哪里买的，有链接吗？我也想买一台。”

“你想要？”秦苒随手把电脑放在桌上，咬着奶茶吸管，开口，“没有链接，你想买的话我可以帮你联系人。”

“多少钱？”南慧瑶是普通家庭出身，但能考到J大，学校跟市里都发了奖金，她爸妈和亲戚也给了她很多红包。

上大学后，她也准备自己找兼职，也算是一个“小富婆”，并不缺钱。

“三千块吧。”秦苒想了想，报出了一个数字。

南慧瑶瞪眼：“三千？！”

她现在用的三十秒还不一定能开机的电脑都要七千块，秦苒这台高科技的电脑只要三千块？！

秦苒愣了一下，又报了个数字："两千块也可以。"

南慧瑶一愣，两千块也就买一部一般的手机吧……

杨怡也推了下眼镜："秦苒，你是不是少说了一个零，这电脑两万块吧？"

"没。"了解南慧瑶为什么愣住，秦苒收回目光，十分淡定地开口，"就是两千块，友情价，你转账给我，我让我朋友给你发货。"

听到这么便宜，杨怡也要买。

秦苒打开微信，一眼就看到程温如的微信——

"苒苒，电脑收到了吗？"

"开心。"

秦苒回了一句话给程温如，才点开南慧瑶和杨怡的头像，十分心安理得地收了两人的钱。

收完之后，她又点开"邻居"的头像，转账四千块给对方。

两分钟后——

"？"邻居十分高冷地发了个问号过来。

秦苒就给他回了一句——"我两个朋友买电脑的钱。"

邻居又是一串省略号发过来。

秦苒把两人的联系方式都发给陆知行，才结束了聊天。

下午，秦苒依旧没跟南慧瑶等人一起上课，物理系关于秦苒选了第二专业的传言也渐渐传开来。

下午秦苒只有两小节课，南慧瑶跟杨怡依旧满课。

上完课，秦苒就准备出去见宋律庭。

与此同时，J大物理系实验室。

宋律庭正在做一个光学实验。

实验室外，一个高个子的男人拿着一本实验记录过来找宋律庭："小宋，江院长希望你给大一新生做个演讲。"

"演讲？"宋律庭暂缓了手中的实验，接过洪涛手中的实验记录看了一眼，眉眼温润，"我知道了。"

洪涛大四，这学期才进的实验室。宋律庭年初就进了实验室，还是研究院那边副院长亲收的弟子，这件事整个实验室都知道。

不过洪涛当初是学生会的会长，一路帮了宋律庭不少，今年能来实验室，有一大部分原因是靠宋律庭。宋律庭是个研究狂人，物理系提起他的名字无人不知，但因为深居简出，他的朋友不多，洪涛就是其中一个。

“今年我们物理实验室可能要多一个新人。”洪涛手中的消息比宋律庭掌握得多，“就今年的新人王，不输你去年的风采……”

手中的实验结果还没出来，宋律庭抬手看了眼手表上的时间：“你们帮我盯一下实验。”

“你竟然还有其他事？”洪涛把手中的实验记录递给另外一个学生，这些到时候都要给博士过目的。然后偏头，他挺不可思议地看向宋律庭。

宋律庭大一刚入学的时候，就被一群学姐给扒了个遍——成绩优秀，智商碾压所有大一新生，样貌超群，校花榜前十至少有一半都对宋律庭有心思。J大名副其实的第一校草。

但——观察了这么久，洪涛跟宋律庭的室友发现，宋律庭的老婆就是实验，甚至还让江院长破天荒地给他在实验室准备了一间休息室。

“嗯，见个妹妹。”宋律庭严谨地把手边的用具摆好，又脱了实验大褂，不急不缓地开口。

洪涛进了实验室主要跟在宋律庭手下，他要出门，洪涛也无所事事：“你一直说的那两个妹妹？是谁啊？爱摄影的那个，还是特别酷的那个？我可以去看看吗？”

“两个都在。”宋律庭扣上领口的扣子，他年纪不大，但眉宇间能窥见几分凌人的气势。

认识宋律庭一年多了，对方一直都冷清得仿佛是个没有七情六欲的修行者，也就只在提起两个妹妹的时候，才会显得稍稍有些人气儿。

“妹妹们来A城看你了？我能跟你一起去见妹妹吗？”洪涛对这两个妹妹好奇已久。

可惜宋律庭是个护妹狂魔，别说照片，连妹妹的年龄名字都没透露过。谁也不能问，谁问谁就是要打他妹妹的主意。

最后，洪涛还是死皮赖脸地跟着宋律庭来到了校门附近的一个咖啡厅。

虽然是上课时间，但最后两节没课的人也不少，咖啡厅的位置坐了一半，宋律庭看了看，还算安静，就定了这里。

洪涛坐在他身边，等了两分钟，其间每个路过咖啡厅的女生都会被他猛盯，然后问宋律庭那是不是妹妹们。

宋律庭点了两杯奶茶，眉目清明：“不是。”

“你看都不看，怎么知道不是？”洪涛随手点了杯咖啡，依旧盯着门外。

没等一会儿，一道身影出现。

对方穿着长袖长裤，手上抱着一堆书，露在外面的皮肤很白，戴着一副黑框眼镜，五官非常精致，身上的气质沉着淡定，又有一点不太明显的沉郁，倒是能看出来几分宋律庭的风采。

洪涛连忙开口：“小宋，那是妹妹吗？！也是我们学校的？！长得好看啊，她要是不戴眼镜会更好看！”

说话间，潘明月也看到他们了，直接朝这边走过来。她把书放在桌上，脸上露出了个浅浅的笑，声音不是很大：“宋大哥。”

“住宿还习惯吗？我在学校周围有套房子。”宋律庭看了她一眼，拿了串备用钥匙给她，“你可以跟苒苒一起去住，学校那边我会去说。”

潘明月接过钥匙，想了想：“好。”

洪涛连忙跟潘明月介绍自己，心里暗想，难怪宋律庭没有给任何一个人看过妹妹的照片，这样的长相，就算排不进校花榜前十，院系的校花也能够得上。

“对了，还有个妹妹呢？”洪涛朝外面看了看，“没看到人影啊。”

宋律庭看了下手表，神态自若：“还有两分钟。”

两分钟？洪涛挑眉：“计算得这么精准？”

两分钟后，咖啡厅的玻璃门被一双修长白皙的手推开。

洪涛抬头看了一眼，一个高挑清瘦的女生一手推门，一手插在兜里，没有书也没有笔，头上戴着鸭舌帽，帽檐压得低，对方又低着头，看不清脸。

“那是妹妹吗？”他看着宋律庭，指了指大门的方向。

宋律庭形容得挺准，还没看到脸，就能感觉到对方挺酷。

宋律庭抬头：“是她。”

洪涛眼前一亮，等秦苒到了对面，就把另外一杯奶茶放好：“妹妹，你快坐。”

宋律庭侧身看了洪涛一眼。

洪涛摸摸鼻子，没再敢把妹妹随时挂在嘴边。

“谢谢。”秦苒拉开椅子坐好，然后扯下头顶的鸭舌帽，随手放到一边。

她今天又是穿的格子衬衫，黑色牛仔裤，头发随意地散着，最近一直闷热，她身上清清爽爽，携来一阵凉风。看宋律庭就大概知道他妹妹的颜值肯定不差，潘明月的颜值确实能打，然而……

洪涛还是没有想到，宋律庭另外一个妹妹长这样！

论坛上的信息已经更新了。秦苒凭借着军训的大合照，成功登上了J大校花榜！加上她新人王的名声，不到一天时间又一跃成了榜首！

以往女生对榜首都会有无数的质疑声，无论是谁登上榜首，都有不赞同的声音，然而这一次几乎没人反对。

长相比不过，智商也比不过，甚至打也打不过，谁能说自己不服气这个榜首人选？

洪涛虽然已经进了实验室，但不代表他不关心J大的大事。即便学校论坛上的照片只贴了一天就无故消失，洪涛也从其他室友那里看过新人王的正脸图，那种鲜明的长相，独特的气质，只要见过就绝对不会忘记！

一直听宋律庭说两个妹妹，可他一直没说——他另一个妹妹就是秦苒！

洪涛脑子晕晕乎乎，仿佛有无数个礼花在同时绽放，噼里啪啦，火花四射。

一家人都考到了J大，一个是去年国家卷高考状元，一个是今天国家卷高考状元……

宋律庭叫了一声洪涛，见洪涛没回过神，他就随意地对秦苒二人道："洪涛，大四学长。"

秦苒跟潘明月都非常有礼貌地说学长好。

宋律庭拿着杯子，又看向洪涛，介绍秦苒、潘明月二人："潘明月，政法系大一新生；秦苒，物理系大一新生。"

好半晌，洪涛终于反应过来，他幽幽地看了宋律庭一眼。

"没修第二专业？"宋律庭没理会洪涛，只看向潘明月。

潘明月小口地喝着奶茶，低了低眉眼："我们专业要学的很多，腾不出其他时间。"

潘明月知道宋律庭说的第二专业是摄影，但她跟宋律庭还有秦苒不一样，她从小就是一个野孩子，成绩是真的不好，所有的一切都是她自己努力得来，只能专心地做好一件事，一心二用她什么也做不好。

宋律庭指尖敲着杯子，微微颔首："学校里有摄影协会，不耽误你的时间，J大考试严格，期中、期末考试不达标会被退学，遇到难题来找我。"

听他说到这里，洪涛终于了解了为什么昨天宋律庭让人给他送了一套政法系的书……敢情不是专门要考第二专业。

洪涛这会儿终于找到了自己的声音，他看向秦苒："妹妹，你今年来J大的动静比你宋大哥当初还要大，怎么样，准备什么时候来物理实验室？"

一个漂亮妹子来实验室，实验室也要炸，洪涛有点儿想看到时候实验室的样儿。

"不清楚，书还没看完。"秦苒腿微微搭着，眯眼看向窗外，听到洪涛的声音她才收回目光，"看情况。"

"你是自动化的吧？我也是自动化的。"洪涛还记得帖子上的介绍，拍着胸脯开口，"以后遇到什么事就来找我。"

一边的宋律庭转过身来，语气冷淡："她专修第二专业核工程。"

洪涛心塞，当他没说。

现在的天才一个个都那么嚣张吗？一个在物理实验室就光明正大地学政法

系的第二专业；一个才刚开学，就报了第二专业？第一专业怎么办？

最可怕的是还能让物理系院长跟辅导员同意……

见完宋律庭的四天后，南慧瑶跟杨怡终于拿到了云光财团的电脑快递。

两人都在寝室拆快递。

两人电脑的颜色不是白色，南慧瑶要了一台银色的，杨怡的是黑色。

拿到电脑后，南慧瑶立马就下载了《九州游》，速度比她想象中的还要快上N倍。这种速度这种显卡不玩游戏不经常上网的杨怡感受不到。但杨怡下载了一个物理构造图，看到里面的功能模拟全都能用的时候，也能估算到这电脑比市面上的电脑好上多少。

“我竟然没有搜到同款的电脑。”杨怡拿了手机，在网上找了一圈，也没有找到电脑的原价。

冷佩珊拿着一杯水，站在两人背后，看着运转的电脑，眸光复杂：“当然搜不到，这是云光财团的概念电脑，只在内部试用，还在研发期。”

想要研发期的试用电脑，除了云光财团的合伙人，就是A城一些有势力有人脉的。不仅要有权，还要有人脉。

冷佩珊知道，欧阳薇手里有一台，是别人送给她的。A城里巴结欧阳薇的人何其多，别说一台，两台对欧阳薇来说都不是事儿。

冷佩珊真的不知道，秦苒到底哪里来的……

想到这里，冷佩珊就想起了秦苒说的那个早就毕业的人……

“秦苒呢？”冷佩珊看了一眼，没看到秦苒，她桌上的电脑跟背包也被收起来了。

南慧瑶打完一局游戏就放下了，关了电脑准备看会儿书：“她中午就回家了。”

明天就是中秋节，之前军训后学校没有给大一新生放假，所以中秋节多放了两天假，秦苒就直接回去了。

南慧瑶跟杨怡不是本地人，两人家里距离A城很远，来回太折腾了，都没有打算回去。

“秦苒回去了？”冷佩珊一愣，“你们待会儿不是还有课吗？”

“苒苒修两个专业，她现在主修核工程，只在期中、期末考试的时候，会回本专业考试。”南慧瑶解释了一句。

这两天秦苒一直没跟她们一起上课，南慧瑶就认真地询问了秦苒，得到这个答案之后，她也是非常服气。

“大一就修两个专业？”冷佩珊智商也不低，冷家跟欧阳家级别差得大，正是因为她足够聪明，才能被欧阳家的人看中，闻言，她眯眼，“J大不是高中，博士教的内容都有延展性。”

冷佩珊说不上自己对秦苒的感觉，从一开始莫名其妙地针锋相对，到现在她已经知道自己跟秦苒的差距。这几天来她一直都很少回寝室，更没有跟秦苒多交流。

听到南慧瑶的话，冷佩珊摇头。如果秦苒修第二专业，期中、期末考试考第二专业绝对没问题，可还回来参加第一专业的考试……J大每年的卷子都非常难，老师也从来不给学生画重点，不是糊弄糊弄就能过关的。就算是冷佩珊，有时候听博士讲课走神一下都有很多跟不上，这不是自己看书就能了解的。

更别说一节课都不上……冷佩珊觉得秦苒是不是过分自信了。

“不知道。”南慧瑶听冷佩珊这么一说她也坐不住了，立马打开手机询问秦苒。

秦苒回得很快。

南慧瑶看到答案，一愣：“我们院长让她必须参加自动化的考试，考不过她就不能再修核工程。

冷佩珊淡淡一笑：“我就知道。”

也就半学期而已，半学期之后还是要转回来。

这边，秦苒已经出了校门。

J大校园挺大，秦苒走了十分钟才到校门口，她往门外一扫，就看到站在马路对面的程隽。因为亭澜公寓距离这里太近，程隽就没有开车，直接站在正门口的地方。

规整的领结衬衫，他拿着手机似乎在跟人通话，眉目懒散犹似朗月。

星期五下午没课的学生多，再加上接近假期，不少旅游团前来J大校园，大门口处人流穿梭，但秦苒还是一眼就看到了他。

程隽也看到了人，顿了顿，朝她招了招手。

“午饭吃了没有？”看到秦苒过来，程隽稍微拿开了点手机，略微低了眉眼，声音温柔。

手机那头，陆照影被惊了一下。隽爷跟他说话一向漫不经心，要不就是冷漠无情，怎么突然这么好声好气的？

“隽、隽爷……”

“没，刚从图书馆出来。”秦苒手上就拿了个黑色的背包，里面装着她的电脑。核工程这方面涉及了很多课外的习题研究，秦苒上完课就会跟潘明月一起去图书馆。

电话那头，陆照影在听到秦苒的声音时，不由得吞下了到嘴边的那句“隽爷，你突然变成这样我有点不习惯”的话。

“先挂了，我们马上到。”程隽拿起手机，跟陆照影说了一句，就挂断了电话。

因为接近假期J大这条路的人流量大，开车没有走路快，程隽车还在亭澜。这边也是大学城，他们从J大这条路穿过去还有一条小吃步行街，人又多又杂。

程隽身材挺拔，矜贵淡漠，走在人流里鹤立鸡群，秦苒就跟在他身后。

人太多，每隔两步，就有人穿梭而过，阻挡视线。耳边都是说话声，还有店家的叫卖声、音乐声，秦苒眉心微不可见地拧起。

秦苒再次被一个虎背熊腰的壮汉撞到之后，略微靠前的程隽停下步伐，他脸上并没有什么表情，看了眼那虎背熊腰的壮汉，只是伸手牵住了秦苒的手，声音不咸不淡：“跟紧了。”

程隽身上的温度一向偏低，手上的温度也微凉。秦苒跟着他穿过了小吃步行街，人流才渐渐少了。

“今天是有几个朋友过来，正好你也放假。”程隽放缓了步子，声音不急不缓，“有一个你应该还记得，张向歌。”

秦苒点点头，“哦”了一声就没再说话。

地点是陆照影选的，因为迁就秦苒，所以就订了靠近J大的一个酒店。出了J大过了小吃街，再往前走了不到五分钟，就到了。

酒店包厢内，还是张向歌这群人，加上陆照影跟江东叶也不过六个。这行人之前在天堂会所都跟秦苒见过面，是圈子里玩得最好的一行人，这一次都没带乱七八糟的人，包厢内比较安静。

秦苒跟程隽进来的时候菜已经上齐了，一行人在一起有一搭没一搭地聊天，有人拿了烟出来，但也没点上，显然是经过陆照影指点的。

“秦小姐，你坐。”看到秦苒进来，一直淡定坐着的江东叶立马站起来，帮秦苒拉开了椅子，还帮她摆好了筷子。然后，他又殷勤地接过她手里的包，放到另一边的沙发上。

陆照影跟程隽都挺习惯江东叶的狗腿，但包厢里其他人显然没有习惯，蒙蒙地看着，张向歌也不例外。

一行人面面相觑，心底对秦苒更好奇了。

整个A城，除了程隽、程温如那个级别的，还真找不到让江东叶用这种态度对待的。

江家是程家那边的，但江东叶平日里也不是这样的人，不会因为那是程隽的人就会对她献殷勤，因为没必要。就算是欧阳薇，江东叶也顶多就是对她稍微礼貌一点。

“秦小姐，在学校还习惯吗？J大有个必须要住宿的传统，不过你可以找隽爷解决。”张向歌回过神，招来服务员点了一杯果汁，这个局是他攒的，“对了，你进校学生会社团了吗？你们学校的外联部之前找过我拉赞助，如果有意向，可以找我。”

张家在A城不算顶级的豪门，不过张向歌人脉广，会做人，情商高，又混到程隽这个顶级圈，在A城特别吃得开，很多人都愿意卖他面子。

秦苒坐好，本来在看手机，听到张向歌的话，她抬了抬头，礼貌地开口：“不用了，谢谢。”

她现在每天除了上课，就是去图书馆，江院长后来陆陆续续地把大二大三的书都给她寄过来了。她还时常去询问核工程专业老师与专业有关的问题，偶尔也会问宋律庭。

校学生会也不止一次来找过她，上次那个学姐后来陆陆续续来过两次寝室，还给秦苒打过好几次电话。

张向歌看了秦苒一眼，点点头，没有再多说。

“隽爷，秦小苒怎么还在住校？”陆照影跷着二郎腿，拿着筷子，偏头看程隽，他记得程隽上大学的时候，在附近是有房子的。

坐在陆照影身边的程隽手搭在桌上，闻言表情都没什么变化：“吃你的。”

就是语气不太好，陆照影笑了笑，表示了解。这种情况，就是秦苒自己不愿意了。

程隽在A城连程老爷子都治不了，陆照影跟程温如都得到了一个结论，遇上对手了啊。

陆照影跷着二郎腿，嘴边笑容扩大。

一行人一边吃饭，一边聊生意场上的事情，聊的是最近云光财团的事。

“昨天看标。”张向歌饭吃得差不多了，靠着椅背，手上拿着杯酒漫不经心地晃着，“中秋后会公布几个新公司，应该是几个小型IT公司，不过都挺有实力，我们就是陪跑。我看大小姐也在，情况怎么样了？”

张向歌说的大小姐就是程温如，A城有名的女强人，圈子里的人看到她都会尊称一声大小姐，这是欧阳薇现在都没有的待遇，毕竟不是一个等级层次的。

程隽放下筷子，偏头看了眼秦苒，对方还在慢吞吞地啃一块排骨。他就随手拿了个杯子，重新倒了一杯淡茶放到秦苒手边，语气漫不经心：“不知道，她刚借来一笔流动资金。”

这个餐桌上的人放到A城都极其有分量。见到这一幕，众人心底掀起巨浪，难怪张向歌说今天的局谁也不能对外宣传，就这情况……说出去也没人信吧。

秦苒这会儿一手拿着茶杯，一手在跟秦陵发消息。

秦陵今天上午就开始放假了——“姐，明天中午能一起吃饭吗？”

明天是中秋，秦陵有这个想法很久了。

秦苒看完，眉头一挑，秦陵跟秦汉秋不是已经回秦家了吗？明天晚上还能找自己吃饭？

她发了一个问号，秦陵一下子就会意了——“秦爷爷说，现在还不是时候。”

秦陵说的“秦爷爷”，就是秦汉秋说的“秦叔”。

听完解释，秦苒大概了解了情况，她直接发了个“行”过去。

这顿饭吃得不算时间太长，秦苒还要回去继续看一些资料，跟秦陵聊完之后就跟程隽一起离开。江东叶跟陆照影自然与他们一起。

张向歌等人把他们送到门口却没走，继续回到包厢喝酒。张向歌想起了什么，给J大校学生会的外联部打了个电话。

“于部长，”张向歌坐在椅子上，手里点了根烟，“有件事希望你通融一下。”

外联部的于部长也是个干脆利落的性格，经管系的女生，神情冷艳：“张总，您说。”

张向歌就把要塞个人进去的事情一说。他目光长远，给于部长的赞助也多，J大校学生会都非常给张向歌面子，不怕张向歌有事，就怕张向歌没事。

于部长也非常干脆利落，她开了扬声器，又打开了通讯录添加新联系人：“您说，姓名联系方式，我去联系。”

张向歌也报了号码：“166……”

输前面三个数字的时候，于部长还没什么感觉，直到她把后面的八位数也输进去。

她看着手机屏幕上跳出来的人名，沉默了一下。

“于部长，你存好没？”张向歌等得急了，就问了一声。

于部长“啊”了一声：“张总，您说的人是不是姓秦？”

张向歌挑眉：“是啊。”

“单名一个苒，荏苒的苒。”于部长说这句话时略微有些咬牙切齿。

张向歌也握紧了手机，坐直身体：“这你也知道？你们俩认识？”

他挺狐疑的。

“您再告诉我，您跟我说这件事的时候，她本人不知道吧？”于部长不答反问。

“没错。”张向歌已经感觉到不对劲，“怎么回事？”

“我就知道。”于部长笑了一声，“我去秦苒寝室找了她三次，让她加入学生会，她都没有理我，怎么可能会主动找我？”

张向歌疑惑更重：“你主动找了她三次？因为她长得好看？”

外联部主要看颜值，秦苒那颜值，张向歌觉得也不是特别难理解。

“什么长得好看，我们校学生会要这么好进，还是J大校学生会吗？”于部长“啧”了一声，“您不知道吗？秦苒是今年J大的新生王、高考状元，我们校长好不容易请过来的，前后都有物理系的江院长把控着，哪里会随意加社团、学生会。”

这样的学生不需要靠找人脉进实验室一类的地方，他们只要专心搞学术，其他的博士、院长或者学校都能替他解决。

于部长之前还找过秦苒两次，后来江院长给于部长打了个电话，于部长就遗憾地放弃了。

“张总，您如果没有其他事情的话，我就挂了。”于部长开口。

张向歌沉默了一下：“麻烦你了。”

他手上还端着杯酒，把手机放下，将这杯酒一饮而尽。

“怎么了？”包厢里剩下的三人看张向歌这样，不由得询问了一句，“事情不顺利？”

张向歌摇了摇头，然后把酒杯磕在桌上：“你们知道秦小姐在J大吧？”

“我知道，圈子里还传隽爷花了不小的代价。”一人开口。

这件事在六月初的时候就开始流传，也不知道从谁嘴里传出来的，还说连程老爷子都有参与。

“都是谣言。”张向歌看着三人，扔下一句话，“秦小姐是今年的高考状元。”

[第六章]

秦影帝的侄女?

云锦小区。

秦陵今天放假，一直在房间玩游戏，直到得到了秦苒肯定的回答，他眼睛才亮了亮。他拉开门一看，秦汉秋还坐在桌子边，那位秦叔坐在他对面。

“还没看完吗？”秦叔拿了桌上的一份数据，沉声开口。

秦汉秋羞愧地低头：“还没有，秦叔。”

“电脑呢？”秦叔按了一下额头，询问。

秦汉秋立马回书房，把笔记本电脑搬过来。

秦叔看了身后的中年男人一眼，中年男人拿了一个U盘把里面的软件拷进去：“中秋三天，看完文件，再把这电脑上的代码整理好给我。”

秦汉秋一阵头大，不过还是点头：“是，秦叔。”

吩咐完，秦叔才跟中年男人一起离开。

中年男人按了电梯：“秦管家，二爷没受过系统教育，现在能看得懂文件，这半个多月，已经是极大的进步了。”

这半个多月，秦叔给秦汉秋找了不少私教，完全是填鸭式教育。秦汉秋虽然人憨，但是脑子却挺灵光。

“我知道，但还不够。”秦叔眉心拧着，“这么大家业，还有四爷跟欧阳家虎视眈眈，他扛不下来。”

眼下秦家已经早不如以前，附庸的家族也一个接着一个去投奔欧阳家。

两人走到楼下，司机已经在等着。

打开后车门，秦叔坐好之后，感觉到手边有一个东西。他让司机打开后座的车灯一看，就看到了一个U盘。

“这……”秦叔一愣。

中年男人听到秦叔的声音，也往后面看了看："这不是给二爷的U盘吗？"

"是今天技术部送来的半成品，跟二爷的U盘弄混了。"秦叔按了下太阳穴。

中年男人一愣："那把车开回去再换回来？"

车子已经开出了云锦小区，驶到了大路上，秦叔想了想，摇头："算了，二爷连资料都不一定能看得完，中秋让他轻松一下吧，下次再给他。"

听秦叔这么说，中年男人点点头，也没再多说什么。

801。

等秦叔他们走了，秦陵才从房间里出来。

秦汉秋头疼地翻着一堆文件，看到秦陵："小陵，你怎么出来了？饿了？"

"不是。"秦陵摇头，他拿着手机，看着秦汉秋，脸上没什么表情，但眼睛挺亮，"姐姐明天中午会过来吃饭。"

他说的姐姐，从来只有秦苒。

秦汉秋听完，眼前一亮："真的？那我明天早上要早起买菜。"

他很会做饭，以前跟宁晴在一起的时候，大多是他做饭。他厨艺不错，住在云锦小区，秦叔虽然经常说不用他做饭，但秦汉秋一直也改不掉这个习惯。

"小程也来的吧？"秦汉秋再次询问。

这个秦陵没问，不过，他想了想，还是回答："程大哥才不会不来。"

"好。"秦汉秋脸上浮现出十分明显的笑意，然后就拿出一张纸开始写明天的菜单，至于电脑就被他随手放在了桌子上。

翌日。

秦苒起得不算早，她下楼的时候，程隽已经晨跑完，连澡都洗了，也才刚吃饭。

程温如双手环胸，笔直地坐在椅子上，气势很足。看到秦苒下来，她脸色瞬间破冰："苒苒，今天中秋节，你有什么活动没？姐姐带你出去玩，晚上再带你去吃饭。"

秦苒走到餐桌边坐下，拿起筷子，十分抱歉地开口："我今天要去我弟弟那里。"

"你弟弟？"程温如一愣，她从来没有听秦苒提过家人，只是从陆照影那里听说秦苒的外婆去世了。所以，她一直没敢在秦苒面前提起亲戚之类的，这会儿听说她还有个弟弟，但也不好问，只是十分遗憾，面上还若无其事的，"没事，你跟弟弟好好玩。"

她低头，给程老爷子发了条微信。想了想，她又问了秦陵的年龄跟喜好后，又让李秘书送来了一个礼物——限定版的奢侈品游戏机。

这件事程隽早就知道，两人吃完了饭，在楼下跟程温如聊了一个小时左右，就出发去云锦小区。

云锦小区不在大学城周围，但地段也不错，今天过节，人流量大，程隽开了将近一个多小时车才到达云锦小区。车子后座还放了三个礼品袋，一个是程温如给秦陵的，另外两个是程隽让程金准备的。

秦苒看了看，没看出来礼品袋里是什么，大概也就是补品之类的。

程隽把车钥匙递给秦苒，自己轻松地拎着三个袋子进了电梯。到达 801 的时候，秦汉秋拿了个锅铲来开门。

他现在形象也有了大变化，穿着名牌衣服，因为骨相好，加上只有四十岁的年纪，这半个月一直没太出门，也没打工，脸上看不出太大的风霜，拿到外面也是能摆得出来的。

“你们俩先坐，我还有两个菜。”他让秦陵给两人泡了茶，又去厨房噼里啪啦地做菜。

程隽放下礼品袋之后，就脱了外套，又将衬衫卷了几道。看了眼坐在桌边的秦苒姐弟二人，他就去了厨房帮忙。

“在编程序？”秦苒拖了张椅子，坐在秦陵身侧，见他在摆弄一个半成形的程序，“挺厉害啊！”

秦陵才刚接触这些，秦苒列给他的书单，他还没有完全看完，只略微写了一点运转代码，就卡壳了。听完秦苒的夸奖，秦陵挠了挠头：“这个是秦爷爷给爸爸的任务，让爸爸中秋期间完成。”

“他？”秦苒跷着二郎腿，“你确定？”

秦家那些人疯了吧？秦陵都搞不定，还交给秦汉秋？病急乱投医？

秦苒手支着下巴，微微思索着。也不是没可能，能把秦汉秋从灵海镇找回来，这件事本身就挺让人难以理解。

“没错。”秦陵点头。

“来。”秦苒伸手，将电脑拿过来，话说得漫不经心，“给我。”

秦陵眼睛一亮，也不坐在椅子上了，从椅子上起身，站到秦苒身侧。

秦苒拿着鼠标划了一下，就看到了主程序的代码。这只是半成品，还需要一个引擎代码链接。秦苒想也没想地打开编辑器，输入了一堆烦琐的代码。

秦陵目不转睛地看着。

“你们在干吗？”二十分钟后，秦汉秋先端了一碗菜出来，看到秦苒、秦陵二人一直盯着电脑屏幕，笔记本没有“噼里啪啦”的声音，但响声也不小，像是在打游戏。

秦陵头也不抬道：“游戏。”

“哦。”秦汉秋也不意外，点点头，“你们快点儿玩，再等两分钟就可以吃饭了。”

电脑上的半工程对秦苒来说不是特别费脑子，跟云光财团公开出去的一半代码有点儿类似，这会儿秦苒也接近尾声了。她看了秦陵一眼，忽然想起来什么：“拷一份？”

秦陵一句话也不说，直接去房间拿了个U盘出来。

程隽拿了四副碗筷出来，一一摆好。

所有的菜都摆好的时候，秦苒手中的软件也刚巧弄完，然后关了电脑拔了U盘，让秦陵送回秦汉秋书房。

秦汉秋今天做了一桌子的饭菜，自从到了A城以来，他第一次这么高兴，菜的味道也非常好。他跟程隽还一人倒了两小杯白酒，一边聊一边喝着。

秦苒跟秦陵不喝酒，吃完了秦陵就带秦苒进去看他电脑上的游戏。

“这是你程大哥的姐姐给你的。”秦苒把程温如给秦陵准备的游戏机拿到秦陵房间，递给秦陵。

秦陵伸手打开了礼物，确实是适合他这么大年纪玩的游戏。他一开始还挺有兴趣地摆弄了十分钟，然后就……通关了。

好玩是好玩，就是太容易了，秦陵通关所有关卡之后就不想玩第二遍了。

秦苒这会儿已经打开了秦陵的电脑。

“有几个通关了？”她指着上面的几十个图标。

秦陵不太好意思地低头，声音很小地回答：“第一列。”

一列有七个，都是陆知行以前给她的启蒙游戏改良版，秦苒那一下午跟陆知行两个人弄好的。秦苒是半个月前给秦陵的，几乎两天时间通关一个游戏，秦陵才九岁，这速度跟秦苒估计的差不多。

秦苒在秦陵卧室教他一系列的启蒙知识，外面，程隽跟秦汉秋又喝了一个小时之后，两人才收了碗筷。

今天秦苒在，秦汉秋没敢喝太多，也就才刚上脸。两人忙活着把碗收好，又放到洗碗机中，才出来。

秦汉秋出来的时候，看到程隽拿着秦叔给他的文件在看。

“小程，这些你看得懂吗？”秦汉秋把手里的围裙取下来，头疼地看向程隽，不过又想起来，程隽是个医生。

他被填鸭式教育，看到这些就头疼。

程隽扫了一眼文件，笑得云淡风轻：“略懂。”

“那你帮我看看。”秦汉秋眼前一亮，立马把秦叔给他的一堆纸拿到桌上来。

秦叔是想让秦汉秋能早点出来独当一面，虽不指望他能干点事儿，但最少也能唬住底下的人。不过有点急功近利，以至于秦汉秋到现在，对大半的事情还是一知半解。

程隽让他拿来一支笔，又拿了几张纸过来，把秦家那些生意方案文件放到一边，一一给秦汉秋剖析。

秦叔给秦汉秋请的老师也都是业界大佬，剖析问题的时候十分犀利，但秦汉秋经常听得一知半解。可到程隽这里，秦汉秋觉得这些问题好像变得浅显易懂多了。

两个人一讨论，就从下午一点半讨论到下午四点半。

秦汉秋脑子里的迷雾似乎被拨开了些，他赞叹地看着程隽："小程，你比那些什么高级金融分析师厉害多了，你不是学医的吗？"

"大学第二专业是经济学。"程隽理了理衣袖，说得面不改色。

"难怪。"秦汉秋点头，看着程隽，越看越觉得年轻小伙子可以。

下午四点半，秦汉秋又重新去厨房忙活了，程隽就让他少做一点儿菜。

秦汉秋想了想，忍痛减了几个菜。他今天非常高兴，晚上又拽着程隽喝了几杯酒。

与此同时，程家。

中秋，程家也难得聚了一半人。程老爷子坐在主座上，小辈们拿着酒杯一一来给程老爷子敬酒，程老爷子今天穿着一身绛紫色的唐装，威严又庄重。

程饶瀚看了眼客厅坐着的两桌人，脸色略有些不悦："爸，今天中秋，三弟也不回来？"

他知道程隽人就在A城。

"三弟有其他事儿，大哥你这么急性子干吗？"程温如举着酒杯，话说得不紧不慢。

程家这么大家业，老爷子这一辈有三个儿女，但家主位置只有一个，除了"无所事事"的程隽，其他人早就争得白热化。

听程温如一说，程饶瀚笑了一下，他看着程温如，语气淡淡："听说二妹为了争夺云光财团的二次标，将公司所有的流动资金都调出来了。看起来，二妹对这次的开标势在必得。"

云光财团是亚洲的五大佬之一，这绝对不是A城随便一个企业就能抗衡的。它在A城入驻，一来就做了三番大动作，谁都想跟云光财团合作，只要真正能搭上这条命脉，不说其他，至少没哪个企业再敢动你后路。

毕竟……跟亚洲这五位大佬拼财力，上赶着找虐吧。

“大哥说笑了。”程温如四两拨千斤，不动声色。

吃完饭，程饶瀚回到自己的厢房，手下一行人早就等着了，看到他过来，一一站起。

“大少爷，基地那边我们已经派人去看了，眼下有两个要调回程家的人，可以拉拢。”一个人拿着一份名单，微微弓身。

程饶瀚坐好，拿了一杯茶，眉眼微动：“哪两个？”

“程青宇，老爷子那一脉的，没有站队；还有一个，施厉铭，背景干净，二小姐也没派过人去接触。”手下恭敬地回。

程饶瀚微微点头：“二小姐最近有什么异动吗？”

“除了去云光财团，就是去三少爷那里，还花了大代价给那位秦小姐弄了一台内部电脑……”手下似有些疑惑，“大小姐是不是真的能竞到标？那位秦小姐那儿我们是不是也要……”

程饶瀚皱眉，他想了好一会儿，才开口：“不用，多在程青宇那两人身上花点工夫。”

中秋过后，该上班的也都上班了。

云锦小区。

在程隽的帮助下，秦汉秋的脑子变得比之前灵光很多，秦叔给他的两份方案决策，他差不多都看懂了。其中有不懂的，他还打电话给程隽，程隽就会耐心地教他。

本来要两天才能看完的内容，秦汉秋一天就弄得清清楚楚。

时间一空余，他就开始摆弄秦叔给他的U盘。这些U盘之前秦叔也给过，秦汉秋还以为是之前的教学整理小程序，却没想到，打开来就是一堆乱七八糟的数字、符号、字母，他看了一上午愣是没看懂。

中午，秦叔跟中年男人如约而至。秦汉秋去开了门。

“你文件看完了？”看到桌上竟然还摆着电脑跟U盘，秦叔一愣。

秦汉秋点头，有些拘谨：“是的，秦叔。”

秦叔这会儿只觉得意外，他接过秦汉秋递过来的两份方案，低头看着，本来漫不经心，突然浑浊的眼睛微微一亮，脸上的神色也变得严肃认真。看到最后，秦叔诧异地围着秦汉秋转了好几圈，又接连询问了秦汉秋几个问题，秦汉秋都一一回了。

“士别三日当刮目相看。”秦叔面对秦汉秋，脸上首次浮现了惊喜之色，“二爷，您进步很大。”

就仿佛突然间开了窍。

秦汉秋连忙摆手，脸上有些不好意思："这都是小程教我的。"

"小程？"秦叔听到了一个新名字。

"是个医生，他大学修过经济学。"秦汉秋笑呵呵的。

秦叔点头，对那个"小程"也有点好奇，看得出来，那个小程提出来的东西都一针见血，当个医生有些可惜了："下次见面，你问问他有没有兴趣来秦家？"

"那我问问。"秦汉秋点点头，准备等秦叔走了就给程隽发条微信询问。

秦陵出来喝水，听到这一句，看了一眼秦汉秋。

"不过，你给的这些没有完成。"秦汉秋没注意到秦陵的目光，他想起来U盘跟电脑，有些羞愧，"我看不懂。"

"无妨。"秦叔拿起桌子上的U盘，淡淡开口，"之前给错了U盘，这是公司里的一个大工程，还是半成品，我们开发部的人都还没找出解决方案，待会儿还要带到秦家总部。"

说到这里，秦叔脸色微微发沉。老爷子这一脉手底下的程序员都到四爷和欧阳家那边了，剩下的人手没几个，这些复杂的烦琐引擎四爷那边都没头绪，才故意刁难秦叔这边。所以当初丢在了秦汉秋这儿他们也不急，毕竟秦叔他们带回去也毫无办法，只能继续让分成，待会儿还有一场硬仗要打。

今天秦汉秋出乎了秦叔预料，问的几个问题秦汉秋也没有像以往那样支支吾吾答不出来。

秦叔在这里也没有待多久，就拿着U盘离开了这边。

黑色的车子依旧在楼下等着，秦叔跟中年男人坐好。

中年男人神色有些异样。

"有什么问题？"秦叔今天开心，神情也分外轻松。

中年男人朝后视镜的方向看了一下："秦管家，您有看到二爷家放的礼品吗？"

"这个倒没有。"秦叔拿着U盘，摇头。

"包装精致，是不对外开放的大品牌，专门给内部会员准备的。"中年男人提起这个，挺诧异。

秦汉秋跟秦陵之前的生活环境说不上好，这种档次的东西却也是消费不起的，而且……秦汉秋看着也不像是有这种朋友的人。

着实费解。

秦管家把U盘放好，没有想太多，他看向窗外，略微思索："我在想，二爷说的那个'小程'到底是谁，来A城这么久都没有见过……"

现在是早上，等车开到秦家总部，还没过八点。如今的秦家早就不能跟往昔比了，总部大楼不复以往的繁华，来来往往的人很少。

秦管家在大楼底下看了一会儿才进去。

“秦管家。”一路走进去，不少人停下跟秦管家打招呼。

秦管家一路走到会议室，会议室里只有三个四十岁左右的男人，样子有些颓，还能闻到一点点的酒味。看到秦管家，三人立马站起来。这是秦家分裂后，几个受过老爷子恩惠的程序员，一直没有被秦四爷跟欧阳家拉拢走。

“四爷他们人呢？”秦管家打过招呼，朝周围看了一眼，没看到其他任何人。

三个人站起来，均摇了摇头。

秦管家低头看了眼腕表上的时间，八点十分，已经过了早会的时间，他眉头拧了拧。

又等了几分钟，才有一个踩着高跟鞋，头发盘得一丝不苟的女人推门进来，她手上还拿着一份文件，气势极足：“秦管家，今天四爷要去参加云光财团九点半的竞标，现在已经出发了，没有来得及告诉你们，劳秦管家您久等了。”

“你……”秦管家身后的中年男人面露怒意。

秦管家脸上却是笑意不变，他微微侧了侧身：“阿文。”

中年男人咽下了到嘴边的话。

“尹秘书，不知道四爷什么时候能回来？”秦管家声音一如既往，没有听出来明显的情绪变化。

尹秘书若有所思地看了秦管家一眼：“十一点左右。”

秦管家微微颔首，依旧笑，似乎是没有脾气：“好，那我们就在这里等四爷回来。”

与此同时，亭澜。

秦苒今天没有去学校，她一共有五天假期，这个时候，程温如正在楼下等她。

程温如要带她去逛A城的风景。

中秋节那天拒绝了程温如的邀约，所以今天程温如找她，秦苒也没拒绝。

程隽拿了车钥匙，本想开车送两个人出去，程金却从楼下上来：“隽爷，程土那边有新消息。”

程隽站在原地，手撑在桌子上看了程金一会儿，眼睑低垂，彻底服气：“真及时。”

程温如双手环胸，朝程隽抬抬下巴，笑得挺开心：“三弟，看起来只能让李秘书送我们去了。”

程隽把钥匙扔给程温如，他扔得准，程温如手一抬就接在手心。

程金不知道发生了什么事，等程隽上楼、秦苒跟程温如出去之后，他才看向程木：“怎么回事？”

程木十分同情地看着他："隽爷刚刚要送秦小姐出去的。"

程金低头看了眼手上的文件，心里将程土骂了一遍才上楼。

"边境有问题？"书房，程隽转过椅子来，手上转着黑色的毛笔，正对着程金，眉眼疏淡。

程金把文件递上去："巨鳄那里有个很厉害的黑客，程火对付不了。他还找了秦小姐，不过最后也没查出底细。好消息是，巨鳄那边的黑客没有再出手，程土跟他'谈'的生意成功了。"

这个"谈"肯定不是普通的"谈"。

听到黑客，程隽手中转着的笔一停，抬眸："没再出手了？"

程金看着程隽的表情，他跟着程隽闯荡了这么久，自然也能猜出一点程隽的心思："您有头绪？"

"你觉得，巨鳄那边找的是孤狼的可能性有多大？"程隽随手把笔扔到桌上。

程金一愣："他？"

程隽拿起文件，随意翻了翻，语气淡漠却笃定："百分之百。"

除了"129 侦探所"的人，程隽想不出来，还有谁能全力压制住程火跟秦苒。

"'129 侦探所'很少插手其他势力的事。"程金担忧地皱眉，"程土那边会不会有事？"

孤狼也就最近一年才出山，但手中的单子依旧少，到现在才接了不到八单……

"若来真的，程土不是对手。"程隽抬头。

程金这会儿是真愣住了，他一直知道"129 侦探所"深不可测，但他的生意跟"129 侦探所"没有交集，所以不太清楚这个势力的底细，对于 A 城里狂吹的欧阳薇也不太在意。

这会儿听程隽都肯定了"129 侦探所"的实力，程金对"129 侦探所"有了更深的恐惧："难怪几个家族的人突然对欧阳家示好……"

楼下，本来已经回公司的李秘书又把车开回来了。

"我们要先去参加一个竞标，云光财团的。"程温如跟秦苒坐到后座，她手搁在腿上，脊背挺得直，"不过我就是走个过场，这次轮不到我们。之后我们就去距云光财团一公里处的古城，三弟陆照影他们小时候经常玩儿的地方……"

秦苒一只手支在车窗上，她坐姿没程温如那么标准，另一只手拨开滑到眉骨的碎发："不一定呢。"

"嗯？"程温如听着秦苒的话，反应过来，秦苒说的应该是不会是去云光财团走个过场,“云光财团的事情有些复杂,里面涉及许多利益,你可能不太清楚。算了，我们不提这个，我跟你说说我三弟……”

秦苒摸了摸鼻子，没再说话。

直到到达竞标地点，程温如才停了话头。她脸一板，踩着高跟鞋下来，下巴微抬，眉眼凌厉，整个人又变成了女强人。

秦苒漫不经心地跟在她身后，一手拿着手机，一手把鸭舌帽扣在了头上。

程温如脚步停了一下，等秦苒跟上来了，才继续往云光财团里面走，脚步稍微放缓。

她在A城知名度高，每走两步，都会有人跟她打招呼。不过大多数时候程温如只是高冷地点了点头。

竞标场的位置是有贴名字的，程温如在第一排，秦苒就坐在了李秘书的位置上。

“看到没有，那是秦家四爷。”程温如双腿并拢，坐姿相当标准，一手挡在唇边，跟秦苒说话，“秦家原本是第四研究院的掌管人，研究院是什么等你以后就知道了。秦家虽然已经没落，不过秦四爷跟欧阳家已经结盟，这两家都从事IT，这次有他们在，所以我说了，我也就是陪跑。”

秦苒本来兴趣不大，听程温如说了秦家之后，才朝秦四爷那边看了看。

秦四爷也坐在第一排，跟程温如隔了五个位置，大概四五十岁的年纪，除却脸上的纹路，精神状态都不显老，穿着银灰色的西装。似乎是看到了程温如，秦四爷连忙过来打了招呼：“大小姐。”

别说秦家现在已经没落，就算秦家还是鼎盛时期，也比不上四大家族之首的程家，遇到程温如，秦四爷也还要矮上一头。

因为秦苒，程温如对姓秦的人多了一丝好感，她朝秦四爷稍微点头，态度要比以往好上不少。

秦四爷心下奇怪，他回到了自己的座位上。

“估计是知道四爷您马上就能成为云光财团新技术的开发者之一。”身侧坐着的股东压低声音。

秦四爷声音谦虚且谨慎：“云光财团还没下结论，一切尚早。”

不远处，秦苒正慢悠悠地从兜里拿出耳机，不知听到了什么，她朝那边看了一眼，跷着二郎腿，漫不经心地笑了笑。

“怎么了？”程温如很关心她的状态。

秦苒把耳机塞到耳朵里，开着音乐，往椅背上一靠：“就听了个笑话。”

九点半，云光财团负责招标的经理拿着一份合同出来。他站在最前方，稍稍侧身，手一划，背后就出现了四维投影。他转身，微微弯腰，声音自信且有力度:

“我是 IT 总编部杨……”

说话的时候，他目光下意识地扫了一下十几位投标的企业管理人，目光扫到第一排第五个位置的时候，他的声音忽然有些卡壳。

对着那张脸……他要怎么说下去？

坐下时，秦苒就把鸭舌帽放到一边的椅子上，这会儿又面无表情地把鸭舌帽重新戴上。她手指搭在一边的扶手上，微微敲着，五指骨节分明，白得晃眼。

程温如看了秦苒一眼，她听程木说过，秦苒脾气不太好，最怕吵，虽然相处了两个多月，程温如也没有发现秦苒脾气不好在哪儿。

看秦苒这样，她压低声音，安抚着：“再等一会儿我们就走，你看看他们公司的四维投影，很逼真，其他地方看不到。”

她觉得秦苒可能是时间待得太长了，有些耐不住性子。

程温如今天带秦苒过来，也是有带秦苒看这四维投影的意思，这东西程温如第一次看到都很惊艳。

秦苒小声地回：“谢谢。”

她稍微抬头看了看，杨绍琦正划着新闻，似乎是感觉到了她的目光，划着投影屏幕的时候，他僵硬的手非常明显地抖了一下。

“杨、杨绍琦。”杨绍琦终于介绍完了自己，没敢再看第一排。他伸手又在虚空划着，一条条新闻滑过，然后停在了产品页面。他板正着一张脸，介绍得既官方、又严谨，一丝不苟，像是在跟领导汇报工作。

一番介绍后，杨绍琦才翻开文件，略微松了口气：“经过总部决定，这次加投的人选是——”

座位上，秦四爷不动声色地理了理衣服，嘴角尽量往下压，但眸底却是很明显的笑意。程温如已经拿好手边的挎包，准备离开。

“程温如程总。”杨绍琦宣布完，朝程温如那个方向看过去，稍稍松了一口气。

秦四爷脸上的笑容微滞。

“恭喜大小姐啊。”场下其他投资者也反应过来，虽然说秦四爷在 IT 领域上远胜于其他人，但云光财团选择程温如也不难理解，毕竟程温如是程家人。

程温如只愣了三秒，就迅速整理好表情，端着大小姐的态度，气场全开。她抬手，官方地跟人道谢。

杨绍琦跟其他投资人打完招呼，才朝这边走，礼貌又小心：“程总，请到这边来，我们需要重新签合同。”

程温如跟杨绍琦握了手，然后看向秦苒：“苒苒，你先回车上，我十分钟后出来。”

云光财团对进入的人把控严格，程温如有了解。

杨绍琦微微笑了一下，温和地道：“程总，云光财团今天对所有人开放，这位小姐完全可以跟您一起进去。”

是吗？程温如微愣，上次来的时候，都需要打卡才能进去，今天怎么规则又变了？

不过，现在程温如也想不了那么多，她跟着杨绍琦往电梯方向走。

杨绍琦刷了卡，上了28楼。程温如看着楼层微微眯眼，上次进的好像是二楼……

28楼很安静，杨绍琦直接拿出了合同，没有丝毫拖泥带水。程温如扫了一眼，跟之前列的条件没什么两样，双方都签得很利落。

整个过程不过十分钟。

“快到午餐时间了。”杨绍琦起身，跟程温如合作愉快地握了手，绅士地邀请，“程总赏个脸吃饭吗？”

这种机会难得，若是以往程温如不会拒绝。

“抱歉，杨总监，我得带孩子去逛A城风景，早上已经说好的。”程温如收回手，表示歉意，“下次有机会，我请杨总监。”

杨绍琦连忙开口：“无妨，您的事重要。”他说着，还把程温如送到了楼下车上。

程温如不动声色地跟杨绍琦告别，心底却诧异——

今天的杨绍琦……热情得似乎有些过头了。

云光财团大门不远处，等程温如的车子开走了，杨绍琦才擦了擦额头上十分细密的汗。

“总监？”身侧的助理询问，“您没事吧？”

“没事。”杨绍琦摇头，松了一口气。

敢叫秦小姐“孩子”的人……杨绍琦觉得都是大佬。

这边，车上，程温如翻了翻合同，丹凤眼微挑着：“杨总监竟然没有选秦家……”

开车的李秘书也觉得奇怪：“程总，我们走狗……屎运了？”

“秦四爷跟欧阳家结盟，我以为不管从哪个方面，他们都占便宜。”程温如合上合同。

秦苒跷着二郎腿，打开手机在玩游戏，只稍微侧了侧头，挑眉。

程温如想起秦苒是学物理的，应该不喜欢听这类事情，估计也不是特别懂，她就立马止住了话头，换了话题，询问她弟弟喜不喜欢游戏机。

秦苒手碰了一下额头：“很喜欢，就是游戏简单了一点。”十分钟就通关了。

“这样？”程温如估计秦陵跟秦苒一样，也喜欢游戏，决定下次去找更加有难度的游戏机。

秦四爷回到秦家总部，他面色显然不是特别好，眉头微微拧着。

尹秘书踩着高跟鞋迅速跟上去："秦总，秦管家等人还在会议室等您。"

秦四爷脚步一顿，拿出一根烟来，叼在嘴里："还没走？"够有耐心的。

"从八点到现在，等了三个小时。"尹秘书一一汇报。

"行，让技术部的人准备一下，我们去会会秦管家，这一次他要让多少分成？"秦四爷脚步一转，拿着烟往会议室的方向走。

会议室内，秦管家坐在左侧的首位上，双眸微微合上，老神在在的，半点儿也没有不耐烦的意思，阿文就站在他身后。

"砰——"会议室的门被人从外推开，秦四爷等人拥进来。他坐到中间的位置上，朝秦管家看过去："秦管家，抱歉，让您久等了。"

话是这么说，他声音里却没有半点儿抱歉的意思。技术部的人也拿着U盘跟文件陆续进来。

"开始吧。"秦四爷首先看向秦管家，"秦管家，这里面您辈分最大，您要先开始吗？"

站在秦管家身后的阿文抿了抿唇，恨恨地捏着手指。秦四爷垄断了秦家的工作室，秦管家手底下有能力的老人都被他挖走了，能不能做出来，秦四爷他这不是明知故问？！

秦管家脸上却不见丝毫怒意，依旧笑得淡定从容："四爷，您的人先。"

这个结果秦四爷早就料到了，秦管家能不能拿出内容，没人比他更清楚，他似笑非笑地看向秦管家淡定的样子，然后让技术部部长汇报情况。

技术部的部长拿着U盘跟文件，上台将整个引擎模拟了一遍。这是云光财团内部大佬之前在网上公布的一个人工智能片段，所有IT企业表面上不说，但暗地里都在研究这个片段，秦家也不例外。

只是里面的代码过于晦涩，很少有企业能短时间内研究出来。秦四爷这边也只进展到80%，不过这些也比秦管家那半成品强。

技术人员说完，秦四爷手敲着桌子，抬眸看向秦管家："秦管家，到你的人了。"

秦管家沉默了一下，他捏着手中的U盘，看了与他坐在一排的三个老程序员一眼。

其他人没说话，中间那个身上还略微有些酒气的人接过："我去吧，秦管家。"

他拿起秦管家递过来的U盘，走到投影幕布前，直接插入到电脑中。

秦四爷没有看他，只是低眸喝了一口茶，掩了嘴角的冷笑——垂死挣扎。

秦四爷皮笑肉不笑地放下茶杯："秦管家，这个工程如果你们接不了，今年的分成照例三成。"

秦四爷跟欧阳家结盟，有欧阳薇在，秦四爷早就知道秦管家瞒着他将秦汉秋父子二人接回来了，更知道秦管家在培训秦汉秋。

不过，秦管家要是打着随便培养一个人就能打压他的主意，那就大错特错了。

秦管家依旧不动如山，他身后站着的阿文脸上的愤怒却掩盖不住。

“阿文。”秦管家侧头，警告地看了阿文一眼，然后看向站在电脑面前的程序员阿海，“你继续。”

阿海昨晚喝了一夜的酒，这会儿还有些宿醉的头疼。插入U盘之后，他直接打开投影仪，又打开U盘内的文件夹。

这个半成品秦管家给他们看过，凭借他们仅剩的三个人，连现有的电脑都不足以运转这么大的模拟系统引擎，三个人研究了一段时间后不得不放弃。

这些都是陪老爷子一起奋斗过的人，没想到秦家会败在他们手上。

阿海一边想着，一边看向文件夹……好像多了好几份文件？

阿海有些诧异，不过这种时候也没有想太多，点开最上面的文件夹，能看到文件夹内，有个一片叶子形状的主引擎。

因为宿醉有些不清醒的脑海忽然清醒，阿海瞪大了眼睛。研究过这代码一段时间，阿海怎么可能不清楚，上次看的时候，主引擎根本就没有成型，哪里会有图标？！

阿海直接伸手点开了图标。

因为他们根本就没有动手做，所以秦管家也没有装模作样地打出文件跟设计方案分发给会议室的人。

“秦管家，今年的分成协议你们签一下吧。”秦四爷今天的标没中，心情本来就不好，没有时间再跟秦管家耗了，他手撑着桌子，直接站起来，“尹秘书，把合同递给秦管家。”

他一句话说完，全场都没有动静。

“尹秘书？”秦四爷看向尹秘书的方向。

尹秘书正偏头看着投影仪，不仅是她，全场大多数人都不可思议地看着投影仪。

他们这样，让秦四爷想到一个可能，他不由自主地回头。

投影仪上旋转着一个三维系统，正是半成品的完整链接构想……这半成品的构想最早还是在秦四爷的参与下完成的，只是后续的解码复杂烦琐，秦四爷这边这么多人手跟人才都只解了80%。他把半成品交给秦管家的时候，根本就没想过秦管家凭手下的几个人能做出来，可谁知道秦管家还真的成功了？！

“秦管家，我还真是小看你了。”秦四爷脸上的表情一点点退去，他走到秦管家身边，好半晌后，阴鸷地笑了一下。然后一句话也没说，直接走出会议室。

阿海也演示完了，连忙把U盘拔下来，回到秦管家身边，脸上的颓丧一扫而空，目光热切："秦管家，你找到哪个高人了？竟然还瞒着我们！"

秦管家自己也有点蒙。

"我根本就没有找人，若是找了高人，哪里还处在这种两难境地……不对！"秦管家猛地站起来，忽然想起了什么，转身看了眼阿文。

两人显然想到了一块："二爷！"

U盘在秦管家手中根本就没有什么变数，唯一的变数，就是跟秦汉秋的U盘弄混了。

秦汉秋这边。

秦陵今天上学去了，秦管家误算了他看文件的日期，没给他布置新的任务，秦汉秋有些无聊，给程隽打了个电话。然后，他就拿着一壶酒，兴冲冲地打车来到亭澜，跟程隽一起喝酒。

这是秦汉秋第一次来亭澜，他往四周看了一眼，不住地点头："这个地方环境好，距离学校也近，苒苒也方便。"

两人坐在落地窗边，程木从冰箱里拿了几碟下酒菜出来。

"那位是谁？"程金并不认识秦汉秋，压低声音询问程木。

他第一次看到隽爷这么认真地坐下来陪聊。

秦汉秋脸生，举手投足间还略显局促，程金想了好半晌，也没想出来A城什么时候有一位这样的人物，也对不上脸。

主要是秦汉秋整个人的气势显得很一般，没程温如那么干练，也没程隽那么可怕，更没秦小姐那种往那儿一站都让人忽视不了的样儿……

程木拿着茶壶，准备去烧一壶醒酒茶，闻言，云淡风轻地回："那是秦小姐的父亲。"

"秦小姐父亲？"程金跟着他来到厨房，沉默了一下，"难怪。"

程木将一壶茶烧好。

程金干脆利落地接过他手中的茶，去给程隽两人倒茶。

还维持着端着茶壶姿势的程木，不可思议地看向程金的方向。

"对了，小程。"喝到一半，秦汉秋吃了颗花生米，忽然想起来秦管家的话，"你对管理公司有兴趣吗？"

刚走到两人身边的程金就听到秦汉秋左一句"小程"右一句"小程"的……放眼A城敢叫隽爷一声"小程"的，恐怕也只有秦汉秋一个人。

也是真的敢。

"管理公司？"程隽放下酒杯，语气有些轻描淡写，"我也就是纸上谈兵，没那耐心，就不坑您了。"

最近被逼得一直看文件的秦汉秋深以为然："对，其实没什么好的，没有搬砖快活。"

好些时间没有搬砖，他感觉骨头都懒散了。但是他不敢跟秦管家说他想再回去搬砖。

两人说了将近两个小时，秦汉秋兜里的手机响了，他摸出来看了一眼，赫然是秦管家。

"我现在在哪儿？"秦汉秋喝得不是很多，思维清醒，"我在小程家。"

他不知道这边的具体地址，又询问了程隽，把地址报给了秦管家。

电话里，秦管家说他不到二十分钟就会到。

秦汉秋挂断了电话，还没喝尽兴："这么急着找我？"

"应该是有急事。"程隽也喝了酒，不能开车，思忖了一会儿，然后开口，"我让程木送您回去。"

"不用，苒苒不喜欢秦叔。"秦汉秋连忙摆手，"秦管家会在小区大门口等我，我自己等他就行。"

程隽没查过秦汉秋的事，不过光听描述，也知道秦汉秋口中那个秦管家是秦家人没跑了。

程隽不记得自己认不认识秦家人，他想了想，就把秦汉秋送到了楼下，又陪他等了三分钟，在转角处看到秦管家车的时候，提前离开。

秦管家他们停下车，就算再注意去看，也只能看到模糊的背影。更何况，他们就是冲着秦汉秋来的，根本就没有注意到其他人。

"大小姐有给你打电话吗？"程隽一边往回走，一边低头看了眼手上的手机，问程木，语调不高，懒懒散散的像是没什么精神。

他说的大小姐自然是程温如。

程木跟上程隽："半个小时前来过电话，正带着秦小姐去吃饭，晚上才回来。"

"晚上？"程隽眯眼。

秦苒明天就回学校了。

亭澜小区门外。

阿文从驾驶座上下来："二爷，您怎么在这里？"

他抬头看了眼小区的名字——亭澜。这里都是奢侈级高级公寓，一套往低了说都是九千万朝上，如果是复式楼层，价格要翻两倍。

A 城顶级豪宅之一。

"我来找小程喝酒。"秦汉秋拉开车门，坐上副驾驶座。

又是那个"小程"？阿文心底惊讶，今天早上发现那些礼品袋的时候，他就猜测秦汉秋口中的那个小程不简单……可也没想到，对方竟然住在亭澜？

“秦叔。”秦汉秋系好安全带，侧身往后座看了一眼，“您这么急着找我，有事吗？”

这时候，秦汉秋才发现车子后面还坐着另外一个跟他年纪差不多大的人，戴着眼镜。

阿文已经发动了车子，往云锦小区的方向开去。秦管家却等不及回到云锦小区，他目不转睛地看着秦汉秋的方向：“二爷，我丢给你的U盘，都有谁碰过？”

秦管家知道一定不会是秦汉秋，才这样询问他。

副驾驶座上的秦汉秋抬了抬头，突然被这样询问，他有些晕晕乎乎的，立马坐直：“U盘出什么问题了吗？”

“没有，二爷，您放心。”秦管家看了眼身侧的阿海，“阿海，你解释一下。”

阿海点点头：“秦管家给您的其实是秦家总部那边做到一半的工程，里面有一串智能代码十分难解，总部的人才解到80%……只有放在您那里的U盘代码被解出来了。”

秦汉秋对代码编程之类听不太懂，他只是弱弱地询问：“解出那个代码……很厉害吗？”

听秦汉秋这么说，阿海顿了一下。

很厉害吗？

云光财团的poppy，一个仅凭名字就吸引了无数程序员来云光财团的人，你说厉不厉害？

秦汉秋一看阿海的神色，就知道了结果，他讪讪地笑了一下。

“所以，我们才问你有谁碰过电脑，这两天你们那里有没有来过什么人？”秦管家再度询问。

“我不知道，秦叔，U盘在我家也没有丢过。”秦汉秋脑子更蒙，那天除了秦苒跟程隽，就没有其他人了。

程隽不是跟他一起喝酒、就是在厨房帮忙，都没碰过电脑，至于秦苒一直在跟秦陵一起玩游戏。

秦汉秋脸上的迷茫表情不似作伪，秦管家等人面面相觑。

“那天去你家的小程是谁？”秦管家想了半天，只能想到教过秦汉秋的小程。

一提起程隽，秦汉秋脸上表情激动：“就是小程，不过他还是喜欢当医生，下次有机会我介绍你们认识。”

在秦汉秋嘴里实在问不到什么。

到了云锦小区，一行人下车。秦管家落后一步，低声吩咐阿文：“你去物业那里调一下这两天电梯里的监控。”

阿海则是跟秦管家等人一起上楼。

秦汉秋去卧室把自己的电脑拿出来给秦管家还有阿海看："这就是我的电脑，你们看看。"

阿海拉开椅子坐下，然后打开电脑，在电脑上寻找痕迹。

二十分钟后。

"奇怪……"阿海若有所思地开口，"我找不到半点痕迹。"

他跟秦管家都认定变故是在秦汉秋这边发生的，可偏偏在秦汉秋这边没有发现半点痕迹，秦汉秋的电脑干净到不可思议。

秦管家在房间里扫了一圈，最后目光放在了秦汉秋身上："还有其他电脑吗？"

秦汉秋迟疑了一下："小陵房间里还有，不过他还没放学。"

没有秦陵的允许，秦汉秋也不会随便去动秦陵的东西。

小陵？阿海询问地看了秦管家一眼。

"是二爷的小儿子，在上小学。"秦管家解释。

阿海只是一个程序员，对秦家的恩怨知道得不是特别清楚，不过也听说过，秦家上一代死的死，失踪的失踪，嫡系旁系只剩下秦四爷跟秦修尘，秦家二爷刚被秦管家找回来。

听秦管家一解释，阿海就知道那小陵是谁了。只是阿海有种直觉，就算秦陵回来，他也查不到什么。

秦管家坐在椅子上，等秦陵回来的时候，他兜里的手机响了几声。拿出来一看，秦管家眼睛微微一亮，从椅子上站起来，直接接起——

"六爷，您回来了？"

秦老爷子最小的儿子——秦修尘，今年三十五岁，娱乐圈红透半边天，少数实力与颜值并存的秦影帝。

秦修尘之前一直在国外拍一部大制作的电影，其间通信不好，也很少联系秦管家。手机那头，秦修尘穿着一身随意的休闲装，鼻梁上架着墨镜，耳边挂着黑色的口罩："刚下飞机，听说二哥找到了？"

"您拍电影期间是封闭式管理，我一直没联系到您，就没通知您。"秦管家解释。

秦管家又说了几句，然后挂断电话站起来："二爷，六爷回来了，我先带你们见一面吧。"

此时也等不到秦陵回来了，秦管家直接把车开到了学校，等秦陵放学，就直接带他去见秦修尘。

这边，秦苒跟程温如逛了一下午，此时正在一处复古的酒楼吃饭。

“这里是会员制的，听说祖上是皇家御膳总厨。”程温如把竹筒递给秦苒，“喜欢吃什么自己点。”

这里处于古城里面，外面被一圈城墙围起来，地面是假山喷泉，每天只接待三十桌客人，极其幽静，知道这个地方的人都是A城有底蕴有历史的家族。

两人坐在二楼，临窗，正好能看到城墙外悠远的古楼。

秦苒随手点了两个菜，就把竹筒还给了程温如，程温如又加了几道这里的招牌菜。

酒楼顶层，程饶瀚正拿着竹筒等人，手下在他耳边低声说了一句。

“我二妹在这里？”程饶瀚眯眼，“她见什么人？”

作为皇家酒楼，不是特别重要的人，一般是不会带到这里来的。

“应该是那位秦小姐。”手下顿了顿，声音有些古怪，“两个人……好像是在这古城逛了一天。”

“逛了一天？”程饶瀚放下竹筒，闻言，眉头拧起，“程温如最近到底是怎么回事？”

一直都跟程雋还有那什么“秦小姐”搅在一起，还逛古城？公司的资金都快运转不了了。

中了邪一样。

“走，我们下去会会我那二妹。”要等的人也还没来，程饶瀚觉得奇怪，他站起来要下去找程温如。

手下立马当先往外面走，刚打开包厢的门，外面就站着一个穿着一身紫色旗袍的女人。

“程先生，抱歉，久等了。”看到程饶瀚，女人抱歉地开口，“我正好接了一个单子。”

程饶瀚笑了笑，转身往包厢里走：“也没等多长时间，薇薇你百忙之中抽出时间来这儿，就已经是给我面子了。”

这女人，正是欧阳薇。

之前是欧阳薇没来，程饶瀚才顺便想要下楼看看那位“秦小姐”；现在欧阳薇来了，程饶瀚自然就没有了这个想法。这两个人摆在一起，想都不用想也知道谁更重要一点。

楼下。

秦苒跟程温如刚吃完，饭后甜点端了上来，程温如也没继续吃，直接让人打包让秦苒带回去。

“这里的甜点味道不错，只是不对外销售。”程温如一边下楼，一边开口，“不吃可惜。”

两人下了楼，程木的车已经停在楼下了。秦苒跟程温如打完招呼之后才往程木的车边走。

李秘书站在程温如身后，奇怪道："大小姐，您今天吃饭这么急？"

这种店，吃上两个小时也不算晚，这才多久？刚过半个小时。

程温如双手环胸，嗤笑一声："再不把人放回去，我们下个月也没钱。"

程隽说没钱，就真的突然没钱了。所以程温如公司最近一段时间赤字连程饶瀚都知道了。

小提琴协会。

自从抄袭曲谱事件发生后，秦语已经半个多月没有来了，她怕看到别人鄙视的目光。

而戴然也没有再联系她，这半个多月，秦语也没敢去沈家，一直住在林家给她买的房子。

直到过完中秋，网上的热度也过了，秦语才敢戴着口罩来小提琴协会。

这会儿下午五点多，小提琴协会的学员大部分都走了。秦语低着头，一路藏藏掖掖地来到教学楼。

一楼大厅电梯处，只偶尔有一个人下来，秦语戴着口罩，又披着头发，几乎没人能认出她。

秦语走到最边上的一台电梯前，按了电梯键，等电梯门关上，她才松了一口气。

然后，她从兜里摸出自己的学员卡，在上面刷了一下。

电梯没有丝毫动静。

秦语一愣。

她低头看了一眼学员卡，不敢置信地又刷了一遍，二楼依旧没有亮起来……

想到了一种可能，秦语手中的卡"啪"的一声掉在了地上。她又蹲下去把卡捡起来，出了电梯，走进了 101 教室，拿出手机登录小提琴协会的官网。

在小提琴协会里面用协会的网，是可以登录官网的。

秦语输入了自己的名字，又输入了密码，点了登录，屏幕上很快就跳出来一行字——"此账户名不存在！"

不存在？怎么会不存在？！

秦语疯了，她以为等这件事的风头过了，她就能再次复出，可小提琴协会怎么会突然把她除名了？！

没有了小提琴协会，没有了戴然……秦语想象不出来她还剩下什么，想象不出来沈家跟林家会怎么对待她……

正想着，秦语手上的手机响了一声。

是宁晴发来的微信语音，她声音也有些疲惫："语儿，你小姑让我们晚上去沈家吃饭。"

去沈家吃饭？秦语一愣……沈家还愿意让她去吃饭？

她握紧手机，抿着唇，胡思乱想着，不知道要用什么表情。

半个小时后，秦语来到沈家，宁晴已经到了，正跟林婉坐在沙发上聊天。

"语儿来了，坐。"林婉放下手上的茶，微微笑着。

一切都好像没有变化。

秦语坐到了宁晴身边，沈家的用人还给她端了一杯茶。

对面，林婉低垂着眉眼，朝宁晴笑了一下："嫂子，母女间哪有隔夜仇，只要你开口，苒苒怎么可能不原谅你。"

听着林婉的话，秦语心猛地下坠，她忽然明白了，林婉这会儿还会让她来沈家，完全是因为秦苒。

秦语浑身上下的血液都是冷的，手指甲几乎嵌入掌心。一想到这样是因为秦苒，她就感觉到一阵莫名的屈辱……

宁晴拿着茶杯，低着眉眼，不知道说什么，心里也似乎有一根线拧着，她何尝不知沈家是因为秦苒，才对她这个态度。

门外，出门谈生意的沈家老爷子进来。

看到宁晴，沈老爷子也非常亲切地打招呼："你们在说秦苒吗？林夫人，说起她，你可是生了一个好女儿，国家卷的状元，进实验室是肯定的，说不定最后还能进那里……"

实验室？宁晴听到了一个新名词，不过她没有表现出特别无知的样子，只稍微抬了抬头。

在林家那么多年，她已经学会了隐藏，深知怎样会被别人看不起。

"砰——"大门处，沈予玟一脚踹开了门，手里还拿着手机："明天一定要给我抢！这次再抢不到言昔的门票，我们又要再等一年……"

坐在沙发上的秦语眉眼深邃，本来就不想听关于秦苒的事情，听到沈予玟这句，她忽然想起来一件事……

她去年来A城的时候，似乎听沈予玟说过，那首小提琴曲目跟言昔的非常像……

与此同时，秦汉秋和秦陵等人已经到了天堂会所。

这是全A城最机密也没有狗仔的会所，秦修尘现在的"国民度"可怕，私生饭也多，整个A城也只有天堂会所能挡得住那些狗仔。

毕竟天堂会所有个特别出名的事情，有个狗仔混进去拍了几张三流明星的照片，卖给了几家报社，还在网上流传。不到一天，网上那家报社发的照片全都消失，与此同时，天堂会所还查出了狗仔的ID，全城封杀了狗仔还有几家接了天堂会所照片的报社。

也是从那时候起，所有人才知道，天堂会所也是云光财团旗下罩着的，圈内再也没人敢在天堂会所惹事。

秦汉秋从来没有来过这种地方，有些不大习惯，浑身不自在。

倒是秦陵看起来要比他稳重很多。

秦修尘一一见了秦汉秋跟秦陵，还给秦陵带了从国外买的礼物，不巧，也是一款游戏机。

虽然他已是三十五岁，岁月却从来没在秦修尘脸上留下过痕迹。他五官无一不是恰到好处的美，一双桃花眼转动间风流尽转，睫毛极长，微微垂着的时候遮了眸底流淌的神色，骨架修长匀称，浑身上下犹如细细雕磨。

见到了亲人，秦汉秋多喝了点，朝秦修尘举杯："想当初，也有人挖我去当模特，但我没去……"说到最后，已然是喝多了。

秦修尘今天也开心，他看着秦陵，目光放得很温和："小陵，喜欢叔叔送的礼物吗？"

他是听秦管家说秦陵喜欢玩游戏，才带了游戏机回来。

秦管家站在一边看着，十分惊讶，他没想到一向不好接近的秦修尘这么喜欢秦陵。

秦陵低头看了一眼与房间里那台一模一样的游戏机："喜欢。"

秦修尘笑了笑，伸手揉了下他的脑袋，然后把秦陵跟秦汉秋送回了云锦小区。等安顿好两人后，秦修尘才负手往车边走："小陵刚刚说他还有姐姐，怎么不一道接回来？"

言辞里能听出来秦陵很喜欢那个姐姐。

"四爷虎视眈眈，我都不敢带二爷回老宅。"秦管家摇头，"我怕出问题，当初找到二爷的时候，二爷连大学都没上。"

秦修尘一听，眉头拧起。他才刚拍完戏，眉宇间有了些许倦色："不管她怎么样那都是我秦家人，那也是我嫡亲的侄女。找到我二哥这么久了，连他女儿长什么样都不知道……"他接过助理递过来的眼罩，疲倦地开口，"秦管家，你把二哥女儿的信息给我，我去找她。"

秦管家道："实际上，阿文说小少爷的姐姐在A城上学的时候，我查过一点点。"

秦修尘抬眸，询问的眼神。

秦管家羞愧地低头："然后什么都没查到。"

秦修尘错愕。

秦家虽然现在已经没落，但也不是一般家族能比的，查秦陵的姐姐……什么都没查到？

"不会出什么事吧？"秦修尘坐直，看向秦管家，"这件事我四哥没有动作？"

秦四爷心狠手辣，能联合欧阳家吞噬秦家产业，秦修尘这些年也查到一些踪迹，秦汉秋当时失踪，跟秦四爷的母亲有着千丝万缕的关系。

秦管家顿了一下，意识到事情的严重性："我再让人查查。"

翌日。

秦苒起得比平日里要早，早上六点她就醒了。这会儿正坐在饭桌边，刚吃完饭，她昨晚看书看得晚，没睡好，有些困地打了个哈欠。

"你放那儿，我待会儿去学校。"她眼眸一抬，就看到程隽拿了她的背包。

程隽掂了掂手里的背包，随口道："顺路。"

"我是去学校。"秦苒喝完牛奶，就跟了上来。

"我正好去医学实验室。"程隽拿了钥匙，靠在门口等秦苒换鞋。

秦苒换好了鞋，跟在他身后走向电梯。

程木抱着盆花，远远跟在两人身后。秦苒现在住校，程木要把这盆花送到学校。

一大早，路上的人还没那么多，程隽把车开到了校门口才停下。他走在前面，秦苒拖着步伐跟在他身后两三步远的地方。校门里面就是一条大道，往前走两步就能看到操场，这个时间段还有人在晨跑。

"现在还早，你要不要去医学实验室看看？"程隽低头看了看手表上的时间。

七点还没到，他也知道今天秦苒第一节没课。这会儿来学校，是去图书馆占位置。

他说亭澜也能看书，她就说分心。

秦苒没兴趣，摆手："都是福尔马林，不去。"

正是路口，她扯下程隽手里的背包，随意地往身后一甩，头也没回地朝后面扬了扬手："走了。"

程木抱着花盆赶到程隽身边："奇怪，秦小姐怎么知道医学实验室都是福尔马林……"

图书馆七点准时开门，秦苒拿了学生卡占了位置，又去找了几本书过来。

她刚回到自己的座位，就看到手机上的一条微信——

秦陵像是跟她分享宝贝一样："姐，你想要有个叔叔吗？"

秦苒抬手把书放到桌上，然后拿起手机——"不想。"

她就回了两个字。对面一直处于正在输入状态，就是一直没有消息。

秦苒拿着笔看了一会儿书，好半晌之后，才看到秦陵的回复。

秦陵："哦。"

秦苒挑了挑眉，随手把手机放到一边，继续慢悠悠地翻着书。

核工程方面的书大多都是理论性的知识点，复杂烦冗。秦苒遇到特别专业性的问题，就会记下来待会儿上完课再问教授。

物理系这次拨了好几个实验室的教授下来，也是为了避免这种情况。

毕竟去年一开始没有实验室教授的时候，宋律庭就把讲师给问倒了。这样几次之后，给宋律庭上课的一众专业课老师要疯了，然后联名给院长递信，院长才知道这些事，后来还专门给了宋律庭几个教授的联系号码。

手机另一头，秦陵把课本装进书包，有气无力地拿着书包下楼。

"小少爷，您不舒服吗？"阿文拿着车钥匙送秦陵去学校，看到他这状态，担心地询问。

"没有。"秦陵摇头，再次低头看了眼手机，然后跟着阿文一起下楼梯。

秦家。

秦修尘的经纪人一大早就到了秦家老宅，手里还拿着一份行程表。

"秦影帝。"看到秦修尘出来，经纪人把手里的一份合同给他看，"这是您上次签的一个综艺。"

秦修尘出道这么多年也特别拼，在娱乐圈赚了不少钱，将大部分资金都给了秦管家暂时运转，电视剧电影都会接。

秦四爷今年压迫本家一脉已经拿到明面上来了，秦管家手底下只剩了三个程序员，秦修尘就接了一档大型真人秀。

以他的咖位，又是第一次接真人秀活动，出场费是天价。

实际上，秦修尘现在的资历并不适合参加真人秀，应该专心钻研电影就好，只是当初也是急需用钱。谁知道他拍了个电影回来，秦管家莫名其妙就用一个智能系统拿回了被秦四爷吞的分成，秦家本家这一脉渐渐回暖。

因为这些分成，秦管家暂时也不缺钱，只是秦修尘综艺都签了，也不打算毁约。

"放这儿。"秦修尘慢条斯理地拿起一块三明治，"准备一下，我晚上要带小陵出去吃饭。"

经纪人看了他一眼，诧异道：“看来您确实是喜欢那小孩儿。”

“投缘。”秦修尘吃完，拿起一块纸巾擦了擦手。

秦管家帮秦修尘端来了一杯温热的牛奶，询问了经纪人那是什么真人秀，危不危险，经纪人就跟秦管家说了一遍。

这档真人秀目前是国内最热门的真人秀，每一期节目网络上各大平台总点击量过十亿。

秦管家自然也看过，他迟疑了一下：“这真人秀我看过，好像是带家属一起上……”

“秦管家，我们公司有很多十八线的素人，如果秦影帝要上的话，这些公司都会安排好。”经纪人知道秦管家担心什么问题，笑着解释。

秦修尘就是混娱乐圈的，外界人都觉得秦修尘家世好、起点高，混得很容易，可只有少数人知道，秦修尘早期被秦四爷打压，事业发展有多困难。

秦管家在初期还帮秦修尘处理过不少事，自然知道娱乐圈的弯弯绕绕，听秦修尘这么一说，他忽然想起来什么：“要不这次你别找那些素人，让小陵跟你一起？省得节目之后那些素人热度炒个不停。小陵长得那么好看，比那些素人好看多了，观众肯定也喜欢，还能光明正大地带他玩儿。”

听秦管家这么说，秦修尘有些心动。经纪人看到秦修尘竟然真的在考虑，有些哭笑不得：“秦影帝，秦管家不知道，您还不懂吗？娱乐圈是个放大镜，一举一动都会被放大，网络暴力您又不是不知道，到时候会影响小孩子成长。”

“小陵年纪小，而且还很乖很聪明，怎么可能表现不好、有人不喜欢他？”秦修尘不赞同地看着经纪人。

经纪人就闭嘴没有再说话，怕自己再说，秦修尘当场就去找秦陵了。

要不是从秦修尘二十岁就开始当他的经纪人，他差点儿觉得秦陵是秦修尘的私生子了。

中午。

秦苒上完课就回了寝室，桌子上已经多了一盆花。

“我回来的时候，宿管阿姨送过来的。”南慧瑶侧了侧身，取下耳朵上的耳机，指着那盆花道。

秦苒一看，就是程木早上拿过来的花。

南慧瑶还在打游戏，不过她的卡牌都死光了，就跟秦苒聊天：“看不出来，你竟然还会养花。”

秦苒去浴室洗了个脸：“随便浇浇水就行，也不养它。”

放假后，这还是第一次见到秦苒，寝室里也没有其他人，南慧瑶就压低声音，询问：“苒苒，你真要学第二专业，考第一专业？听说J大期中期末考试都很难，不达标会很麻烦，听学长说尤其是今年特别难。”

她的语气带着担忧，显然是把上次冷佩珊的话记在了心里。

“今年特别难？”秦苒的关注点跟南慧瑶不在一个频道上。

南慧瑶放下鼠标，手支着下巴：“辅导员说的，具体情况他也不知道，就只让我们好好听讲。”

“哦。”秦苒坐回到自己的椅子上。

南慧瑶看着秦苒，想起来她上午查的课表：“对了，下午我们一起出去吃饭，小吃街上有一家好吃的店。”

秦苒抬起头靠着椅背，忽然想起来一件事：“可能不行。”

“你下午没课，你别骗我！”南慧瑶立马拍出她让人抄的核工程专业的课表。

“不是，我要见一个朋友。”秦苒跷着二郎腿，神情漫不经心。

下午两点，J大周围一个幽静的会所，二楼包厢。

“言哥，汪老大要是知道我擅自带您离开广告拍摄现场来这里，我一定会被他打死。演唱会在即，A城到处都是您的粉丝，更别说这大学城。”言昔的小助理碎碎念着，“您要见什么朋友啊？”

言昔把口罩取下，又把鼻梁上架着的眼镜拿下来，规整地放在一边。

听着小助理的话，言昔也不回答。

直到门外响了两声不急不缓的敲门声，言昔“腾”一下站起来去开门。

小助理瞪眼：“言哥，您别随意开门，要是……”

他话还没说完，言昔已经手速极快地打开包厢门，门外站着一个年轻的女生，戴着鸭舌帽，看不清脸。

言昔侧身让她进来，就关了门。

女生一边往里面走，一边摘下了头顶黑色的鸭舌帽，露出一张眉眼恣意的脸。

正是秦苒。

看到正脸，小助理瞪大了眼睛，长这么好看，一副大学生的样儿，是大学城的学生？还让言昔专门推了一个公告，千里迢迢来大学城这种危险的地方见她一面？

各方面一推理，小助理感觉自己找到了真相。他手指颤抖着，不敢当着言昔的面打电话，也不敢看两个当事人，怕被灭口，只敢拿出手机给手机上备注的“汪老大”发微信——

“汪老大，言哥他有地下女朋友！”

汪老大：“？”

汪老大就是言昔的经纪人，因为只带言昔一个人，又是公司里的扛把子，底下人包括一些艺人都叫他汪老大。小助理在娱乐圈混的时间不长，八卦之心燃起，连忙添油加醋地把这件事跟汪老大说了一遍，还把那个“地下女朋友”形容了一下——“你知道言哥拿他演唱会的VIP内场门票干吗吗？他全都给对方了！言哥什么时候做过这样的事？！”

“汪老大，你怎么不说话？！”

好半晌，汪老大才慢吞吞地回了几句话。

汪老大：“那不是言昔女朋友。”

汪老大：“那是江山邑。”

汪老大：“我继续工作，你看好狗仔。”

汪老大可能还在慢悠悠地喝茶，打字打得有点儿慢，发得也慢。

后面还让小助理好好招待大神。

小助理捧着手机，还没回过神来，他也跟大部分人一样，是言昔的粉丝。对于言昔的发家史他也是如数家珍，言昔出道到现在，自然是因为他的第一首单曲在网络上意外走红。然后被星探挖掘参加选秀，从他出道到现在，有一个名字就一直跟他绑定在一起——

业内认定的神级鬼才编曲江山邑。

连言昔的粉丝都扒过这个江山邑，无数音乐人想要买通言昔身边的工作人员，就为了挖言昔的墙脚。也有狗仔团队连续跟了言昔三个月，把他身边的人都扒了一个遍，也没找到江山邑这个人。

对方太过神秘，什么都挖不到。

刚刚汪老大说……眼前这个长得好看又年轻的女生就是大神级别的编曲江山邑？！

难怪狗仔一直找不到，江山邑就算正大光明地出现在言昔面前，也没人会猜到她就是江山邑吧？！

小助理站在原地，脑子里一片空白。

“咚咚——”外面有人再度敲门，然后就是服务员的声音。小助理立马回神，在言昔反应之前，把门开了一条小缝，然后接过了服务员手中的托盘。

几块甜品跟咖啡。

小助理恭恭敬敬地把托盘中的咖啡先端给了秦苒，才往言昔那边走。

“大神，你最近很忙？”言昔拿着勺子搅咖啡，看向秦苒。

秦苒收起了门票，随手折了折，就塞进了兜里：“有点。”

小助理看着秦苒就这么把票随手一折……

“难怪。”言昔幽幽地看了秦苒一眼，“你还记得欠我的编曲吗？”

秦苒往椅背上靠了靠，手扶着额头，一开学就开始军训，后来又去了训练基地，给言昔的编曲也是一拖再拖。

“再过两天。”她想了想，有些头疼地回言昔。

秦苒还要去图书馆，跟言昔聊了没几句，就拿着背包离开了。她走后，小助理还目不转睛地看着秦苒的方向，结结巴巴地开口，似乎才回过神来：“言哥，刚……刚那、那是江山邑大神？”

他已经预想到，娱乐圈要知道这件事，会疯的……

傍晚，程隽从医学实验室回来，就看到坐在大厅里的程老爷子。

“爸？”程隽在门口换了鞋，不紧不慢地开口，“找我干吗？”

程老爷子一脸微笑地看向程隽身后。

后面，程木顶着一张冷脸出现，看到程老爷子，他忙不迭地弯腰，开口：“老爷。”

一看清是程木，程老爷子瞬间收了笑脸，一如既往的威严不苟言笑，眼皮子向下耷拉着，没什么情绪地“嗯”了一声。

程隽神色如常地坐到沙发上，接过程木手上的杯子，慢条斯理地喝了一口，靠着沙发，神情懒倦。

“徐家人要从M洲回来了，他们在开发M洲的市场，已经有了成效。”程老爷子看了程隽一眼。

程隽点点头：“哦。”

“晚上有家宴，记得回来。”程老爷子被他堵了一口气，直接站起来。

程家每个月都有一次家宴，这一次主要是为了徐家的事情。徐家要是真打开了M洲的市场，这对其他几个家族影响很大，A城格局也会因此发生变化。

程家家宴。

其他人都到得很早，最后只剩程隽跟程温如踩着点姗姗而来。

程木跟在两人身后。

程老爷子左边的两个空位是留给程隽跟程温如的，程木就恭恭敬敬地站在程隽身后。

看到两人，程家其他管事都下意识地皱了皱眉。

“人齐了，先吃。”程老爷子穿着一身唐装，扫了桌上的人一眼，然后当先拿起筷子，开口。

“徐家的事情，大少爷知道得最清楚，他上次跟欧阳小姐查过。”程家一位堂主开口。

其他管事闻言都不住点头："没错……"

桌上的一行管事都在讨论程饶瀚。程温如就坐在程隽身侧，她没管程饶瀚的二三事，只是夹了片肉，压低声音："苒苒还是没跟你一起回来？"

程隽才刚拿起筷子，他笑了笑，气定神闲地低头回她："今天你公司的漏洞补上了？"

程温如咬了咬牙，却还是赔笑，转而把手中的肉放到了程隽碗里："来，弟弟，吃这个，这个你最喜欢吃。"

这两人自顾自聊着，对面的程饶瀚不由得嗤笑一声："三弟，听说你带回来一个女朋友，怎么今天没有带回来？说起来，二妹最近也一直陪同三弟的女朋友玩，连跟云光财团的合作案都忘了，不知道这个合作案如何了？"

程饶瀚一直跟其他两姐弟不和，在一起就不太平，程老爷子看程饶瀚一眼，有些头疼："行了。"

程老爷子明显偏帮程温如，不过程饶瀚也不在意，他端起酒杯喝了一口。站在程隽身后的程木忽然抬了抬头，面无表情道："大少爷，您不知道吗？"

程饶瀚看了程木一眼，没想到程木会突然开口，对方跟程隽一样，在程家几乎是隐形人："什么？"

"大小姐昨天就跟云光财团签了协约，是四大家族中第一个跟云光财团合作的。"程木声音有些憨憨的，却给桌上的人扔了一个惊雷。

这一句话落下，连一直淡定的程老爷子都没忍住惊讶："温如，这是真的？"

程温如放下筷子，云淡风轻地开口："才刚签了协约，本来想等合作稳定之后再告诉您的。"

程饶瀚嘴边的笑容凝固住。

A 城几大家族都在盯着云光财团，谁都不敢轻举妄动，程饶瀚也不是没跟云光财团联系过，只是送出去的消息都石沉大海，半点也没有回应。

程温如公司最近不是都出问题了吗？怎么还成功跟云光财团签了约？她怎么做到的？！

程温如跟程家管事接下来的话，程饶瀚已经没有心情听了。他脑子几乎要炸掉，怎么也想不到，程温如究竟有什么能耐能签下这个单子……

程饶瀚在想这些的时候，程温如也若有所思地看了程木一眼。她找了个机会往后一靠，挑着眉眼笑："程木，你怎么知道我签了协约？"

她不信秦苒是那么话多的人。

程木低头："我猜的。"

秦修尘将车停在附中校门边，他这张脸不方便下车，就给秦陵发了他的位置，然后开了蓝牙耳机。

电话那头是一道挺沙哑的女声：“秦影帝，我们查到一份资料。”

秦修尘手搭在方向盘上，眼睛已经看到了从校门出来的秦陵，眉眼略微舒展，他礼貌地开口：“后面的账款我会让财务部打给你，麻烦你把资料发到我邮箱。”

秦修尘掐断了电话，取下耳机，看向车外。校门外的秦陵站在马路对面扫了一眼，秦修尘给他发了信息，他知道秦修尘停的位置、车牌号，还有车的颜色，一眼就看到了车。然后，秦陵拿着背包走到秦修尘车边，打开了副驾驶座的车门。

秦修尘没有带他去饭店，而是去了自己的公寓。他住的这个公寓住了不少艺人，隐秘性非常强，秦修尘也没什么好避讳的，直接带着秦陵进去。

“走吧，我跟你爸爸说了，今晚你住我这儿。”秦修尘在玄关处给秦陵拿了一双拖鞋，又往里走了两步，“这是你的房间，里面有电脑跟游戏机，你先玩，我去做饭。”

他听秦管家说过，秦陵这孩子有些自闭，又喜欢玩游戏，他花了一天时间特地让人整理了房间，还买了不少绝版游戏机。

秦修尘去厨房把汤的火关小了一些，又把鸡翅腌制好。

秦陵的门没关，他看了一眼，对方正戴着耳机拿着手柄玩游戏，身侧放了一沓游戏碟片。

秦修尘笑了笑，站在门口看一会儿，然后想起来什么，回到自己的房间打开了电脑，登录邮箱。

这是他今天让人查的秦陵姐姐的信息。

在娱乐圈打拼这么多年，秦修尘也有自己的工作室跟人脉。秦管家说他查不到，秦修尘就自己动手查这件事。

厨房里的汤还在煮着，秦修尘直接点开最上面的一封邮件。附件大概有100k的文档内容，秦修尘下载下来，大致扫了一眼，他记性好，拍戏的时候几乎都不太花工夫记台词。

这份资料虽然很长，但是他一目十行，不到十分钟就看完了。

最底下，还有几张照片。

秦修尘看完不由得捏了一下眉心，挺忧心的。

看到秦陵这样，秦修尘对秦汉秋的两个女儿期待还挺大的，没想到会收到这样一份内容。

外面有人敲门，秦修尘放下鼠标：“进来。”

“秦影帝，您的汤炖多长时间了？”经纪人拿着围裙进来。

“下午炖的，再等二十分钟就能关火。”秦修尘拉开抽屉，从里面摸出了一根烟。

经纪人看他的样子道，诧异：“出什么事了？有人捆绑您炒作，还是秦四爷那边出幺蛾子了？”

“都不是，我查了点资料。”秦修尘直接把笔记本电脑转了个方向，转到经纪人对面，“你看看。”

经纪人推了下鼻梁上的眼镜，眯眼看过去：“秦语？”

他看的速度比秦修尘慢，但看到一半时就开始皱眉：“不行，修尘，您听我说，这个人不能认回来。”

这份资料赫然是秦语的资料。

每一页资料上都有“129 侦探所”的标志，经纪人跟秦修尘认识这么多年，也知道秦修尘的门路。

出自“129 侦探所”的，一定没假。

里面的事情写得很详尽，包括秦语去林家之后就没有去看过秦汉秋，每次在学校还避开学校其他人，还顺带写了点宁晴的资料……

“我知道。”秦修尘弹了弹烟灰，“小陵好像很喜欢她。”

如果没有秦陵，就算秦家大张旗鼓地把秦语接回来，秦修尘也不带看一眼的。

“看您的想法。”经纪人“啧”了一声，“这个秦语一旦认回来，肯定作妖。”

“我待会儿再问问小陵。”秦修尘淡淡一笑，然后把烟头碾灭，他不太相信秦陵会这么喜欢那个秦语，倒是记得秦管家说过秦汉秋有两个女儿。

今天在车上他倒也问过秦陵，只是一提起姐姐，秦陵就闭嘴，一句话也不说，低头玩着游戏机。

J 大，女生寝室。

秦苒晚上也没去图书馆，洗完澡之后就坐到位置上，拿出一沓空白的纸，拿着笔在纸上写下一行音符。

言昔的曲风多变，去年主要是走民族抒情风，今年偏摇滚，是个大突破，秦苒一时半会儿也没那么多灵感，毁了一张又一张纸。

“苒苒，你还学过音乐？”旁边的南慧瑶本来要喊秦苒一起打游戏，看到秦苒在纸上画着音符，不由得收回了目光。南慧瑶的耳机里，是自动化一班男生的声音：“怎么样，南慧瑶，秦苒打游戏吗？”

“不打。”南慧瑶收回了目光，幽幽地开口。

男生一愣：“她还在看书？”

“那倒也没有。”南慧瑶选了卡牌，“说出来你们可能不信，她在写简谱。”

秦苒写了一会儿，都不太合心意。她放了笔，正巧此时，放在桌上的手机微信视频声音响起，是何晨。

秦苒想了想，拿着手机去了阳台，戴上耳机接起来。

“我今天接了单生意。”视频里，何晨从冰箱拿了罐啤酒，走到沙发上，单手拉开。

秦苒靠着阳台，把另一边的耳机也戴上，闻言挑眉：“跟我有关？”

“差不多。”何晨开口，“主要是查秦汉秋的子女，我也是查了之后，才发现跟你还有关系，就把你的消息抹掉了，剩了一个秦语。”

不过何晨也没查出秦苒的大概内容，她也是查的时候才发现原来秦语是秦苒的妹妹。

听何晨这么说，秦苒大概就明白是谁的人了。她半坐到阳台上，嘴里咬着她刚从花盆里摘下来的叶子，声音不咸不淡：“继续。”

“下单人是秦修尘。”何晨坐在沙发上，喝了一口啤酒，“我之前做狗仔的时候，他帮过我一次，是秦家人。这个麻烦要我跟老大帮你解决掉？”

“不用。”秦苒笑了笑，伸手一撑，从阳台上跳下来，吐出嘴里的叶子。夜色下，她眉眼浸染得有些亮眼，带着分明的邪气，“我来就行。”

“了解。”何晨也不担心，她把喝完的啤酒罐捏瘪，随手往后一扔，“哐当”一声直接扔到了垃圾桶，“我挂了。”

翌日，秦苒一早就接到了秦陵的电话。

“怎么了？”秦苒拿着背包，去图书馆占位置。

手机那头，秦陵坐在马桶上，小声开口：“姐姐，我可以跟叔叔一起参加综艺吗？叔叔说很好玩。”

秦苒了解，秦陵说的叔叔应该是秦修尘，昨晚何晨说的那个人。

这还是秦陵第一次对一个人表现出这么明显的喜爱。

“好玩？”秦苒走到最后一排靠窗的桌子，把背包往桌上一扔，靠着椅背，把玩着耳机线。

“我也不知道，所以问姐姐。”秦陵小声开口。

秦苒拉开背包的拉链，从里面拿出课本跟笔记本：“你爸呢？跟他商量。”

“不能找我爸。”秦陵看了眼关着的门，压低声音，“容易被套话。”

总体来说，秦陵不信秦汉秋的智商。

秦苒笑了笑，似乎挺开心的：“你说得不错，这样吧，你跟你叔叔晚上有时间吗？”

秦陵一愣：“姐姐？”

“我跟他谈谈综艺节目的事儿。”秦苒看了一眼陆续进来的学生，“我先挂了。”

手机那头，秦陵不太相信地低头看了看手机。好半晌，他发了一条信息过去——“姐姐，你要见叔叔？”

图书馆，秦苒去书架边转了一圈，找了两本书过来，看到秦陵的消息，她十分嫌弃地回了一个字——“嗯。”

秦苒今天满课，傍晚五点半的时候下最后一节课。

这个时间段校门外的人不多，秦苒也没回寝室换衣服，直接拿着背包往外面走。校门口很好打车，秦苒看了下秦陵发的地址，就打了辆车，最后停在了一个幽静的酒楼边。

不远处，程金正跟人说话，就看到身侧的程雋脚步顿了顿，似乎在看什么地方。

“雋爷？”程金也停下来，朝那个方向看了看，却什么都没有看到。

程雋从兜里摸出一根烟，轻哼一声，眉眼垂着，似乎没什么表情：“没什么，走吧。”

程金点点头，继续汇报着工作上的事情。

程雋漫不经心地听着，他嘴里咬着烟，也没点上，只是拿出手机，骨节分明的手在屏幕上按了按，好半晌之后，才发了一条信息出去——

“干吗？”

楼上，酒楼包厢。

秦陵戴着耳机玩游戏，经纪人刚刚才知道晚上是要见谁，不由得低下头，小声询问秦修尘：“秦影帝，您太冲动了，那个秦语一看就心机不浅，她要是知道您是她的叔叔，热度肯定蹭个不停。”

虽然不会对秦修尘造成什么实质性的影响，但会恶心人。

经纪人昨晚把秦修尘给他的资料看了一遍，秦语这种人，娱乐圈多得是。秦汉秋还是个搬砖的工人时，也没见过秦语做什么，只住在林家，似乎忘了她还有一个父亲。

当然秦语这种人现实中很常见，跟她妈妈一个样。

“她到时候也要进娱乐圈麻烦就大了。”经纪人“啧”了一声，秦修尘没什么黑点，在这之后唯一的黑点可能就是秦语了。

秦修尘给经纪人倒了一杯酒，举止有度，斯文淡雅：“不急，也许比你想象中要好。”

秦修尘看了秦陵一眼，略微沉吟。

经纪人小心翼翼地看了秦修尘一眼，看他这样儿，点点头，也不再劝说：“那您要做好被蹭热度的准备。”

他也要准备好以后的公关内容。

就在这时，秦陵摘下耳机，站起来：“我姐姐来了！”

秦修尘跟经纪人同时看向秦陵。

“到哪儿了？”秦修尘站起来，低头。

秦陵把耳机收好，目光看向门外，微微发亮：“楼下。”看得出来他很喜欢这个姐姐。

“别急。”秦修尘轻笑，“马上就能到。”

经纪人看了眼门外，眉头微不可见地拧起来。

他看到的资料里只有秦语，所以秦陵说他姐姐要来的时候，经纪人只想到了秦语，头有些疼。

门被敲了三声。

这会儿劝秦修尘也来不及了，经纪人就拖着沉重的步伐去开门。

经纪人是跟着秦修尘一路打拼到现在的，而秦修尘又自己开了一家工作室，工作室也开始签新人。经纪人也在物色有潜力的新人，所以看人的时候，总是先看这个人的外形、气质、特色。

昨晚他见过秦语的照片，小家碧玉型，放在娱乐圈也可圈可点，但比起秦修尘还有点差距。娱乐圈什么都缺，就是不缺美人，秦语那张脸放到娱乐圈中，连个水花都起不来。

再加上资料里对秦语的介绍，经纪人怀着复杂的心情去开门：“秦……”

他抬头，刚想说话，在看到秦苒那张脸之后，还没来得及说出口的话瞬间就被吞入了腹中。

门口站着的不是秦语，而是一个高挑的女生，长发过肩，随意披散，皮肤雪白，杏眼微低。听到声音，她似乎抬了抬眉，微薄的唇漫不经心地勾着，莫名其妙有点儿邪气。

经纪人用专业的目光看着秦苒，或许因为差别太大，他没敢把眼前这人跟秦陵的姐姐联系起来，只愣愣地开口：“您找谁？”

秦苒看了眼手机上刚收到的消息，也没立马回，只挑眉：“秦苒，找秦陵。”

十分言简意赅。

“哦，请进。”经纪人连忙侧身，让开了一条路。

他整个人还是蒙的，来的不是秦语吗？秦苒是谁？

“姐姐。”秦陵从椅子上站起来，要去拉秦苒的袖子。

秦苒瞥他一眼：“坐好。”

秦陵立马收了手，又坐回到自己的椅子上，先是对秦苒介绍秦修尘：“姐，这是我叔叔。”

然后，他又偏头，下巴稍抬：“叔叔，这是我姐姐，秦苒。”

秦修尘昨晚收到资料的时候，心中大概就有了些猜想，尽管预料到，可看到秦苒本人还是非常意外。从秦陵的语气中，秦修尘能感觉到秦苒对自己的态度，他看了眼秦陵，轻轻笑了笑：“秦修尘，小陵的叔叔。小陵说，你是来跟我讨论小陵去参加综艺节目的问题？”

秦苒坐好，先是给程隽回了条信息，接着才漫不经心地“嗯”了一声。

秦苒的态度，秦陵看不出来，但至少秦苒没拍桌就走。

秦陵低头，喝了一口饮料。

带秦陵上综艺是秦修尘刚决定的，合同什么的自然没有打出来，不过有电子版的，他让经纪人把电子版的合同拿给秦苒看。

经纪人拿出手机，翻到合同，点开递给秦苒。

秦苒接过来翻了翻，合同一共十二页。她总共看了一分多钟，就还给了经纪人。

经纪人一愣：“看完了？”

“嗯。”秦苒面前摆着一杯饮料，还有一杯白开水，她顺手拿起白开水，手上有一下没一下地敲着杯壁，“荒岛？没危险？”

秦修尘略微眯眼，想了想：“只能说大概可能会有，节目录三期，只有一期是在荒岛，基本上都是在风景区体验生活，会有医生跟直升机随时待命。”

秦苒手撑着下巴，又陆续询问了几个问题，都是合同上提过的十分明显的问题。

经纪人在一边听着，越听越觉得疑惑，然后打开手机看了一眼，果然在合同里找到了秦苒刚刚问的一系列问题。

他抬头看了一眼秦苒，十分惊讶，他以为秦苒就是随便翻了一下，没想到她都认真看了。

“节目组挑战多，小陵聪明，带他去我也沾光。”秦修尘伸手，给秦陵加了杯饮料。

秦苒过来的目的不是听合同的，玩综艺节目的这么多，总不至于让嘉宾陷入危险，她主要就是看看秦修尘这个人。如今一看，他这个人没什么问题，对秦陵也真的照顾，比秦汉秋靠谱。

秦苒具体了解过，就没多话。

“姐，你……”秦陵早就吃完，见秦苒放下了筷子，就让她看个游戏。

秦苒头也没抬：“不会，不知道。”

秦陵低了眉眼，挺惨的：“哦。”

站在一边的经纪人连忙开口："小陵，什么游戏？我帮你。"

秦陵就把手机递给经纪人，手机页面上游戏进度到一半。

经纪人没把小孩子的游戏当回事儿，点了重新开始。

"啪"——游戏人物死了。

他一愣，再度重新开始——

"啪"——游戏人物死了。

如此循环几遍之后，经纪人默默地把手机还给了秦陵。

秦陵丝毫不意外地接过来。

一行人饭吃得差不多了，秦苒看了下时间，要回去了。

秦修尘也放了筷子，跟她一起下楼："你住哪儿，我们送你回去。"

这会儿也才七点多，将近八点。秦修尘不知道秦苒是干什么的，也不知道她住哪儿，只大概听秦管家提过对方好像在大学城，是个大学生。

这个点了，秦修尘自然不会让她一个人回去。

"不用。"秦苒下了楼，站在路口看了一会儿，就看到不远处停着的黑色汽车，"有人等我。"

她把手机塞回兜里，然后朝斜对面走，边走边朝背后挥了挥手。

秦修尘站在原地，看着秦苒上了车，等到车开走后，他才收回了目光。

他身侧的经纪人多看了眼车牌号，本来想要记下来，免得秦苒路上出什么危险，可念着念着就觉得不对劲，这车牌号……也太嚣张了吧？

秦修尘又给秦汉秋打了个电话，今晚秦陵依旧住他这边。

等回去之后，经纪人才敢问出口："秦影帝，那个秦苒怎么回事？"

"我二哥有两个女儿。"秦影帝拿着杯子，去倒了杯柠檬水，他清了清嗓子，靠着饮水机笑，"我只查到了秦语，小陵说的不是秦语。"

[第七章]

继承人

车内，秦苒坐在后座，前面是程金开车。

秦苒单手托着腮，胳膊肘支在车窗上，她看着前面开车的程金："怎么是你，程木呢？"

"我今天陪隽爷出来谈生意，程木去见林同学了。"程金朝后视镜看了一眼，恭敬地回答。

秦苒算算日子，程木见的应该是林思然，她手敲了敲车窗，偏头看身侧的程隽："什么时候去的？我也有事找林思然。"

"刚走。"程隽终于睁了眼，瞥她一下，语气幽幽，"现在去还来得及。"

程金会意，刚好遇到红灯，他打开手机，又开了蓝牙，拨通了程木的电话，询问他地址。

程木回了一串地址，靠近J大，开车过去要一个小时。

这会儿人不多，也不是节假日，路上不算太堵车，不到一个小时就停在了一个路口前。

程木也刚刚才到，路上来来往往的行人不多。

"隽爷，秦小姐。"看到程隽跟秦苒从后座下来，程木跟两人打了个招呼。

程金朝四周看了一眼，没看到人："林同学还没来吗？"

"快了。"程木朝一个方向看了一眼，这里是他每次跟林思然交易的地点。

不到两分钟，一辆面包车朝这边慢慢开过来，然后停下。林思然抱着一个花盆从副驾驶座下来，她把花盆递给程木，就跑到秦苒那边，小声开口："苒苒！你怎么不说你也要来？！"

秦苒没来得及回她，林思然忽然一拍脑门："对了，我们家咪咪今天也来了！"

秦苒双手环胸，抬抬下巴："让我看看。"

林思然拉开面包车后座的门。

林父拔了车钥匙，从驾驶座上下来，不由得叮嘱："思然，你小心点，这里人多，别吓到人。"

程木想起了林思然家那只非常惨的猫，同情地朝林思然的方向看过去。

林思然手中拽着一根黑色的绳子，从秦苒这边看过去，能看到绳子有些粗，泛着冰冷的金属光泽。

站在秦苒身边的程木错愕地看着绳子："这么粗的绳子？"

一只猫有必要？

"咪咪，下来！"林思然吹了一声口哨，后座猛地跳出来一道巨大的黑影。

程木跟程金都感觉到危险的信息，不由自主地往后退了一步。

程隽眯了眯眼，他伸手抓住秦苒，往旁边让了让。

咪咪似乎感觉到了程隽的目光，没敢扑过来。

"咪咪，坐好！"林思然轻喝一声。

跃在半空中的黑影停下，然后威风凛凛地坐在林思然前面。

"这就是咪咪？"程木面无表情地看了林思然跟她身边的咪咪一眼。

林思然拍拍咪咪的头，笑眯眯地说："是啊，有什么不对？"

程木无语，不是不对，你对着一只狗叫咪咪就算了，为什么给一只一米高的藏獒起一只猫的名字？！

坐在林思然身边的，赫然就是一只藏獒，将近一米，纯黑色的鬃毛耷在身上，隐隐反射着冷光，叫声很闷，头形酷似狮子，炯炯有神的一双眼睛还微微带着金色。

劲爪柔毳，回风飒雪，十分凶猛。

旁边路过的人恨不得距离它一千米以外。

"苒苒，咪咪怎么样？"林思然跟秦苒讨论了一下。

秦苒摸着下巴，慢吞吞地点头："还行，养得挺好。"她一边说着，一边从兜里摸出了随意折起来的门票，直接塞到林思然的口袋里。

"啥玩意儿？"林思然在口袋里掏了掏。

秦苒头疼，朝她摆手："走了。"

程金这会儿才回过神来，他看着程木，压低声音："秦小姐的朋友，都、都这样吗？"

程木接过林父递给他的花盆，闻言，默默看了程金一眼——

兄弟，你见过厮杀到一半突然乖乖去烤肉的佣兵吗？

程木拍了拍程金的肩膀，把花小心翼翼地搬上了车的后备厢。

跟林思然一行人说了一声，秦苒就回了车上。

“秦小姐，你要去哪儿？”驾驶座上，程金发动车辆。

秦苒低头看了看手机上的时间，已经九点多了：“回亭澜。”

大一虽然有回寝室的规定，但对于秦苒来说，有等于没有，江院长对她十分宽松。

程隽坐在一边，唇微微抿着，一边用手撑着头看秦苒的方向，一手把玩着手机，有些漫不经心。

手机屏幕上还是对话框的页面——“干吗？”

“见个人。”

若是这样就算了，程隽往下翻了翻，秦苒发了这句之后，还慢悠悠地回了一句——“长得比电视上帅。”

程隽想了半晌，又从兜里摸出了一根烟，这次还是没有点上，只是用牙齿慢慢磨着。

到了亭澜，程金在大门口停了车，程隽跟秦苒下车，程金则把车开进了地下停车场。

秦苒不紧不慢地垂着脑袋跟在程隽身后，脑子里在想秦家的事儿。

程隽按了电梯的按钮，电梯刚上 21 楼，下来还有段时间。他就侧身看了秦苒一眼，清了清嗓子：“谁啊？”

秦苒没跟上他的脑回路，往墙上靠了靠：“什么？”

“那个很……”程隽瞥了她一眼，懒懒道，“你说长得很帅的人。”

“叮”的一声，电梯门打开。两人进去，秦苒拿着手机，不太在意地回：“秦修尘，大明星。”

秦修尘？程隽念了一遍这个名字，忽然想起来什么，他低头看了看秦苒，眼神低垂着，半晌后，忽然低低地笑出声。

他背靠着电梯左侧。

秦修尘……虽然没有查，程隽也从秦汉秋最近的一些话中能猜出来，秦汉秋应该就是秦家早些年丢的那个孩子。

秦苒并不知道程隽心情起起伏伏像是坐过山车，她只是拿出手机翻着游戏，打开了录屏功能，还没从隐藏软件中拖出来秦陵晚上给她的游戏，一个电话忽然打了进来。

是一年多没有见面的徐校长。

“叮——”电梯门打开。

秦苒一边往外面走，一边接起来，程隽拎着黑色的背包跟在她身后。

M 洲，徐校长刚上飞机，他戴着老花镜，镜片后的眼睛极其锋锐。电话接通，他笑了一下，看着舷窗外的M洲，声音缓和："苒苒，我八个小时后到A城。"

与此同时，秦修尘家。

"六爷，我查到二爷的女儿了。"秦管家拿着一份资料进来，表情有异。

之前找回秦汉秋的时候，秦管家没打算再找他的另外两个女儿，前两天秦修尘提醒他才开始查。

秦修尘接过来，诧异地问："你查到了？"

秦管家把查到的信息给秦修尘看，忍不住开口："二爷的女儿在J大，读的是艺术系，比我想象中要好太多。"

秦管家把资料打印出来了，他查到的东西不是特别细，就一张纸。上面是秦语的照片，还有大概介绍，是秦语的现状，没秦修尘的那么详细。

秦修尘随意地扫了一眼，就把秦管家的资料扔到了桌子上，往沙发上靠了靠，眸底意味不明。

他在想秦苒的事情。

对于秦语，看完"129侦探所"的资料后，秦修尘就对她喜欢不起来。

至于秦苒……虽然对方话不多，信息也不多，秦修尘甚至都不知道秦苒是干什么的，但莫名其妙的，却有一种亲近之感。

可能是因为秦陵很喜欢那个姐姐。

"六爷，怎么样？"秦管家摸不清秦修尘的意思，他下意识地压低声音，"要派人去接她吗？"

秦管家的信息网没有秦修尘的强大，这么多年，秦家大部分的势力都被秦四爷跟欧阳家吞噬了，秦管家短短时间内只能查个秦语的大概。

秦陵的房门打开，他穿着拖鞋，拿着杯子出来接水。

"这件事暂时搁下。"秦修尘站起来，没提秦语的事情，而是走到秦陵身边，帮他接了一杯温水，"总部的事情处理好了吗？听说你们抢了总部的一个工程？"

"没找到人，我让阿文调了监控，他还在看那三天的监控。"说到这里，秦管家皱了眉头。

秦陵接过秦修尘递给他的水，听到秦管家说这个的时候，他眼神闪了闪。

"谢谢。"他低声跟秦修尘说了一句，然后进了房间。

房间内，秦修尘给他装了一个巨大的屏幕，屏幕上是游戏的投屏，他没有立马拿出手柄，而是从床上拿来电脑。他打开编辑器，输入一行代码，刚输入"Enter"键就被防火墙弹出来。

秦陵手撑着下巴，将电脑搁在腿上，疑惑地看着编辑器的页面。好半晌之后，他才叹了一口气，把电脑放在一边，又慢吞吞地去床上找到了自己的手机。

他点开微信，找出秦苒的头像，发了一句话过去——“秦管家在看中秋那三天电梯的监控。”

门外，经纪人拿着综艺节目的合同进来：“秦影帝，小陵的合同好了，您替他签吗？”

“你们确定带小少爷去上综艺？”秦管家有点儿惊讶。

昨天早上经纪人还反驳来着，这会儿合同都拟好了？

“嗯，下个月底进组。”秦修尘走过来，扫了合同一眼，然后拿着黑笔在最后一页签了名字。

“要多长时间？”秦管家忽然想起来另外一件事，“小少爷还要上学。”

“我问过小陵。”秦修尘不担心。

秦管家点点头，秦修尘都安排好了，他也就不多参与，今天来主要是说秦语的事情，拿着资料站起来：“二爷说他有两个女儿，还有一个我找不到，听二爷说过，她没跟二爷的前妻过，就跟着她外婆，不知道怎么样……”

毕竟第一次找到秦汉秋的时候，秦汉秋的处境太糟糕了，竟然在工地搬砖……

今天查到秦语的资料，让秦管家的内心稍微得到一些安慰，比想象中的好太多。

至于二爷的另一个女儿，秦管家不知道对方什么样儿，比之秦语又如何……

“对了。”听秦管家说到这句，秦修尘打了个响指，他朝经纪人抬了抬下巴，“你把我书房的文件拿过来。”

经纪人知道秦修尘说的是什么资料，把秦修尘早上打印出来的秦语的资料拿给了秦管家。

等秦管家出门之后，经纪人才看向秦修尘。

秦修尘揉了揉眉心：“有什么想说的，说。”

“您侄女有进娱乐圈的想法吗？”经纪人走到秦修尘身边，“您看她那张脸，就是天生吃这碗饭的，正好您工作室要签新人，还有比把您侄女放在您眼皮子底下更好的地方吗？”

经纪人说的侄女，自然是秦苒：“以您在娱乐圈的地位，手里的资源大把，她也不会被拉去乱七八糟的酒席，有您罩着，从此之后，你们俩一男一女，横扫国内娱乐圈……”

经纪人说着都能畅想到那样的场面了，面色激动得通红，伸手一拍桌子。

秦修尘手指敲着沙发，瞥了经纪人一眼：“看情况吧，你要能说动她进娱乐圈，什么都好说。”

他就是觉得……秦苒不像是会进娱乐圈的人。

就她那样的长相，不会没有星探找她。

而且……秦修尘想起晚上看到的车子……

经纪人面色一喜，站起来："那您把她联系方式给我！"

秦修尘虽然留了秦苒的电话，但没给经纪人，只是淡淡开口："你去找小陵要。"

秦修尘拿出手机，点着手机上存着的秦苒的号码，看了好半晌，然后打开微信，在添加通讯录好友上翻了翻，很快就翻到秦苒的号码，点开来一看，头像是一片空白，什么都没有，他在验证消息上工工整整地填了三个字——"秦修尘。"

秦管家已经回到了秦家老宅，这会儿在房间里看资料。

门外，阿文敲门。

秦管家摘下了老花镜，沉声开口："进来。"

"秦管家。"阿文走到秦管家身侧，看到他桌上摆着的文件，眸光一凛，几乎破音，"'129 侦探所'的资料？您怎么会有？"

秦修尘打出来的资料页面右下角有一个标志，这是"129 侦探所"的徽标。

阿文在秦家待了这么久，A 城的几大势力他怎么会不知道？

去年之前，秦家分裂还没这么严重，本家这一脉还有十几个程序员。最近一年，秦四爷这么短时间内能把秦家一一击破，其中一大部分原因就是欧阳薇是"129 侦探所"内部的人，找出了不少秦家的内部资料，秦四爷又是个不择手段的人，秦家本家这一脉没落也在情理之中。

"129 侦探所"是新兴势力，四大家族也不是没想过要吞并它。不说其他人，光是一个孤狼、一个巨鳄，就让所有势力望之却步，不敢跨越雷池一步。

"六爷给我的资料，秦语的。"秦管家放下了资料。

阿文见秦管家面色有异，不由得抬眸："资料是有什么问题？"

秦管家嗤笑一声："眼高手低，几乎单方面跟二爷解除父女关系，既然她解除了，就随她解除吧，不用管她。"

阿文点点头，他看着秦管家手边摆着的资料，想起来找秦管家的事："二爷房间的监控我看了。"

"怎么样？"秦管家手撑着桌子站起来。

"您去看看就知道了。"阿文不知道怎么说，面色有些古怪。

秦管家放下手边的事，跟着阿文去阿海那里看了一下。

视频是阿海在处理，看到秦管家过来，阿海一句话都没说，直接打开了视频监控的一段录像，总共两分钟。

秦管家看完，注意到里面来来去去的一些人。

“是哪个？”他看向阿海。

阿海沉默了一下，然后低头，伸手指了指监控上的时间：“您再看看。”

秦管家仔细一看，果然发现了问题，中秋节那天上午十一点那个时段有两分钟被跳过了，晚上八点有两分钟时间也跳过了。

“我拿回来的时候，总视频时长是三十六个小时，就在刚刚，突然少了四分钟。”阿海神色莫测地看着电脑，“秦管家，有人当着我的面，黑了我的电脑，还删了一段视频，我还没有发现。”

阿海虽然不是专业黑客，但也是秦氏的高级程序员，电脑技术不能跟大师级别的相比，但也比一般人强太多，他的电脑都是自己加的防火墙。有人篡改了他防火墙的数据，还趁机删了一段视频，能做到这样的……

“秦管家，对方应该是一个非常厉害的黑客。”阿海抬起脸，语气激动，“如果他能帮我们……”

秦管家坐在他对面：“可……二爷怎么会认识这样的人？”

秦管家想不明白，不是他看不起秦汉秋，只是秦汉秋不太像是会认识这种黑客的人，秦管家突然发现谜底太多，他有些头疼。

翌日，J大，路口。

秦语抱着一摞书出来的时候，就看到站在路口的徐摇光。

她一愣。

自从高考后，她就没再见过徐摇光，徐摇光也没有找过她，两人几乎失去了联系。来J大之后，秦语也没听说过徐摇光的消息，她才知道徐摇光不在J大。

她抱着书站在原地想了会儿，才走到徐摇光对面：“徐少，你怎么在这里？”

若还是一个月前，秦语可能不会对徐摇光这么热情，只是现在……她微微抿唇。

徐摇光两手插兜，看着人群，听到秦语的声音，他顿了顿，然后微微颔首：“在等乔声。”

“对了，你高考志愿填了哪儿？”秦语点头。

“没填大学。”徐摇光已经看到乔声了，就先朝乔声挥了挥手，然后才轻声开口，语气清冽，“我爷爷没让我继续读。”

“不念大学？”秦语脸色有些崩，她抬头看了一眼徐摇光，勉强地笑道，“徐少，你骗我吧？”

他不上大学要干吗？

“确实不读书了。”乔声就离着几步远了，徐摇光看了秦语一眼，“我们出去吃饭，你一起吗？”

秦语有点怕乔声，尤其秦苒的那件事之后，她摇头：“不了。”

徐摇光也没多说，他眉眼一直都挺冷淡的，几个月不见，似乎又变了很多。

等徐摇光走后，秦语同专业的同学才走过来，询问她刚刚那男生是谁：“长得好帅啊，能比得上宋校草了，不是我们学校的吧？”

“不是我们学校的。”秦语笑了笑，那件事发生后，她就跟辅导员申请换了寝室，“他高考纯文化成绩 732 分，国家卷第二名。”

周围全是惊叹的声音，秦语却看了看徐摇光的背影，微微抿唇。

她不知道乔声会不会把网上的事情告诉徐摇光……

秦苒寝室。

她今天换了一盆花，南慧瑶一眼就认出来了。不过，秦苒戴着耳机在写些她不太懂的谱子，南慧瑶写完了教授布置的课程，就开了电脑，询问班级群里有没有人一起打游戏。

不多时，很少回寝室的冷佩珊从外面回来。她把包包放到自己的桌上，然后看向南慧瑶跟杨怡：“你们知道物理系明天有一个演讲吗？”

南慧瑶松开按着键盘的手，眼前一亮：“你是说宋校草的吗？我当然知道。”然后叹息，“但是我抢不到票。”

J 大演讲会所就那么大，物理系都不够坐。若是其他人也就算了，偏偏是神龙见首不见尾的宋律庭，别说物理系，连英语系的人都在疯狂抢票。

到最后，本来是为了物理系新生举办的，偏偏一群新生抢不过老油条。

物理系大二大三大四学生以及其他专业的学生都抢到了票，到最后，物理系新生却成了最惨的，票寥寥无几，让南慧瑶简直看到了饭圈的恐怖。

“我这里有票，是一个学长给我的，你们要去看吗？”冷佩珊拿出了兜里的两张票，递给南慧瑶。

南慧瑶接过票，眼前一亮：“这你都能拿到？！”

“因为那个学长刚好认识宋学长。”冷佩珊淡笑道。

“你竟然认识宋律庭？”南慧瑶脚一蹬，“有见过他本人吗？”

冷佩珊坐到椅子上，把票递给了南慧瑶，然后看了秦苒一眼，对方依旧戴着耳机，似乎没听见一般：“见过一面，下次有机会，我带你们去看看。”

秦苒手机在放歌，耳机是特制的，外面的声音她听不到。

这时有电话打进来，她看了看，没接，直接挂断，然后起身。

南慧瑶看了看她：“等等，苒苒，你是去吃饭吗？一起！”她拿着饭卡跟上。

秦苒看了她一眼，手机一握："是去吃饭，不过，还有几个朋友。"

"谁啊？"南慧瑶跟着秦苒下楼，听到她说要见朋友，脚步就慢了下来。她跟秦苒是熟，但到底不认识秦苒的朋友，不好意思去。

"要不我自己……"南慧瑶张了张嘴。

秦苒挑眉："有两个是校友，走吧，就在食堂。"

"你朋友他们有几个人？"南慧瑶跟在秦苒身后。

"三个。"秦苒停在八食堂一楼的自动贩卖机前，抛了几个硬币进去，拿出来两罐可乐。

竟然三个都考到了J大？南慧瑶不知道该用什么表情看秦苒，莫非这就是传说中的物以类聚？

秦苒把一罐可乐扔给了南慧瑶，另一只手拿着手机，也没把手机塞回兜里，直接单手拉开拉环，喝了一口。

南慧瑶捧着可乐，跟在秦苒身后，走到三楼。

八食堂一楼二楼是打饭窗口，三楼单点，人均要比一二楼贵很多。现在才五点，还没到下午的下课时间，三楼人不多，遥遥看过去，只有寥寥几桌人。

南慧瑶张望了一下："你朋友呢？"

秦苒吊儿郎当地晃着手里没喝完的一罐可乐，朝最靠里面窗户的桌子抬抬下巴："那儿。"

南慧瑶有些近视，但度数不高，能看清那边有两道人影。没走两分钟，两人就到了桌边。

"苒姐，你又掐点。"魏子杭嘴里叼着根烟，也不敢点上，他双手环胸，靠着椅背。

他身上没有魏大师沉淀的气质，俊秀里透着股不羁的浪荡，坐在他对面的潘明月跟他是两个极端。

"你好。"看到秦苒身后跟着的南慧瑶，魏子杭手压到桌上，"我是魏子杭，对面学校的。"

秦苒坐到铁质的椅子上："室友，南慧瑶。"

三个人互相介绍了一番。

南慧瑶回过神来，她坐到秦苒身边，稍稍吐出一口气，果然是秦苒的朋友，颜值一个个也太高了。能跟秦苒这种臭脾气相处的，都能跟魏子杭他们合得来，就是潘明月话少，多数时间是魏子杭跟南慧瑶说话，秦苒就靠在一边喝可乐。

"苒苒说你们有三个人……"南慧瑶往旁边扫了一圈，想起来秦苒说有三个人。

"宋大哥去点菜了，J大他比我们熟。"魏子杭放下烟，朝南慧瑶身后招了招手，“来了。”

南慧瑶下意识地回了头。

魏子杭在 A 大人气高，但毕竟不是本校人，南慧瑶又是新生，知道得不多。

潘明月向来就是图书馆、寝室、教室三点一线，在 J 大这方广阔的天地，她没有在衡川一中那么逆天，只在本院系稍微出名一点。

但宋律庭不一样，他的知名度从今天被抢空的票就能看出来。

J 大第一个大一下学期刚开始就能进实验室的人，现在学校贴吧还有着他的光辉事件。进大学这么多天，南慧瑶终于知道实验室相当于什么存在——J 大的学生想要进实验室，就跟一个普通高中的学生去考 J 大一样，难度大概差不多。除了期中期末考试要达标，还有另外的考核。

贴吧里曾经泄露过考核的题目，南慧瑶简直叹为观止，果然实验室不是一般人能进去的存在。

而宋律庭……

不仅仅是对于南慧瑶，对于整个 J 大的学生都是神人一般的存在，J 大无可厚非的风云人物，比一百个校花榜单都要热门。

宋律庭也就今年进实验室的消息彻底炸了学长学姐们，一举成名。大一上学期，他深居简出，除了物理系的学生，知道他的人不多。

所以，当看到宋律庭拿着一个托盘过来的时候，南慧瑶有些玄幻地坐在凳子上。

“我是宋律庭，大二物理系的。”宋律庭坐到魏子杭身边，把盘子里的碗筷拿出来，神色自若地开口。然后，他又把托盘递给魏子杭，让魏子杭去拿剩下的菜。

南慧瑶僵硬地应了一声，拿着筷子不知所措，机械地拉开可乐的拉环。

秦苒就在一边替南慧瑶回：“她可能是你的粉丝，刚刚在寝室拿到你的两张票，开心得像个疯子。”

宋律庭笑了笑：“外面的票基本上都是后台站票。”

魏子杭把菜一一端上来。

“我来跟你说期中考试的问题。”宋律庭抬头看向秦苒，十分认真地开口。

秦苒不太在意：“什么？”

“别太随意。”宋律庭镇定自若地拿起筷子，看她一眼，“我是说福尔摩斯密码。”

“期末考试也一样。”

顿了顿，宋律庭再度开口：“或许等不到期末。”

“你不说我也不会，我答应过江院长好好考。”秦苒伸手弹了弹滑到脸边的碎发，不紧不慢，“不过，期中考试……很重要？”

实验室的规则秦苒还没太了解，她一直把重心放在核工程课本上。

“重要，物理系选人去参加实验室的考核根据专业成绩来选，现在实验室派系化严重，在下一轮资源分配前，周校长很可能会把你提前放到实验室。今年的考核，他应该帮你报了名。”宋律庭看向窗外跳跃的阳光，正了神色。他稍微一琢磨就能猜出来周校长的想法。

秦苒手支着下巴：“怎么说？”

“三大实验室，医学实验室在J大，物理实验室在J大跟A大的交界处，IT实验室在A大。”宋律庭视线转回，“实验室里不仅仅是J大的人，还有A大的，当然，其他的势力基本上被J大跟A大同化了。两个高校也在争研究院的名额，周校长要是帮你报了名，第一轮筛选就是你的期中考试。”

秦苒点点头，手上转着筷子：“我知道了。”

宋律庭就随便提一句，完全不知道秦苒十分重视他说的“重要”，以至于她比高考还要重视期中考试。

几个人许久没见，吃完饭又坐在这边聊了很久，直到五点半下课，人渐渐多了才散开。

秦苒带着南慧瑶回寝室，一路上南慧瑶没说话，不知道在思索什么。

“你怎么了？”到了寝室，杨怡询问。

南慧瑶看着桌上的两张宋律庭的演讲门票，抬起头：“啊，没事，我再想想。”

这边，宋律庭也回到了实验室。穿着实验室大褂的中年人风风火火地进来：“怎么样，她有没有答应做我徒弟？”

宋律庭慢条斯理地套上大褂，扣上扣子，面不改色地回：“问了。不愿意。”

中年男人摸摸空空的头顶，满脸费解：“不存在的啊！怎么会不同意做我徒弟？不可能……”

洪涛默默拿着一个实验器材走过，黑着眼圈，困倦又同情地看了教授一眼……

不知道宋律庭的两个妹妹提都不能提吗？他就是叫了两声妹妹，已经三天没合眼了。

宋律庭穿好大褂，忽然想起来什么：“学长，你那儿还有票吗？”

洪涛精神一振：“当然有，VIP至尊票，学弟，您有什么吩咐？”

“给我妹妹拿几张，秦苒。”

洪涛眼前一亮：“我一定给秦学妹送到！”

实验楼的地下二层，负责人在核对今年的报考人数名单。

每年物理实验室的考核有两场，三月底跟十二月初。每次考试都要提前报名，十二月初的名单今天截止，负责人刚刚收到了J大校长周山提交过来的名单。

“大一新生？”负责人看到秦苒的名字，不由得愣了一下。

身侧的助理听到负责人的声音，凑过头来看了看：“不会弄错了吧？我去问问J大的教授。”

三分钟后，助理拿着电话回来。

负责人推了下眼镜，询问：“如何？”

“周校长亲自回复的，说名单没有给错。”助理把手机放回兜里，回复负责人。

实验室负责人没再纠结什么，直接把“秦苒”两个字敲到名单里面，若有所思：“周山今年很有信心啊，估计又是一场好戏。”

之前J大也做过这样的事，报了个新生名字，就是实验室崭露头角的宋律庭。那时候实验室还一连打了好几个电话才确定了J大校长没有报错名字，但宋律庭好歹也是次年三月底才报的名……

从开学到十二月份，新生入学上课时间还不足宋律庭的一半吧，J大今年要干吗？

J大女生寝室。

杨怡从卫生间出来，秦苒的桌子就空了。

“她又去图书馆了？”杨怡压低声音，这也太拼了。除了睡觉，一天几乎看不到她的身影。

南慧瑶从课本中抬起头，微微拧眉：“嗯，她期中考试要考自动化，双学位很难修。”

J大课题很难，想修好一门专业都不是什么容易的事，修双学位自然要比常人付出更多的努力。

对面，冷佩珊收拾好了自己的书，正在对着镜子戴耳环，闻言，侧了侧头：“她还没放弃修双学位？”

“没。”南慧瑶看了下手表，晚上还有一节公开课，她把书收起来。

南慧瑶忽然想起一件事，她偏头看向冷佩珊：“佩珊，你还有票吗？我们班长想要。”

“你们班长？”冷佩珊戴好耳环，又拿了口红。

“褚珩。”南慧瑶手撑在椅背上。

冷佩珊拿着口红，手指一顿。

J大几乎集齐了全国各地的天才，新生想要在其中闯出名头不太容易，除非颜值过高，像是秦苒，公开的神颜，又在军训中一举成名。其他新生……出彩的并不多，但冷佩珊却是知道褚珩这个人，A 城本地高考状元，文化成绩 728 分，高考分数出来的时候，还上过好几天的新闻。

冷佩珊描好口红，拿了一本书，看向南慧瑶："正好我晚上没课，跟你们一起去上课。"

J 大校学生会办公室，会长与各部门的部长副部长在开会。

办公室的大门被敲了两下，洪涛推门进来，时间赶得急，又是晚上，他也没换实验室的大褂。

校学生会会长连忙起身："会长？你怎么来了？"

洪涛正是上一任校学生会会长，他看了眼办公室的人："我的票还在吗？"

J 大校学生会之所以有宋律庭的票，完全是因为洪涛。

"还有。"校学生会会长连忙终止会议，他站起来，带洪涛去了里间办公室，拉开抽屉，"还剩四张。"

洪涛看了看，是第二排的票，他伸手接过来："也行。"

他低头翻手机上的信息，是他记录的秦苒寝室地址。

这会儿已经接近晚上九点，校园里路灯渐次亮起，洪涛一手捏着车刹，一手拿着手机给秦苒打了个电话询问她在哪儿。

接到电话的秦苒还在图书馆。

图书馆人多，一般占位超过二十分钟就会被图书馆阿姨收走，秦苒就没下去找洪涛。她放下笔，拿着手机去外面的露天阳台，直接拨给南慧瑶，漫不经心地靠着墙："在哪儿？"

南慧瑶说了一个地址。

秦苒脑子里回想着 J 大的地图，两人隔得很近，她就摸着下巴："你等几分钟，我让学长给你送个东西。"

电话这边，南慧瑶一行人刚出教学楼。

邢开的室友跟冷佩珊聊得热火朝天："你一个计算机系的，竟然还能拿到两张票，物理系的学长一张票都没给新生留。"

"正好有认识的学长认识上一任学生会会长。"冷佩珊云淡风轻地笑，她看了眼一直插兜走在后面的褚珩，不由得眯了眯眼。

"南慧瑶都不说秦苒的事情，冷佩珊，你知不知道秦苒每天都在干吗？"邢开的室友对于冷佩珊，当然更关心秦苒。

冷佩珊嘴边的笑容不变："应该是去见男朋友了吧，她男朋友好像早就毕业了，是社会人士，所以不经常出现在校园。”

“男朋友？”邢开的室友立马捶胸顿足，好半晌之后，又回过神来，唉声叹气，“果然美女都有主。”

冷佩珊依旧笑着，没说什么。

走在前面的南慧瑶挂断了电话，十分抱歉地开口：“不好意思，我要等一下苒苒的学长，你们先回寝室吧。”

“没关系，不在乎这么点时间。”邢开等人立马表示可以一起等。

邢开看了褚珩一眼，褚珩也点了点头，一行人都站在原地等秦苒的学长。

没几分钟，洪涛就看到了南慧瑶——白色T恤，蓝色的牛仔热裤，娃娃脸，皮肤白。他一眼就认出来，捏了手刹，脚蹬在地上：“秦苒学妹的室友？”

“是我，学长好。”南慧瑶礼貌地跟洪涛打招呼。

冷佩珊作为校学生会的一员，看过校学生会办公室的合照，认出来这是校学生会之前的红人：“洪学长。”

洪涛看冷佩珊一眼，脑子里没什么记忆，就十分敷衍地点头：“你好。”

“学妹，这是宋学弟给秦学妹的。”他边说边从大褂的口袋里摸出来几张票递给南慧瑶，“我还有事，就先回去了。”

J大能进实验室的，都不是普通人，虽然对比宋律庭的履历洪涛太过普通，可对比其他人，洪涛却是极其优秀，校学生会会长、实验室成员，他有自傲的资本。除了秦苒指定的学妹南慧瑶，洪涛也懒得跟其他人打招呼，与南慧瑶交换了手机号码后，就踩着自行车离开。

他……急着回去睡觉。

他的衣摆处，实验室的标志十分明显。J大论坛上，无数人的大学梦想之地。

南慧瑶听到洪涛说的宋学弟，大概就知道那个宋学弟是宋律庭了，所以拿到门票的时候她反倒很平静。

南慧瑶看了眼秦苒发过来的微信，然后侧身看向褚珩：“苒苒有四张票，不过她不去，给你们男生吧。”

自动化一班的男生从军训期间就十分照顾班里仅有的两个女生，一行人也熟得很，南慧瑶没跟他们客气。

邢开看着洪涛离开的背影，跟南慧瑶确认：“南慧瑶，刚刚那是实验室的学长？”

“是啊。”南慧瑶特别淡定地回。

冷佩珊也收回了目光，心情极其复杂。

先是云光财团的电脑，她认为是秦苒那个“步入社会”的男朋友帮的她，那现在洪涛呢……冷佩珊不由得抿唇，秦苒这手段，真不是一般的高。

宋律庭的演讲秦苒没去，她最近一段时间一直都在图书馆跟核工程的教室之间，除了睡觉，连南慧瑶都很少看到她的身影。

星期六，没公开课也没选修课，图书馆闭馆，寝室里杨怡跟南慧瑶都在。南慧瑶看秦苒忙得头都大了，每天都想拉着秦苒打游戏。

除了南慧瑶，还有九班的那群人也想拉她打游戏。

秦苒从乐谱上抬起了头，头疼地开口："你等等，我拉你进一个游戏群。"

南慧瑶遗憾地点头，她加的群多，再多加一个群也不在意："好吧，你拉我。"

秦苒找到了乔声跟九班人建的一个群，把南慧瑶拉了进去，并私聊了乔声，让他通过验证。

另一边，乔声已经收到了秦苒的消息。一听南慧瑶是秦苒的室友，还能拉到这个群里来，他连忙通过验证，然后艾特南慧瑶。群里的人一看她是秦苒邀请的，在线的几乎都列队欢迎，还跟南慧瑶约好了有时间一起打游戏。

群里很欢脱，南慧瑶原本也就随便加加，看到这么热情她有些不适应，说了几句之后，才点开群资料看了一下，群名叫作"今天也是拜苒姐的一天"。

她一笑，就关了群。

秦苒拉了南慧瑶进群之后，把写好的乐谱拍了一张照，点开言昔的头像，发给对方，开始收书。

"今天还去图书馆？"杨怡从床上爬下来。

秦苒拿起背包："没，我回去。"她一边拉着拉链，一边拿着手机给程隽发消息，跟南慧瑶二人说了一句之后，就出了寝室门。

寝室内，冷佩珊一直没有说话，在这之前她基本上都在跟校学生会的人接触。这两天，她意识到南慧瑶跟褚珩关系不错之后，下意识地留在了寝室。不过，南慧瑶、褚珩、邢开等人不好接触，她花了好几天，关系都没什么进展。

等秦苒走后，她打开手机，点开欧阳薇的微信账号——

"表姐，你《九州游》的游戏账号可以借给我吗？"

秦苒拿着黑色的背包，去江院长办公室拿了套新书才出门。她刚到楼下，就看到拿着资料的邢开跟褚珩二人。

"秦苒！"邢开立马朝秦苒招手，"你去哪儿？也去小吃街吗？"

褚珩也跟秦苒打了个招呼。

"不去，我出门。"秦苒换了只手拿书，垂着眼睫，遮住了眸底若隐若现的血丝。她拿的是核工程学的教科书，一共有七本，每本都挺大，分量不轻，七本加一起足有好几斤。

"我帮你拿。"邢开十分有绅士风度地开口。

要是被班里其他男生看到班里仅有的两个女生之一自己拿着一摞书，他还不帮忙，肯定会被他们指责。

秦苒掂了掂手中的书：“谢谢，不重。”

这几天，论坛上对于秦苒的传言有些多，自动化一班的男生都没信，从军训期间的相处就知道秦苒的脾气，她从来不跟男生多接触，当然，也处出来些兄弟情谊。

听秦苒这么说，邢开也想起她在军训期间的壮举，别人手里的负重袋沉得像铁，她一手拎一个还身轻如燕，邢开默默收回了手。

“对了，你要自动化专业的笔记吗？”邢开手指了一下身侧的褚珩，“褚珩每一门都总结了笔记，他整理的都是精华，下次让南慧瑶带给你。”

褚珩有些疏冷，闻言，只是点头，他声音清冽：“不过，洪学长就是自动化系的优秀毕业生，你可能不需要。”

三个人走在路上，大多数是讨论物理系的一系列问题。

校门口的人依旧不多。秦苒眼睛一扫，一眼就看到了站在人群里，显得异常鹤立鸡群的程隽。

“我回去了。”她跟褚珩两人打了个招呼，就朝程隽那边走去。

程隽拿着手机，漫不经心地立在路边，目光若有似无地扫着人群，姿态慵懒，表情淡漠。他来学校的时候一般不怎么开车，一则路程不远，二是怕给秦苒带来不好的影响。

注意到秦苒微拧的眉心，程隽眉头蹙了一下，才伸手接过秦苒的书，目光顺带扫了褚珩跟邢开一眼。两个人长得都还行，但在秦苒这种“颜狗”眼里，应该排不上号，程隽就礼貌地跟两人打了个招呼。

邢开连忙回应：“你好！”

等秦苒跟程隽两人走了，邢开看着两人的背影，才回过神来——

刚刚那人给他的第一印象就是很帅，虽然对方的一举一动，就算是声音都显得很有礼貌，但莫名地，邢开能感觉到一股强烈的压迫感。他的气质、谈吐都不太像是一般人，冷淡骄矜，尤其是年龄，也不像冷佩珊形容的“社会人”，跟他们差不了两岁……越看越让人觉得自惭形秽。

邢开收回了目光，手摸着下巴：“这下班里的人都可以死心了。不过，秦苒真的有点奇怪。”

“什么？”褚珩朝小吃街那边走去。

“不奇怪吗？背着个地摊货背包，都起毛边儿了，脚上穿着L家限量版的运动鞋。”邢开想了想，还是忍不住抽了下嘴角，“这种球鞋一般都是球鞋迷买回家收藏的，只有她会穿在脚上。

“还有她军训时带的保温杯，你还记得吗？那上面的钻石是真的……”

晚上，程温如听说秦苒回来了，过来蹭饭。她大马金刀地坐在饭桌边，目光一扫，没看到人，就拿手敲桌子：“苒苒呢？”

程隽坐在她对面，形状好看的手指拿着筷子，漫不经心地解释：“在书房看书。”

“这么努力吗？我……”程温如放下手，站起来，要去楼上。

程隽头也没抬，慢吞吞地说了三个字：“你试试。”

侧着身的程温如捏了捏手腕，十秒钟后，挂着得体的微笑坐回去：“我想起来J大的教学制度很严格，就不去打扰苒苒了。”

吃完饭，程隽上楼去看秦苒，程温如也没走，就坐在沙发上，跟程木旁敲侧击云光财团的事儿。

程木一直摆弄着花，闭口不言。

程温如手托着下巴，慵懒地笑道：“程木，长大了啊。”

她虽然没问出来什么，却也从程木的态度中知道，上次云光财团合约的事情，一定有内情。她双手环胸，朝楼上看了一眼。

楼上。

程隽拿着杯温茶，打开了书房的门。

书房是他惯用的，书桌上放着一盆薄荷草，窗帘半拉着。程隽往房内一扫，就看到秦苒已经趴在了桌子上，只露出来半边脸，眼睫浅浅地垂下，眉宇间没平日里看到的冷燥，腿肆意地斜在桌底，即便是睡着了，也是一股挺不好惹的气息。

应该是最近一个星期她都睡得不太好，不然也不会在看书时睡着。

除了一开始在校医室，程隽很少看到秦苒这种状态，他不由得揉了一下眉心，慢慢走过去，把茶杯轻放到桌上。

秦苒还是没醒。

他把她手中捏着的笔拿出来，又轻声喊了她两声，她都没有要醒的意思。

看来真是困极了。

程隽在桌边站了两分钟，在叫醒她吃饭，还是让她继续睡得天人交战中想了好一会儿，还是没忍心叫醒她。他弯腰轻松地把她抱起来，打开了隔壁的房门。

秦苒房间的门没有锁，程隽把她放在床上，然后小心翼翼地抽出左手，尽量不惊醒秦苒。

秦苒却动了一下，眉心拧起，依旧是有些不耐烦的样子，头枕着他的右手。

细长的头发穿过他的指缝，程隽动作下意识地放轻，用左手帮她拉来被子。

试了好几次之后，程隽都没能成功地从她脑袋底下抽出右手。

他坐在床边，沉默了一会儿，才轻哼一声："你知道我是谁吗？"

秦苒依旧安静地睡着，没有任何回答。

翌日，秦苒起得很早。她在房间里转了一圈，右手按了按太阳穴，看着房门的方向若有所思。

她拿着保温杯下楼，楼下的程木跟她打招呼："秦小姐，早。"

秦苒抬手看了下手机上的时间，七点多，比她平时起得晚，不算早了。不过昨晚睡得挺舒服的，她眸底的血丝少了些许。

秦苒去厨房拿了一杯牛奶出来，在大厅里扫了一眼，没看到其他人。

程木立马会意："隽爷去J大了。"

正说着，玄关处程隽已经开门进来，他手里还拿着两张纸，看到秦苒起来，直接递给她："要把你寝室里常用的东西搬回来吗？"

秦苒坐在餐椅上，一边喝着牛奶，一边看程隽递给她的纸。上面一张是有江院长签名的，不住校申请表，下面一张是有程隽签名的保证书。

程木过来看了一眼，惊喜地开口："秦小姐不住校了啊，那我去把花搬回来。"

秦苒跷着二郎腿，看着手中的不住校申请表，向来是由奢入俭难，军训期间，在学校还能忍，没事还能负重去山上烤兔子吃。后来没日没夜地学习之后，学校人多，声音杂，她一个星期都没怎么睡好，似乎又回到了衡川一中初期，晚上爬起来戴着耳机看书。

她抬头看了眼程隽。

程隽双手环胸，挑眉，似笑非笑地看她。

不多时，程木已经迫不及待地去寝室搬秦苒的花跟其他常用东西。他在楼下跟宿管阿姨提了申请，宿管阿姨一看到他身份证上的"程"字，便亲自带他去寝室搬秦苒的东西。

程木一路上目不斜视，到寝室后，也是征询了南慧瑶等人的同意才进去收秦苒的东西。他眼睛没敢乱瞟，一眼就分辨出秦苒的桌子。

要带的东西不多，除了两盆花，就是秦苒的电脑，还有程隽吩咐的秦苒的手稿。

其他衣服都没带，这些亭澜都有。

冷佩珊开门的时候，就看到秦苒的桌边有个男人的背影，还有些眼熟。

男人的背影看上去有些冷，挺不好惹的。

冷佩珊一愣，走到南慧瑶身边："那是……"

"给苒苒收拾东西的人，她不住校了。"南慧瑶偏头，解释一句。

家人？冷佩珊胡思乱想着。

程木已经收拾好东西了，左手拉着黑色的行李箱，右手抱着花盆，身姿挺拔，五官冷硬，不苟言笑，眸射寒光。

"程木先生？"冷佩珊几乎失声开口。

程木轻松地拉着行李箱出去，听到冷佩珊的声音，停下来朝她看了一眼，意识到这是秦苒的室友，礼貌地想要跟她打招呼。

"我是欧阳薇的表妹，之前在表姐的生日宴上我们见过。"冷佩珊手指掐了下掌心。

欧阳薇的生日宴规模不小，都是A城玩得开的人，冷佩珊认识的人不多，但也知道那时候站在圈子最中心的程木一行人。

听到"欧阳薇"三个字，程木收回了礼貌的表情，依旧冷硬如铁。他不是秦苒、程隽，还没到过目不忘的地步，像是冷佩珊这种人，A城多得是，他不可能每个都记得。

要是放在一年前，程木可能会停下来跟冷佩珊打招呼。只是现在，不说欧阳薇早就不是他女神了，最重要的是……程金跟程水都十分严肃地跟他提醒过欧阳薇的事。

程木脑子不太灵光，但几个哥哥的话他都用心记着。

冷佩珊没跟程木说过话，却也听别人提过程木。程家的人，以前在欧阳薇的宴会上她只能远远看一眼。

看到程木一刻不停地拉着行李箱离开，冷佩珊笑了笑，伸手把头发别到耳后，若有似无地开口："我表姐马上就要去考中级会员了……"

程木像是一个没有感情的搬行李机器，直接下楼。

寝室内，冷佩珊看着程木的背影，收起了脸上的笑容，失神地坐在了自己的椅子上。

杨怡把书放到桌上："你认识秦苒的家人？"

"认识……"冷佩珊拿着手机，目光出神地看着阳台外。

南慧瑶拉开椅子坐下，手指漫不经心地托着下巴，笑："听到没有，他姓程，学校里不能惹的第一姓氏，以后得赶紧抱好苒苒大腿。"

杨怡点头附和："说的是。"

这两人还有心情说笑，冷佩珊却觉得一点都不好笑。

程木是程家太子爷最重视的手下，能出入程家老宅，一般家族的继承人看到程木都要用尊称，这件事圈子里的人都知道。

秦苒说的那个进入社会的男朋友就是程木？

秦苒怎么会跟程家人有关系……

徐家。

徐校长在M洲停留了将近三个月，打开了市场，回到A城后用了一个星期才理清了徐家的事。

“爷爷。”徐摇光从椅子上站起来，眸色清冷。

“以后M洲马斯家族的事情都由你去处理，研究院那边我已经找到继承人了。”徐校长看了眼窗外。

他以前是想着，如果能撮合孙子徐摇光和秦苒就好了。那时候徐家一个掌管徐家大权，一个掌管研究院大权……还特地力排众议把徐摇光从A城弄到了衡川一中。

最后徐摇光看上了个叫什么秦语的不说，秦苒还被程家给叼走了。

徐摇光在云城的时候就听程隽提过这件事，但是那时候他还不知道那继承人是谁，直到高考之后，秦苒物理、数学都是满分，他才意识到这些……

所以那时候他紧急赶到云城，想要问问秦苒这件事，不过一面都没有见到，他就去M洲了。

“是，爷爷。”徐摇光跟徐校长说了一声，就从书房离开。

等徐摇光走后，徐校长才拨了秦苒的手机号码。

秦苒这会儿在楼上书房。程隽拿着她的手机在玩游戏，帮秦陵录视屏。

他给秦陵发完一个录屏之后，秦陵好半晌才回了一句——“你玩得没我姐姐快。”

程隽咬着烟，眼稍稍眯了眯。他正要回秦陵一句，手机顶部出现了一个通话，上面只有一个字——徐。

秦苒存的名字乱七八糟，鸟、龙都有。

程隽看过，竟然还有个烤肉。

徐还算比较正常的备注。

程隽一边接通电话，一边往楼上走，还挺礼貌地回对方：“稍等一下，她在楼上看书。”

电话那边的徐校长沉默了一下：“怎么是你？”

在云城的时候，徐校长是有过让程隽以后多罩着他继承人的意思，但鉴于程隽把人照顾走了，徐校长十分难受。

“徐老？”程隽也沉默了一下，在楼梯上停了会儿，才继续往楼上走，“您稍等。”

他打开书房门时，秦苒正拿着笔在一本教科书上记录。

“徐老。”程隽把手机递给秦苒。

秦苒把笔放到桌上，接过手机：“徐校长？”

“有时间吗？”徐校长站在窗边，眼睛望向外面，目光很深，“我们继续聊聊云城的事。”

“等等。”秦苒手支着头，“等我期中考试考完。”

“期中考试？”徐校长语气惊讶，他换了只手拿手机，“你学什么专业？”

秦苒如实相告。

徐校长道：“还行。”还挺嚣张的两个专业，不过也对口。

秦苒已经答应了，而且人就在A城，徐校长也不是特别急，她答应过的自然不会诓他。他继承人的事情也急不得，涉及多方势力，到时候A城人仰马翻，在这之前他也要做好各方面的准备。

两人又说了几句，就挂断了电话。

秦苒往椅背上靠了靠，伸手把手机还给程隽。程隽拿着还剩了一点水的茶杯，倒掉，又重新加了水回来，却没接她递过来的手机。

秦苒挑眉，眉宇间敛着乖张：“你……”

她原本以为程隽是要问徐校长的事儿。

程隽随手拉了张椅子过来，伸手指了指她的手机，理直气壮地开口：“你弟弟骂我。”

骂他？

秦苒低头翻了翻微信，就看到了秦陵发的话。她拿着手机慢吞吞地给秦陵回了两句话——

“他跟你一样，也是第一次玩。”

“你比他菜。”

回完秦陵，秦苒看了看，然后把手机又递给他。

程隽接过来看了两眼，才站起来拿着她的手机离开。带上书房的门，他点开秦陵的头像，见对方正在输入中，他就回了一句——

“臭弟弟。（微笑）”

不到一秒，确定秦陵看到了这句话，程隽迅速撤回。

再度回了个微笑。

楼下，程木已经拖着秦苒的行李回来了。他把行李箱放在大厅中央，把花小心翼翼地放到窗边，看着已经蔫掉的叶子，不由得皱着眉头，秦小姐照顾花就是不行。

“哥，你怎么回来了？”他刚拿好工具，就看到程金从富贵树边的楼梯过来。

程金在大厅里扫了一眼：“隽爷让我回来的。”

“先坐。”程隽漫不经心地玩着游戏。

程木拿着铲子跟程金一起坐过来：“有什么事情吗？”

“是有件比较重要的事。”程隽语气不紧不慢的，“程金，你多长时间能把中心财力挪回来？”

“整个中心？跟云光财团一样？”程金惊讶。

程隽靠着沙发：“差不多。”

“云光财团用了一年多，他们去年就开始入驻A城了。不过我们有好几个据点在A城，真要挪，比他们快几个月，但……隽爷，您确定？”程金嘴角抽了抽。

这是想让A城爆炸？

“确定。”程隽手上依旧不疾不徐地玩着游戏，“徐老的面子，我不能不给。”

程金看了看程隽，觉得连程老爷子面子都不给的人，会给徐老面子？

只是……这跟徐老有什么关系？

一局游戏玩完，程隽看了看录屏，然后打包发给了秦陵。

程金从包里拿出工作电脑，迅速登上了网站，他抽空看了眼程隽：“那我要马上召开高层大会，具体是因为什么事？”

程隽将手机一握：“开吧。”

其他的，他没多提，只朝楼上看了一眼，伸手懒洋洋地抵着额头。A城最大研究院的继承人，他们家老爷子知道这件事都坐不住……

之前在云城碰到徐老时，徐老就提过继承人的事，只是那时候程隽没有多想，就觉得拒绝徐老的人该有多狂。

直到后来一系列事情碰在一起，见到秦苒手受伤时徐老紧张的态度，他心里就有了怀疑，再往后秦苒联考的成绩出来，他便直接确定了。

程隽手指慢条斯理地敲着手机。

程金已经联系了各大高层，楼上书房秦苒在用，他不敢去，就抱着电脑去了楼下他的房间。他刚把电脑放在桌上，屏幕上就出现了几个坐在大圆桌边的人。

几个人表情严肃，声音发沉：“程金先生，集团出了什么问题？”

这种紧急会议很少出现。

“挪总部。”程金从书桌上翻出一份文件，伸手翻了翻。

视频里，戴着金丝边眼镜的中年男人一顿：“挪到哪儿？”

“A城。”程金抬了抬眸，已经吩咐下去在A城选基地。

“A城？”视频里的一行人面面相觑，“我听说云光财团也挪到了A城……”

怎么突然间都要把总部搬到A城，A城是有什么吸引这群大佬？一起集体开大会？

程金挂断了视频，就看到程木拿着铲子，小心翼翼地推开了书房的门。

“你小心点，我这地毯从M洲运回来的。”程金指着程木手上还沾着土的铲子。

程木低头看了看手上的铲子，直接塞到兜里：“哥，你是做什么的？”

“卖衣服。”程金登录社交软件，接收了一份资料，他点开来选地址，随口回。

程木一愣：“啊？”

翌日，星期一，早晨，程隽把秦苒送到校门口。

秦苒一手拿着书跟笔记本，一手扣着鸭舌帽，头也没回地朝背后挥了挥手。

驾驶座上，程隽懒懒地靠着椅背，漆黑的眼瞳静静地看着她，车里随意放着的手机在响着，他也不急着接起来。

直到秦苒的背影消失，程隽才懒洋洋地伸手，勾起手机看了看，是程温如。

他接起来，眸色沉敛：“说。”

程温如也习惯了他的态度，她现在还在程家老宅，看了老爷子跟程饶瀚一眼，拿着手机走到外面的院子里，看着对面长廊上老爷子的鸟儿：“还记得我办公大楼对面的楼盘吗？”

“怎么了？”程隽左手搭在方向盘上，右手拿着手机。

“有人要买。”程温如单手插在兜里。

这种事情，负责金融中心的人自然第一时间通知程家。

程温如的公司地址就在金融中心大厦，只租用了一层，但里面每一层面积足够一个中型企业使用。对面大厦的规模程度足是她的百倍，这就是程温如诧异的原因。

她数遍现在国内的企业，也没想出来谁能财大气粗到买下这栋大楼。

程隽手敲着方向盘，眸色没有明显变化，只不咸不淡地“嗯”了一声：“没其他事儿我挂了。”

程温如现在不太敢跟他呛声，听到手机里传来的忙音，她低头看了看手机，嘴角不由得抽了一下，然后拿着手机转身回了程家大厅。

程饶瀚正端着一杯茶，看到程温如拿着手机走进来，不由得看了她一眼，嘲讽道：“我早说了，你跟他提那么多废话有什么用？”

与此同时，秦苒拿着书往核工程教室走。

这会儿才七点多，路上的人不多，秦苒刚到二楼，就看到靠着走廊等人的南慧瑶。

南慧瑶似乎有些困倦，正懒洋洋地打着哈欠。看到从楼梯走过来的秦苒，她站直身体：“苒苒！”

“特地找我？”秦苒淡定地拿出钥匙打开阶梯教室的门，找了个靠门的安静位置，“啪”的一声把书扔到桌上，抬抬下巴让南慧瑶坐到前面，“说吧，什么事儿？”

秦苒靠着墙坐好，眉眼微微低着。

“苒苒，你跟冷佩珊有过节？”南慧瑶趴在她旁边的桌上，不经意地问着。

秦苒翻开新的课本，垂着眼眸，语气平静：“没，我又没打她。”

南慧瑶差点儿没被噎死，她默默看了秦苒一眼：“我知道了。”

没打她这是个什么操作？

“你一早找我就这事？”秦苒抬了眼眸。

南慧瑶坐直：“不是，是班长让我问你的，这个星期六晚上你有没有时间，其他班级军训后都聚餐了，就我们一班还没有聚餐。”

听到这个，秦苒收回了目光，她倒是无所谓：“到时候具体时间地点发给我就行。”

“好。”南慧瑶精神一振，她手撑着桌子站起来，“我待会儿就跟班长说，先去吃早饭了，拜拜！”

她走到后门边，朝秦苒挥了挥手。

南慧瑶吃完饭又往教学楼这边走，兜里的手机响了一声，是校学生会的短信，中午在综合楼开会。

中午。

南慧瑶下课也没有赶着去吃饭，直接赶去综合楼。

校学生会也分等级，其中办公室部门的权力最大。

南慧瑶跟冷佩珊都进了办公室。

开会的时候，南慧瑶跟一个短发女生坐在办公桌最后面，冷佩珊坐在办公室部长旁边，整个办公室的人都知道，冷佩珊认识高年级的学长学姐，是学生会的新晋红人。

开完会，几个部长就去吃饭了。

冷佩珊看了看办公室内剩下的一行人，不由得抿唇笑着开口：“晚上还有谁想要一起玩游戏吗？”

“我！”

“冷美女，带上我啊！”

办公室内热闹非凡，南慧瑶拿着自己的课本回寝室，身后的短发女生跟上来：“南慧瑶，你跟冷佩珊怎么了？我记得之前你们还是很好的室友，前几天还一起打游戏，怎么最近几天都没看到你们一起打游戏一起走？”

“没事。”南慧瑶淡淡开口。

短发女生看了看后面，确定没人能听到，才压低声音：“我们系的人都知道，冷佩珊是有后台的，她的游戏账号连神牌都有，A城这地方水深，如果没事，别跟她结梁子。”

短发女生也是计算机专业的，冷佩珊在计算机专业很出名，短发女生知道得比南慧瑶要多。她也是南慧瑶在J大除了物理系的同学之外唯一的朋友，南慧瑶偏头，朝她笑了笑：“谢谢。”

“不用谢，你记着我说的话就行。”短发女生拍拍南慧瑶的肩膀，“我们教授上课的时候说过云光财团的事，当然你应该没听说过……解释起来很麻烦，你记着避着点冷佩珊就是。”

南慧瑶一边走去食堂，一边拿出手机搜索了一下云光财团。

一个星期很快过去，星期六，自动化一班的学生聚会。

秦苒到的时候，其他人也刚刚到齐。

褚珩是A城本地人，综合一班的具体情况，选了一个大包厢，里面放了三大张桌子，还有一系列的娱乐设备。

男生们喝酒，秦苒跟南慧瑶就坐在一边喝饮料。旁边不远处还放了台球桌、电脑等一系列设施。

一群男生没怎么喝酒，有人拿着球杆去打台球，有人拿着话筒唱着死亡之声，有人吆喝着开电脑去打游戏，还有人拿着扑克牌。

邢开跟褚珩拿着一罐啤酒过来，邢开坐到秦苒跟南慧瑶对面：“你们怎么不去跟他们一起打游戏？”

“懒得去。”南慧瑶靠着椅背。

“你这么喜欢打游戏的人还有懒得去的一天。”邢开喝了一口啤酒，不由得笑，“最近怎么没有见到你跟冷佩珊组队……”

他话没说完，南慧瑶看了邢开一眼。

邢开讪讪一笑，没说下去。

秦苒一手玩着手机上的闯关游戏，一手拿了杯水慢慢喝着：“冷佩珊？”

南慧瑶上次也提了一句冷佩珊。

秦苒一问，邢开连忙解释：“就是你们寝室那个冷佩珊，她星期一还跟我们玩了游戏，她账号里有一张神牌，虽然她打游戏的技术一般，不过神牌挺酷的……”

南慧瑶似乎不想听到冷佩珊的名字，她放下手中的杯子站起来，坐到一台空着的电脑前，登录上企鹅号跟游戏：“还有谁组我一个？”

“没了，南姐，我们已经组队了，下局带你！”班里男生立马回。

企鹅头像跳着，南慧瑶随意点开，是秦苒拉她进的那个群，正好有人发了个组队消息。

她随手点了进去，游戏语音频道是开着的。

南慧瑶刚进去，音响里就传来惊讶的男声。

“这是谁？”

“苒姐的室友。”

南慧瑶看了下语音频道，说话的是一个叫“林子很大”的人，是一道女声。

意识到这是秦苒给她介绍的群，南慧瑶十分拘谨地跟他们打了个招呼。

她看了一下其他四个人的游戏资料，惊骇地发现他们都是宗师级别的账号。

南慧瑶大师级别的账号在自动化一班已经算是厉害的了，所以才会经常跟男生组队，没想到秦苒的高中同学更厉害。

“希望我不会给你们拖后腿。”这会儿已经组队进去了，南慧瑶也退不了。

选卡牌的时候，她更是拿出了自己唯一的两张天牌，然后添了一张厉害的地牌，暗暗松了一口气。

卡牌全都锁定，五个人一起进竞技场。

南慧瑶暂时松了手，拿起之前放在一边的水喝了一口，目光转回来看队友选择的卡牌。

第一列就是“林子很大”的卡牌。

第一张是天牌。

第二张是天牌。

第三张是……神牌？？

南慧瑶蒙了一下，目光下意识地转向下一个人。

天牌、天牌……神牌……

南慧瑶今晚没有喝酒，这个时候却觉得自己喝多了酒。神牌在游戏里那么罕见，基本上除了准OST战队的职业选手，很少能看到路人局里有神牌出现。

她这一次就看到了三张，还是她的队友？

游戏读条完成，五人进了竞技场，南慧瑶根本就没有发挥好，但这一局也似乎用不到她，莫名其妙就赢了，没到十分钟。

下一局，南慧瑶又被拉进了一个组，这次换了队员。

南慧瑶只认得“林子很大”，她有点遗憾，刚刚有两张神牌的队友不是她的队友了。

卡牌选择完成，依旧是五人队伍，三张卡牌……

南慧瑶看到“林子很大”用的神牌还不是上一把的神牌……

“大神，你们是职业战队的吗？”南慧瑶终于忍不住开口询问。

“不是啊。”一道轻佻的男声出现。

“那你们哪里来的这么多神牌？！”南慧瑶捏着鼠标问。

“多吗？”男声操控着女娲进场，惊讶地回她，“我们一人只有一张神牌而已，林思然她一个人就有三张，她才多。”

一、人、只、有、一、张、神、牌、而、已？

你知不知道拥有一张神牌的冷佩珊人人羡慕，到你嘴里怎么就变成了“而已”？

南慧瑶坐在椅子上看着游戏屏幕，脑子里乱糟糟的，此刻什么也不想，连冷佩珊的事情都忘了，只想冲到网线另一端，把说话的男生揪出来。

“你没事吧？”身边坐着的男生一局游戏打完，看了南慧瑶一眼，“我们打完了，过来组队吧。”

还组什么队！南慧瑶伸手抓了抓头发，有些抓狂，她整个人像是活在了梦里。

秦苒这到底是给她加了什么群啊？！

这一局打完，南慧瑶憋了一肚子的问题走到边缘去找秦苒，过去的时候却发现秦苒走了。

她立马掏出手机给秦苒打电话。

秦苒这会儿正在玄关处换鞋。

“怎么了？”她换好鞋，就往里面走，坐在沙发上，腿微微搭着。

南慧瑶没怎么回过神：“苒苒，你是怎么认识那群大神的？！”

“高中同学。”秦苒知道南慧瑶应该是跟乔声他们一起玩游戏了，也不意外。她跟南慧瑶说了几句，就挂断了电话。

“隽爷。”程金从楼上拿着一份文件过来，看到秦苒，他顿了顿，然后十分恭敬地打了个招呼，“秦小姐。”

程隽才刚换好鞋，正朝这边走。他坐到秦苒身侧，随手拿了个抱枕抱着，朝程金伸了伸手。

“地址已经敲定了，这是上面发下来的文件。”程金坐到对面，把文件递到程隽手上。

程木正从厨房出来，给秦苒端了一杯茶。听到程金的话，他就回了一句：“卖衣服的地方吗？”

“嗯？”秦苒指间随意把玩着手机，闻言，挑眉，“谁卖衣服？”

“我哥。”程木把茶小心翼翼地放到秦苒身边，“哥，你们公司在哪儿卖衣服？规模有多大？”

程金不太想搭理程木。

这边，聚餐还在继续。

“你找秦苒干吗？”褚珩靠在桌上，跟人玩纸牌，不紧不慢地看南慧瑶一眼。

南慧瑶没什么情绪地坐到了沙发上，她低头看着自己刚挂断的手机：“她之前拉我进了一个游戏群。”

“不就是游戏群，然后呢？”邢开从另一边拿着球杆过来，顺便递了一根球杆给南慧瑶。

南慧瑶机械地接过球杆：“然后……”她抬头，面无表情地看着邢开，“那一个群里的大多数人都有一张神牌。”

邢开手中的球杆一晃，他手撑着桌子，没回过神来，只下意识地问：“那……那小部分人呢……”

“小部分人有三张。”南慧瑶继续开口。

邢开撑着桌子的手再次抖了一下，身体降得更低，他看着南慧瑶：“我可以见见大神们的群吗？！我也想跟三张神牌同台一次。”

一边围观了全程的褚珩：“……”拿出你之前说那句“不就是游戏群”的气势来啊？！

最后，邢开跟褚珩都加了这个秦苒所说的“游戏群”。

J大十一月初要进行期中考试。

此时已经十月底，距离考试不到三天，一群学生已经开始紧张地复习，每天图书馆都被一群学生占满了。

秦苒这会儿在江院长办公室。

“江院长，您找我有事？”她站在办公桌边，手里还拿着一摞书。她身上穿着雪白的卫衣，外面随意地套了件外套，整个人没有往日里的锋锐。

“秦苒啊。”江院长看到秦苒，放下了手中的笔，“听说你决定要考两个专业的试题？核工程有没有把握？”

身侧的助理看了江院长一眼，不由得抬头，难道不是该问秦苒对自动化有没有把握吗？

物理系的人都知道秦苒修第二专业，自动化这边她没有上过一节课，反而核工程她一节课不落，核工程这边她考第一绝对没有问题。

江院长这是问反了吧？

“不确定。”秦苒微微垂了眉眼，懒懒地回着，嘴上说着不确定，但语气却挺嚣张的。

江院长不由得笑道：“行了，我有底了，你去吃饭吧。”

“江院长再见。”秦苒礼貌地跟江院长打了个招呼，就下楼了。

秦苒刚走到路口，就看到邢开跟南慧瑶二人。

“苒苒，这里！”南慧瑶朝秦苒招手。

秦苒把卫衣的帽子扣在头上，身上的气息一如既往地冷。

三个人中午一起去食堂吃饭。

南慧瑶一向习惯去二楼，不过秦苒一直去三楼，南慧瑶和邢开就跟她一起上楼了。

“班长去帮辅导员处理事情了。”邢开点好了菜，坐到两人对面解释。

南慧瑶拉开椅子坐下，跟“林子很大”发消息。

“苒苒，原来你那个高中同学林思然跟我们一个学校？不过她是经济系的。”南慧瑶放下手机，遗憾地开口，“在南校区，太远了，只能找个空闲的时间‘面基’，我想看看有三张神牌的女人究竟长啥样。”

南慧瑶最近跟群里的几个人玩得比较熟，尤其是林思然。秦苒看了南慧瑶一眼，没说话。

邢开、褚珩、秦苒这一行人本来没那么熟，没想到最后因为游戏发展出了十分铁的友谊。

他们点的菜好了，邢开就去把菜端过来。

“对了，要期中考试了，你可以吧？”邢开把菜放在桌子上。

秦苒跷着二郎腿，手上拿着筷子：“怎么都问我？”

“没办法。”邢开把另一双筷子递给南慧瑶，“你是不知道你在学校有多红，贴吧里都在赌你什么时候进实验室，还有盖楼猜测你这次考试的分数，不过……”

说到这里，邢开皱眉：“听说周博士不满意上学期大一考试的难度，所以我们这次考试难度巨大……你一直没上课，会遭遇滑铁卢吗？”

“开玩笑，苒苒怎么会滑铁卢？！”南慧瑶瞪邢开一眼，“高考数学那么难她都能得满分。”

邢开立马把手边的饮料拧开给南慧瑶，笑了笑“南姐，您说得对，您说得对。”

毕竟是高考状元。

“大二的学长说去年的卷子已经够难了，去年一批人挂科。”南慧瑶不理会邢开，而是转过头看秦苒，用筷子戳着碗里的饭，“今年还要更难，我们这一届也太惨了，高考这么难就算了，大学考试还这么难……”

自动化大二的学长学姐们都在给他们点蜡。

秦苒慢条斯理地吃着饭，听着两人你一言我一语的，没出声。只在最后的时候，她忽然抬头问：“你们上半学期学的什么课程？”

邢开拿着饮料瓶的手一顿，他呆滞地看了秦苒一眼。

南慧瑶手中的筷子也停了停，愣愣地抬头。

好半晌，邢开才僵硬地开口：“都是基础课，高数、计算机基础、大学英语跟大学物理。”

J大的进度已经算快了，秦苒算了算，还没学到工程制图跟数字电子。她吃完饭，就放下筷子，随手把自己的餐具收起来。

对面，南慧瑶跟邢开一人拿着一双筷子，一动不动地看着她。

秦苒拿着餐具站起来，将手机塞回口袋，两人还是不动，她微微弯腰，低头敲了敲桌子，挑眉：“我去图书馆了。”

两人终于反应过来，连忙点头。

等秦苒消失在光影里，两人才渐渐回过神来，相互对视了一眼。

“南姐，刚刚苒姐问了我们一个什么问题？”邢开突然开口。

南慧瑶头磕在桌上：“她问我们学的什么课程？”

“咳咳咳……”邢开终于回过神，他“啪”的一声放下筷子，看向南慧瑶，“我一直以为她在图书馆自学自动化课程。”

秦苒智商高，邢开觉得她学两个专业，问题不会很大。

毕竟是天才中的战斗机。

“你说起这个我突然想起来，她书桌上摆着的全都是核工程的书，已经修到了大一下学期，还有一堆古怪的核工程的习题。”南慧瑶面无表情地回。

核工程的什么资料变态习题都有，就是没有自动化。

这突如其来的操作……

为什么有时间修大一下学期的核工程课程，却不愿意看自动化一眼？！

今天星期三，秦苒下午满课，晚上没课。

秦苒还没到图书馆，秦陵的电话就打过来了。

秦苒一手把背包甩到背后，一手把手机塞到兜里，然后戴上耳机。

电话那边，秦陵蹲在路边，秦修尘不偷听他说话，站在保姆车边等他。秦陵往后看了一眼，然后手搁在嘴边，小声开口：“姐姐，今天晚上你可以跟我和叔叔一起吃饭吗？”

“吃什么饭？”秦苒往图书馆里面看过去，因为在打电话，就没进去，将卫衣的帽子拉了拉。

“我明天要跟叔叔出发去C市，要一个月才能回来。”秦陵声音低低的，他看着秦修尘的方向，歪着脑袋。

秦苒背靠着墙，眉眼轻慢，没拒绝：“你把地址给我。”

秦陵朝秦修尘比了个“OK”的手势，声音挺激动：“你下午有课吗？我跟叔叔来接你吧？”

“随你。”秦苒一手把玩着耳机线，不太在意地开口，“到了打我电话。”

她跟秦陵说了几句，就挂断了电话。然后，她在手机上翻出程隽的头像，跟他说晚上不用来了。

她刚发完，微信又跳出一条消息，是言昔的——“大神，MV的取景我们选了三个地址，你觉得哪个好？”

言昔一连发了三个备选方案，是图文介绍。秦苒随意扫了一眼，也没怎么看，就看到第二张图是在C市，跟秦陵他们录真人秀的地址一样。

C市是古都山城，里面很多人文古迹，秦苒随意看了一眼，就随手选了一个地址。

手机那边，一直盯着秦苒头像的言昔在三秒钟后得到了答案。他偏头，朝汪老大看了一眼，然后放下手中的签：“大神选了C市。”

“C市？”汪老大点头，“我这就让合作商去联系C市，可能要晚几天。”

汪老大出去联系合作商。

小助理跟在汪老大身边开口：“怎么最后选了C市？C市不是不在我们的最佳方案中吗？不是因为太远言哥考虑都不想考虑一下？”

三个地点，前面两个都做了攻略，合作商都有联系。只有C市，合作商虽然中意，但因为言昔的个人喜好没有跟那边交涉。

“你知道什么？”汪老大拿出手机，嗤笑一声，“大神选的地址。”

大神选的，言昔他能拒绝？

[第八章]

可怕的新生王

下午四点半，秦修尘先去小学给秦陵办好了请假手续，又拿了一套习题跟卷子，把他接到车上，这才带他去接秦苒。

秦修尘今天坐的依旧是工作室的私人保姆车。秦修尘跟秦陵都坐在后座，经纪人在驾驶座开车，他直接朝大学城的方向开过去。

听秦陵说过秦苒在大学城，经纪人一直记得。不过，他还不知道秦苒到底在哪个学校，朝后视镜看了一眼，询问：“小陵，你姐姐在哪个学校？”

秦修尘视线转过来，微微歪了一下脑袋，唇边含着笑意，也很好奇。

秦苒的消息，他半点也不知道。

秦陵闭口不言。

至于秦汉秋……他好像十分怕自己这个女儿，只能偶尔套出一两句话，跟秦陵一样喜欢游戏。

秦陵坐得非常端正，手放在膝盖上，严谨得像个老头儿，慢吞吞地开口：“J大。”

也在J大？经纪人继续往后视镜看，好奇道：“也学的艺术吗？”

他记得那个秦语也在J大，学的艺术系。

不过能考到J大就已经证明她不一般了。

“没，在物理系。”秦陵不知道他姐姐到底想学自动化还是核工程。

经纪人跟在秦修尘身边也很长一段时间了，自然知道几大院校的事情，更知道J大的四大学院。

听到秦陵慢吞吞地吐出物理系，后视镜里的眸光多了些震惊，经纪人完全没有想到自己会得到这个答案：“你姐姐她在四大学院？”

J大的四大学院不比其他专业，不是靠政策或者加分就能进的。能进四大学院的，都不是什么普通人。

秦陵看上去严肃又冷漠，只稍微抬了抬头，十分淡定："是啊。"

"怎么没有听她说过？"经纪人想到那天晚上问秦苒在哪儿上学，她就说A城。别说四大学院，连J大都没提。

秦陵眸光收回，似乎还有些疑惑："为什么要跟你说这个？"

经纪人心情十分复杂地把车开到了J大校门口，等着秦苒出来。

开到J大的时候已经接近五点半，秦苒快下课了。

秦陵把背包放好，拿着手机下车，眸子里是刻意压制住的激动，一双漆黑的眼睛一瞬不瞬地盯着J大的大门。

秦修尘就戴了个口罩，穿了件能遮住身形的巨丑长风衣，扣上了风衣的帽子站在秦陵身后。

经纪人一言难尽地看着秦修尘的风衣。

这风衣就是很普通的地摊货，上下一样宽，没有裁剪，比麻袋还难看。秦修尘就算是天生的衣架子，在看不到脸的情况下，往背后一看就是一个一米八的"水桶"，别说粉丝，他亲妈都认不出来他是谁。

经纪人停好车，走到秦修尘身侧，看着辉煌又具有历史意味的J大校门，压低声音："秦影帝，您侄女竟然是四大学院的学生，不知道以后有没有机会进实验室，秦家被研究院隔离多久了？"

秦家的没落所有人都看在眼里，老爷子死后，嫡系一脉几乎消失殆尽，旁系内战开始，秦家到最后失去了研究院的掌控权，被欧阳家取而代之。二十多年了，秦家嫡系失踪，旁系无一人被选入。

秦修尘看着来来往往的学生，把帽子往下拉了拉："老爷子死后就没有了。"

"果然是嫡系一脉，你们秦管家不知道她在这里吧……"经纪人"啧"了一声。

要是知道，秦管家会这么淡定？

秦修尘没有说话，他不是嫡系一脉，不过却是秦家老爷子把他从豺狼虎窝中抱回来的，所以才在那场风暴中逃过一劫。若不是因为他一直在娱乐圈蛰伏，秦四爷也不会放过他。

如果没有秦老爷子，他可能活不过十岁，直到近些年他的人脉成型了，才帮着秦管家找回了秦汉秋。

两人没聊几句，就看到秦苒抱着书拎着背包从大门口出来，脖子上还挂着黑色的耳机线。

经纪人停了话头。

"姐姐！"秦陵往前走了两步，兴奋地喊她，黑漆漆的眼眸亮了亮。

秦苒穿过人群，不疾不徐地往这边走，大门处人少，她微微眯着的眼眸有着难以掩盖的躁意。

秦修尘把口罩往上一拉，压低声音："先上车。"

一行人欲走，不远处，三个男生小跑过来："秦苒，教授说这本习题你做得差不多了，能借给我们看看吗？"

说话的男生外面套了件黑色外套，拉链没拉上，身材挺拔，眉清目秀的。

秦苒低头把手中的书抽出来一本，递给他："刚好写完。"

三个男生显然跟秦苒挺熟，也没跟她客气。

等三人离开后，秦修尘一边往车边走，一边问她："你同学？"

"不是。"秦苒换了只手拿书，眼眸懒懒散散地眯着，"大二的学长。"

"你不是新生？"经纪人拿好车钥匙，惊讶地看向秦苒。

秦苒上了车，取下另一边耳朵上的耳机："是。"

经纪人坐到了驾驶座上，他还想问那为什么大二的学生找她要习题，看到后视镜里秦苒那张又冷又不耐烦的脸，不由得憋回了声音。

秦陵跟秦修尘次日下午出发，因为有孩子还有女生，秦修尘没有喝酒，只给两个孩子点了饮料。

吃完饭，秦苒没有让人来接她，而是让经纪人把她送回了J大路口处。

这是个好现象，至少没跟他客气了。

秦修尘穿着大风衣，把秦苒送下了车，没敢逾越地要把她送回家。他只站在车边，等看不到秦苒身影了，才拢了拢大衣，往车上走。

"秦影帝，您侄女儿有点意思。"经纪人从兜里摸出了一根烟，他看着秦苒的背影，有些好奇。

程家。

程隽晚上本来没打算回来吃饭的，但因为秦苒晚上没回去，他就驱车回了程家老宅。

今天不是每个月的例行家族晚宴，但程温如、程饶瀚还有几个管事、堂主们都坐在大堂中央，商量要事。

程老爷子坐在最前方，眉眼藏锋。

"A城最近有异动。"大堂主起身汇报，"C市那边有两个分堂的人需要调回，今年……"

C市是山区，里面有程家的好几股势力，除却A城，就数C市的人马多。

程老爷子端着茶杯，板着一张脸，看向慢吞吞把玩着烟的程隽："今年你去。"

"爸？！"程饶瀚一听，连忙站起来，神色变了变，手里的手机几乎要被他捏变形。

老爷子果然还是一如既往地宠着小儿子，纵使程隽什么都不会，C市那块香饽饽也要给他。

谁都知道，谁去C市，对谁有利。

其他几位堂主互相对视了一眼。坐在椅子上的程隽眸色沉稳，精致的下颌抬了抬，慵懒又散漫："我拒绝。"

他身边的程温如搭着腿，看着他，好歹保持了自己的淑女风度，没翻白眼。

程隽低头看了看手机，八点半了，估摸着回去某人也该回来了，他才拍拍衣袖站起来："爸，各位堂主，我就先回去了。"

程饶瀚一颗心放回了肚子里，冷笑——果然，还是扶不起的阿斗。

程温如看着程隽的背影，也站起来跟老爷子等人打了个招呼，急急忙忙地赶上了程隽。

"这么好的机会你不去？你要气死爸！"她双手环胸，来势汹汹。

程隽咬着烟，眉目清然："C市有什么好玩的，我不去，走了。"

他懒洋洋地朝程温如挥了挥手，按了一下按钮，打开车门，疾驰而去。

翌日下午。

秦修尘跟秦陵到达C市机场，又坐着剧组的车，一路颠簸来到一座只开发了一半的山区古镇风景区。秦修尘到达C市之后，也没立马工作，而是带着秦陵把山下的古镇逛了一遍，询问了秦陵关于秦苒的喜好之后，他又买了很多当地特产，又把东西整整齐齐打包成三份。

经纪人看着这三份礼物，让人收起来："是给秦管家、您侄女还有秦二爷的吧？"

这种事秦修尘也不是第一次做了，每到一个地方，他都会买一些当地特产寄回去。

这一次分了三份，应该是给A城那三个人的。

秦修尘看着这三份礼物半晌，眼睫垂着，好半晌才开口："不用，全都寄给秦管家。"

"全寄给秦管家？"经纪人一愣，他不懂秦修尘的意思，不过秦修尘既然说全寄给秦管家经纪人也没有多问，立马转身安排人着手去办。

等经纪人走后，秦修尘才回到房间。

秦陵跟他住一个房间，这地方人生地不熟的，放秦陵一个人住他不放心。

秦修尘进去的时候，秦陵正打开电脑玩游戏。秦修尘找了个板凳过来坐在他身边："小陵，我让秦管家送些礼物给你姐姐，你觉得你姐姐会要吗？"

相处了这么久，秦修尘已经知道秦陵说的姐姐就是秦苒。

闻言，秦陵从电脑面前抬起了头。他没立马回答，而是打开了微信，点开被他置顶的空白头像——“姐姐，叔叔要送你东西。”

好半晌之后，对方才慢吞吞地回复——“嗯。”

就一个字，秦陵看了这个字半晌，摸不准意思，又从通讯录中翻了好久，翻到一个全黑的头像，噼里啪啦地打了一堆字发了过去。

亭澜，程隽收到秦陵的消息，他靠在沙发上，面无表情地看着秦陵发的一大串字，里面把秦苒的回复、表情说得清清楚楚。

好半晌，他回了一句话——“记得送去学校。”

他自然看得出来，秦苒很喜欢这个弟弟。

程隽回得比秦苒快，秦陵没两分钟就收到了程隽的消息。他扫了一眼，然后随手发了个微笑表情。

秦陵打字的时候，秦修尘一直没看，他尊重秦陵的隐私，不然一定会认出来秦陵发消息的头像。

得到了答案，秦陵这才收回了手机：“姐姐不喜欢聒噪的人。”

“好。”秦修尘等了好半晌，也没看出来急的意思，只是一一记下，“我让秦管家别说话，算了，我再写张字条。”

“哦，那没了。”秦陵收回目光，继续玩游戏。

秦修尘点点头，又问：“你姐姐还有其他喜好吗？”

C 市新奇的玩意儿多，他之前就给秦陵买了一堆。

难得，秦家自从老爷子死后，就让他觉得没有归属感，倒是这两姐弟，让他十分用心。

第二天，晚上八点，秦修尘寄到 A 城的三份东西秦管家收到了。

秦管家这会儿正跟三个程序员以及阿海他们研究这次的工程。这是他们这几年第一次接触本部的工程，又是紧张时刻，秦管家这行人十分在意。

阿文从外面进来：“秦管家，六爷寄了东西回来了。”

“送到老宅。”秦管家头也没抬道。

阿文没走，拧了拧眉头道：“送货的人说，其中有一份需要您亲自送到收件人手中。”

“我这边很忙。”秦管家放下手中的文件，站起来，疲惫地捏着眉心，“什么重要的东西要我去送？”

“是 J 大的地址。”阿文低头看了看便签，回答。

秦管家看了看天色，勉强开口：“现在也晚了，明天再送吧。”

如果不是因为开口的是秦修尘，这种紧急时刻，秦管家根本不会离开本家半步去给人送东西。

翌日，清晨。

秦苒起来得早。

程木正拿着剪刀仔细地修剪摆在阳台上的花，看到秦苒，他立马开口："秦小姐，你今天要考试吧？厨师给你做了一百分的早餐。"

说完，他伸手指了指桌上的早餐。

J大的试卷难度是出了名的，当然，也主要是秦苒选的学校好，天天考试像高考。

厨师严阵以待。

程隽今天没有晨跑，身上穿了件雪白的衬衫，拿着手机坐过来，抬头看秦苒："C市山区危险，他们怎么在山区拍综艺？"

"危险？"秦苒抬眸。

"前段时间下了暴雨。"程隽拿着面包，秦陵给他发了地址，他让人查过。

那地方半开发，他担心山体滑坡。

秦苒手顿了一下，程隽看着她的神色，又淡定地开口："不过应该没事，秦修尘在的地方大腕多，节目组的安保措施有保障。"

半晌后，他又看着她笑："放心，我让人盯着呢。"

秦苒这才低头继续吃东西。

七点四十分，秦苒到达第一场考试的考场。

她到的时候，班里的人已经来了一半，是按照入学学号排的位置，秦苒跟南慧瑶就隔了两个位置。

班里的人纷纷跟秦苒打招呼。

"秦苒，你真的来考试了？"一群男生兴奋地看向秦苒，"我还以为你去核工程就不回来了。"

秦苒就带了支笔，还有把尺子，其他什么都没带，她懒散地趴在桌上。

别人跟她说话，她就应一声。

一向话多的南慧瑶跟邢开没有说话，两人都一脸忧虑地坐在自己的位子上。

褚珩看了眼邢开："你怎么不说话？平日你不是叫苒姐叫得最勤？"

邢开张了张嘴，他看了秦苒的方向一眼，好半晌后又低头，没说出口——

你要是知道秦苒前两天还在问我自动化大一学什么，你也得跟我一样……

邢开心事重重地拿出自己的稿纸。

第一场考的是大学物理。

大学物理上册也就是力学跟热学。这些内容秦苒早就看过，用不着各种力学分析，写出拉格朗日量就能得出微分方程，以至于之前高中，她一度不习惯物理老师进行各种力学分析。

基本上第一次接触理论力学的人，都会觉得这东西实在好用。只是J大的物理试题，自然不会这么浅显，因为还没学到热学，所以整张卷子都是力学题目。

秦苒扫了一眼前面的选择题，惊讶地发现前面几道习题，几乎都涉及国外资料的理论，自选择题就开始挖坑。

之前南慧瑶一直说今年J大的期中考试难，秦苒不知道多难，这会儿看到出题老师的用心程度，大概就了解了南慧瑶说的难度。先不提这张试卷的总体难度，单从出题老师的严谨认真程度，秦苒就看出来，物理系真的很重视这次期中考试。

她拿着笔，低头认真地填写答案。

因为是期中考试，只有一位本院系的老师监考。

能考到J大物理系的，都是有傲气的人，抄袭的事情几乎很少，老师们监考很随意。此刻坐在前面的老师捧着茶，他是物理系大二的老师，不教大学物理，也不看学生的试卷，只是在晃荡的时候，停在秦苒身边看上一会儿。

考试时间两个小时。

五十分钟后，大部分人都还没有翻边，秦苒已经写完，检查了一遍，就收了笔跟尺子，把试卷交给了老师，直接走出了教室。

教室内，其他人都不由自主地看着秦苒离开的方向，然后又低头看了看自己手中的卷子。

大二的老师不教物理，但也听说过秦苒的大名，他伸手翻了翻秦苒的卷子，诧异地抬眸，竟然全都写满了？

不过具体答案他不知道，只能等专业的老师批阅。

另一边，秦管家从家里出发，阿文拿好了秦修尘寄回来的东西，往J大这边开去。

“秦管家，六爷说的那人是谁啊？他朋友吗？为什么要您亲自去送？”尤其是，上面还专门写了，让秦管家看到她不要多说话。

秦管家按了下眉心，他心里还想着秦家工程的事情，阿文说话，他就漫不经心地应着，没有回答。

若是以往，秦管家肯定好奇秦修尘让他给谁送东西，只是现在他没有半点心情询问，也不关心到底是谁。

他心里还有些许焦躁，想要立马回总部盯着工程。

两人一路把车开到了J大。这会儿J大正值期中考试，路上看不到几个学生，阿文将车开到大路上，秦管家就拿着手机联系便签上留的号码。

他按出来一串号码，不过也记得秦修尘说的话，没有拨打，只是谨慎地发了一句——“您在哪儿？”

那边没有回。

秦管家就在车内等着，十分钟后，对方才回了一个地址。阿文看了下秦管家手机上的地址，就把车开了过去。

地址在物理系一栋教学楼的路口，阿文将车开到那边，停下来，然后走到车后打开后备厢，把秦修尘寄的东西搬下来。看到物理系的标志，阿文十分惊讶：“六爷说的人竟然是 J 大物理系的？不知道是谁？”

秦管家从后车座下来，本来不太在意的脸上也愣了一下。

四大学院的人？

两人等在路口，没两分钟，就看到路口处转过来一个女生，清瘦高挑，拿着一个黑色背包，穿着黑色的卫衣，帽子拉了起来，几乎要遮住脸。就这么看上去，只能感觉到对方挺酷的。

竟然还是个女生？秦管家跟阿文都很诧异。

秦苒走到两人面前，她拉下了卫衣的帽子，看了秦管家一眼，眉目淡漠：“秦影帝让你们来找我的吗？”

秦管家愣愣地看着她，没出声。

面前的女生拉下了帽子，没了阴影的笼罩，脸越发清晰，一双好看的杏眼氤氲着寒凉，长睫微垂，精致漂亮。这双眼睛跟秦汉秋有八分像，跟秦陵有九分像。

最重要的是，秦管家几乎能在她身上看到当年老爷子在世时的意气风发。

就算没有见过秦苒，没有跟秦修尘确认过，秦管家也知道她肯定就是秦汉秋的另一个女儿。

秦管家瞬间忘了要说什么，只惊骇难言地看着秦苒，好半晌回不过神。

这就是二爷另外一个他一直没查到资料的女儿吗？

原来她也在 J 大？还是物理系的学生？

如果说一开始收到秦修尘消息的时候，秦管家还有些不耐烦，此时看到秦苒本人，他完全没有了这种想法，目光甚至还有些热切。

眼下他只是后悔没有昨晚就赶过来，耽误了一晚上的时间！

他也意识到为什么秦修尘一定要他亲自来给秦苒送东西。

秦管家半晌都没说话。

秦苒将手中的黑包往背后一甩，眉眼挑着，不太耐烦地说：“没事，我走了。”

她往旁边走了两步，阿文没秦管家想得那么多，他反应得也比秦管家快，连忙把东西搬过来，递给秦苒。

秦修尘给秦苒带的东西只是一些吃的，其他是几件当地的手工衣服，并不重。

秦苒轻松地拎在手里，跟阿文说了句谢谢，直接往图书馆的方向走。

路口处，周郢背着手转过来，看到秦苒，他眼前一亮。

“秦苒同学，你等等。”他加快了步伐，走到秦苒身边，跟秦苒说话，“今天的试卷难度如何？”

周郢并不认识秦管家等人，自然也没跟他们说话，就一路跟着秦苒往图书馆的方向走，他还要帮秦苒拎东西，十分热情。

秦苒极其冷酷地拒绝：“不用。”

周郢想起来军训期间发生的事，他沉默了一下，也没非要帮秦苒拎东西，就跟秦苒讨论这次的习题。

“还行。”这已经是第N个询问自己这个问题的人了，秦苒想了想，然后不紧不慢地回。

两人走到图书馆，周郢没进去。

周郢只是看着秦苒的背影，然后抬手看手机上的时间，这才刚过十点，才考了一个小时。

他伸手点开手机，给大学物理老师发了条短信——“你有没有认真出题？”

物理系大门口，秦管家跟阿文还停在原地，看着秦苒离开的方向。

“秦管家，您没事吧？”看到秦管家一直没有说话，只站在原地，阿文不由得叫了一声。

秦管家回过神来，他没有回答阿文的问题，只是手指颤抖着拿出手机，拨通了秦修尘的电话。

“六爷，东西我已经送到了。”秦管家动了动嘴，好半晌才道，“人……我也见到了。”

电话那头的秦修尘还在拍综艺，他淡淡地“嗯”了一声，目光看着秦陵的方向：“东西昨晚就到A城了吧？”

秦修尘知道秦管家并没有及时送过去，这也在他预料之中，不过好在秦管家还是听了他的话亲自送的。

秦修尘挂断了电话，就看向秦陵，扬声道：“小陵，小心点！”

秦陵无论多么早熟，也还只是一个孩子，来到新奇的地方也会露出好奇心，这时候才有一个孩子样儿。

这边，秦管家也挂断了电话，随阿文上了车。

阿文坐到驾驶座上，将车驶到大路上：“秦管家，刚刚那人是……”

秦汉秋到A城之后，一直是阿文跟着他，阿文自然能看出来，刚刚那个女生跟秦汉秋有几分相像。

“二爷的大女儿。”秦管家怔怔地看向车窗外。

饶是有预料到，阿文听到这个结果也惊骇难言：“我听二爷提过一点，二爷的大女儿过得好像没秦语好吧，她竟然自己考到了物理系？”

秦苒不是A城本地人，背后也没有任何势力，还能自己考到物理系。

“如果以后能进实……”阿文看着后视镜，忽然开口，好半晌后，又闭嘴。

条件太苛刻了。

在那里的，除了真正的天才，其他都是各个家族从小进行专业培养的人才。

阿文跟秦管家回去的一路上都十分沉默。

J大期中考试一天只考两场，考的都是几门重要的专业课。上午大学物理，下午高数。

秦苒在图书馆待到下午考试的时间，才到教室。

一点五十分，一个班的学生几乎都来了，还有人正拿着笔记本，做高数老师在考试之前讲的几道微分跟导数的大题。

所有人都是一筹莫展的状态。看到秦苒，一行人再度围上来。

“秦苒，你上午那么早就交了卷，试题你全都做完了？”

“那么难你都做完了？”

“是啊，我还有好几道题目都没有来得及去看……”

一行人围着秦苒，褚珩跟邢开才进教室，看到这一幕，脚步顿了顿：“我也还有一题没有来得及做，秦苒她做得那么快？”

邢开不知道用什么表情看了秦苒一眼，他疲惫地开口：“或许吧。”

上午的大学物理已经虐得他怀疑人生。

别说邢开，整个自动化的学生，下午考高数的时候都提不起精神来。

本来以为大学物理已经让他们怀疑人生了，直到下午，高数卷子发下来，自动化的学生才发现他们冤枉了大学物理老师。

大学物理至少还有迹可循，高数就完全疯了，中值定理、庞大的计算量，尤其是最后一道四阶微分方程的模型题——这知识点书上有吗？这是数学学院的高才生用来拿奖的数学建模吧？！

出现在他们自动化试卷上？疯了！

光这一道题，都可以写一篇文献了。

最后一个四阶微分方程对于数学系的学生都有不小的难度，秦苒写到最后，发现还要引用马尔可夫的基本预测法来确定唯一解。

前面的题她写得简略，最后一道题她用了半张卷子的篇幅。她提前写完卷子，把答题卡交给监考老师，然后拎着背包离开。

秦苒是自动化小有名气的人，监考老师一般都十分注意她，尤其是高数的监考老师，秦苒考完之后，监考老师拿着她的试卷有些蒙。

考完以后，监考老师在所有试卷中，又翻出秦苒的卷子看了看，然后把试卷密封好，回到办公室。

“你没事吧？”同在办公室的老师看到他状态似乎不对，不由得问了一句。

监考老师回过神来，摇了摇头：“我就是……”

“今天的题目太难了？”

“题目我不太清楚。”监考老师把试卷放好，然后侧头看向问话的老师，“就……你见过写试卷写到一半，忽然累了就换了只手写的人吗？”

监考了这么多年，这是监考老师第一次在考场看到这样的学生，他当场看得一脸蒙。

问话的老师一愣，说实话，他没见过，倒是见过右手拎东西拎累了，就换成左手的人。

有了大学物理、高数在前，接下来的计算机基础已经在学生心中激不起半点波澜了。

计算机基础是第二天早上九点在机房考。秦苒从前往后扫了一眼，都是些基础题，就后面一道稍微有点难度的操作题，因为不需要她自己编写题目的程序，她大概用了十分钟就写完了。

她也没往前拉检查前面的习题，只是打开了编辑器，敲了一串代码，按了Enter键。然后，她轻轻拉开凳子，起身准备离开。

在机房来回走动的监考老师看到秦苒要离开，连忙走过来：“同学，考试不过半个小时，系统禁止交卷……”

他停在秦苒身边，压低声音开口。

计算机考试是由系统提交试卷，J大的教学系统一向是开考半个小时才能交卷，计算机这方面控制得更加严格。监考老师一边说着，一边看秦苒电脑的方向。

秦苒电脑屏幕上的圆圈转动完成，然后“交卷成功”的页面跳转出来。

监考老师话说到一半，止住。

秦苒微垂着眼睫，漫不经心地拎着黑色的背包，只用两人能听到的声音，礼貌地开口询问：“老师，我可以走了吗？”

监考老师“啊”了一声，然后回过神来：“哦，你走吧。”

他不是自动化专业的老师，是机房这边的老师，秦苒走后，他又拧眉看秦苒的电脑。

等所有学生交完卷，监考老师才严肃地锁上了机房的门，回到了办公室，十分严谨地打报告给机房的管理人员——“机房考试系统有漏洞。”

J大的机房考试系统有漏洞？！这是对J大计算机系最大的侮辱！尤其是在考试这么严肃的时候！

管理机房的一行人员在考完试之后，封闭了J大的机房，开始内测，并排查所有bug（漏洞）。一些需要上机操作的考生，尤其是要来机房提前熟悉序列模型的经济学大二学生，看到机房锁着的大门上贴着排查故障的通知，面面相觑。

J大这么久以来，还是第一次这么大规模地排查机房故障。贴吧里热热闹闹，还在帖子下面讨论了一堆阴谋论。比如A大的学生组织攻击，或者某个黑客想要挑战J大安全系统权威……什么传言猜测都有。

当然，秦苒不关注这些，并不知道她原本只想认真考试……却没想到，一不小心让计算机系乱了一中午。

考完所有的专业课，自动化老师也体谅大一学生身心俱疲，还十分贴心地给大一新生多放了半天假。南慧瑶连午饭都没吃，拖着沉重的步伐回了寝室。

一打开门，南慧瑶就看到跟她一样有气无力地靠在椅背上的杨怡，两人相互对视了一眼，大概就知道对方考得怎么样了。

“我买了两桶泡面。”杨怡勉强坐直，扔了一桶泡面给南慧瑶，“我想你下午也没力气去吃饭了，我还打了一瓶开水。”

南慧瑶拿着泡面，在座位上思考了两分钟才缓过神，拆开泡面，打开调料包，然后倒了开水。

门外，冷佩珊拿着小镜子进来。她刚吃完饭，正一边描口红，一边往寝室里面走。

看了眼两人的样子，冷佩珊将目光放到杨怡身上：“你们今年的期中考试有这么难？”

她跟南慧瑶基本已经不说话了。

杨怡点头：“有史以来最难的一年。”

冷佩珊一愣，然后笑了笑。她坐到椅子上，继续描口红：“是吗？我记得秦苒也要回来考自动化呢。”

秦苒修两个专业的事情知道的人不少，大多数人都知道她主修核工程，自动化一节课都没上，基本上都在图书馆自学。

听到冷佩珊的询问，南慧瑶拧眉，没有说什么。

杨怡揭开泡面的盖子，拿起叉子就开始吃，一边吃一边头也没抬地回答冷佩珊：“毕竟是高考状元，考得再不好也比我们好，是吧？”

杨怡回头看了眼南慧瑶，最后一句明显是在问她。

南慧瑶想了想秦苒前几天还询问她自动化大一学什么的事情，头往下低了低，含糊地开口："对。"

冷佩珊自然听出了南慧瑶语气里的底气明显不足，她放下口红，看着南慧瑶的方向，意味不明地笑了一下。

自动化期中考试的难度已经红到了论坛，冷佩珊在计算机系都有所耳闻，秦苒一心二用，连自动化的课都不上还要赶着回来考试？

冷佩珊手机响了一声，是大二的学长打来电话，她连忙拿起手机接起："机房？好，我马上过去。"

她才刚回寝室，又匆匆出去了。

等她出去，寝室的气氛才好起来，杨怡一边吃面，一边跟南慧瑶说话："你刚刚说'对'的时候有些心虚。"

都是能考到J大的，智商不会低到哪里去。

南慧瑶按了下太阳穴："苒苒考前问了我一个问题。"

"你说。"杨怡淡定地继续吃面。

"自动化上的什么课程？"

"咳咳……"杨怡呛到，她立马放下叉子，抽了一张纸出来。

这边，亭澜。

程老爷子坐在沙发上，看着对面懒散地把玩着手机的程隽，板着脸道："为什么不去C市？"

"不好玩。"程隽靠着沙发，眸色冷清，冷淡的声线也没什么情绪。

"C市那边我暂时还没派人去，五天之内，你要有变化随时找我。"程老爷子瞥他一眼。

程隽漫不经心地搭着腿："放心，我绝对不会找您的。"

玄关处传来声响，秦苒拎着背包回来，正蹲在地上换鞋。

程老爷子收起了严苛的表情。

程隽也站起来，眉睫微垂："这么早就回来了？"

他问过，她考完还有其他课。

秦苒换了双拖鞋，跟程老爷子问了好，才回程隽："系里提前放了假。"

"听程木说今天是J大的期中考试，你考得怎么样？"看到秦苒，程老爷子脸上也舒展开笑，"待会儿让厨师多做点好吃的，J大考试一向难。"

"还行。"秦苒也没立马去楼上，而是放下了背包。期中考试考完，她也开始琢磨徐校长跟她说的事。

程老爷子知道秦苒聪明，是今年的高考状元，J大、A大两个学校都争着要她，一点儿也不担心她的考试。他只伸手敲着膝盖，看着她沉吟了半晌，才开口："周校长过两年肯定会让你进研究院，研究院涉及各方势力跟各大家族，研究院那里方院长那一股势力独大……"

程管家端了一壶茶过来，听到程老爷子的话："您现在就跟秦小姐说这么多干吗？"

"也是，还早。"程老爷子点点头，没再提那么多给秦苒增加压力。

程老爷子跟程管家说话的时候，程隽就挑眉看着他们。

"怎么？"程老爷子眸光一横，他最近十分不待见程隽。

"没什么。"程隽慢吞吞地收回了目光，"就想问问您心脏好不好。"

程隽没跟老爷子说徐校长那里还有个惊喜等着他。

程老爷子接过来程管家递给他的茶："你只要少气我，我心脏就会很好。"

楼上，秦苒把背包放到床上，就拿了衣服去浴室洗澡。

十一月初，天已经转冷，她的房间一直智能恒温 26 摄氏度，不冷不热的。她没吹头发，就拿着毛巾慢慢把头发擦干，走到桌子前打开了电脑，按了几个按键，然后拉开椅子坐下。

与此同时，C 市，秦修尘房间。

秦陵在对面桌上写作业，经纪人在跟秦修尘讨论明天进组的事。两人坐在小桌子前，经纪人手里还拿着一份合同："明天去山上，山上有好几个据点，我只能远远跟在导演他们身边，您跟小陵注意安全……"

他正说着，秦陵放在桌上的电脑忽然亮了起来。

经纪人被吓了一跳。

然后，电脑上出现一张冷艳逼人的脸，对方跷着二郎腿坐在视频对面，穿着白色的长袖 T 恤，正拿毛巾擦着头发，额前碎发上的水顺着下巴的线条往下滑。

"秦、秦苒？"经纪人愣了愣，还没反应过来。

秦陵正拿着笔做卷子，听到经纪人的声音，立马放下笔，走过来把电脑拿起来："姐姐。"

秦苒没想到会看到秦修尘等人，她拿着毛巾的手一顿，然后坐直身体："秦影帝，东西我收到了，谢谢。"

"不用跟我客气。"秦修尘神色温和，声音也放轻。

"姐姐，你看到我给你发的图片没？这边很好玩。"秦陵眼睛很亮，等不及要跟秦苒分享。

秦苒发视频通话给秦陵，一是因为秦修尘寄给她的东西，二则也想看看秦陵的状态，确定秦陵在那边待得还好，秦苒就挂断了视频。

秦陵这才把电脑转回来。

秦修尘拿着合约去找导演讨论一些细节。

经纪人没跟他一起走，终于找到机会询问秦陵："小陵，刚刚你的电脑不是关机的吗？"

怎么突然就弹出来视频？

而且……经纪人看着秦陵电脑的主页面，没看到微信也没看到企鹅号，那视频就好像是凭空出现的一样……

秦陵沉默了一下，然后解释："我电脑没有关机。"

"是吗？"经纪人不太相信。

"不然呢？"秦陵面无表情地反问。

经纪人想不出来还有其他什么原因，勉强相信了秦陵的说辞："你这电脑哪里买的，我也想买一台。"

相处了这么多天，经纪人也看过秦陵玩游戏，他的电脑一秒钟开机，反应速度快，还没乱七八糟的广告。

"我姐姐送给我的。"秦陵抬了抬下巴。

经纪人遗憾地点头，他跟秦苒不熟，不好意思问她哪里买的。

J大，自动化系。各科老师已经收了期中试卷。

期中考试没期末考试那么严格，老师都是将试卷带回公寓改的。

自动化的高数老师不是本专业的老师，是数学系的教授，今年特地被安排到自动化专业。此时，他正戴着眼镜，坐在书桌前开始翻期中试卷。他今年只带应用数学本院的大一，物理系的自动化，一共十个班的学生，试卷拿出来有一摞。

"教授，应用数学的卷子已经改完了。"对面，他带的两个男研究生把应用数学的卷子递给教授。

已经改了两天，应用数学本专业的卷子已经改完，数学教授把自动化的卷子递给他们。

两个男生翻了一下，他们是专门研究数学的，看到试卷内容的时候，愣了一下："这是自动化的卷子？"没弄错吧？

比他们数学专业的期中考试还难。

"他们自动化的辅导员要求的。"教授捧着保温杯，"他们考得怎么样？"

两个男生没说话，只摇头，这些卷子拿给他们数学专业学生考都会考得一塌糊涂，更别说放在自动化专业。

改自动化专业的卷子要比改数学专业的快很多，最后一道几乎只在文献中出现的四阶微分方程唯一解的题目，连两个男生看到都觉得头大。

没二十分钟，两个男生就把自动化的卷子改了一半。

“你有改到 80 分的吗？”男生一询问。

男生二随意地拿着笔：“70 分的都没有。”试卷是百分制的。

男生一把手中的卷子放到一边，又重新拿了一张卷子。他下意识地翻到后面，忽然一愣。

最后一道大题虽然是微分，但要用到微分算子理论，可以当作一个研究专项来写，正是因为如此，他们看到自动化大一新生期中考卷的时候反应才会那么大。

这种大题，连教授自己都没有标准答案，因为要通过许多理论验证过程。

男生一本来以为这题目放在自动化那边就是摆设，没想到自动化新生竟然有人写完了。

他是跟在教授身边读研的，在数学方面有些造诣，自然也能看出来这个学生并没有在乱写。

“教……教授……”

“怎么了？”教授推了一下眼镜，抬头。

“您看看这张试卷……”男生一回过神，他走过去，把试卷递给教授。

教授随手接过来看了一眼，表情由漫不经心变成了肃然。他连忙坐直，把这张试卷从头到尾看了一遍。

逻辑思维缜密，在数学上有着异于常人的天赋，这人天生就是适合学数学的啊！怎么会不小心到了自动化系？

教授翻了翻名字——秦苒。

“我猜也就是她。”教授也没放下试卷，而是站起来，拿了手机出门。

匆匆忙忙的，不知道干什么去了。

“今年的新生这么猛的？”男生一感叹了一声，然后看着教授的背影，“教授干吗去了？”

“还用问？”男生二收回目光，笃定地开口，“打电话给院长了。”

距离期中考试已经过了两天时间，考试的成绩基本上都出来了。

除了自动化。

物理系办公室，大一的辅导员刚好接收了成绩，正在统计最后一门科目。其他院系的成绩已经统计完，辅导员怕自动化的学生等得急，他登上了企鹅，在大群里发了一句——

“大家少安毋躁，数学成绩马上就能统计好，中午就可以查成绩了。”

自动化 1 班邢开：“辅导员，我们不急，真的不急，您慢慢统计。”

自动化 2 班：“是的，辅导员。”

自动化3班："我们一点也不想知道……"

今天星期六，基本没什么大课，除了少数人有两节选修课。因为今天早上出了成绩，J大气氛不如往常那么好。

J大考试题目难是出了名的，论坛上几家欢喜几家愁。期中考试话题一点儿也不意外地上了热门榜单，底下一群人在哀号，有人吐槽完题目之后，忽然想到了物理系的自动化。

最近两天有人把物理系的卷子上传到贴吧，无数人前来瞻仰自动化的卷子。

N楼："说起自动化，不知道秦校花考得如何？"

N+1楼："她一直在核工程上课，我看有点悬……"

N+2楼："What？高考你们忘了？！她是一个连侯德龙出的卷子都能考到满分的女人！"

N+3楼："开学两个月了，除了军训，我也没看到秦苒参加过什么活动，没进校学生会，也没得过什么奖项，是不是吹得太过了？"

N+4楼："本人数学系大二，运气好的话，目测大一的卷子我能考79分。"

……

关于秦苒的传言太多了，大部分人保持观望的态度。整个J大的论坛都在等自动化的成绩公布。

中午，十二点多，物理系自动化班级的成绩出来。

男生寝室。

邢开打开校园网，输入自己的学号，又输入密码。

系统有些慢，两秒钟后，他才进入校园网主页。

邢开直奔成绩那一栏，点开自己的成绩。

成绩是从上往下排的，都是百分制。

其他乱七八糟的科目他没看，他只看了三门专业主课。

大学物理：63

计算机基础：59

高等数学：41

邢开一愣，虽然他也认清了自己是自动化最差的一个，但41分的高数成绩，还是深深地刺激到了他。

他收回了目光，去室友那里寻找安慰。

听到两个室友高数成绩一个55分，一个51分，邢开忽然间就平衡了。平衡之后他才敢去询问褚珩："褚珩，你多少分？"

他一边说着，一边往褚珩那边走了走，褚珩也正好在查看成绩页面，从上往下——

大学物理：87
计算机基础：89
高等数学：80

邢开跟其他两个室友都沉默了一下，意识到不能跟褚珩比，然后去群里寻找安慰，群里辅导员也正在安慰大家：

“这次高数，自动化几个班160个人只有10人及格。”

听到辅导员的这一句，邢开终于松了一口气：“我就知道，这试卷也太过分了。”

褚珩看着群里的话，突然想起来秦苒，他看向邢开：“你知道秦苒的分数吗？我看她一直都提前交卷。”

邢开跟南慧瑶玩得比较熟，所以褚珩才会问他。但想想之前秦苒那操作，邢开沉默了一下，没敢问秦苒，只点开南慧瑶的私聊询问一句。

女生寝室。

南慧瑶坐在电脑面前，秦苒今天不在学校，J大的校园系统只能在校内登录，她戴着耳机在跟秦苒语音聊天。

电话那边秦苒耳机挂在脖子上，在书房里翻着核工程的书。宋律庭跟她说过这次的考试成绩十分重要，一般不怎么关注成绩的她，也放下笔，从另一边拿来电脑：“成绩出来没？”

南慧瑶顿了一下：“刚刚才出来，这次试题太难了，高数咱们整个专业只有十个人及格，考得不好也正常。”

电话那头的秦苒不知道南慧瑶在安慰自己。听到成绩出来，她就打开电脑登录了校园系统，查了一下自己的成绩，在她的预料之中，还截了张图发给宋律庭，问他行不行。

秦苒好半晌没有说话，南慧瑶连忙又开口：“苒苒，你在校外吧，校外登不了校园系统，我帮你查，说起来我数学也只有58分。”

“行吧。”秦苒低着眸，然后礼貌地把自己的学号和密码发给了南慧瑶，“麻烦你了。”

“没问题。”寝室，南慧瑶挂断了语音通话。

身后的冷佩珊靠着椅背，翻着论坛。

论坛上关于秦苒的帖子有很多，学霸、校花的名声在外，连A大都有不少人前来围观。

冷佩珊把手机往桌上一扔：“你说秦苒考了多少分？学校里好多人关注她的成绩，她这么聪明，肯定考得很好。”

她站起来，走到南慧瑶身后，扯了扯唇。

南慧瑶皱了皱眉，她已经把秦苒的学号跟密码复制进去了，还没有登录。

实际上冷佩珊说话的时候，她就没有要登录的意思。

“怎么不帮她查？”冷佩珊走到南慧瑶身侧，直接弯腰拿起了南慧瑶的鼠标，点了登录。

“冷佩珊？！”南慧瑶没想到冷佩珊直接动她的电脑，连忙要抢。

然而冷佩珊已经点了查询成绩按键，她手拿着鼠标，漫不经心地看着电脑页面。她已经看不惯秦苒很久了，今天就要让人看看秦苒学两个专业就是个笑话。

冷佩珊自然不会觉得秦苒考得有多好，她要真考得那么好，早就把成绩贴到了论坛上，哪里还会让人如此猜测？

她嘴边勾了一丝嘲讽的笑，正想着，成绩那一栏已经出来了。

从上往下——

大学物理：100

计算机基础：100

高等数学：100

冷佩珊嘴边讽刺的笑容忽然凝固。

自动化系这次的期中考卷出奇地难，不只是高数，大学物理跟计算机基础都不容易，连褚珩考得都不算特别好，高数只有80分，论坛上已经贴了褚珩的成绩，正被人膜拜中。

高数试卷出来之后，连数学学院的人都在说考到80分的都是神人。

秦苒考了100分？！

冷佩珊简直不敢相信，她拿着鼠标又把网页刷新了一遍。

刷新出来的成绩还是原封不动的一排100。

冷佩珊往后退了一步，十分不可置信：“怎么可能？”

秦苒考得这么好，为什么不出来说一句？！南慧瑶为什么还要遮遮掩掩的？！

别说冷佩珊，连南慧瑶看到秦苒的成绩后，都没有反应过来。

杨怡从外面收衣服进来，看着两人的状态，一愣：“怎么了？”

南慧瑶没说话，只是伸手指了指电脑。

杨怡推了下鼻梁上的眼镜，走到电脑边瞅了一眼，也忽然沉默。

“果然是高考状元，”好半晌后，南慧瑶故作淡定地坐在椅子上，把截图发给了邢开，“不能用正常人的思维来看。”

南慧瑶的话，冷佩珊已经听不下去了，她垂着脑袋，拿着手机，面色有些不好地离开了寝室。

看着冷佩珊离开，南慧瑶才趴到了桌上，看着电脑页面的神仙成绩，已经说不出一句话。

片刻后，南慧瑶点开“林子很大”的头像，把这件事跟她形容了一下——

“开学就修双专业，还从来不去自动化班上课，她一直都这样吗？！考前还问我自动化学什么，考试全是 100 分？！”

对方回复得很快——“淡定。”

“她高考前请假了八个月，其间去国外玩了一圈，六月一号回来参加高考，五号左手骨折，拖着半残的身体还考了全国卷的状元——747 分，你说气不气人？”

南慧瑶：“……”

秦苒的分数截图被南慧瑶发给邢开之后，又迅速在自动化群中蔓延开，然后被人贴到了 J 大论坛的回复中——

“我配了几张图，大家可以看一下，第一张是三门科目的满分图，第二张是高数卷子最后一题，第三张认出来没？数学专业的教授。据学长放出来的消息，教授连夜去找物理系了，说物理系耽误他们数学专业的人才，我也想要这么泯然众人。”

“大家看这张图！难道就没人关心她核工程的成绩吗？我们核工程不配有姓名？”

核工程成绩校园网查不到，但各大老师也有统计，秦苒依旧是每门满分，傲视群雄。

时隔两个月，秦苒在学校沉寂了这么长时间后，再度席卷了 J 大的各大热门话题。

云锦小区。

秦汉秋正在苦兮兮地翻着一堆文件，阿文就坐在他对面盯着他。

旁边放着的手机响了一声。

秦汉秋精神一振，立马接起来，是秦修尘的电话：“修尘啊，是不是小陵……”

电话那边说了一句，秦汉秋猛地站起来：“什么？！小陵没事吧？”

对面坐着的阿文看到秦汉秋表情不对，也站起来：“二爷，出了什么事？”

“小……小陵滑到山洞里了……”秦汉秋挂断电话，连忙拨了秦苒的电话。这个时候秦汉秋脑子也有些慌乱，他不知道找谁，只是下意识地给秦苒打电话。

此时，秦苒正坐在车上。

程隽一直派人盯着 C 市，五分钟之前秦苒就已经收到通知了，程木已经买好了去 C 市的票，两人正赶往机场。

程木在开车，他看了后视镜一眼，安慰道：“秦小姐，您不用急，隽爷说了，你弟弟没有危险。”

“我知道。”秦苒坐在后座，看着车窗外，一双眼瞳黑沉沉的，语气听不出情绪的变化。

语气虽然淡，但程木隐隐觉得秦苒在生气。

他连忙闭嘴，不敢再跟秦苒多说一句话。

程家。

“我要去C市。”程隽站在老爷子面前，低头整了整衣袖，面不改色地开口。

程老爷子坐直了身体，眉眼冷厉，手指敲着桌子，声音发沉：“你确定？”

程隽依旧是懒洋洋的姿态，十一月的天气挺冷，他身上就穿了件白色的衬衫，外套随意地拎在手上：“就说给不给吧。”

程老爷子嘴角抽了抽，想要问问程隽，谁两天前还信誓旦旦地告诉他C市不好玩，打死不去C市的？

十分钟后，程隽神清气爽地离开程家。

程老爷子放下茶杯。

外面，程管家拿着手机进来，无奈地摇了摇头：“我刚刚问了程木，他刚刚跟秦小姐一起上了去C市的飞机，好像是要去看秦小姐的弟弟。”

长廊上，程饶瀚拿着树枝，在逗老爷子的鸟儿，听到属下的回答，他嗤笑一声，放下树枝：“还以为他有长进了，弄了半天，就为了个女人。”

七个小时后，C市山区，真人秀的综艺现场。

搜救人员刚刚把秦陵从塌方的山洞里拉出来，秦陵除了身上脏了一点，表情状态都还好，就是腿似乎伤了。秦修尘冷着脸，一句话也没说，直接把他抱着，一步一步走下山，回到了自己的房间。

真人秀的导演擦了擦头上的汗，一行人紧跟着秦修尘后面，一句话都不敢说。

先不说秦家在A城的身份，光是“秦修尘”这三个字就够他们喝一壶了。

剧组人心惶惶。

到达山下的酒店后，导演拿着手机，急得嘴上都起了燎泡：“医生呢？医生怎么还没来？！”

秦修尘的经纪人从楼上下来，神色虽然严肃，但也没有责怪导演的意思：“随行医生已经上去了，现在将近晚上十一点，这地方的卫生院关门了，山路也不好走，明天再去省城找医生，小陵身上没有大伤。”

听到这一句，导演终于放下心来。

楼上。

随行医生帮秦陵处理好了腿伤：“就左脚崴了，秦影帝您如果不放心，明天可以开车去省城看看。”

秦修尘终于松了一口气，他坐到秦陵床边，第一次严厉地看向秦陵：“我跟你说过，不要到处乱跑，那边剧组都拉了警戒线，你为什么要去？”

“顾哥哥给我的石头掉下去了。”秦陵低头，羞愧地开口。

经纪人从外面进来，他站在一边，给秦陵拿了一盒牛奶，插上吸管，递给秦陵：“一块石头哪有你命重要？这次虚惊一场，好在搜救队出现得及时，你也没出什么大事，下次不能这样了。”

秦陵认真受教。

“叔叔，我脚伤了，可能没有办法帮你录接下来的节目了。”秦陵喝着牛奶。

秦修尘一颗心还没放下来，听到这一句，气笑了：“都这样了，你还想着录节目？”

他不放心再把秦陵放在这里。

秦修尘拿着手机，准备给秦汉秋报平安，并让人过来接秦陵。

“那个，叔叔……”秦陵坐在床上，忽然举手，弱弱地开口，“我姐姐她来了，现在快到酒店楼下。”

秦修尘本来要给秦汉秋打电话的，听到秦陵的话，手忽然停住，侧过头来：“你说什么？”

“我姐姐，快到楼下了。”秦陵抬头。

秦修尘电话也不打了，他还坐在秦陵床边的凳子上，面无表情地看着秦陵。

经纪人也反应过来：“秦影帝，我下去接……”

“你姐姐凶吗？”秦修尘想起秦苒那张跟秦陵相处时都又冷又不耐烦的脸，再度沉默。

秦陵想了想，摇头：“不凶。”半晌后，他底气不足地回，“但比较可怕。”

秦修尘叹了口气。

秦陵看着秦修尘的样子，忽然理解，他愧疚地低头：“叔叔，我对不起你！”

“我去接你姐姐。”秦修尘抬手看了眼时间，将近十一点，“你怎么不早说，这么晚她一个人过来的吗？”

秦修尘眉头拧起。

这次的综艺节目完全是保密的，但剧组的行踪总会透露，不远处住了好几拨游客，秦修尘随手拿了个口罩戴上，经纪人匆匆跟在他身后。楼下导演还没走，正在跟看酒店大门的中年男人喝酒，看到经纪人跟秦修尘匆匆下来，他连忙站起来：“秦影帝，是小陵情况不好吗？”

“没有。”秦修尘拉着口罩，急着去酒店门外，没跟导演多说。

经纪人落后秦修尘一步，跟导演解释：“是修尘的亲戚来了，没事。”

“导演，酒店还有空房间吗？最好是距离修尘近一点的。”经纪人眸光移过来，压低声音询问。

“这个有，秦影帝对面的房间就是空的，我马上让人去打扫一下，钥匙待会儿让人给你们送去。”其他几个艺人大部分都是新秀，为了不让秦修尘受影响，导演没把他们安排在同一楼层。

导演一边上楼准备去叫工作人员，一边好奇究竟是什么亲戚，让秦影帝这么急着去接？

他上楼梯的时候，朝外面看了看。秦影帝正好带着一个高挑清瘦的身影走进来，那人穿着黑色的卫衣，帽子扣在头上，外面随意披着一件同色外套，脸上还戴着黑色的口罩。

楼上，秦修尘的房间。他把秦苒带进来，先是调高了房间的温度，又拿着杯子给她倒了一杯热水，递给她，语气沉敛：“你怎么一个人赶过来了？”

秦苒拉下帽子，然后把口罩扯下扔到一边的桌上，接过热水：“正好有认识的朋友，顺路。”

听到有认识的朋友，秦修尘表情缓了缓。

外面有人敲门送对面的钥匙过来，秦修尘去开门。

秦苒直接看向秦陵，一双眼眸又黑又冷。她在房间内看了看，不远处有一把木椅子，她抬脚把椅子踢到秦陵对面，然后随意坐下，双手环胸，语气淡漠：“解释吧。”

“就是，捡顾哥哥的石头……”秦陵没敢抬头看秦苒，头深深地垂下。

“一块破石头，改天让他给你一百块。”秦苒冷笑。

秦修尘他们只当幸运，搜救队正好赶上，在塌方之前把秦陵救出来，可他们不知道那搜救队是程隽安排的人，不然光是打报告、搜救队进山都要花一天的时间才能赶到。

那时山洞早就塌方了。

这凶险也只有秦苒知道。

秦陵的头垂得更低。

秦修尘拿着钥匙进来，主动认了错：“是我没看好他。”

主要是秦陵一直很乖，这次来录制综艺节目的明星带的家属都是成年人，只有秦陵一个小孩儿，剧组拉了警戒线，秦修尘也没想到秦陵会去越线。

“小陵，快点跟你姐姐认错。”经纪人跟着秦修尘进来，“下次可不要为了块石头做这等危险的事。”

秦陵小心翼翼地抬头看向秦苒：“姐姐，我腿瘸了，节目怎么办？”

“瘸了也要给我录完。”秦苒站起来，淡淡看向秦陵，“自己作的。”

秦陵“啊”了一声。

一边站着的经纪人腹诽：狠还是秦陵的姐姐狠。

“你先去洗澡休息，这是钥匙，衣服什么的房间有，山区潮湿房间简陋，晚上睡觉时把空调温度打高一点。”秦修尘把钥匙递给秦苒。

秦苒本来想说自己已经有了住所，不过听了秦修尘的话，她想了想，还是接过钥匙：“麻烦了。”

秦苒回到自己的房间后，秦修尘这边还在议论接下来的事。

综艺节目不止秦修尘一个人，还有其他好几位艺人，大家的行程档期都是计划好的，今天已经耽误了一下午加一晚上，明天秦修尘不能再耽误下去。

“还是之前选的那个素人吧。”经纪人翻了翻行程记录，“有两个最近有行程，也不会作妖，会以你表妹的身份出现，后天能到。”

秦修尘把药倒好递给秦陵，接下来的节目秦陵不参与录制，他兴致缺缺，对选哪个素人没意见：“随意。”

说到这个，经纪人也觉得奇怪：“你说你侄女是怎么在短短几个小时从A城赶过来的？”

不包括安检上飞机的时间，航程四个小时后到C市，中途还要陆陆续续转山路开过来，满打满算也要一天吧？

秦陵把药吃下，然后拿着手机跟秦苒一起玩联机游戏。

秦陵一边操控着人物跟在秦苒身后，一边抽空打字。

“姐姐姐姐姐姐姐姐姐姐……”

对面的回复十分冷酷：“刷屏拉黑。”

秦陵也不怕，继续戳着手机——“你要不要跟叔叔一起录节目，真的好玩。”

“闭嘴。”

好半晌后，经纪人跟秦修尘讨论完所有事宜，才合上行程记录本：“那就这么确定了，我去找导演。”

经纪人转身，刚要出门，躺在床上的秦陵忽然坐起，他眨眨眼道：“叔叔，我姐姐可以！”

经纪人一愣，秦修尘也没反应过来：“什么？”

“就……”秦陵认真道，“我姐姐她要帮我还债，她可以吗？”

秦陵看向秦修尘。

秦修尘听得完全呆了，顿了一会儿之后，眼前一亮：“可以，当然可以！”

他转身，看向经纪人：“去跟导演拟合同。”

他一边说一边拿出手机，打开浏览器，慢慢搜索——“怎么跟小侄女沟通相处？”

两人关了房门，经纪人才看向秦修尘，看到秦修尘慢条斯理地搜索着词条，他嘴角抽搐了一下：“修尘，您是认真的吗？”

“嗯。”秦修尘应得漫不经心。

“您侄女她不太适合这个真人秀。”经纪人想了想，认真道。

“她是J大的，你之前想挖她做艺人？”秦修尘抬了抬眸。

经纪人往楼下走：“那不一样，如果她是我的艺人，我肯定一开始就包装她，让她慢慢出现在大众眼前，循序渐进，就她那张脸肯定比您还火。只是现在突然跟您一起出现在综艺上，最重要的……”

经纪人悠悠地看秦修尘一眼：“她跟小陵不一样，小陵还有点依赖您，您看看您跟她的相处尴不尴尬，到时候节目一播出来，尴尬都要溢出屏幕。”

他想想，还是觉得有些不忍直视。

秦修尘轻微地挑了挑唇，他手上的手机也没放：“去拟合同。”

经纪人猜也猜到了这个结果。

两人一道去了导演房间，导演刚洗完澡，秦修尘要换嘉宾的决定在他的预料之中，不过没想到他竟然这么快就确定了嘉宾人选。

新的合同也没什么要改的，三人看了眼，就签下了合同。

秦修尘担心秦陵一个人在房间，签完就回去了，经纪人却还在原地没走。

导演一看经纪人的样子就知道他有话跟自己说，导演拿了两罐啤酒过来，摆到桌上，迟疑地看向经纪人：“秦影帝这次请的素人有问题？”

“不是素人，是秦影帝的侄女，人没问题，长得好看又上镜，就是……到时候麻烦你们剪辑的时候注意一点，别给她带人设的剪辑，她性格闷、脾气还不太好，也不是圈内人，到时候节目可能不太好看，可以不用多给她镜头，最重要的是别为了节目效果恶意给她剪镜头。”经纪人拉开拉环，喝了一口。

导演也是圈子里的人精，听到经纪人这么一说，就知道问题所在。

“秦影帝也是胆子大，通过娱乐圈这个放大镜，大部分人的缺点都会放大，好在我们节目不是直播，到时候只能剪辑镜头了。”导演沉吟了一下，然后看向经纪人，“怎么不请个素人过来？你也没劝劝秦影帝？”

他一听经纪人的描述，就对明天的拍摄不太期待，不过对方是秦修尘的人，导演就算不期待也拿秦修尘没办法。

谁让节目噱头都放出去了，秦影帝第一次来真人秀，大部分人都是冲着他的名头来的。

“其实，小陵来拍我就不赞同。这对小孩子的成长不太好，现在网友那么苛刻，只要一个镜头表现不好就会被网友逮住不放。”经纪人又喝了一口啤酒，叹息一声，“好在他侄女也就顶几天的时间，等小陵的腿伤好了，我们就换人。”

经纪人一边说着，一边把空啤酒罐放下，秦影帝正愁着他侄女高冷不理人，有这个机会怎么会放过？

让他主动退让换人，不可能。

他现在眼睛有滤镜，觉得世界上没人会不喜欢他的侄子侄女。

最重要的是，秦影帝想带侄子侄女在节目组玩一玩。

导演手指敲着桌子，眼眸稍眯，最后敲定：“先这样拍着，几天之后我们再重新签合同。”

先熬过这几天再说，如果拍摄情况真的不好到时候再请素人，想必到时候秦影帝也不会拒绝，而且就算秦修尘不在意，他也要为他的侄女着想。

经纪人跟导演商量完，就拿着合同出去。他伸手捏了捏眉心，忧心忡忡地回到了自己的房间，秦苒跟秦修尘这个奇葩组合……他确实不太看好。

经纪人出去之后，导演把剩下的啤酒喝完，去跟导演组其他的人商量。

因为秦陵的事情，副导刚刚才睡，又被导演惊醒。听到导演的话，他猛地坐起来：“他侄女，上大学了？这可不是秦陵那么小的孩子，网友对小孩子的恶意都不小，更别说这么大的人，秦影帝想干吗？”

副导眉头拧起，让总导演这么慎重，看来秦影帝的这个侄女要给节目组添不少麻烦。他原本以为这次秦修尘的加盟会给节目组增加不少热度，眼下看来，好像困难还更多了。

“秦影帝的经纪人刚刚来找我说了这件事。”导演沉吟了一下，“明天我跟拍，你在摄影棚注意一下分屏。如果有拍到不好的情况，直接让摄像切掉。

“还有，秦影帝十分重视他的那个侄女，别妄想用她制造矛盾点炒热度。”

秦修尘可不是好惹的。

副导头疼地开口：“我知道了。”

山下小镇另一处房子，程木刚洗完澡出来。

他现在五感很灵敏，刚打开浴室的门，就听到头顶上空直升机的轰鸣声。

程木连头发也没擦，直接拿着外套下楼朝院子的方向走，一下来，就看到停在院子里面的直升机。

直升机的门被拉开，一道黑影轻盈地跳下来，他随手理了理衣襟，朝下楼的程木瞥了一眼，眼睫微敛：“怎么是你？”

语气不冷不热的。

程木听出了嫌弃的意味。

从直升机下来的人正是程隽，程隽也没看程木，直接朝屋里面走，楼上只有一间房的灯是亮着的，他微微眯了眼："秦小姐睡着了？"

程木正在看院子里停着的直升机，加上这次，他已经不知道是第几次看到隽爷的直升机了。只是他至今都没有搞懂，云城跟C市难道没有禁飞令？

他跟秦苒也是一下飞机，就看到了来接他们的直升机。不然这么难走的山路，他跟秦苒也不会在这么短的时间就能赶到。

"啊，没有。"程木还没想通这个问题，就听到程隽的问话，他跟上程隽，恭敬地回答，"秦小姐一个小时前发了消息过来，她会住她叔叔那儿，好像还要帮她弟弟录几期节目。"

原本不紧不慢、十分淡定地走在前面的程隽忽然顿下脚步。

后面紧跟着的程木连忙刹车，意识到情况不对，他闭上嘴，没敢说任何其他的话。

"继续说。"程隽瞥他一眼，漫不经心地从兜里摸出一根烟点上，薄薄的烟雾腾空而起，云淡风轻地开口。

程木蒙了一下："说什么？"

程隽眼眸慵懒地眯起："她叔叔在哪儿？"

程木这才算是反应过来，他"啊"了一声，连忙拿出手机，点开跟秦苒的微信对话，把手机递给程隽。

程隽直接拿过手机，往门外走，也没看程木。

"隽爷——"

程木僵硬地停在原地，剩余的话被吹散在风里："您还没还我手机……"

山脚下的酒店。

秦修尘在秦陵洗完澡，躺在床上睡下之后，才拿着合同敲开了秦苒的门。

屋内，秦苒穿着睡袍，头发散着的，还没擦干，侧身，干脆利落地开口："进来。"

这么晚了，秦修尘也没进去，他就站在门口，语气沉稳："小陵说你要一起拍综艺节目……"

"玩几天吧，后续还要麻烦你照顾他。"秦修尘没进去，秦苒也不在意，只是朝屋内看了一眼，继续不紧不慢地擦头发。

"照顾他怎么会是麻烦。"秦修尘把一份文件递给她，似乎是松了一口气，语气也轻松很多，"这是明天节目的具体安排，没什么剧本，也没人设，随意发挥，到时候还有其他几个艺人，明天我再介绍给你们认识。"

秦苒一手拿着毛巾按在脑袋上，一手接过文件，朝他礼貌地开口："好。"

秦修尘微微颔首："如果有问题随时给我打电话，第一次录节目你可能有些不习惯……"

"十二点了，你早点休息，明天要早起。"他站在门口，又细细叮嘱了秦苒几句，才离开。

秦苒看他离开，才关上门，回到房间，把手里的文件往桌上一扔，也没继续回卫生间吹头发而是走到窗边，拉开窗帘。

窗台二三十厘米的宽度，正懒懒散散地坐着一个人，对方双手撑在窗台上，嘴里明晃晃地叼着一根烟，黑夜里有若隐若现的火光出现，那人腿还慢悠悠地晃着。

秦苒把毛巾扔到他身上："可以啊隽爷，这都能爬上来。"

秦苒的房间在三楼，没有防盗窗。

"也还行。"程隽手一撑，直接跳进来，不以为耻反以为荣，"看门的大叔说酒店被人包了，我是看在你叔叔的面子上才没跟他理论。"

进来后，他找了找烟灰缸，把烟按灭。

手上的毛巾是半湿的，房间的空调温度打得也不高，程隽在房间转了一圈，找到了空调遥控器，把温度调高了两度，才把遥控器扔到了一边，顺便打量房间。

山脚的酒店不大，房间也就十几平方米，刚好够放一张床、一张桌子。多几个人，房间就显得拥挤了。

衣柜是木质的，刷着白漆，把手的地方漆都掉了。东西都很旧，床单跟被罩应该是剧组自己换的。

不远处还有个取暖器。

"房间太小，还有霉味……"看完这一切，程公子就开始对这间房子评头论足，从头到尾数落了一遍，才觉得心情好了一点，"你晚上吃了什么？"

秦苒坐到桌边，开始看秦修尘给她的文件，头也没抬："剧组盒饭。"

她刚翻了一页，头顶就一黑。

程隽转了一圈，又从卫生间拿了条干净的毛巾过来，抬腿漫不经心地踢了一张椅子过来，坐到秦苒身边，抬手把毛巾盖在她头上，手法很不专业地把湿发擦干。

到最后，他拧眉："你们剧组好穷。"

秦苒眉心跳了跳："你想干吗？"

"我就是……"程隽头往下低了低，下巴磕在她的肩膀上，头垂在她颈侧，压低声音，"去省城酒店，直升机一个小时不到就能到山顶。"

秦苒无语。

剧组那么多人，每天早上出现一架直升机……确定导演不会被吓死？

她面无表情地从头上抓下来毛巾，再次按到他脸上。

[第九章]

苒姐的两个普通朋友

翌日，早晨。

秦苒六点起床，她刚醒，就收到了程木的短信，说他在楼下，还带来了早餐。她也没穿外套，只穿了白色的卫衣，扣上帽子，直接下楼去拿了一个大饭盒。

秦苒没戴口罩，就扣了顶帽子，遮了大半张脸，此时外面有很多蹲点的粉丝，看到出来的是一个陌生的身影，兴致缺缺地蹲了回去。

程木递给秦苒的饭盒是在校医室常用的，能装三层。里面有三大份早餐，她没有回房间，先是敲开了秦修尘的房门，拿出来两份给他们，才回到了自己的房间。

秦修尘把饭盒拿回房间看了看，他原本以为是小镇街上买的早餐，打开一看才发现里面的点心制作得非常精美，像是五星级大厨做出来的料理，里面还放着一些时令水果，非常新鲜。

秦修尘看着这个饭盒，拧着眉头朝门外看了一眼，才叫秦陵起来。

现在六点半，节目组已经开始录播了。

一共有三对嘉宾，秦修尘、当红的影后，还有一个新人小花，始发明星就三个，后期会添加一些人气流量嘉宾。

这三人中秦修尘名气最大。

每个人身后都有好几个分配好的跟拍摄影和跟拍助理。

今天的行程日程表上有写，节目组要拍各个明星还有他们亲戚的起床状态。录制之前，节目组导演直接找到了跟拍秦修尘这一组的摄影，吩咐下来：“待会儿直接拍秦影帝就行，他的搭档起床不用拍。”

摄影一愣：“不用拍？”

“对，后面的行程，秦影帝的搭档也少拍一点，多拍秦影帝的单独镜头就行。”

为了避免得罪秦修尘，导演还是决定从源头掐掉他亲戚的镜头，“秦影帝的搭档是他侄女，不是圈内人，很多东西都不懂，到时候在拍摄现场犯了错误也尽量别拍下来。”

导演到现在还没看到秦影帝的那个侄女长什么样，虽然秦修尘的经纪人说长相还可以，也上镜，但导演完全没心情看。

娱乐圈长得好看的人多得是，他一想接下来的几天录制就觉得难熬。

摄影听完，颔首答应，他想了想：“我知道，但跟拍的摄影不止我一个，其他人也有拍。”

导演总不能跟每个摄影都打招呼，要是被其中一个摄影师透露出去，网上的人还指不定怎么说。

“看情况吧。”导演头疼地按了一下太阳穴，摆手让摄影师赶紧去拍秦影帝的房间。

与此同时，二楼。

影后璟雯的房间，她的经纪人也得到了秦修尘换了新嘉宾的消息。

“璟雯，那是秦影帝的侄女，秦影帝很喜欢她。”经纪人提前给璟雯打好预防针，“她跟小陵一样不是圈内人，上镜表现可能不太好，跟小陵差不多，帮她遮掩遮掩。”

“他还有侄女？”璟雯今年三十一岁，眉眼精致，五官很高级，拿过国内外无数大奖，圈内少有的颜值与演技并存的演员，跟秦修尘多年好友，“没听他说过。”

“听说他侄女一家从小走失，刚找到没几天，所以他经纪人才拜托到我这里。”外面的摄影已经在敲门了，经纪人嘱咐了一句，“真不知道这样有什么好拍节目的，秦影帝也不知道在想什么……”

他一边说着，一边打开房门，并退出了镜头之外，用眼神示意璟雯。

璟雯不动声色地接过节目组的任务卡：“先去山下集合？导演组肯定又在搞事，我去找我的老朋友商量商量，今天可不能被你们导演组整。”

她从楼梯走到三楼，秦修尘也刚好出门，手上也拿了张任务卡。

“秦影帝，”璟雯朝秦修尘抱拳，语气十分严肃，“今天我们结盟吗？”

“你表弟同意了？”秦修尘淡定地拍了下衣袖。

璟雯的搭档是她表弟，她不太在意：“他嫌我化妆慢，带着我的摄像先去山脚了，你是他偶像，他肯定同意。”

秦陵跛着脚从屋内探头：“璟雯姐，你是来蹭我叔叔摄像头的？”

璟雯指了一下秦陵的脚，并说了一句：“天道有轮回，弟弟。”

人群里的导演："……"还有这化学反应？

"所以，你是要跟我结盟的意思？"璟雯再度看向秦修尘，势必将结盟进行到底。

秦修尘没回答，而是走到秦苒的门口，说得理所当然："等等，我问问我侄女。"

一堆镜头对准秦苒房间的门。

导演已经计划了秦苒几乎不出镜的事情，工作人员也知道，眼下秦修尘居然不按照流程来，竟然现在就让秦苒出镜，工作人员跟导演比画着口型："现在怎么办？"

秦修尘的侄女没演过戏也没上过镜，导演原本想着等见过人再跟她单独说上节目的事情。他着急地用手比画着，让秦影帝别敲门，最后还写了牌子，上面用黑色的粗笔写着"下楼"两个字。

然而，秦修尘就像是没看到似的，伸手敲响了秦苒的房门。

秦修尘明显就是不合作的态度，他这样应该是想要给他侄女多一点的镜头。导演拧了拧眉，眼下这么多摄像头他不好打断，只能在后期把这一段剪掉。

现场的人都知道那是秦影帝的侄女，好奇地看向秦苒的门口，不知道他的侄女长什么样？

秦苒的房门已经打开，里面一道白色的清瘦人影走出来。

现场的人除了秦修尘跟他的经纪人，都没见过秦苒，不知道她的长相。

倒是昨晚，导演听秦修尘的经纪人说过秦影帝的侄女长得不错。

毕竟是秦影帝的亲戚，看秦影帝这盛世美颜，就能猜到他的侄女长得应该还可以。然而当这扇门打开，看到里面走出来的人影，现场所有人都陷入了一片安静。

连拿着牌子提醒秦影帝的导演都愣在原地。

秦苒今天依旧穿着件白色的卫衣，里面带绒，她就没穿外套，也没扣上帽子。

秦修尘是娱乐圈出了名的盛世美颜，只是五官略显硬气。

秦苒则完全不同，她的五官比秦修尘要精细得多，一双杏眼漆黑深邃，寒光毕现，皮肤极白，似乎还笼着一层光，眉宇间的恣意冲散了她略显柔和的五官，更显得冷艳，对一般人的冲击力极大。

跟拍秦修尘的摄影机连秦修尘都不关注了，连忙将摄像头对准秦苒。

观察室，一排摄影分屏的屏幕上全都是秦苒，侧脸、正脸，俯视、平视……360 度全都有。

还能听到几声非常小的惊呼声。

副导看着分屏上的秦苒，愣了一下，才反应过来，冲着耳麦喊着："一号到十号摄影怎么回事？镜头全都挪过去！"

秦修尘侧了侧身，向璟雯介绍：“我侄女，秦苒。”

璟雯眼前一亮，热切地走上来：“小苒苒啊，你好你好。我是璟雯，你可以叫我雯姐。”

“别吵！”秦修尘忽然开口，他瞥了璟雯一眼，然后直接挡在两人中间，无视璟雯，低了低头，小心翼翼地询问了秦苒一句，“这个人要跟我们结盟，你觉得可以吗？”

秦苒形状好看的眼眸眯起，纤长的睫毛微垂，手插进兜里，语气漫不经心：“她弱吗？”

秦修尘十分不给面子：“菜鸡一个，但她表弟是个大力士，可以打杂。”

“那看情况。”秦苒摸摸下巴。

璟雯眨眨眼，捂着胸口道：“我堂堂影后被在线嫌弃？！你们俩会后悔的！”

秦苒把卫衣帽子冷酷地扣上。秦修尘紧跟在她后面，十分乖巧，一句话也没说。

跟拍秦修尘的摄影师本来想先拍下这一幕，想起导演的话，要让秦影帝的侄女少出镜，他立马又转过了摄像头，拍地板。

“啪！”镜头刚转过来，他的头就被导演的台本敲了一下。

导演走过来：“你干什么？刚刚那么好的场景你不拍！还好十号摄影师给力，你还不如你的助手？！”

摄像师一脸委屈。

“导演，你之前跟我说少拍秦影帝的侄女……”他弱弱地开口。

“啪！”导演又狠狠地敲了一下他的脑袋，怒目圆睁，“我什么时候说了？！”

“你刚刚……”

“还敢狡辩？！”

摄像师又被狠狠打了一下。

导演揉了揉打得生疼的右手，然后背着手跟上了摄影团。早知道秦影帝的侄女长这样，他也就不用愁一晚上了。

她没什么表现力又怎样？没有看点又如何？

她长得好看啊！

节目的录制从山脚下开始。

秦修尘等人到的时候，其他三个人早就到了。那三个都是年轻人，在一起打闹嬉笑，显然很熟。

“小苒苒，这是我表弟。”璟雯把其中一个平头少年拉过来介绍给秦苒，然后给平头少年介绍，“这是秦影帝的侄女，秦苒。”

平头少年眉眼锋锐，五官十分深刻，他看了一眼秦苒，眉头拧了一下：“胡说八道，秦影帝怎么可能会有侄女？”

他偶像有什么亲戚他能不知道？这八成是节目组安排的不知道是哪个十八线开外的新人。

他还想说什么，被璟雯拧了一下胳膊，他吃痛得皱眉，没再开口。

另外一个女星是白天天，一个刚冒头的新人，主动来跟璟雯、秦修尘打招呼。

节目开拍，秦苒将卫衣的帽子拉下来，在听到白天天这个名字的时候，她眉头挑了挑。

她记性好，只要听过一次的名字就不会忘记。更别说白天天，田潇潇的前经纪人抛下田潇潇后投奔的对象，也是她之前让江东叶查过的人……

白天天竟然跟秦修尘、璟雯一起拍综艺？江东叶这么捧她？他不是连她是谁都不知道？

秦苒伸手摸了摸下巴。

上节目不能带手机，等晚上回去的时候再问问江东叶，他是不是会错了她的意。

她想这些的时候，节目已经开始了。

导演拿着喇叭发布任务：“山脚下有个据点，你们要做的就是找到第一处据点，每一组将一根木头运到山腰的指定地点，获取下一关的信息。”

三组人员行动之前，璟雯再次沉重地走过来，看向秦修尘：“兄弟，结盟吗？”

按照节目组的“尿性”，木头一定不轻，秦修尘可不会让秦苒去搬那根木头，他这次想也没想，直接答应：“结！”

木头很容易就被找到了。秦修尘看着三米长的木头，跟璟雯的表弟一起抬了抬，将近有两百斤。

白天天跟同组的男生已经抬起那根木头了，她似乎很吃力，但没有寻求任何人的帮助。

“偶像，我们抬完一根下来，然后你休息一下，我跟你搭档抬另外一根。”璟雯的表弟连忙开口。

璟雯有很严重的腰伤，这是节目组跟粉丝都知道的事情。

秦修尘看了他一眼，没应声，只是把外套脱了递给秦苒，淡淡地道：“你与璟雯跟我们一起上去，我跟她表弟运完一根木头，再下来抬另一根。”

节目已经拍完一期了，璟雯表弟跟白天天等人也很熟，看到白天天一个女生也在抬着，不由得嘀咕一声：“连白天天都抬，她为什么不能抬？她高人一等？我偶像常年拍电视也有伤，不能让他休息一下？”

不是高人一等，因为那是秦影帝的侄女！

导演戴着耳麦，看到这一幕，立马举了牌子，让摄影师别拍下来，到时候节目播出来，网络上肯定一片喷秦苒的。

秦修尘跟璟雯表弟去抬了一根木头，两个男生没有太吃力，因为顾及着秦修尘拍戏常年累积的病根，两人只抬了一根。

他们刚往山上走的时候，却发现秦苒也朝这边走过来。

璟雯表弟有些不耐烦，压低声音："路在那边你也看不到吗？"

秦苒停在最后一根木头旁边，她吐出嘴里的草，睨了璟雯表弟一眼："闭嘴。"

说着，她弯下腰，伸手把最后一根木头搬起来，扛在肩上，轻轻松松的，如同捡了根假木头。

路过秦修尘身边，她还停了一下："要帮忙吗？"

秦修尘和璟雯表弟看得目瞪口呆。

导演组也一脸蒙，他们比任何人都清楚，这绝对不是一根假木头，也绝对不是道具，而是实打实的两百斤的木头！它被一个看起来不到一百斤的丫头就这么扛在了肩上？

秦苒扛着一根木头，走得飞快。秦修尘跟璟雯表弟也不慢，他们一行人很快就追上了本来走在他们前面的白天天。

十分钟后，到达据点，璟雯表弟跟秦修尘放下了木头，都不动声色地走到秦苒那根木头旁边，伸手试了试……

试完，两人面面相觑。

连璟雯都忍不住走过来，伸手抬了一下之后，她才十分郑重地看向秦苒："原来您才是真正的大力士！失敬，失敬！"

第二处的信息要等人齐了才能开启，璟雯表弟看了一眼山下："表姐，我去帮白天天他们。"

"去吧。"璟雯随意挥了挥手。

他帮白天天把最后一根木头运上来，据点处冷漠无情的大叔才揭开这一据点的谜底。大叔从桌下拿出一个铁盒子，铁盒子上面有把锁："这里面有任务卡。"

"钥匙呢？"璟雯表弟抬抬下巴，在周围找了找。

冷漠大叔转身，把背后的黑色背景板转过来，上面赫然是一道物理选择题，一根细线、一个带电荷量的小球，有磁场有电场，最后问 AB 两点的电势差？

一共有四个选项。

毕业多年的影帝影后面面相觑：电势差是什么东西？

璟雯忽然想起这个节目组的新人白天天，她是江氏特地塞进来的，江氏可是一尊巨头，节目组之所以出这个难题，是为了炒白天天的学霸人设，提前告知了白天天题目答案。

璟雯立马上道地开口：“这种事只能由天天来了，天天今年刚高考毕业吧？还是A城影视大学的高才生。”

白天天不好意思地笑了笑，然后拿着笔，似乎是算了一下。

不到一分钟，她放下笔，璟雯表弟一脸佩服：“这么快？”

白天天不好意思地开口：“选B。”

秦苒一直坐在一边的石头上，嘴里咬着片叶子，听到这一句，她抬眼扫了扫，懒洋洋地用手支着下巴：“错了。”

节目组确实有意识地在给白天天炒人设，毕竟江氏给了那么多的投资。这个节目本来就火，再加上有秦修尘这个影视圈的半壁江山在，最后一个嘉宾名额无数家公司在抢，其中不乏一线当红小生。

这么多家公司这么多艺人，白天天一个新人能够杀出重围，完全是因为江家这个娱乐圈一霸。

娱乐圈一霸就没有捧不红的人，毕竟娱乐圈没谁敢不给江家面子，剧组也给了白天天十足的镜头还有表现力，这道题目就是其中一个吸粉点。

前天拍的节目就已经有这么一出。

昨天晚上，副导提前把这道题目还有答案给了白天天，让她背下。

为了彰显白天天的学霸人设，这是节目组提前在网上找的特别复杂的物理题。

璟雯跟秦修尘这些娱乐圈的老油条对节目组的套路心知肚明，但璟雯表弟等人不知道。一行人正在赞誉白天天的时候，忽然出现了不和谐的声音。

白天天的话音顿住，璟雯表弟也朝这边看过来，他本来想要怼秦苒的，但想想对方刚刚轻松扛起两百斤木头的样子，他憋下去那句“又作什么妖”，只道：“什么错了？”

秦修尘跟璟雯也看过来。

璟雯完全不知道秦苒是做什么的、是什么人，但秦修尘却知道自家侄女是J大物理系的……能考到J大物理系……全国一年也就那么几百人。

秦修尘意识到秦苒的那句“错了”肯定是针对物理题。

“答案错了？”秦修尘刚刚跟璟雯表弟抬了木头上来，正用纸巾擦汗，听到秦苒的话，他把纸巾扔到旁边的垃圾桶，看向秦苒。

秦苒手依旧支着下巴，低声笑：“不，我是说题目错了，按照这个题目，四个答案都不对。”

场面静了一下。

导演就在现场跟拍，这个题目不是他安排的。他手直接按着耳麦，拧着眉头，问还在摄影棚看分屏的副导：“这题目错了？”

要真是错了，他们的节目播出去，就贻笑大方了。

题目是副导负责的，他拿着耳麦："这是我们在网上下载的真题，答案下面还有清楚的解析，不可能会错。"

节目组的工作人员都工作了好几年，这种物理题目他们连题目也看不懂，只想着用最难的题目来糊弄观众，然后给白天天炒个人设。

听到这一句，导演放了心，他立马给秦修尘举了牌子，上面写着"没问题"。

"我心算了好几遍，不会有错的。"看到导演举的牌子，白天天松了一口气，她看向秦苒，似乎有些满不在乎，也不介意秦苒的话，"可能这位姐姐看错了题目吧。大叔，您可以把钥匙给我了吗？"

跟拍白天天的摄像师十分崇拜地把摄像头移过去。冷漠大叔拿出了钥匙，递给了白天天。

璟雯也反应过来，立马打圆场："都怪这黑板上的字写得太难看了，小苒苒肯定是看错了。"

闻言，冷漠大叔抬头看了璟雯一眼。

白天天接过钥匙，在周围扫了一圈，抿唇笑了一声："璟雯姐，你来开。"

这时，秦苒手撑着石头站起来，双手枕在脑后，也没说话，就是挑着眉眼，笑得嚣张又欠揍。

璟雯已经开了箱子，拿出了里面的任务卡，念出下一个任务的内容："秦影帝，我们需要去山顶，收拾一下我们……"

璟雯的话还没说完，秦修尘直接朝导演那个方向走过去，语气微冷："导演，我觉得你还是让人检查一下题目。"

导演眉头皱了一下，他昨晚就听经纪人说秦影帝十分喜欢这个侄女，眼下看来还不是一般的喜欢。

"秦影帝，我说了，这个题目的来源没有问题。"导演本来对秦苒的颜值还有节目效果十分满意，看秦修尘这样，他不由得觉得头疼，暗想着，秦影帝跟江氏哪个分量比较重一点。

这其实也是看点，到时候把这个矛盾点放出来节目噱头就爆了，就算是秦影帝的侄女会被全网踩……

导演本来很怕秦影帝，但如果江氏站在他这边呢……

毕竟现在江氏是程家一脉的，不同往日……

想到这里，导演看向秦苒的方向："你说题目有问题，那你告诉我，题目哪里有问题？"

璟雯表弟等人已经准备走了，没想到这时候还出现了这样的事。

"偶像，你别听这个女人胡说八道！她就是典型的四肢发达头脑简单！"

璟雯表弟拧着眉头，他看着秦苒，有些不耐烦，“天天都得出答案了，还心算了好几遍。你看都没看题目就说题目错了，你看完题目了？你知道题目说什么吗？！”

秦苒一个人扛了根木头上来，璟雯表弟对她的印象有点改观，一直注意她，自然知道秦苒从头到尾看题目的时间不超过五秒钟，然后就没什么兴趣地去看周边的风景。这么短的时间她根本连题目都看不完吧？！

秦苒慢条斯理地转身：“CD 两点的电势差跟 EF 两点的电势差反了，这样题目算出来的答案是 -30V，你给的题目答案都是正数。”

秦苒的表情太过自信，导演看了她一眼，不知道出于什么心思，直接拿出手机，打了一个视频电话。

对方是个高中物理老师。

导演跟他是高中同学，开门见山地询问：“你先别说话，帮我看看这道物理题有没有什么问题。”

他说着把物理题的图片发过去。

五分钟后。

导演开了免提，物理老师回了话，他的声音在场的几个明星都听得很清楚：“问题倒没什么大问题，除了有点难。”

听到这一句，璟雯表弟看着秦苒的方向，嗤笑一声。

白天天松了一口气，继续笑。

然而，下一秒——

“不过 CD 跟 EF 两点的电势差写反了，不过不碍事，一般会做这道题目的人都知道这两点是反的……”视频那边的物理老师不紧不慢地说着。

别说拿着手机的导演跟工作人员愣住，连不太懂什么是电势差的璟雯也彻底呆在原地。她看看导演手上的手机，又看看闲适地站在一边的秦苒，眼睛发直。

物理老师说完，发现导演一直没说话，不由得在视频那边催促：“我说大导演，你发个视频就让我看个题目？”

导演回过神来，此时的他十分尴尬，只是皮肤比较黑，看不出来脸红了：“回去我再请你吃饭，先挂了。”

他掐断了跟物理老师的视频，看向秦苒跟秦修尘两人：“秦影帝，这次多亏您跟您侄女了。”

这么大的题目漏洞，他们整个节目组都没有检查出来，还是被个小女生在拍摄过程中指出来的，连导演都觉得尴尬。

不过，导演也松了一口气，好在秦修尘最后坚持了，不然节目到时候播出去，真的要贻笑大方……他们节目的专业性也要大打折扣，人物形象也会崩得一塌糊涂。

毕竟……答案错了还好，可题目错了白天天还能做出来答案，这不就是明显告诉观众黑幕？

“好说，好说。”秦苒笑眯眯地看着导演。

导演看着她这笑容莫名觉得害怕，他捏了捏自己的胳膊。

这是一个人形 bug（漏洞）吧！

现场围观的其他工作人员也反应过来……题目错了？答案也不对？

这样的话，那一分钟就做出来答案是 B 的白天天……所有人都不约而同地看白天天的方向。

璟雯表弟脑子少了一根筋，他愣愣地开口：“题目真的错了，天天，那你是怎么算出来的？你还心算了好几遍？”

白天天的脸色瞬间黑成了锅底，她咬着唇，手指不安地绞着，脸色微红地开口：“我看错了。”

题目的漏洞说完，节目还是要继续录制。璟雯却是忍不住好奇，她拍拍秦修尘的肩膀，询问：“你侄女是怎么回事？我看她根本就没怎么看题目啊！她也是个学霸？”

她是真好奇，节目组跟导演组也好奇。

摄像头齐齐对准秦修尘。

众多摄像头下，秦修尘似乎非常不在意地、漫不经心地开口：“哦，可能因为她是 J 大物理系的吧。”

“难怪，原来是 J 大物理系的啊。”璟雯点点头，认可了秦修尘的这个说法，她又笑着开口，“我就说她为什么都没怎么看题目，就知道题目错……”

说着说着，璟雯的声音忽然消失，她就这么看着秦修尘，后面的话忽然卡壳，什么都说不出来。

举着牌子的导演跟现场的工作人员都目不转睛地看向璟雯——

你是怎么淡定地说出原来是 J 大物理系的？！

现场忽然陷入诡异的沉默。

好半晌，璟雯缓过神来，伸手指着秦修尘：“J 大……物理系？”

现在 J 大物理系的学生都长着一张表演系学生的脸？！

“是啊。”秦修尘侧过身，这才接过璟雯递过来的外套，淡淡地开口，“她也是今年的高考生，可能因为刚高考完，还正好学物理，所以脑子比一般人好用一点。”

现场都是娱乐圈的人，没哪个大学是读物理系的，高考完之后谁还记得电场电势差，谁还记得地球同步卫星的绕行速度？

也没有谁会想到，网上下载的题目还能错？你都出错题了下面还能有解析？

刚刚跟导演视频的高中物理老师用几分钟做出来的题目，现场的工作人员就觉得奇怪为什么秦苒连笔都没拿就反应那么快。

可眼下，知道秦苒是J大物理系的学生，那就说得清了。

光是J大，就让娱乐圈里99%的人仰望，更别说还是J大四大学院物理系的学生，这个专业全国出了名的录取分数高，每年就收那么几个学生，从里面随便拉出一个人不是某个地方的状元，就是榜眼。

一个状元遍地走、榜眼随手抓的地方。

在她面前做物理题……无异于关公面前耍大刀吧。

“秦修尘，你够了，收起你那副得意扬扬的样子！”璟雯深吸了一口气，然后不由得多看了秦苒一眼，她是真的没看出来，又绕着秦苒转了好几圈。

原本以为秦苒是玩艺术的，谁知道她是个真学神？

璟雯表弟也直愣愣地看着秦苒的方向。

而白天天站在一边，努力维持着脸上的笑容，在看到自己的摄影师都不由自主地去拍秦苒的时候，她一直以来都非常淡定的脸终于绷不住了。

节目组给白天天答案的事情，只有副导少数几人知道，跟拍的摄影师跟其他内部人员都不清楚。眼下出了这样的乌龙，大家都面面相觑，心有灵犀。

谁知道炒学霸人设居然炒到真学霸面前，这下真崩了吧……

跟拍白天天的摄影师看白天天的目光也没有之前那么崇拜了。

一行工作人员的目光白天天不是没有注意到，她已经没有心情在这里再待下去，只是垂着脑袋往前面走，不敢多停留一步，微垂的脸涨红着。看到璟雯表弟正用疑惑的眼神盯着自己，她垂下脑袋：“我们赶紧上山吧。”

节目还是要继续录下去，至于物理题，只能后期去运作了。

节目总导演忍不住找了机会询问混在人群中的秦修尘的经纪人：“你昨晚为什么没告诉我秦影帝的侄女是J大的学生？”

他要是知道，哪里会纠结那么长时间，哪里还敢在她面前出物理题？

经纪人奇怪地看了导演一眼：“我担心她在节目中出错都来不及，这种小事为什么还要特地告诉你？”

导演和周围其他人心塞。

骗子！

导演恼羞成怒地离开！

节目录制过程中，导演兜里的手机忽然响起。

“喂？”他拿出手机，看见是顶头上司的电话，连忙恭敬地开口。

电话里，顶头上司的声音十分简单粗暴：“有个大佬要看节目的分屏。”

导演一愣：“哪个大佬？”

节目播出以来还从来没有发生过这样的事。

“江总打电话特地吩咐的，你做好就行。”

上司的话含含糊糊，导演却也听出来了，这大概是个连名字都不能提的大佬。他连忙吩咐下去，严谨地把这件事办好。

这一边，节目现场。

“节目组这次这么良心？”秦修尘手指按着任务卡，看着前面精致的小洋楼。

因为璟雯手中的任务卡上只有一句话——“大家辛苦了，请前往山顶别墅吃丰盛的午餐。”

原本大家都以为找到山顶别墅要花好长时间，谁知道沿着山路上去就看到了山顶别墅，而且午餐就摆在山顶别墅的大门里面。

长方形的桌上摆着一堆美食，大厅里还传出小提琴演奏的音乐。

来来回回就两首。

璟雯坐到了一边，然后抬手让秦苒坐她身边。

最后璟雯坐在中间，秦苒跟白天天坐在她两边，三人对面是各自的组员。

“不知道为什么，我总觉得这顿饭吃得不安……”璟雯综艺感特别好，一直在带动饭桌上的气氛。

秦修尘也不理会她，就问对面的秦苒：“你吃得安心吗？”

秦苒拿着筷子，闻言点头：“挺安心的。”

璟雯抹了一把脸，对着镜头，一脸沉痛：“我老朋友有了侄女之后就变了，他以前不是这么对我的。”

对面的表弟一愣：“表姐，我偶像什么时候不是这么对你的了？他以前也是这样的啊。”

璟雯一噎。

白天天罕见地在吃饭中途没怎么出声，反而是璟雯多次话题会带上她。

一顿饭吃了半个小时，所有人都放下了筷子。

璟雯表弟抬了抬头：“节目组怎么还没搞事……”

他一句话刚说完，大厅里忽然传来工作人员通过喇叭喊出的声音：“在玩家吃饭的时间，别墅主人回来了，很不幸，你们因为擅自动用主人的宴席，别墅主人把你们锁在了别墅。玩家要在半个小时内逃出密室，否则将会接受顶级惩罚，节目组在外面等你们哦……”

节目组工作人员的声音落下，众人才发现大门早就关了。

“咔——”头顶最亮的大灯也熄了，只留下几盏比较昏暗的灯。

“密室逃脱？玩这么大？”璟雯表弟兴奋地开口，他跃跃欲试地站出来，“那我们开始找线索吧！”

他走到大门边看了看，门上的是密码锁：“我们要找六位数的密码！”

白天天拿起手边的一个六阶魔方：“这里面会有信息吗？”

璟雯眼前一亮：“对，谁会玩魔方？”

“我不会。”璟雯表弟正在翻各种抽屉桌子找线索，听到这一句，连忙摆手，“四阶魔方我还背过口诀，六阶那是高手玩的。”

秦修尘看了秦苒一眼，发现秦苒正在看小提琴曲的播放器，没关注这边。

“我会一点。”白天天不好意思地开口。

璟雯就把魔方解密交给白天天：“这个就交给你了。”

“好。”白天天立马就坐在餐桌边玩魔方，她应该是有专门学过魔方的，很快就找到了手感。

白天天拼完了第一步，已经成型。璟雯表弟站在她身侧围观了一会儿，惊叹一声：“竟然会拼六阶魔方，好厉害！”

白天天抬了抬头，不好意思地笑了笑：“我小时候比较喜欢玩这个。”

外面的录像分屏，导演看着镜头上一脸淡定地观察房间结构的秦苒，按着耳麦问副导：“密室内有与物理相关的谜题吗？”

副导回：“放心，没有，这六位数的密码都是其他方面的。”

导演这才松了一口气，还好没有。这个密室本来就是要嘉宾通不过的，后面的惩罚才是重点。

导演刚说完这一句，就听到视频里秦苒的声音响起：“第一个数字是 4。”

因为J大超级学霸的身份，现在大厅里的人都比较相信她，璟雯立马围过来：“你怎么得到的？”

秦苒手插进兜里，指了指墙上的壁画：“这是太阳系行星的顺序，按照古巴比伦星期制度，日月水火土木金分别对应星期天到星期六，用地球自转公转算了一下图上这天文星象对应的行星，正好是古巴比伦星期制度的星期四。”

导演看了工作人员一眼：“她这么简单就找到了？”

工作人员弱弱地开口：“导演……这简单吗？”

导演心塞。正常人能想到古巴比伦星期制度？地理不好的人连几大行星都认不出来吧，还能根据天文现象算出对应的行星？

副导按着耳麦连忙开口：“别急，最后两个数字太难了，他们一定找不到，你们当初不是还吐槽我设定得太难了吗？”

导演勉强点头，还好后面的几个数字难，不然碰到秦苒这种不按套路走的真的要疯掉。

导演组疯了，而别墅大厅内其他几人也沉默了一下，璟雯面无表情地看了秦修尘一眼："现在学霸都是这样的？"

秦修尘也有些茫然，他看了眼秦苒。秦苒的语气十分平静，她拧着眉往四周看了一眼："继续找吧，还有五个数字。"

接下来的十分钟内，一行人陆陆续续一共找到了四个数字。

导演组崩溃了。

"不会真被他们找齐吧？"导演忧心忡忡。

副导信誓旦旦道："放心，最后两个数字神仙也解不出来！"

"你看这是什么？"璟雯从一本厚厚的词典里找到了一张纸，上面点点横横的，她直接拿出来给秦苒看。

秦苒接过来看了一眼："摩斯密码。"

璟雯是知道摩斯密码的，一听这个，她激动地道："这是不是一个数字？"

秦苒摇了摇头，璟雯瞬间泄气。

"不过……"秦苒看了看循环播放的小提琴曲，若有所思地开口，"应该是3。"

"3？"璟雯跟白天天的队友还有秦修尘等人再度围过来，"这个'3'又是怎么得到的？"

"这两段小提琴曲，用五线谱数字来表示字母，第二首跟第一首重叠的数字部分按照图形规划是256，用16进制来写的话正好是100，对应你的福尔摩斯密码表，是3。"

第二首跟第一首五线谱的重叠的数字部分是256……16进制……

璟雯抬了抬头，看着秦苒："你们学霸，都……都学这些内容？"

秦苒一愣，为老师辩解："不是，老师上课不教这些乱七八糟的东西，我们老师都非常负责。"

乱七八糟?

导演组已经完全沉默了，一直叨叨的副导也突然失去声音。

大厅内，白天天用了十五分钟，终于把六阶魔方还原了。六阶魔方算是比较难的高阶魔方，难度要比四阶、五阶魔方高出不少。普通人没背过公式，连四阶魔方都很难还原。

看到这一幕，璟雯表弟立马走过来，惊叹："厉害！"

白天天终于缓了一口气，脊背上已经出了一层冷汗，她把手中的一张小字条展开："这是我拼完后掉出来的字条。"

她打开来一看，里面是一个大写的"H"。

并不是数字，什么意思?

璟雯看了看这个“H”，脑子里忽然蹦出了一个可怕的想法：“节目组该不会是让我们把魔方拼出一个‘H’吧？天天，你会吗？”

能将六阶魔方还原都是常人很难做到的事，更别说拼出“H”了。

白天天摇头，抿了抿唇：“抱歉……”

其他五个数字都找到了，就只剩下一个，一行人多多少少都有些泄气，十分不甘心。

现在时间才过去一半，璟雯几人都不信邪地拿着魔方转了一下，完全找不到方向感。

一行人试完之后，才放下来，璟雯表弟在跟导演组理论。

秦苒看了眼魔方，捏了捏手指，然后随手拿过来。

“没事，你能把六阶魔方还原已经很棒了，我连六阶魔方都不知道是什么。”璟雯安慰了白天天一句，然后凑近摄像头，“哼，导演，我看你就是故意不想我们成功逃脱吧？”

导演的声音十分冷酷：“时间还剩十分钟，玩家可选择放弃！”

秦修尘皱了皱眉，他看着房间的设施，其他五个密码基本都是秦苒找到的，他着实不想放弃。

璟雯表弟跟着璟雯一起骂导演组。

这时候，他们身后传来散漫的一句话：“最后一个数字是9。”

“你怎么知……”璟雯表弟一边回头，一边开口，话说到一半忽然顿住。

秦苒手上的魔方每一面都已经拼出了“H”，她正坐在桌子上，腿微微晃着，手中还漫不经心地拿着一张小字条，字条上赫然写着一个黑色的“9”。

这又是什么情况？

一拨接一拨的高能中，璟雯大脑已经完全失去了思考功能。她跟导演组说话之前还试了试魔方，她刚说完就拼好了？

也就是说在不到一分钟的时间，秦苒拼好了完整的“H”？

如果一开始秦苒就拼出了六阶魔方，大家可能不会太震惊，可……现在有白天天用十五分钟还原魔方在前，秦苒这一分钟就……

秦苒把手中的字条一握，然后撑着桌子站起来：“现在我们可以出去了吧？”

她看其他人没有动静，就率先走到大门面前，对应着颜色把数字输入。

“啪”的一声，大门打开，外面的阳光照进来。

门后，白天天跟在秦修尘等人身后，落在最后面的她把耳麦摘下来，小声问璟雯表弟：“那个秦苒姐姐真是秦影帝的侄女吗？”

璟雯表弟也摘下麦克风，他看着前面秦苒的背影，神色十分复杂：“应该是节目组请来的素人，等过几天小陵的腿好了，她应该就走了……”

他想了想，实在不知道秦修尘什么时候多出来一个侄子跟侄女。

“这样啊……”白天天看着秦苒的背影，眸色微沉。

她出道这么长时间，总是无缘无故有人帮她。她的经纪人说得对，她就是有一种莫名其妙的锦鲤体质。这次真人秀，影帝影后做陪，其中影帝还是娱乐圈的半壁江山，白天天做梦也没想到自己会被节目组看重，她知道这个真人秀是个极佳的机会。

然而……

她没有想到，今天秦苒的出现打破了她一贯以来的“锦鲤体质”，她有预感，只要秦苒在，她就不可能会在这个节目中出头……

“导……导演，接下来的惩罚怎么办？”秦苒等人提前出来，完全打乱了节目组的套路。

导演按着耳机，问副导：“他们绝对解不开？”

副导咬着手指，谁知道今天剧组忽然混进来一个人形 bug ？

导演冷酷地单方面切断了与副导的联系，然后抬头看见秦修尘等一行六人从屋内走出来。

秦修尘慢条斯理地走在最前方，腰背挺得很直，身形修长又好看，昳丽的脸上微微带着笑意：“导演，接下来的安排是什么？”

导演默默收回目光。

接下来的安排？节目组根本就没想到你们能逃出这个变态的密室！接下来怎么会有安排！

虽然他心里是这么想着，但脸上却是非常和蔼的笑容。

虽然秦苒的出现打乱了计划，但这期节目如果剪辑得好，肯定会爆，尤其是秦苒、秦修尘还有璟雯等人之间的互动，唯一的一点就是……白天天这边，金主爸爸不知道会不会满意。

不过，这已经不是导演该考虑的事，他只要保证节目有看点就好。

“因为你们提前逃脱出密室，节目组决定提前放你们回去。”导演端着和蔼可亲的语气，“还有，为了表示奖励，明天，你们也可以请两位自己圈内的朋友来做客。”

“明天？”秦修尘微微眯眼。

时间太紧急，他圈内的朋友倒是不少，而且基本上都给他面子，硬要找，肯定能找出来两个好友。

导演笑眯眯道：“是啊，秦影帝要请你的朋友吗？”

“导演。”导演刚说完，人群里一直没说话的白天天忽然开口，“其实，这次我们能出来，完全是靠秦苒姐姐，这个奖励给她最合适。”

说着，她朝秦苒那边看了一眼，笑得温和：“秦苒姐姐，你有认识圈内的什么朋友吗？如果有的话，可以让他们过来。”

导演嘴边的笑容一僵，听完白天天的话，秦修尘也顿了顿，挺漠然地往白天天那边看了看。

璟雯抿唇笑了笑，镜头下，她的声音倒是淡然，给秦苒解围：“这种好事怎么能让小苒苒独占？我跟秦影帝就义不容辞了！”

这个综艺节目特别火，有秦修尘在前，嘉宾也不是随便就能乱请的，秦苒是J大的大学霸，人以群分，她朋友大部分都是那些学霸，到时候真要上了节目还不知道什么效果，而且……嘉宾不神秘也没有看点。

导演跟节目组肯定不希望这样的事情发生。

白天天笑了一下，意识到璟雯在帮秦苒解围，她垂了眼眸，乖巧地不说话了。

导演松了一口气，连忙看向秦修尘跟璟雯：“秦影帝，璟影后……”

作为导演，他肯定是希望这两位请嘉宾。

尤其是秦修尘，他请的人一般都是圈子里有影响力的。

秦修尘收回目光，他在经纪人那里拿过一个保温杯，然后递给秦苒，慢悠悠地开口：“可以。”

这两人都答应了，导演欣喜，刚想说收工。

秦苒本来坐在剧组的小马扎上，手指撑着下巴，懒洋洋地看着山那边，她接过秦修尘递来的保温杯，忽然抬了头，问导演：“等等，我可以请自己的朋友？”

导演一愣，这人形 bug 又有什么操作？！

他可以说不可以吗？

众多摄影机下，导演僵硬着一张脸：“这是你的奖励，当然可以。”

山顶别墅的密室逃脱里的六个密码几乎都是秦苒找到的，一个人独领风骚，其他人最多就是帮她递张纸，干些体力活。镜头下，她要自己的奖励，导演找不到拒绝的理由……

导演只是小心翼翼地看了秦苒一眼：“秦同学，你是要请自己的朋友吗？”

秦苒拧开保温杯的盖子，看了看里面的七颗茶叶，喝了一口，眼眸稍眯，朝人群看了一眼，她才慢吞吞地开口：“是啊。”

“请、请几个？”导演心里盘算着，请一个的话，他还能让秦修尘再补一个。

“两个吧。”秦苒将保温杯的盖子拧上。

“什么朋友？同学？”导演继续问。

秦苒从小马扎上站起来，眯着眼，回：“就两个普通的朋友吧。”

导演“啊”了一声，忧心忡忡地收了工。

身后，白天天看着秦苒的背影，差点儿笑出声，这个秦苒是情商太低吗？难道看不出来导演很明显不想让她请朋友？

这一段播出去，秦影帝的粉丝肯定要喷死秦苒。

白天天收回目光，没再看秦苒，而是回了自己的车上。

一行人收拾好回到山脚的酒店，已经是下午四点了。

导演走到工作间，看今天的录屏。

副导这个时候才问他："你真的让秦影帝的侄女请她朋友过来？"

"她是J大的，朋友应该都是学霸，看点也不是没有……"导演坐在椅子上。

副导看他一眼："那她又请来两个人形bug怎么办？"

导演心里怵得慌，他现在已经有些怕J大的学霸了，甚至对"J大"两个字产生了阴影。

现在J大的学霸都是这样的吗？

"也不一定，她是秦影帝的侄女。"导演想了想，又开口，"秦影帝在他侄女儿那可能没智商，不代表他在她朋友那儿没智商，我觉得他应该在琢磨把自己的人脉介绍给他侄女。"

他沉吟了一下："晚上我去问问秦影帝的经纪人吧。"

这边，秦修尘回了房间，秦陵已经写完了今天的卷子，坐在电脑前玩游戏。

秦修尘拿了衣服进浴室洗澡。

经纪人拿着一个本子从外面进来，他先检查了一下秦陵今天写的卷子，基本上都是结果，稿纸上也没有计算过程，他语重心长道："抄答案了？抄答案不好，学学你姐姐。"

秦陵看了他一眼，然后不紧不慢地戴上了耳机。

熊孩子！

经纪人无聊地坐在秦陵身边，看秦陵玩游戏。两分钟后，他默默走开，坐到秦陵对面低头玩手机。

直到秦修尘洗完澡出来，经纪人才站起来，把本子翻开："这是我找的在圈内您可以请的朋友，都是值得信任的，也能镇得住场。"

秦修尘这十几年来一直在娱乐圈打拼，外界都传言他靠的秦家，只有他自己知道，他一点一滴积累的人脉全是靠自己。

经纪人翻开的记录本上罗列了二十个能在明天抽出空来撑场子的人，都是圈子里有名气的大腕儿。

秦苒不是圈子里的人，秦修尘早就打算好了，回来之后，以秦苒的名义请两个圈内的朋友。

“这两个可以，跟您侄女年纪也符合。”经纪人在名单上圈了两个有实力的演员。这些都是跟秦修尘拍过电影的后辈，流量没有那么爆，但在圈子里的口碑还有人气也是可圈可点的。

秦修尘接过来一看，眉头皱了皱，虽然他想请两个资历更老一点的，但年纪实在不适合。

“走吧。”他拿着这个列好的名单，出门去敲秦苒的门，让她自己选择顺眼的。

屋内，秦苒也刚洗完澡，桌上还摆了个食盒。

她穿了件毛茸茸的白色家居服，打开门让秦修尘跟经纪人进来。

秦修尘看了她一眼，秦苒眉眼一向冷艳，他也没见过她穿这种毛茸茸看起来很萌的衣服，有种意外的反差萌，他都有点想揉她的脑袋。

不过，他没敢动手，只能遗憾地想想。

她的房间要小一些，秦修尘在椅子上坐好，才把名单放在桌上，说明了来意，然后道：“你看看这上面有没有什么你想见的人？”

秦苒没想到秦修尘是来做这些事情的，她看着整理好的二十来个人名。这么短时间内，应该花了心思，她眉梢动了动，好半晌才笑着往椅背上靠了靠，眸色清朗：“不用，我马上联系我的两个朋友。”

她马上要联系自己的两个朋友？经纪人本来在看名单，听到秦苒的这句话，他心里“咯噔”一下。

她说的请朋友原来不是假的，也不是说笑的，而是认真的？！

“我斗胆问一下，你请的两个朋友是圈内人吗？”经纪人知道秦苒的一些情况，她应该是不认识圈内人的。

莫非要请两个状元学霸？

秦苒跷着二郎腿，手搭在桌上，听到经纪人的问话，她眉稍微抬，言简意赅：“当然。”

经纪人看着秦苒的脸，不太相信，他迟疑地询问：“你那两个朋友是谁……”

“好了。”秦修尘坐在一边，不悦地看了经纪人一眼，然后眸色温和地看着秦苒道，“你要请两个朋友来玩也可以，他们明天能赶到吗？需要我帮什么忙？”

秦苒指尖敲着桌子，眉眼间全是懒散，语气却笃定：“能。”

“那就好。”秦修尘微微颔首，把桌上摆着的名单收起来，“我先回去检查小陵的作业。”

身侧的经纪人看着秦修尘欲言又止，被秦修尘目光一看，又瞬间收回想说的话。

两人跟秦苒打了一个招呼就离开了，从头到尾跟秦苒说话的时间不超过十分钟。

门关上，经纪人看着秦苒的房门，然后抬手指着秦修尘手里的名单，他压低声音，发愁道："这名单怎么办？您侄女她要请自己的朋友来。"

"她不懂，你应该知道圈子里的规矩，节目不知道怎么剪辑，但不管怎么剪辑，到时候播出来，她不管请了谁都会被骂。"经纪人看着秦修尘。

听秦苒说是圈内的朋友，可经纪人真觉得……秦苒不认识什么圈内朋友。

秦修尘一边点头，一边拿着钥匙淡定地开了房门："我知道，你不用再重复。"

经纪人看了秦修尘一眼，发现自己说什么都是白说，直接进去，坐到秦陵对面："小陵？"

秦陵伸手，取下一边耳机，挑眉看他："说。"

经纪人顿了一下，才凑过头，慢慢询问："就你知不知道……你姐姐她有什么朋友？"

"姐姐朋友？"秦陵手按着键盘，收回目光，漫不经心地开口，"很多啊。"

"比如呢？有没有明星艺人朋友？"经纪人手搭在桌上询问。

"顾哥哥，陆哥哥，明月姐，封叔叔……"秦陵记性好，想也没想就说出了一大串。

秦修尘坐在另一边，他靠着椅背，饶有兴致地听着，秦陵很少说秦苒的事情，他好奇地看着秦陵，询问："都是她同学？"

他原以为秦苒这种性格很难交到朋友。

经纪人把秦修尘放在桌上的名单拿过来，一边撕碎一边听着。这名单上写了艺人名字跟私人联系方式，要是被工作人员捡到，那些人的电话就被透露出去了。

"顾哥哥是医生，就是送我石头的那个，陆哥哥是校医……明月姐是姐姐的好朋友，也是J大的……"提起这个，秦陵也有了精神，他娓娓道来，一双漆黑的眼睛特别明亮。

秦修尘听得很认真。

经纪人听了几个也没听出来秦苒有什么圈内朋友。他给自己倒了一杯水，喝了一口，等秦陵说完了，也没听到秦陵提到一个圈内的什么朋友。

什么顾哥哥、陆哥哥的，经纪人听都不想听，他十分心累地站起来："修尘，你们聊，我先走了。"

秦修尘正在跟秦陵说话，随意地朝他摆了摆手，连头也没回，至于秦陵……就更加冷酷。

经纪人拖着沉重的步伐走向二楼自己的房间，刚到楼道口，就看到导演等在自己门边。

“我敲了门发现你不在，就多等了一会儿。”导演看了他一眼，发现经纪人的神色格外凝重，不由得一顿，“怎么？”

经纪人跟导演也挺熟，他边摇头，边拿着钥匙开了房门：“进来再说。”

“你刚刚是去秦影帝那里了？”导演坐到桌边，抬眸询问。

经纪人点头。

导演略微思索了一下，眼前一亮：“秦影帝帮忙找了人？”

秦修尘在圈子里人脉广，朋友多，出手帮秦苒找两个人简简单单。

“秦影帝确实想插手，”经纪人看了导演一眼，十分疲惫地开口，“但他侄女执意要请自己的朋友。”

“我估计不是什么圈内人。”经纪人想了想，提前打了预防针，“应该是医生跟J大的学霸，明天的综艺行程你准备好。”

导演蒙了。

医生？他们这档节目竟然还要来一个医生？

怕是这么多季以来第一次选嘉宾这么奇葩的吧……

这边。

秦苒继续把头发擦干，然后打开食盒，拿出里面的饭菜。她一边吃着，一边打开了手机，在微信上翻了翻，先是点开了田潇潇的头像，慢吞吞地打了一行字——“有时间？”

另一边，田潇潇好不容易拿到一个女N号的角色，奈何女主角一直在现场耍大牌拖戏，她的戏份本来是昨天晚上就可以完成，硬是拖到了今天下午，将近24个小时。

“导演，我的戏份……”她演的是女N号，节目里是夏季，她却一直穿着女N号的衣服，外面套着件大衣，走到导演身边。

导演正在给一直卡戏的女主角讲戏。这个女主角有后台有金主，他不好骂，看到田潇潇过来，他劈头盖脸说了一句：“主角的戏份还没完，你急什么，没看到我正在忙吗？！”

田潇潇咬了咬牙，想了想经纪人温姐的嘱咐，没怼回去，坐到一边翻手机。

正好看到了秦苒的消息，她吸吸鼻子，回了个“有”。

她刚回过去，一个语音电话就弹过来。

“苒苒？”田潇潇走到门外，蹲在剧组的门框边，头微微垂下。

这边的秦苒开着外音，伸手拿着筷子：“你明天有没有时间？”

“明天？”田潇潇手支着下巴看前面。

“嗯，有时间来C市，找我玩儿。”秦苒起身倒了一杯水过来，顿了顿，又加了一句，“挺好玩。”

田潇潇转身看了看剧组，自己的戏份又被拖后了，几个主角的戏被提前。这还是秦苒第一次找自己，田潇潇抿唇，也没思索太久：“好，我明天去找你。”

她挂断了电话，又去换衣间换上了自己的衣服，去找剧组导演。

剧组导演正叼着烟，不耐烦地看着她：“怎么又是你？我都说了你的戏份还在后面……”

“不是。”田潇潇拢了拢自己的大衣，“我想请假。”

最近太压抑，田潇潇也想找秦苒玩玩顺便吐槽。

“请假？我看你是不想演了。”导演上下瞥了她一眼，抖抖烟灰，“这个角色多得是人抢。”

田潇潇点点头：“那就不演了。”

这个女N号本来也没签合同，跟跑龙套没啥区别，就是演完拿钱。

田潇潇走得潇洒。

身后，场务看了导演一眼：“这个女N长得有特色，很有潜力……”

“那有什么用？”导演不太在意，剧组又不靠那新人吸人气，她又不是流量明星能自带流量，“这种人分不清轻重，在圈子里这点委屈都受不了，绝对不会火。”

要是换个流量新人，导演绝对不会让她走。

可对田潇潇他连个合同约束都没有，可见他有多不把这人放在心上。

这边，秦苒把定位发给了田潇潇，然后关了微信，找到另外一个电话号码，这个她就随意了，也不管对方在做什么，直接拨了过去。

与此同时，C市另一边。

言昔有气无力地靠在躺椅上，漂亮的眉宇拧起：“机票买好没？”

汪老大点头：“买了，过一会儿我们就能回A城。”

“嗯。”言昔点点头，闭眼休息。

“C市取景不错，下次……”汪老大看他一眼。

言昔眼睛也没睁：“没有下次，我连一天都待不下去！”

来C市一个星期，他水土不服了五天……

桌上的手机响起，汪老大拿起来看了一眼，精神一振。

“言昔，快起来接电话！”汪老大看向言昔。

言昔拿手遮着眼睛，没什么精神地开口：“不接。”

汪老大也不管他，直接按了接听，小心翼翼地往旁边走了两步，把手机恭敬地放到言昔耳边，语调放低两度：“大神？”

本来漫不经心昏昏欲睡的言昔猛地坐起来，他睁开眼睛，嗓音清冷：“谁？！”

汪老大看着他，也不说话，直接把手机转过来对准言昔。

通话页面上明明晃晃的两个字——江山。

言昔看了汪老大一眼，连忙接过手机，然后站起，往窗边走了走，压低了声音：“大神？”

秦苒的手机依旧外放，电话接通后就随意地把手机放在桌上，拿起杯子喝了一口水，就开始吃饭，语气漫不经心：“怎么这么久？”

“刚刚在厕所。”言昔面不改色道。

秦苒不太在意地应着，吃完一根菜才不紧不慢地开口：“还在C市？”

“在。”言昔抬眸看向窗外，“怎么了？”

秦苒跷着二郎腿，挑眉开口：“行，我也在这儿，刚好有个真人秀节目，要请个嘉宾，你有时间过来吗？”

言昔薄唇微抿，一双清冷黑眸中略显震惊，有些怀疑自己听错了：“你……在录真人秀？”

秦苒就“嗯”了一声。

虽然没见过几次面，但言昔跟秦苒确实认识好几年了。他震惊之后，也马上反应过来，语气沉稳：“几个月？”

秦苒一愣：“几个月？”

言昔理所当然地回：“你签了几个月？一起签。”

秦苒拿着手机，把自己的定位发过去：“就两天，嘉宾，我也没几天。”

言昔有些遗憾：“那好吧。”

两人挂断电话，言昔回头，汪老大正拉着行李箱，似乎在收拾东西。

言昔将手机收起，浅色的眼眸微敛：“你干吗？”

“收拾东西。”汪老大抬手，看了一下手机上的时间，“距上飞机还有一个小时五十分钟，你说你一秒钟都待不下去，我们早点出发。”

言昔一愣。

他不信他跟大神的对话汪老大没听到，这个人绝对是故意的……

外面，年轻的小助理敲门进来，他探头看到汪老大已经在收行李了：“汪老大，车已经在酒店楼下了，什么时候出发去机场？”

言昔面无表情地看了小助理一眼。

汪老大把行李箱放到一边，嗤笑：“退票吧。”

“退票？”小助理挠挠头，“您确定？言哥水土不服一天都待不了。”

汪老大拿着手机出去，低头翻手机上言昔给他发的地址规划线路，闻言，头也没抬，语气挺淡："有人治住他了。"

山城这边。

秦苒已经吃完了饭，她把吃剩的碗筷装起来，然后靠着椅背，在微信里翻到江东叶的头像，发过去一句话——"在捧白天天？"

江东叶回得很快："白天天？"

"那就好。"看来不是认真地捧。

这句话没有表情，看不出秦苒的语气，坐在办公椅上的江东叶有些坐不住了，他找来秘书询问了情况。

秘书一愣："是您自己上次问我的白天天，下面的人以为您刻意栽培她，还给她挖了个大资源……"

"把策划表给我。"江东叶心里隐隐有种不好的感觉。

秘书又匆匆忙忙找来一份文件递给江东叶。

江东叶伸手翻了翻，里面有真人秀的详细内容，还有人设计划，正是在C市。

看到这些，江东叶瞬间就想起上午程隽找他的事……所以说秦苒跟程隽都在C市，还在真人秀现场？

江东叶坐回椅子上，心里总觉得有什么地方不安，他看了秘书一眼："什么时候能空出行程去C市一趟？"

秘书一愣，伸手推了下眼镜，掏出行程记录翻着："两天后。"

"行。"江东叶微微颔首，指尖敲着桌子，"安排一下，两天后去。"

A城，机场。

田潇潇就带了个背包，轻装上阵，她站在自助机器边，看着上面的航班，给秦苒拨了个电话："苒苒，没今天的机票了，我赶过去可能要晚点，你自己先玩……"

这会儿已经五点多，正好又逢星期天，晚上去C市的两趟航班都没余票。

秦苒等头发干了，就把饭盒装好，然后拿着钥匙开门出去。她换了件米色的宽松线衣，底下是黑色紧身裤，没戴帽子，眉眼清冷，听完田潇潇的话，她只问："温姐来吗？"

"来，她最近也没什么事，房子也没找到。"田潇潇的目光在周围扫了扫，找了个自助饮料机，扔了十块钱买了瓶矿泉水。

"了解。"秦苒手上拎着食盒，走在青石板路上，"你在机场稍微等一会儿，十分钟后联系你。"

秦苒挂断电话，又往前走了五分钟，终于到了路口的小楼。门是半掩着的，秦苒一进去就看到了站在院子里的程木。

“秦小姐？你今天这么早结束？”程木过来，立马接过她手里的食盒，然后伸手关上了院门，朝楼上喊，“隽爷，秦小姐来了。”

声音很大，连阁楼书房也能听到。

程隽看了面前的一行人几眼，慢条斯理地卷了卷袖子，指尖还拢着袖口：“那就明天出发去A城。”

这行人都是程家在C市势力的管事。看到程隽这么散漫地就决定了，为首那个穿着黑色西装的中年男人不由得开口：“三少，我们势力人多，根本就转不过来，一天时间不够，关系还没疏通……”

中年男人一边说着，一边递上一份人员还有资源文件。程隽随手接过来，伸手翻了翻，大概也就一两分钟的时间：“够了，能转过来。”

他眉眼懒散淡漠，又漫不经意地把文件合上，随手扔到桌上：“三天后早上七点去C市千鸿机场。”

“三少。”中年男人捏着双手，青筋暴起，但还是耐心地提醒，“C市并不是程家管理的范围，航空也不是，资源跟人员转移都要经过航空管理局的检查，疏通各路关系层，要真这么简单就能走，我们也不会上报老爷子派人过来……”

程家在C市势力不弱，程老爷子想要程隽过来，为的就是让他收复这边的势力。

这其中各种关卡要疏通，程家本家不来一个能镇场子的，根本镇不住。

程隽目光看着窗外的方向，似乎看到了人影，眼眸下意识地抬起，嘴边挂着懒散的笑：“知道，全部人马在机场集合就行。”他懒得跟这行人多说，直接下楼，更没提疏通关卡的事。

程隽离开书房之后，房间内几人面面相觑。

“二堂主。”余下的几人看着中年男人，担忧地开口，“之前听闻关于三少的传言我不信，今天一看……过些天我们怎么办？”

真大张旗鼓地把所有东西都运到机场？

到时候别说运到机场了，安全通道什么都没有，程隽什么都不管，二堂主能想象到，到时候恐怕还没到机场，东西就被航空管理局扣下来。

程家在国内说一不二……可在航空这块，还真得罪不起。

二堂主揉着眉心，他也是第一次见程隽，眼下程老爷子要退休，该是到要站队的时候了……他站在书房里沉吟了一下，把这件事含糊地报给了还在A城的程饶瀚。

“回去开始准备吧，争取三天内把东西全都运到机场。”二堂主把桌上的文件收起来，目光看向窗外。

“全运到机场？您不疏通关卡了？”手下面色大变，他从椅子上站起来，不太赞同，“到时候被扣押，程老爷子那儿过不去。”

二堂主没有说话。

传言程老爷子最喜欢三儿子，若是三儿子一意孤行犯下大错……他叹了一口气，该劝的他都劝了，不闹出一件大事，他真怕以后程家会落在三少手中……

楼下。

程隽没直接下楼，而是到自己书房拿出一个黑色的背包，是秦苒的。拿好背包，他才去了院子里的石桌边，把秦苒的背包随手搁在桌上。

秦苒手上正端着一杯茶，她一边喝，一边拉开背包的拉链：“这么快就送到了？顾西迟不是说还要几天吗？”

这里面是她的电脑，还有顾西迟的药，这药大部分都是给秦陵的。

在一边站木桩的程木没敢跟秦苒提，程隽昨天晚上就威胁顾西迟，动作不快点，扬言要炸了他的研究室……

然后，今天下午就到了……

程隽伸手给自己倒了一杯茶，白皙的手指印着茶杯：“还行，我师弟速度一向可以。”

秦苒把拉链拉上，她手指撑着下巴：“今天 A 城到 C 市的航班还有吗？”

“没有。”程隽看她一眼。

“喂。”秦苒手指撑着下巴，纤长的眼睫微微颤动，她看着他，放低声音，“真没有？”

程隽轻哼一声：“可能十分钟后就有了吧。”

A 城机场。

田潇潇戴着耳机看电影，背后被人拍了一下，她吓得手机差点儿掉下来。

她回头一看，正是温姐。

“又在看秦影帝的电影，我说你……”温姐看了她的手机一眼。

田潇潇头疼地收起手机，然后摆手：“行行行，我知道了，不要死亡三连问了，姐姐！”

“让我去 C 市干吗？”温姐也只带了一个背包，她一看航班信息，“晚上飞不了，回去吧，明天再说。”

田潇潇看了看手机，秦苒的微信刚好发过来，看到内容，她一愣：“苒苒说能飞，她好像还帮我们买了票？”

“我来的时候就查了，没有航……”温姐不信邪地拿出手机一看，一句话还没说完就停住，因为还真多了一趟八点半的航班。

至于她跟田潇潇的票，温姐以为田潇潇把两人的信息发给了秦苒，所以她没注意。取好了登机牌，两人不用托运行李，过了安检直接去登机口。

偌大的机舱中只有寥寥几人，有种包机的诡异感。

起飞后，温姐才问："你去C市是找你那个朋友秦苒？"

"嗯。"田潇潇随手取出杂志来看，也没抬头。

温姐点点头，最近她手头上也只有田潇潇一个艺人，她戴上了眼罩："那个女N号拍得怎么样？导演有没有找你约下一部网剧？"

她问起了工作。

田潇潇说得随意："没演。"

"什么？！"温姐猛地拽下眼罩，用"你疯了"的眼神看着田潇潇，"你不会为了去C市玩'鸽'了剧组吧？"

田潇潇抬眸，看温姐一眼："淡定，那个导演，我早就想炒了他，一直拖我的戏。"

"这种事是新人经常能遇到的，你能不能忍忍。"温姐淡定不了，意识到飞机上不止两人，还有空乘，她压低了声音，"你到底在想什么？还想不想在娱乐圈混了？"

她也是真关心田潇潇。

田潇潇手撑着小桌子，有些迷茫："看情况吧。"

"算了，你这个万年'非酋'。"温姐看她这样，也不忍心说她了，"心态不好，正好跟你朋友一起在C市好好放松调整一下。"

两人到现在，一直都以为是去秦苒那里玩。

两人坎坎坷坷，下了飞机后，转了两趟车，一路上昏昏欲睡，早上六点，才到山城。这个时候山城小镇上也没什么灯，天也是微微亮。

温姐看着略显破败的山城，面无表情地看了田潇潇一眼，迟疑地开口："确定有风景区？"

田潇潇没觉得什么，她捏了捏发酸的肩膀："这里怎么了？自然风景很好啊，开心点。"

"一想到你推了女N号就完全开心不起来。"温姐没好气地开口。

田潇潇按着秦苒的定位停在酒店下面，两人进去，田潇潇拿出手机给秦苒打电话。

温姐找看门大叔订房间，才被告知酒店已经被人包下来了。

"潇潇，我觉得有什么地方不对劲……"温姐迟疑地看着这酒店。她正说着，秦苒就披着大衣从楼上下来。

看门大叔认识秦苒，见秦苒带着两人往楼上走，他也没说什么，放任两人进去。等三人上楼之后，他想了想，还是通知了导演。

楼上，秦苒房间。

“你们就带了这些过来？”秦苒翻了翻田潇潇的包。

田潇潇直接呈“大”字形躺在秦苒床上：“又不是来拍戏的，用不着带那么多东西。”

今天的拍摄依旧是七点开始。秦苒看了看时间，六点十分，她去卫生间换了件衣服，然后又打开自己的衣柜：“你去找找哪件衣服你能穿。”

田潇潇躺在床上不想起来，她双手交叠垫着下巴：“我们现在就出去玩？还早吧，镇上都没什么人，睡个回笼觉再起来？”

秦苒换好衣服，手指勾着衣领，闻言，只瞥过去一眼，冷冷清清地说了两个字：“去换。”

一起相处了一个多月，田潇潇知道，她再说，秦苒就该不耐烦了。她摸摸鼻子，站起来去秦苒衣柜挑衣服。

“你们稍微等等。”秦苒看了看手机，“我下去拿早饭。”

看着满眼L家的衣服，田潇潇默默嘀咕了一句“土豪”，然后伸手翻着。

她身材跟秦苒差不了多少，只是风格不一样，秦苒基本上是运动风，田潇潇就随手在里面挑了一件蓝色线衣，吊牌还在，看起来秦苒没穿过。

田潇潇乖乖地去卫生间换衣服，温姐坐在椅子上喝水，诧异地跷着二郎腿：“够听话啊。”

她正说着，外面响起了敲门声。

温姐放下茶杯，走过去开门：“秦苒，你忘带钱了？”她想也没想地拉开房门。

门外，站着一道修长的身影。虽然背着光，但依然能看清他的脸，白皙手指还抬着，呈敲门状态，一身风流韵致。

那人精致的眉眼一顿，随后露出一丝礼貌的笑：“你就是苒苒的朋友吧？”

温姐浑身僵硬没动静，然后做了个十分傻的动作，她“砰”的一下把门关上，随后又打开。

挺拔俊秀的身影还在，精致的眉眼依旧温和又有礼貌地看着她。

屋内田潇潇换好衣服出来，随意地开口问道：“温姐，是苒苒吗？”

这道声音终于让温姐反应过来，她茫然地开口，听见自己的声音似乎在天上飘，又轻又小：“秦秦秦……”

“你好。”秦修尘漆黑的眸子略深。

温姐反应过来，立马侧身让秦修尘进去。

田潇潇一点儿也不见外地给自己倒了杯水，“刺啦”一声拉开椅子坐下，大大咧咧地转头，朝门口看过去：“苒苒，你买早餐这么快……快……快的吗……”

三个人在门口杵着。

秦苒就在楼下拿早餐，很快就提着食盒进来。

“我刚准备跟你说，你就来了。”看到秦修尘，秦苒半点儿惊讶也没，只是进门把食盒随手放到桌上。

她朝田潇潇抬了抬下巴，介绍道：“田潇潇，我朋友；那是温姐，她的经纪人。”

秦修尘拿出十足的耐心跟礼仪，一一打招呼。

“这位……”秦苒转向秦修尘，她摸了摸下巴，停顿了三秒。

秦修尘腰背挺直，眉眼疏淡，微微笑着。

秦苒想了想，然后伸手跟田潇潇介绍：“我叔叔，秦影帝，你可以叫他秦叔叔。”

秦修尘咳了一声，他努力维持着影帝的范儿，十分和蔼地跟田潇潇开口：“田潇潇是吧，你有微博吧？来，我们互关一下……”

这是秦苒第一次向她朋友介绍他是她叔叔的身份。

秦影帝也有些飘了。

田潇潇全程僵硬。

介绍完，秦苒才想起来一件事儿，她打开食盒，从里面拿出一份早餐袋递给秦修尘：“你有化妆师吗？她们什么都没带。”

秦苒不太化妆，也没耐心。主要她不混娱乐圈，对形象也不在意，但田潇潇不一样。

“有。”秦修尘接过早餐袋，他指尖修长，嗓音温和，“吃完饭直接去二楼 301，我带你们去，尽量早点，节目七点半开始。”

“行。”秦苒笑了笑。

秦修尘看着她，一顿，想起来另外一件事儿：“你还有一个朋友……”

“他要晚点。”秦苒把早餐袋打开，拿出里面的食物，说起这个人她就漫不经心了，“不用管他，直接去节目组等就行。”

看秦苒这么随意，秦修尘就没多问。

两人说了几句，秦修尘就回自己房间准备了。

秦修尘房间，经纪人拿着本子进来，看着哼着小曲儿的秦修尘，忍不住问秦陵：“你叔叔今天也疯了吗？”

秦陵默默拿起一块面包：“不知道。”

这边，秦苒房间内的两人还没反应过来，僵硬在原地。

秦修尘是娱乐圈的半边天，好几年前国际大奖就拿个不停，娱乐圈往前数二十年也只有他能达到这个地步，娱乐圈大半的演员都是以“跟秦影帝一起演戏”为目标。

田潇潇这个“非酋”，从没见过秦修尘本人，只在电影电视上见过他。

“温姐……刚、刚刚我是不是见到……秦影帝了？”她手扶着桌子，低头看手机上秦修尘的微博大号，“还……互关了？”

温姐作为经纪人，不仅年纪比田潇潇大，心性也比田潇潇稳定，此时也难免飘忽：“好像是的。”

秦苒拉开椅子坐下，她拿出一盒豆浆，插上吸管，递给田潇潇，有种不羁的随性：“冷静一下。”

田潇潇坐下来喝了一口，也没冷静下来：“苒苒，秦影帝变成秦叔叔了？”

“嗯。”秦苒也喝了口豆浆，笑得挺懒散，又慢条斯理地拿出一块点心，咬了一口，“待会儿你还要跟他一起录个真人秀。”

“还要跟秦影帝一起录节目？！”田潇潇身体矮了一截，只觉头晕眼花。

“还有璟雯姐。”秦苒不紧不慢的，又扔出来一个炸弹。

田潇潇跟温姐彻底没了声音。

秦苒把一块点心吃完，手支着下巴看田潇潇一眼：“怎么这个表情，不开心？”

田潇潇一脸要哭了的表情看着秦苒，开心？

不……

她现在已经快被吓死了好吗？！

七点二十分，田潇潇从化妆间出来，因为今天是户外节目，化妆师只给她化了个防水的淡妆。

“温姐，我今天还是‘非酋’吗？”田潇潇看着在楼梯口等自己的秦苒跟秦影帝，幽幽地开口。

温姐“啊”了一声，她的心还在疯狂跳着，她抓着田潇潇的手腕：“不，你可能是全球‘欧皇’的祖宗，这狗屎运都能被你踩到……”

跟秦影帝、璟影后一起拍综艺节目，尤其是……秦影帝变成了秦叔叔……

温姐想到最后，用一种不知道该怎么形容的目光看了田潇潇一眼：“我怎么就没秦苒那样的朋友？”

“苒苒她……”

“不。”温姐抓着田潇潇的手，“从今天开始，她就是你的再生父母！”

田潇潇：“……”

楼梯口，摄影师也准备好了，今天的行程开始。

秦修尘对田潇潇一副长辈的态度，十分友好。璟雯知道田潇潇是秦苒的朋友，也热情地打招呼。

大家询问了田潇潇的基本信息，又问她哪个学校的，还有一些兴趣爱好什么的。

田潇潇一愣，现在真人秀都问这个吗？不过好在她履历也挺好看，一一回答。

导演组跟璟雯等人都松了一口气，不是J大学霸就好。

“终于来了个正常人。”导演搜了搜田潇潇的资料，眼前一亮，“这个新人底子不错，长相也有特色，秦影帝看起来十分看好她，有秦影帝提拔她，不火都难。”

导演继续往下翻着资料，看到其中的某行字，挺惊讶：“她还是个十分厉害的小提琴手，已经到了演奏级的水准。这个演员有实力有长相，节目可以稍微改动一下……”

虽然有秦苒在，节目组所有女演员的样貌都大打折扣，但田潇潇还是有看点的。

导演组十分满意。

秦苒请来的虽然不是什么大腕儿，但也不是J大学霸，还是圈内人，看她镜头下的表演，综艺感也非常不错，秦影帝也有提拔的意思，想来播完节目，田潇潇肯定能火。

一个节目捧火一个人，这对节目的好处也不少。

双赢。

“秦影帝的侄女还有一个朋友没来？”导演问了工作人员一句。

工作人员已经打听好了：“应该是七点半直接到节目现场，好像是个男的。”

“好。”导演点头，他跟着摄影师一起出去，“综艺流程稍稍改动一下。”

有了个田潇潇，下一个秦苒随便请什么人，节目组已经不在意了。毕竟田潇潇有些看点，这个演奏级别的小提琴手是个噱头……

娱乐圈里还真难找到级别这么高的。

这边，秦苒等人已经到了拍摄地点。

田潇潇一开始有些放不开，秦修尘跟璟雯都十分随和，几分钟后她就习惯了。

今天的拍摄地点不在山上，而是在古镇的三条街道。街道已经被清空，设置了很多任务点。四个人到的时候，白天天跟璟雯表弟三人早就等在那里。

“听说秦苒姐姐请的朋友已经到了，不知道是谁？”白天天看着尽头。

璟雯表弟等人也好奇。

尽头处，秦修尘、璟雯一行四人走过来，白天天下意识地挂上了微笑。她目光一一掠过秦修尘等人，最后停在了田潇潇身上，白天天嘴边的笑容微微一凝——

怎么是她？

白天天拧眉，不过也松了一口气，田潇潇确实是个艺人，却是个十八线开外的艺人。

秦影帝肯定是不认识田潇潇的，所以他没帮秦苒请什么朋友。

一行四人到达。

快七点半了，璟雯看了看时间，坐在一边的门框上，笑道："小苒苒，你另外一个朋友是不是迟到了，得罚他。"

秦苒找导演组要来手机看了一眼，语气淡漠："他绕了点路……哦，已经到了。"

言昔的回复说已经到了小镇。

秦苒随手把定位发给了对方，然后就把手机丢给了导演。

这会儿镜头还在，导演收了她的手机。

璟雯还在研究木桌上的任务卡，看到秦苒回来，就往路的尽头看去，随意地问了一句："你另外一个朋友做什么的？"

"歌手。"秦苒目光也落在路的尽头。

白天天等一行人都不好奇，一直在围观桌子后面的老宅院。这条街已经被节目组清空了，真人秀拍摄期间完全保密，除了偶尔来这里游玩的粉丝，没有其他人知道。

尽头处出现了三道人影。

璟雯、田潇潇还有关心秦苒朋友的秦修尘都朝路的尽头看过去。

节目组没有摄像头移过去，都在拍秦修尘跟璟雯的反应，要不就是拍白天天那一行人。

导演组也不关心秦苒请来的另外一个朋友。

"那说不定我无意中还听过你朋友的歌。"璟雯靠在后面的桌上，笑道。

秦苒扬眉，漫不经心地道："可能吧。"

璟雯说这句话的时候，已经能看清三人的身形了，那三人不紧不慢地迈步走过来，最后一个人似乎还戴着口罩。

白天天随意往后看了一眼，忽然笑了笑："还戴着口罩，看起来是个来头很大的明星啊。"

除了粉丝多的艺人，其他十八线的艺人出门戴口罩墨镜遮脸几乎都会让人群嘲——狗仔不关注，粉丝也没几个，给谁看？

田潇潇视力一直很好，脸上本来挂着松散的笑容，直到能看清那三人的脸，她目光直接放在最后那个戴着口罩低着眉眼的人身上，然后麻木地开口："苒苒，我……我觉得你那个朋友有点眼熟。"

有些人的特征，并不是一个口罩就能遮住的。那一行人再往前走近点，其他离得近的人也看到了。

现场白天天、璟雯等人说话的声音消失得干干净净，连秦修尘都十分意外。

如果说秦修尘是娱乐圈的半边天下，那么言昔就是另半边天下。只是两人一个是影帝，一个是天王巨星，属于王不见王。

尤其言昔完全就是娱乐圈的清流，除了发专辑就是开演唱会，不拍广告、不接综艺、不拍电视电影，虽然偶尔也会接影视作曲，这大概是他跟娱乐圈交集最深的项目了。他的歌不仅火遍国内，国外都有他的半边天下，国内歌坛从未有人达到过的高度。

在场都是混娱乐圈的，没有人不知道言昔。

璟雯表弟站在白天天身边，他脑子有些空白，喃喃开口："言天王该不会就是秦苒请的朋友吧？"

白天天回过神来，她咬了咬唇，怎么可能？

别说这两人，连璟雯也匪夷所思地看着言昔停在了他们面前，然后伸手拉下口罩，露出精致的脸："大神……"

"人来了。"秦苒直接打断了他，随意地挥挥手，朝导演组抬了抬眸，"可以开始录了。"

其他人寂静无声。

璟影后脑子里还在想着秦苒刚刚的那句话，她问秦苒朋友是干什么的，对方非常平淡地回了一句"歌手"。

是歌手没错，可你能不能带上"言天王"三个字？！

言昔十分上道地跟大家道歉："十分抱歉，我来晚了。"

"不！"璟影后终于反应过来，"晚什么晚，明明是秦影帝他太急，来早了！"

说完，她端着大方端庄的态度看向言昔："你是来参加真人秀的？"

言昔眸光清冽，在所有人的目光中点了点头。

导演拿着牌子，站在人群中回不过神来。

耳麦里，副导在摄影棚中十分着急："为什么不接着录了，现场发生了什么事？来的到底是谁啊？怎么所有人都是这个反应？"

还有人忍不住小声尖叫着。

一行工作人员都忍不住拿出了手机？

他们拿手机干什么？不知道签了保密协议吗？！

言昔背对着摄像头，再加上一开始导演组没准备给言昔镜头，言昔刚来也没戴上麦，所以导演组也听不到他的声音。

听着副导的话，导演“啊”了一声：“那什么，秦影帝的侄女好像把言天王请到我们综艺了……”

他看着头顶刚刚冒出头的太阳：“我们是不是要火了？”

言天王跟秦影帝同时参加一个综艺节目！尤其是言天王这个娱乐圈的异类，连访谈几乎都没有，忽然要参加真人秀，这个消息放出去，网友绝对要爆炸！

“快，改后面的任务。”导演按着麦，立马对工作人员吩咐下去。

因为对秦苒请的人没有期待，导演没给她的朋友戏份，但眼下来的人是言天王，娱乐圈的顶级流量，还是有着特殊光环的言昔，那能一样吗？

导演匆匆吩咐下去时，路过人群里秦影帝的经纪人，他不由得乐呵呵地开口：“你竟然还瞒着我，早跟我说是言天王，我能连夜准备一百个台本。不过这个惊喜我喜欢，喜欢炸了！”

经纪人也是一脸蒙。

秦修尘跟璟雯都是影坛封神的人，论演技没人比他们好。他瞥了璟雯一眼，然后温文有礼地跟言昔打招呼，眉眼清和：“言天王，你好，我是秦苒的叔叔秦修尘。”

秦修尘在圈内跟言昔的地位对等。两人一个在影坛一个在歌坛都是旁人不可撼动的存在，要不然娱乐圈也不会用“王不见王”来形容二人。

再加上言昔是秦苒的朋友，秦修尘拿出了十万分认真的态度。

然而听完秦修尘的话，言昔连忙往后退了一步，没敢跟秦修尘握手，而是弯腰，浓密的睫毛微颤：“叔叔您好，我是言昔！”

秦修尘：“……”

两人论资历，是可以以平辈相称的，言昔叫秦修尘叔叔……所有人的目光都看向秦苒，下意识地想到，言昔应该是跟在秦苒后面叫秦修尘叔叔的。

这两人到底什么关系？

[第十章]

被综艺之神
眷顾的节目

真人秀已经开始录制，璟雯捂住自己的麦，忍不住小声问：“你侄女什么人啊？”

秦修尘面无表情地看她一眼，他也想知道……

秦修尘知道秦苒有那么一点儿神秘，比如每天早上的早餐，还有神不知鬼不觉递到节目组的保温杯、秦陵的三餐……可现在，他也十分好奇自己这个侄女是怎么认识言天王的，还让人家一个天王巨星恭恭敬敬地叫他叔叔。

节目录制，没那么多时间聊这些，一行人吞下了到嘴边的疑问。

今天要分两组。

一开始节目组安排秦修尘、璟雯各带一组，可因为来的是言昔，所以秦苒、田潇潇、言昔三人分在了一组，加上了璟雯的表弟。

秦修尘、璟雯、白天天跟她队友是另外一组。

这期主题是“逃离诡异小镇”，节目组在三条街道设置了很多关卡，两组人必须通过各个关卡，关卡处有冒险任务，有各项指定任务，达到要求就能拿到关键线索，然后找出逃离诡异小镇的方法。

街道上剧组布置了一堆悬疑恐怖的场面，节目开始，已经有穿着诡异嫁衣、化着苍白妆容的群演在各个古宅里晃荡。

导演已经跟工作人员提了，添了好几个有音乐元素的关卡。他跟着摄影，看着秦苒双手插兜，懒懒散散的身影，心里不知道为什么，又莫名不安，再度确认：“今天没有关于智力考查的关卡了吧？”

被J大学霸支配的恐惧，导演组不想再经历。

工作人员信誓旦旦地回：“导演，您放心，今天的关卡不是完成指定高难度动作或者演技，就是技术宅，也符合白天天的人设，J大学霸肯定不行！”昨天白天天不出彩，江氏肯定不满，今天肯定要补回来……

听他们这么说，导演也想起来节目组交上来的白天天人设列表。

学霸人设之外，还有技术宅、清纯校花。

导演拿起台本翻了翻，翻到了节目组重点画出来的一行，让白天天展示她技术宅的深厚功底，他看着特意被圈出来的一行字——《九州游》单排至尊。

《九州游》作为全球性高难度的卡牌游戏，吃操作也吃卡牌组合。它统领游戏界好几年，从未被超越，尤其是受 OST 战队、杨非还有三张神牌的影响，这游戏已经成为影响一代人的存在。

白天天能单排到至尊，拿到节目上，确实能吸引一大票人的好感。

再加上节目组的剪辑，让白天天在节目中火一把应该没太大问题。

导演把台本合上，心底松了一口气，今天白天天的人设该不会出岔子吧……

这边，节目开始录制。

两组都是四个成员，呼啦啦一堆摄影师跟着两队人马。

玩游戏要有游戏精神。

秦修尘那一组已经找到了一个任务点，是一个射击任务，四人总共射八次，射中两次红心就能拿到一个低级线索，秦修尘那一组四个人都在射击。

璟雯表弟精神一振，他游戏精神比较强，刚想对秦苒他们说他会，一偏头就听见田潇潇的声音：“苒苒，竟然有人要买我的曲谱，就你在表演赛帮我重新编曲的那个……”

言昔话不多，他戴着鸭舌帽，静静地跟在秦苒身侧。听到这句话，他手压着帽檐抬头，嗓音清冷：“她给你编曲了？”

“是啊，我们京协的一个表演赛。”提起音乐，田潇潇慵懒的眸色一震，“不过，可惜那场表演赛不能使用太多乐器，我后来才去音乐房找乐队录制了完整的曲子，刚发到微博上第二天就有人找我买，温姐说要帮我卖掉……”

言昔顿了一下：“你卖了吗？”

“我还在考虑。”田潇潇摸着下巴，侧过眸，认真地询问秦苒，“苒苒，我可以卖吗？我们一人分一半！”

秦苒不太在意，看着周围的古宅：“可以啊。”

言昔眸光有些冷，连脚步都顿了一瞬，好半晌，他才反应过来，不知道该用什么表情看田潇潇：“对方出多少钱？”

“十万！”田潇潇拨了拨垂到身前的鬈发，“苒苒，我的作曲你的编曲有这么值钱吗？！一首就十万！卖了我一年的房租就不用愁了。”

她似乎在考虑卖编曲的可能性，已经了解事情始末的言昔唇微抿，他清冷地看她一眼，语气淡淡：“别卖。”

“啊？”田潇潇反应过来，她点点头，那就不卖。

虽然那十万确实有点可惜……田潇潇叹息一声。

言昔更想叹息，他看着田潇潇欲言又止。

三人你一句我一句，不是编曲就是曲谱，身后的璟雯表弟完全插不上话。

田潇潇提议去古宅中看看“鬼”……在秦苒“看”完“鬼”，决定要试试街道上烤肉的时候，璟雯表弟终于忍不住了：“言天王，我们不是来拍真人秀的？”

你们又吃又喝还看“鬼”算怎么回事？大型“面基”现场？

游戏精神呢……

璟雯表弟正说着，迎面碰到对面店铺里的秦修尘一组。

“结个盟？”看到秦苒等人，璟雯从椅子上站起来，有些疲惫地开口，“你们找到几条线索了？我们才三条，今天节目组搞事情，除了秦影帝射击中了三次，后面两条线索都是天天拿的，现在在拿第四条线索。”

看到表姐，璟雯表弟终于忍不住：“表姐，我们一条线索都没拿到！”

秦修尘侧身看过来，眉头微拧，他伸手拿出一张任务卡，递给秦苒：“先给你们一张，我待会儿再去试试能不能拿到八进四的中级线索。”

这个节目说到底还是真人秀，若是纯玩，没拿到一个线索，后期在网上播放，肯定是要被人喷的。

秦苒不紧不慢地接过来，拿在手心稍微把玩了一下：“节目录制要多久？”

“晚饭前。”秦修尘说到这里，眉轻轻蹙起，“结盟，我们一起出去。”

他也意识到，这一期恐怕大多是为白天天设计的。几乎每到一个地方，白天天都能发力。

“不用。”秦苒把任务卡一握，然后抬头看了看天色，侧身看了眼田潇潇，若有所思，“我们走。”

璟雯表弟垂头丧气地跟着秦苒这一组，连导演组都急了。

副导忍不住跟导演通话：“是不是我们设计得太难了，秦苒他们一行人完全不进游戏地点，我们设计的好几个音乐游戏店铺他们都没有进去……”

导演跟在摄影师身后，也忍不住皱眉，这几人除了颜值，其他没什么看点啊……

两人正说着，秦苒那一组终于找到了第一个任务地点，看到他们选了小提琴店铺，导演组终于松了一口气。

这个地方，完全就是为田潇潇跟言昔——尤其是给言昔准备的。

看守这里的是一个老人，挺有高手风范。

璟雯表弟看了看任务点要求：“这里要拉小提琴，言天王你会吗？”

他直接看向言昔。

言昔眉眼微垂，抬手拿了把小提琴：“叫我言昔就行。”

然后，他把小提琴递给田潇潇，他记得田潇潇说过她是京协的人。

A 城小提琴协会，A 城唯一一个能步入 M 洲的协会，也是唯一一个能简称京协的协会，名气非常大，能入会的，都是小提琴界的天才。

田潇潇接过来，想递给秦苒。秦苒却是双手环胸，正漫不经心地看着其他地方，没接。

看守这个任务点的老人，听到田潇潇等人的声音，他懒洋洋地睁开眼眸，伸手指了指桌上摆着的小提琴：“拿到任务卡的前提是把 d 小调，或者自己的原创……创……”

老人正好抬头，看到田潇潇，他一愣：“潇潇？”

田潇潇已经把小提琴拿到了手上，这时候也看清了老人的脸，她回忆了一下，想起来这个人是谁：“原来是海老师。”

说完，她又给秦苒介绍：“苒苒，这是协会的海老师。”

秦苒考核完之后就没怎么去京协了，但田潇潇之后没有太多广告的时候一直去找魏大师进修，认识了一系列京协的老师，海老师就是其中一个。

在娱乐圈待着的人，最重要的一个特质就是记人准，只见过一面，田潇潇也不会忘记。

听田潇潇叫的名字，海老师也朝秦苒看过去，京协没人不认识魏大师的首席大弟子，对方七级水准的水平不说在学院学员中，在一堆老师中也秒杀了所有人。

她这么长时间没出现，京协不少人猜她是不是到八级了。

颇有高手风范的海老师站起来，他直接把最高级线索交给了秦苒：“先把卡给你们，你们俩谁演奏？”

说着，他目光期待地看向秦苒。

他虽然是老师，也只是因为资历长，实际上他的小提琴也才六级，这在小提琴协会算高的了，毕竟一般五级的新生都能进 M 洲协会。他没见过现场的表演，此时当然想看。

秦苒拖着一张椅子坐好，撑着椅子扶手：“潇潇来。”

海老师遗憾地叹了一口气，然后亲自拿过小提琴，递给田潇潇。

一边的璟雯表弟看着秦苒手上的高级线索，他抻长了脖子，十分疑惑，这就拿到了高级线索？

不说他，就连一直看秦苒这边分屏的导演组也差不多是这个表情。

又来了？！

等秦苒一行人离开了，导演跟工作人员赶过来：“您怎么提前把高级线索给他们了？我们设定的线索是超过您的水准，才能把高级线索给他们……”

海老师连小提琴都没拉就这么把高级线索交出去了？

节目组没人学过小提琴，更别说入京协。听到导演的话，海老师顿了一下：“你知道京协吗？”

“知道，您就是京协的人……怎么了？”导演觉得有点不太对劲。

他只知道田潇潇是演奏级别的小提琴手……

“搜搜京协吧，你们登录不了内部官网，但也能看京协的大致情况。”海老师把小提琴细致地收起来。

跟在导演身后的摄像头对准导演的手机页面。

京协在A城的知名度之所以那么高完全是因为魏大师在M洲协会的地位，因为他每年京协都有一个人能进M洲协会深造。A城一些家族的大佬都会给他面子。

作为艺术界的强人，“魏大师”这个称号在A城十分响亮。

他并不是网上突然火了又突然消失的艺人，而是艺术界的“大师”，第一个能在M洲皇家演奏厅表演的国内大师。

导演不知道其他，但他知道京协跟魏大师……艺术界的鼻祖……

外网能搜索到京协官网，官网上还有报名系统。

导演把能点开的都点了一下。

上面没什么广告，都是京协的内部会员跟通知，没点几条，他就点到了京协会员内容，看起来是个排名。

1. 高级学员秦苒（七级）

2. 高级学员汪子枫（五级）

3. 低级学员田潇潇（四级）

……

“这是京协内部评定的小提琴等级，跟国内业余评定等级不一样，我才六级。”海老师看了导演一眼，“虽然我比田潇潇高两级，但她有一首原创拿到了85分，我最高分记录也不过81分，至于秦苒……你别看了，连我看她一场现场表演赛都难。”

他这么大年纪了，也不好意思在镜头前献丑。

尤其是在秦苒面前。

导演蒙了：“秦苒……她不是J大物理系的学霸吗？”

“她是J大学霸？”海老师一愣，然后嘀咕一声，“难怪连M洲协会都不想去，九月之后就再也没来过京协，原来是去J大了。J大有什么好的，也不继续考级，魏大师竟然让她去J大……”

导演组千防万防，防住了J大学霸，万万没想到，来的是京协的人……

而秦苒这边，已经拿到了一张高级线索。

璟雯表弟拿着线索，他现在对田潇潇有点崇拜，一直跟前跟后，像个迷弟：“你小提琴那么好吗？你怎么认识NPC的？”

当然，因为昨天密室的事情，他对秦苒也没之前那么排斥……

秦苒走在最后面，不由得伸手掏了掏耳洞，然后猛地停下。

田潇潇跟言昔一顿。

“大神，有什么发现？”言昔把刚刚从“鬼”那里顺来的面具戴在脸上。

秦苒面无表情地朝左边看过去：“有个任务点，进去吧。”

璟雯表弟兴致勃勃的，看到任务点，立马冲进去，这里面除了一台电脑，就是墙上满眼的数据，什么符号都有。

璟雯表弟立马问任务点的NPC，是个年轻人：“兄弟，秦影帝他们来过吗？”

“没有……”年轻人用了好长时间，才把目光从言昔身上移开，他眼花了？

“那就好！”璟雯表弟看完任务卡，兴冲冲地走到满墙的数据边，在上面寻找自己需要的东西。

他在找这些的时候，言昔和田潇潇出去了一趟。十分钟后，两人抱了两罐子烤肉回来。

两人递给了秦苒一罐，然后田潇潇拍拍埋头看数据的璟雯表弟：“兄弟吃点烤肉吧，都中午了，你不饿吗？”

璟雯表弟抬头，茫然地看着他们：“你们哪里有钱买的烤肉？”

“没钱啊。”田潇潇往后面看了一眼，语气慵懒，“那家烤肉店老板是言昔的粉丝，言昔给他签了个名，他就送了我们两罐子烤肉。”

准备让他们完成挑战任务才能得到午饭的导演们心塞，言昔怎么也和秦苒一样过分……

“大神，你等等再吃。”见璟雯表弟不吃，言昔面色清冷地看着秦苒，十分严肃。

秦苒拿着签子叉了一块烤肉，闻言，抬头瞥言昔，漂亮的眉眼充满杀气。

言昔往后退了一步，然后小声地用自以为其他人听不到的声音道：“节目组到时候恶意剪辑，说你只吃肉不干活怎么办？”

他忘记了自己戴着耳麦，节目组听得清清楚楚。

导演扶额，我们不是，我们没有，别瞎说！为什么言天王是这样的？！

秦苒“啊”了一声，反应过来，点点头：“你说得对。”

她把罐子放到言昔手里，然后走到璟雯表弟身边，伸手翻了翻他找出来的数据。

璟雯表弟吓了一跳："等等，你在干吗？"

"做任务。"秦苒在里面挑了几张纸。

看到秦苒把他好不容易排好序的内容弄乱，璟雯表弟把手里的烤肉塞到田潇潇手里，阻止秦苒："你别找了，等待会儿找到秦影帝他们，天天是技术宅，这种事还是让懂行的人来弄最好。我们先找到的任务地点，跟他们结盟，然后分享这个线索……"

"不行。"

璟雯表弟一愣："为什么？"

秦苒划拉出两张纸，看了一眼，然后走到NPC的显示屏面前，对着两张纸，输入一串乱七八糟的字母跟数字。她看也不看璟雯表弟，十分理直气壮："烤肉会冷。"

大概也就几分钟的时间，满是乱码的显示屏消失，出现了电脑的主页面，一个弹窗弹出来——"高级线索"。

秦苒看了一眼，然后拿出节目组提供的专用手机，把高级线索拍下来，就直接关掉这个页面，整个动作一气呵成。然后，她把手机塞回兜里，踢过来椅子跟桌子，让言昔把烤肉放下。

一行三人一边吃烤肉一边聊天，田潇潇建议再回去找几个"鬼"。

节目组设置了很多能进去的房间跟任务点，找对了就是任务点，找错了就会突然蹦出来个"鬼"吓人。

田潇潇十分热情地招呼璟雯表弟："你不来吃？等会儿烤肉要冷了。"

璟雯表弟还站在原地，田潇潇遗憾地转回了头，询问秦苒二人："言天王粉丝家的烤肉怎么样？我觉得很好吃，比A城那家十分火的网红店还要好吃。"

秦苒跷着二郎腿："还行，烤肉也要讲究天赋的。"

秦苒毫无负担地吃着，完全不知道导演组连盒饭都吃不下去了。

"那是给白天天树立人设设置的任务吧？"副导一手拿着筷子，一手按着耳麦，大声地对另一边的导演道，"秦苒她不是J大的学霸吗？这一期白天天又是个小透明？"

他们这一期，之所以能请这么多群演和这么多知名的"NPC"，完全是因为金主给力，面子又大，剧组请人特别容易。

导演组现在对秦苒完全没辙了。

导演也十分疲惫："她应该也没有其他技能了，白天天现在在说自己卡牌的事情，我们机会也给了，她自己没有把握住……"

导演关了耳麦，看着分屏上秦苒那一组……

秦影帝那一组固然精彩，但是对比秦苒这一组，就真的不够看了。秦苒这一组完全就是开挂一样，到哪个任务点，哪个任务点的高级线索就要丢，按照这个情况，今天又要提前收工……

这边，秦苒三人终于吃完烤肉，田潇潇还给璟雯表弟留了小半罐。

之前一直叨叨的璟雯表弟，出了这个任务点之后，一句话都不说了。

“你没事吧，兄弟？”田潇潇懒懒地拍拍璟雯表弟的肩膀。

她不知道秦苒刚刚那操作有什么问题，她甚至都不知道刚刚那是什么任务，只是跟着秦苒连魏大师、秦修尘都见过了，还跟言昔称兄道弟。

她现在的心理承受能力非常人能比。

璟雯表弟抬头，张了张嘴，好半晌，还是没说话，只是目光复杂地看着秦苒的背影。

四人很快又到了另一个任务点，这次言昔拿下了一个高级线索，高级线索加在一起有三张了。秦苒拿在一起拼了拼，还差一张。

他们一行人继续往前走，准备找到一个任务点就停下，却遇到在路口饭店的秦修尘等人。

秦修尘他们还没吃饭，他们四个人非常守规矩、守台本地走到节目组的午饭任务点。

不过，璟雯还在跟老板讨价还价。

“你们还没吃？”秦苒一行人慢悠悠地走过来，抬头看饭店。

饭店上写着折扣——

《九州游》大师级九折。

宗师级七折。

至尊一级五折。

满星免费。

吃完需要洗盘子付尾款。

璟雯在跟老板商量洗盘子的事，想少洗一点。

看到三个开挂体质的人跟秦修尘会合了，导演组又觉得十分不安：“言昔他们不会搞事情吧？”

副导这次迟疑了一下：“饭店老板我们之前沟通过，他只是一个游戏迷，不是里面任何一人的狂热粉。”

不少网红店都喜欢弄这种活动，签名换烤肉的事情应该不会再发生。

秦修尘在看菜单，听到秦苒的声音，他偏过头，深色的瞳眸微亮：“还没，刚找到饭店，这里吃饭要用洗盘子换，不过可以打折，你跟我们一起吃吧。”

说着，秦修尘往旁边退了一步。

“不用。”秦苒饶有兴致地看了饭店一眼，这家饭店完全是按照《九州游》的卡牌建造的，最中央还摆设了三张神牌，神牌下面有五道黑影，“我们刚吃了点烤肉。”

璟雯表弟手上还抱着罐子，往白天天那边走。

秦苒跟言昔三人也进来看这家店的装潢设施，饭店桌椅不多，场地却非常大，有很多仿《九州游》的副本内容。

“我完全没辙了，洗两个盘子一块钱，这里的料理贵得要命，吃完我们要洗几百个盘子，导演组怎么这么能搞事。”璟雯说着，也看到了秦苒，“苒苒，一起吃吧，吃完一起洗盘子。”

老板坐在椅子上，老神在在，一副不打折的样儿。

璟雯表弟拿着一罐子烤肉，就去看坐在饭店电脑面前的白天天，他愣了一下，然后大声吼道：“表姐，天天是至尊一星，是不是可以打五折？！”

几个摄影师都连忙对准白天天的方向。

饭店老板是一个三十岁左右的男人，这个角度只能看到他的侧脸，能看出来他对明星艺人都没兴趣，听到璟雯表弟的声音，他“腾”地站起来。

走到白天天坐着的电脑边，确认等级跟记录之后，他的态度变得热情得多：“确实是至尊一星，不过要打一场排位赛，才能确认这号是你自己的。”

众所周知，至尊一星跟至尊一星也有区别的，有单排到至尊一星能打职业的狂魔，也有一路躺赢三排、五排上来的水货。单排一星跟水到一星天差地别，不过能到至尊一星，也足以证明自己的实力。

此时，所有人都围过来，摄像头360度无死角。

白天天这个战绩确实是她自己打的，她也不虚，脊背挺得笔直，直接拿着鼠标点开排位赛。

玩《九州游》的人很多，纵使是至尊一星，也是一秒钟就排到了人。

一进游戏就是选卡牌的环节。

白天天左边四栏显示着一排人物卡牌——

地牌（齐）

人牌（齐）

天牌（齐）

神牌（0）

“竟然所有卡牌都齐了……”饭店老板也惊叹一声，几张天牌要通过顶级副本才能拿到，一般一个区很少有人能凑齐天牌。

白天天像是毫不在意地笑着，然后选了三张天牌打了一把排位。她的至尊一星不是自己单排的，也没到职业赛的水准，但她也确实是有手速，有至尊意识的。

一场排位赛打了半个小时，在场的基本上都是玩过游戏的人，半个小时看得都不腻。

不过，白天天这边有个坑，半个小时之后还是输了。

在场的人难免遗憾，不过确定了白天天没有代打，饭店老板的表情就更好了，给秦影帝等人打了五折。

“天天，你也太厉害了吧，竟然排到了至尊，天牌还是齐的！”璟雯表弟如同一个炮仗喋喋不休，“我连宗师都没有打上去！”

“确实好厉害。”田潇潇压低声音，在秦苒耳边道，“我玩了三年，游戏账号都满级了，还是个菜鸟。”

秦苒道：“你也很厉害。”

璟雯接过饭店老板递来的菜单：“没错，辛苦天天了，忙了一上午，我给你们点些好吃的补补……”

说着说着，她没了声。

这里随便一碗菜都要六十元以上，他们四个人，随便点两个菜，加上饭最便宜的也要两百块钱，需要洗四百个盘子，打个折，两百个，堆在一起一桌子都放不下……

已经预想到自己要洗一个小时盘子，璟雯面无表情地看了眼老板：“你们一年都不洗碗的？”

话是这么说，璟雯还是忍痛点了两个菜。

这家店卖这么贵不是没有理由的，除了装潢，菜色香味俱全。

璟雯点了一盘青菜，还有一盘水煮肉，水煮肉上漂着一层辣椒，端出来的时候，香气扑鼻。

秦苒记得这盘水煮肉一百二十块，比恩御的看起来好吃很多。

“你们还饿吗？”秦苒忽然看向身侧的言昔等人。

言昔想了想：“有一点。”然后背对着摄影师，“但是好贵。”

“没事，还饿就吃。”秦苒坐到了秦修尘对面的桌子上，然后拿起菜单随意点了两个大菜，又把菜单扔给田潇潇和言昔，跷着二郎腿，下巴微抬，“随意点。”

说完，秦苒还点了一壶二百块的茶。

看她这样，田潇潇就伸手点了一个六百六十六的佛跳墙。

言昔点了五百八十八的海鲜。

一边抱着罐子，还没吃完烤肉的璟雯表弟差点跪下，他欲哭无泪地看向几人：“我们不会要洗盘子洗到晚上吧？”

“没事。”田潇潇好心地安慰他，“你问问老板能拿得出来两千个脏盘子吗？我们吃完赊账，等节目录完了自己付钱。”

对面桌子上的璟雯：“还可以这样吗？”

她忽然看向桌上的菜单。

导演组欲哭无泪，失策！！

一直面无表情地看着秦苒等人的老板，嘴角终于抽了一下。

秦苒还盛情地邀请秦修尘跟璟雯一起吃。

“没有两千个盘子，但饭店所有的脏盘子肯定要我们洗。”璟雯喝了一口汤，元气终于恢复了，“我们到时候一起洗。”

秦修尘慢条斯理地拿着筷子，他看着秦苒的手指，沉吟了一下：“到时候我帮你洗。”

秦苒吃着水煮肉，她看了秦修尘一眼，然后漫不经心地给他倒了一杯茶：“不急，慢慢吃。”

一行人不急不缓地吃着，导演组已经失去了灵魂。

导演拿着耳麦，咬牙切齿地看着分屏：“去给我找脏盘子，没有两千也要找出来个七八百的，他们不是喜欢洗盘子吗？让他们洗！”

一行人慢悠悠地吃饭，饭桌上还聊起了人生。

导演组承认……好像，也非常有爆点。

秦苒这个胆子大的，竟然敢问秦修尘什么时候结婚。

整个娱乐圈都没人敢这么问秦修尘问题。

最重要的是……秦修尘还一一回答了。

问完秦修尘，秦苒还问了言昔是不是单身，让他多出去走走，别老待在家里写歌。

导演看着分屏，忽然觉得自己刚刚让秦苒洗八百个盘子太过分了。

就这一顿饭，让他倒贴十万他都愿意……

“秦影帝谈结婚”

“言昔自爆女朋友”

两个圈子里的顶级流量，每一个都分分钟上热搜头条，一不小心还能让系统瘫痪。节目火遍全网，指日可待。

“导演，我们找到了八百个盘子。”工作人员拿着手机，过来找导演。

导演回头看着工作人员，有些迟疑。而分镜头中，秦苒等人一顿饭已经吃完。

饭店老板看着秦苒，伸手算了算钱，头也没抬：“两桌加起来一共两千三百块，打五折一千一百五十块，去后厨洗盘子。”

秦修尘跟璟雯等人都脱了外套，一行人跃跃欲试准备去洗盘子。

“等等。”秦苒忽然看向老板，她问了个问题，“你这里也是任务点吧？”

饭店老板瞥她一眼：“隐藏任务。”

秦苒拉住要去洗碗的言昔的衣领，眉目散漫：“稍微等等，我也有折扣。”

璟雯表弟看到秦苒往电脑边走，一愣，折扣？

秦苒坐到电脑面前，打开了游戏图标，输入了账号

一行人看到她似乎是要登录游戏，璟雯捏了捏自己的手指：“小苒苒，已经是最低五折了……”

她一句话刚说完，秦苒已经按了“Enter”键，账号信息出来——

QR。

账号等级：至尊（二十星）。

右上角加好友的标识999+。

很快，屏幕上又弹出来一个邀请框——“您的好友OST杨非邀请您排位竞技场”。

秦苒顿了一下，她仗着手速快，面无表情地直接点了叉，下一秒——“您的好友OST杨非邀请您排位竞技场”。

两个超神级别电竞选手在线飙手速，旁边的一行人还没从至尊二十星中回过神，又沦陷在神仙手速中。

一直对游戏没太大兴趣的秦修尘很清楚地看到自家小侄女很不耐烦地点开好友列表，找到杨非的名字，直接拉黑。

好友列表都是在线状态，《九州游》的好友是按照等级来排名的。

大家能看到她的好友从上到下的排名——

CJ（至尊二十星）

OST杨非（至尊二十星）

OST易纪明（至尊十一星）

……

第一面只能看到二十个好友，秦苒速度快，他们只能看到前面两三个账号。如果此时有暂停键，他们一定能看到，秦苒第一面的好友列表里没有一个低于至尊段位！

懂游戏的田潇潇没了声音。

璟雯表弟也没了声音。

白天天直接愣在秦苒身后。

玩《九州游》的，没人不知道OST战队杨非，这个每年都会霸占游戏首页的神人，在微博上的流量堪比一线明星。

战队其他人可能不认识，但杨非他们绝对认识！

看着好友页面的二十星……没人会觉得那是高仿……

毕竟打到二十星的都是职业选手级别的大神，到这种地步的谁还会去高仿……

秦苒拉黑之后，直接偏头看向站在她身后愣住的饭店老板，让他检查一下。

饭店老板没说话。

秦苒伸手敲敲桌子，挑眉："你检查一下。"

饭店老板还没有回过神来，他只是看着电脑最中间"一区"的标志："不……不用检查……"

秦苒点点头，直接点开了竞技场开始单排。

她二十星，排得有点慢，将近两分钟才排到人。

到选卡牌的页面，左边四栏——

地牌（齐）

人牌（齐）

天牌（齐）

神牌（9）

璟雯表弟看到这一栏："我眼睛瞎了？"

九张神牌？

时间短，他还没有想通。

秦苒看了看，上次送九班的人多制作了几张卡牌，还在背包里，她也没在意，直接选了三张攻击性的天牌，点了进入。

这个段位大家都非常谨慎，带的牌基本上有辅助，没人会带三张攻击牌。

看到秦苒的选牌，队友一开始就骂秦苒是掉分狗演员。

打到这个段位不容易，队友心态崩了。

两分钟后。

队友："大神，双排吗？"

七分钟后。

队友："大神，记得加好友！"

八分钟后，结束游戏。

至尊八分钟的屠杀游戏，游戏结束页面上，秦苒一个人 92% 的输出。

在场不太懂游戏的人也看得目不暇接，如果此时有弹幕、是直播，一定是大型屠粉现场！

秦苒直接退出账号，关掉页面，拉开椅子站起来，看向饭店老板，她抬起眸子："免单吗？"

饭店老板手有些颤抖，他看着秦苒，说不出话来：“我、我……”

去年魔都的那场比赛，是 OST 初代粉最难忘记的一场，比杨非一战成名的国际赛还要振奋人心。因为那场比赛多了一个叫 QR 的职业选手。

比完赛后，程隽把秦苒的名字又改回来了，但区服没有变，二十星没有变，游戏积分还摆在一区。单排狂魔依旧是单排狂魔。

一区的 QR 依旧只有那么一个，在场其他人可能会认不出来，但饭店老板却能认得出来。

他是为数不多的初代粉。

后来的粉丝可能不清楚，初代粉们却一直知道最先建立战队的是 QR，这个不知名的战队从城市赛打到了国际赛，并且获得了胜利，但是初代粉们却一直没看到在赛前要给大家一个惊喜的“QR”。

《九州游》改版了这么久，游戏里各大副本一直在增加，游戏卡牌也增加了很多，这个饭店内的装潢设施都是《九州游》最开始的样子。

饭店老板索性没有说话了，他摘了麦，直接回到柜台，从抽屉里拿出了一张任务卡，然后又拿出了一串钥匙，打开里面的一个柜子，从柜子里面拿出了一张照片递给秦苒。

不是特别新的照片，是五个人的合照。照片上有易纪明跟杨非，最中间是个扣着鸭舌帽看不清脸的女生。

饭店老板没让镜头拍到，直接翻到了背面，背面有四个人的签名。

当初杨非打完世界赛，他就要到了签名。

“快四年了。”饭店老板笑了笑，然后走到秦苒身边，故作轻松，“今天我是不是能凑齐了？”

秦苒一进店看到三张神牌时，她就认出来这是初代粉。她没说话，只是侧身看了摄影机一眼，语气漠然：“别过来。”

然后他走到饭店老板身边，拿起桌上的黑笔，签了个 QST 秦苒。

本来想要上前的摄影师们一个个愣是没敢上前，只敢站在远处拍远镜头。

导演组也终于回过神来，副导看着分屏，拍着桌子站起来，恨不得亲自出现在现场：“拍啊！全都给我把镜头对准他们，你们怎么都不拍！怕她干吗！上啊！㞞包！”

很好，节目成功地又要吸引一大拨 OST 战队的粉丝！副导恨不得亲自在现场操刀，将一万个镜头对准秦苒！

饭店，拿到签名的饭店老板连忙把签名照片放到了抽屉里，用钥匙锁上，导演组放在柜子上的静态摄影机什么也别想录到。

然后，饭店老板拿着一开始找出来的任务卡，递给秦苒：“秦……嗯，这是节目组的线索，这里是隐藏任务点，只要游戏等级能超过我就行。”

言昔看着店主，又看看秦苒，声线略显模糊地道：“我们还要洗碗吗？”

“洗什么碗？今天在场的全都不用洗碗，我请客！”饭店老板神清气爽的，还看向摄影师的方向，“你们也还没吃饭吧，饿吗？今天大家随便吃，节目组随便吃，敞开了吃！”

秦苒似乎又变成了之前那漫不经心的样儿，她低头翻着手上的高级线索，头也没抬：“别亏本。”

饭店老板连忙点头，又改口：“那给你们全都打五折！”

导演组一脸蒙。

秦修尘等人一脸蒙。

秦苒又从璟雯表弟那里拿过来其他三张高级线索，随意翻了一下。线索差不多齐了，她已经找出逃脱路线，然后抬了抬下巴：“走，我们出去。”

她走在前面，带他们离开。

秦修尘表面依旧沉着淡定：“你们线索都找够了？”

“四张高级线索，差不多了吧。”秦苒把任务卡都递给秦修尘，“你看看。”

璟雯原本也故作沉稳地过来，听到秦苒说集齐了四张“高级线索”时，她腿又忍不住软了一下。

节目组的线索分低、中、高三级。

他们找到的都是低级线索，至于中级线索很难，看看秦修尘那个射击就知道了——中级线索要八中四的红心，高级线索要八中八。这么远的距离，不脱靶就算好了，八中八，在璟影后眼里无异于登天难度，这是给奥运会射击选手准备的难度。

所以，高级线索在璟影后等人眼里几乎拿不到。

她走到秦修尘身边，看了看秦修尘手里的任务卡，朝上的一面全都写着“高级线索”，干脆就不说话了。

小镇疑点很多，但四张高级线索足以逃出。

下午两点半，节目组又提前收工，全员需要回去冷静一下。

他们是请了一个神仙吧？

酒店。

导演正忙着给田瀟瀟还有言昔准备房间，这是秦苒找过来的嘉宾，还是京协的人，自带光环。

“田瀟瀟的不用准备了。”秦苒拧开秦修尘经纪人递过来的保温杯，喝了一口。

“她今天就要走了？”导演紧张地开口。

秦修尘跟田潇潇都朝秦苒看过来。

秦苒摇头，喝完水，把盖子拧上：“她住我的屋。”

田潇潇一愣：“那你呢？”

“小陵接着录，我不住这儿。”秦苒将保温杯一握，往楼上走。

导演挤掉秦修尘跟在秦苒身后，听她这么一说，反而松了口气：“小陵的腿医生说要一个星期才好，录不了……”

“他好了。”秦苒不紧不慢地回。

“怎么可能？”导演不信，这才多久？

到了三楼，秦苒停在秦修尘的房门前，用脚踢了踢门。

“小陵腿还没好，我有钥匙……”秦修尘的经纪人往前走了一步。

他刚拿出钥匙，门却开了。秦陵手上还拿着游戏机，朝秦苒等人看了一眼，长卷的睫毛忽闪着：“姐姐，叔叔，你们回来了。”

然后他还往旁边退了两步，让他们进来。

秦苒没进去，只是靠着门，双手环胸，朝导演看过去，嘴边挂着漫不经心的笑：“看，他好了。”

不！他没好！

导演看着秦陵。

可对方腿脚利索得很……走路也利索得很……

几天前，秦陵腿肿得老高，节目组都看在眼里。跟组的医生检查了，说最少要休养四五天的时间才能下地。

这才两天……你为什么就好了？！

导演看着秦陵的脚，恨不得看出一个洞来。

“你今天下午就走？”秦修尘看向秦苒。

秦苒修长白皙的手指不经意地敲着保温杯，想了想，回：“也不是，后天早上七点走，我住镇口的一个院子，你们录完节目可以来找我。”

秦修尘知道秦苒似乎有朋友在这边，他没有深究，只是微微颔首：“好。”

秦苒回房间收拾自己的东西。

这边导演停留在秦修尘这里没走。

等秦修尘的经纪人关上了门，导演才幽幽地看向秦修尘：“你侄子的脚怎么这么快就好了？”

经纪人也不信邪地去检查了一下秦陵的脚，昨晚还有一点肿的脚脖子，这会儿全都消下去，看不出来之前受过伤。

“你今天做了什么？”经纪人匪夷所思地问秦陵。

秦修尘直接走到桌边，拿起桌上的一个白色瓶子，垂下眼睫，眼眸略略扫过咋呼着的经纪人跟导演，没说话。

他记得，这是昨天下午秦苒拿给秦陵的药……

璟雯房间。

璟雯表弟坐在椅子上，靠着椅背，膝盖上放着电脑，神色有些怔忪。

“咔嚓”一声，璟雯开门，跟经纪人一起进来：“没想到小苒苒这么快就要离开节目组，我还想明天早点收工。”她边低头翻着手机边道。

从导演那儿知道这个消息之后，璟雯就去找秦苒告别，顺便加了微信。

“她不是圈内人，没微博。”璟雯有些遗憾，“不然可以互粉。”

“她有微博。”璟雯表弟开口，忽然间又反应过来，坐直，“她不接着录了？！”

璟雯点头：“是啊，小陵脚好了……”

她还没说完，就见表弟一阵风似的跑出去了，“砰”的一声带上门。

“真是奇怪……”璟雯看着被表弟放在桌上的电脑，是《九州游》游戏页面。

上面显示着一个人的主页——

一区。胜率 100%。QR。

璟雯眯眼：“这不是小苒苒刚刚的账号吗？他怎么找到的？”

这边，秦苒已经收拾好了东西。

她的东西不多，就一个包，其他衣服都是之后程木送过来的，大部分没穿过，她把穿过的收起来，没穿过的留给了田潇潇。

田潇潇跟她的经纪人帮她收拾东西，之后跟秦修尘、言昔等人一起把她送到了楼下。

外面有蹲点的粉丝，秦苒没让他们送出去，就停在酒店门口。

她刚出门，璟雯表弟“噔噔噔”地从楼上跑下来：“你等等！”

秦苒把背包扔到身后，站在原地，抬了抬眸。

璟雯表弟气喘吁吁地追上了秦苒：“你是去年在魔都 OST 战队打比赛的那个 QR 吧？微博那个 qr ？我看你的手速还有你的打法跟她一模一样！”

他说的虽然是疑问句，但语气却很肯定。

“不，我不是。”秦苒往旁边走了一步，冷漠地开口。

璟雯表弟是个直男：“你是！你本来就是！”

一区二十星的单排记录，找不出来第二个人。还有刚刚八分钟的对战纪录，她的狂暴手法跟当初赛场上几乎差不多，魔都那场比赛就算不是 OST 的粉丝也一遍又一遍地看了好多遍，璟雯表弟怎么可能认不出来？

他声音很大。

秦苒直接把手边的黑色耳机戴上，一脸冷酷又没什么表情："我说不是就不是。"

临走的时候，她还瞥他一眼："别跟过来，小心揍你。"

她捏了捏手腕。

"你揍我你也是的，你本来就是的。"璟雯表弟跟着她继续往前走，喋喋不休。

走了两分钟，到路口，秦苒拿出鸭舌帽，扣在头上。

等在路口的程木耳朵灵敏，听了个大概，他立马走过来，左手反擒住璟雯表弟的双手，右手捂住璟雯表弟的嘴："秦小姐，你走吧。"

待秦苒进了小楼，看不到人影时，程木才松开手，木着一张脸看着璟雯表弟："你太吵了，本来是也变成了不是。"

等送走了璟雯表弟，程木回到小屋，听秦苒说秦陵脚好了，她不用继续录下去。

程木才恍恍惚惚的，觉得自己好像发现了程隽威逼顾西迟的真相……

小楼。

程隽坐在石桌边翻着一本书，一手不紧不慢地翻了一页纸，一手端着茶杯，他对面还摆着另一杯茶。

秦苒把背包随手扔到桌上，坐到程隽对面，拿起桌上摆的茶杯喝了一口。

程隽头也没抬，气定神闲地询问："不接着玩了？"

"不了。"秦苒把茶杯放下，手指支着下巴。

程隽放下书，坐在对面垂眸看了会儿，手指点着桌子："是因为碰到以前的粉丝？"

"你混到了现场？"秦苒抬眸，眉眼微挑，倒看不出来太大情绪，只用一双好看的杏眼看着他。

"我让江东叶转录了分屏……"程隽咳了一声，含混不清地开口，然后望着天。

秦苒看了他几秒，稍稍扬眉："你转录分屏干吗？"

程隽也忍不住笑了，他垂下眼眸，那双漆黑好看的眼睛微微弯着，认真又温柔，有些无奈地开口："你喜欢你那个叔叔？"不然也不会去帮他录节目。

"还行吧。"秦苒伸手敲着桌子，眉眼漫不经心的，"他对小陵挺好的。"

"我知道了。"程隽微微颔首，若有所思的。

秦苒伸手翻着手机，微信上江东叶不知道什么时候给她发了一条消息——

“你是在C市山城？”

秦苒懒洋洋的，伸手敲了个“嗯”字过去。

A城的江东叶猛地站起来，连文件也不签了，拉开椅子站起来，匆匆忙忙的，直接吩咐助理：“准备一张最快到C市的飞机票。”

今天去实验室找顾西迟的时候，江东叶才知道顾西迟两夜没睡，就是为了给程隽赶出一瓶实验用药，还寄到了C市。

能让程隽催的……江东叶只能想到秦苒。

又因为程隽让他转录分屏，江东叶一边往外面走，一边拿出手机给节目制片人打了电话。

“江总，明天的会议……”秘书拿着行程表。

江东叶头也没回道：“直接推了！”

秘书看着关上的电梯门，跟其他几个人面面相觑，江总这……究竟发生了什么事连明天的大会都能“鸽”？

C市山城酒店，摄影棚，副导跷着二郎腿，坐在椅子上哼歌。

外面有人进来，正是导演。

“你怎么这个表情？”看到导演进来，脸上的表情似乎不太好，副导扔过去一罐啤酒，“来，庆祝一下，你不会高兴傻了吧？”

导演摇头。

副导瞥他一眼，拉开啤酒拉环：“因为秦影帝的侄女不录了？其实也没事，这两天的素材够我们火出银河系，你也别太贪心，这种神仙……时间长了，我害怕。”他怕某天对方连他顶头上司都能请来。

哪个综艺节目能同时请到秦修尘跟言昔？不说两个人，光言昔一个……他们这辈子都请不到！还有OST、《九州游》的热度……

“不是。”导演吸了口气，忧心忡忡道，“我刚刚接到通知，节目组大老板明天早上到，他是不是不满意白天天的人设，所以来要我们删掉秦苒的镜头？”

这档综艺节目江氏砸了一堆钱，以至于节目组可以从第一期挥霍到最后一期，还能盘下整个镇子。

若只是财大气粗就算了，剧组有秦修尘、璟雯，甚至还出现了言昔，导演现在根本不愁拉不到赞助商。

关键是……不仅仅是钱的问题，按照江氏目前在A城的分量，江总一句话，他的这档节目被全网封杀也不是事儿。

为了白天天花费了这么大价钱，还疏通关系，可见江氏对白天天的看重。

眼下江氏的大老板还要亲自来。

导演拿着啤酒，眉心就没松过，不说秦影帝跟言昔，这两个人在娱乐圈举足轻重，若真的刻意删掉秦苒的镜头，他们第一个发难。就说他自己，也舍不得删去秦苒的一个镜头，他心里有种感觉……若是错过了这一次，就再也拍不到这样的镜头了！

“白天天那边情况怎么样？”副导本来优哉游哉的，听完，忍不住把啤酒罐捏瘪，站起来，“江氏的人这么过分吗？就前面两期而已，我们也按照剧本给白天天创造了机会，她自己把握不住，关秦苒什么事儿？！后面还有十期，还不够她立人设吗？！”

听完，导演幽幽地看了副导一眼：“有秦苒在前，后面就算有一百期，白天天也火不起来。”

她的人设跟秦苒撞车也就算了，还被秦苒甩了几百条街。偏偏秦苒什么也不做，仿佛看准了白天天要立什么人设一样，节目组设置的靶子也不去，设置的体力据点也不去……去的都是那些白天天要去的地点……

若不是因为台本在自己手里，导演组都觉得秦苒是不是故意针对白天天。

毕竟——在 J 大学霸面前立学霸人设？在二十星选手面前立技术宅人设？

疯了吧？！

正是因为如此，导演才担心江总是来删秦苒镜头的。毕竟这个节目最大的目的就是给白天天立人设。

秦苒这个开挂体质完全就像跟节目组杠上一样。

“白天天经纪人怎么说？”被导演一说，副导也想通了关键点。

导演摇头，眸色略深：“我刚刚跟他沟通过，说把物理题那个镜头删掉，还有……他好像很不喜欢那个田潇潇。”

娱乐圈就这么点事儿。

秦苒的镜头导演舍不得删，田潇潇也很出彩，但也不是不能删的。

白天天的经纪人说得那么直白，导演已经在商量剪田潇潇的镜头。

“待会儿跟田潇潇他们说一下，”导演敲着桌子，想了半天后，抿了抿唇，“让她明天不用录节目了。”

导演希望通过删减田潇潇的镜头能换来秦苒的镜头。

两个导演互相对视了一眼，连夜策划怎么才能在 boss 来临之前把秦苒的镜头保存得更多，连晚饭都没吃……

白天天的房间。

这两天因为秦苒的到来，白天天闹出了不少笑话。出道以来，她一直运气好到爆棚，在这个节目组，璟雯对她也非常好，微博还互关了。节目组工作人员也非常照顾她。

在昨天之前，她都以为自己会爆火。

直到秦苒来了……

白天天一直维持的人设，在秦苒面前崩了个彻底，还闹出了不小的笑话，今天好不容易又找到了机会拗人设，偏偏又被秦苒冲击得什么都不剩。

如同一个跳梁小丑。

经纪人跟助理敲门进来，然后关上门："天天，告诉你两个好消息。"

白天天此时正拿着手机刷微博："什么？"

"第一个好消息，导演跟我说了，因为节目组的疏忽，那道物理题弄错了，他们决定删掉物理题的镜头。"经纪人坐到她对面，笑眯眯地开口。

白天天抬头，心里确实惊喜："第二个呢？"

"秦陵的脚忽然间好了，所以秦苒明天不录节目了。"经纪人压低声音，激动地跟白天天道，"我就说了，你是锦鲤体质，要不然秦陵的脚怎么两天就好了？那天他的脚你也看到了吧？肿成那样，两天就好了，简直不合常理。"

甩掉田潇潇之后，经纪人的路越走越顺，他越发觉得，跟田潇潇解约是他人生中做得最对的一个决定。没了田潇潇，他的团队短期内上升了不止一个层次。

而曾经还有点资本的温姐，因为带了田潇潇，现在一落千丈，似乎连房租都快要付不起了，现在正在找廉价房租。

听完经纪人的话，白天天松了一口气，她低了低头："只是……田潇潇她……"

看她这样，经纪人也低头看了她的手机一眼，手机上是微博热搜页面，热搜前三都爆了——

"秦修尘言昔互关"

"秦修尘言昔共同关注田潇潇"

"田潇潇"

秦修尘关注的人多，他多关注了一人不奇怪。主要是言昔这个娱乐圈的奇葩，微博到现在只关注了十个人，现在突然多了两个，其中一个还是秦修尘，网友立马疯了。他们顺道爬到秦修尘和田潇潇那里，这个热搜就出来了。

田潇潇的微博，一下午时间疯狂涨了两百万粉丝。首页第一条微博有二十三万的评论，都在问这个小姐姐是谁。

现在白天天的一条微博最多也就一万的评论，看到田潇潇这样，她心底还是忍不住嫉妒。

"没事。"经纪人看了一眼，倒不太在意，"天天，你放心，她这个人有问题，要不了一两天就凉了。这热度只是一时的，你不一样。"

白天天现在也相信了自己的锦鲤体质，听着经纪人的话，她放心了些许。

与白天天房间的情况不同，田潇潇的房间却有些沉默。

田潇潇在收拾自己的东西。

“白天天上头有人。”温姐坐在椅子上，手里拿着一根香烟，“刚刚有工作人员告诉我，导演组连你们家秦苒的镜头都要剪。”

田潇潇抿唇，听到自己被要求离开剧组的时候，也没什么失落的表情，主要是习惯了自己的“非酋”体质。可听温姐说到秦苒，她却有些忍不住了。

“苒苒的镜头也被删了？”田潇潇把包扔到桌上，难掩怒气，“为什么？她不是秦影帝的侄女？！导演组也敢删？”

这两天秦苒在剧组工作人员这里也吸足了粉，一些听到些许情况的工作人员同情田潇潇跟秦苒，告诉了温姐她们被迫离开的事实。

“很简单的道理，白天天上头有人罩，那人还是连秦影帝都惹不起的。”温姐吐了道烟圈。

田潇潇抿唇，她加快了收拾行李的速度，十分内疚：“昨天还好好的，就是因为我来了吧？我没想到我会影响到秦苒，温姐，我们马上走。”

“我当初就应该听你的话，不应该来这里。”田潇潇后悔不迭，“温姐，我觉得我前经纪人说得对，我有霉运，回 A 城后我们解约吧。”

她带来的东西不多，就是秦苒留给她的东西很多，还给她留了一个行李箱，田潇潇将东西全都装在了行李箱里。

两人也不是什么大人物，没戴口罩，连夜离开了酒店。

路过镇口的时候，田潇潇看到秦苒住的小楼只停了一下，就直接离开，没敢去跟秦苒告别，见一面剧组就要删秦苒镜头，她怕再见一次，秦苒的镜头全没了。

与此同时，小楼。

秦苒跟程隽、程木坐在桌边吃饭。

今天的晚餐挺丰盛，秦苒看到摆在自己面前的水煮肉。

程隽放在一边的手机亮了一下，他随手拿过来，看了一眼，修长的指尖捏着筷子，慢吞吞地开口：“喂，你朋友走了。”

“谁走了？”秦苒夹了一片水煮肉，没抬头。

“那个拉小提琴的。”程隽不慌不忙地看着她，“是被剧组的人赶走的，现在正在镇口拦车。”

秦苒夹肉的手一顿，她抬头，看向程隽，眼眸眯起：“田潇潇？”

手机又响了一声，程隽低头一看：“哦，已经拦到车了。”

山路上。

正值十一月份，天气已经转冷，车窗是开着的，寒风刮进来，田潇潇不由得缩了一下肩膀。

她靠着后背，刚想睡觉，兜里的手机就响了，是秦苒。

田潇潇立马接起。

秦苒的声音听不出什么情绪，就说了两个字：“在哪儿？”

“我在车上，准备回 A 城。”田潇潇立马坐直，她微笑着，声音跟以往没什么差别，“其实，在来 C 市前我接了一个剧本，现在要赶回去拍戏，时间太紧了，就没跟你告别……”

说完，秦苒那边就“嗯”了一声，然后挂断了电话。

这时候，面包车终于启动了。

温姐没注意外面，只看了看田潇潇：“没跟秦苒说你被节目组赶出来了？”

“苒苒那种性格，不能跟她提。”田潇潇正了神色，“你别看她什么都不在意，但她记性好，什么都记在心里。我要是跟她提这件事，她一准就去找节目组。温姐，你也说了，那个上头来历大，连秦影帝都敢得罪，更何况秦苒？秦影帝……可是秦家人。”

早上五点，田潇潇跟温姐到达机场。机场管理严格，两人是七点的飞机，来这么早是为了过安检。

排队拿登机牌托运行李的时候，机场服务人员拿了两人的身份证看了一眼，然后微笑着打了一个电话。一分钟后，两个保安过来直接把两人带到了 VIP 贵宾室。

礼貌的机场工作人员还为她们送上了早餐和咖啡：“两位的航班已经在安排，十分钟后就能出发。”

机场的 VIP 贵宾室并不是头等舱乘客就可以待的，头等舱乘客有头等舱的接待室，VIP 贵宾室是机场为特定人员设置的，第一次进这样的 VIP 贵宾室，别说田潇潇，温姐都有些慌。

“这是什么情况？”温姐呆呆地开口。

田潇潇也是一脸蒙。

她低头看了眼手机，现在才五点，她们的机票是七点的，十分钟后出发？

十分钟后，机场的工作人员再度出现，礼貌又恭敬地把两人带到航空通道。走了两分钟，两人才到一架私人飞机上，除去驾驶座跟副驾驶座，只有四座，还有戴着耳机的驾驶员。

两人刚系好安全带飞机就启动了。

“潇潇，这是你朋友吗？”温姐有些骇然地看向田潇潇。

温姐比田潇潇年长，混娱乐圈的时间长久，知道得也更多，有私人飞机不奇怪，但私人飞机能停在千鸿机场，尤其在C市机场这种有限飞令的情况下嚣张地霸占客机飞行通道，这是什么人？

将近四十分钟，私人飞机飞到了两人熟悉的小镇，停在了一个院子里。

飞行员取下耳机，微笑着开口：“两位，到了。”

田潇潇跟温姐往外面一看，正是秦苒说过的她住的小阁楼。

两人面面相觑，下车就看到站在楼梯上的男人，对她们的到来没有丝毫意外，眉宇间雅致毓秀尽显：“上来吧，她正在吃早饭。”

他侧身，把两人带到楼上餐厅。

秦苒坐在餐厅椅子上，靠着椅背，手里还拿着牛奶，看到田潇潇二人，她抬了眉眼：“先吃饭。”

她看上去似乎跟平时没什么两样，但田潇潇总觉得有些可怕。

“我就知道肯定是你。”田潇潇没温姐想得多，她拉开椅子，想坐到秦苒左边，立马被温姐拉到了秦苒右边，“你找我回来干吗？”

“你跟节目组签了两天，没拍完。”秦苒咬了口焦黄的饼，漫不经心道。

田潇潇一愣，然后笑：“秦影帝跟你说了？我特地没跟秦影帝他们告别。节目组我能待一天就不错了，还跟秦影帝、言天王他们微博互关了。”

“今天的节目七点半开始录制，你们吃完早餐洗个澡收拾一下。”秦苒抬手看了看手机。

“苒苒，我真的不能拍。”话说到这份上了，田潇潇苦笑一声，“其实，我都已经连累到你了，节目组说了要删你的镜头。我这次来涨了几百万的粉已经很值了，你知道吗？”

看秦苒依旧自顾自吃着自己的饭，只“嗯”了一声，没特别大的情绪。

田潇潇有些着急了，她拿着筷子站起来：“我跟你说句实话，白天天肯定是节目组投资人要捧的，你别跟他们杠，别冲动，得罪不起的，因为我惹到他们也不值得……”

她正说着，程木从外面进来：“隽爷，秦小姐，江少在楼下。”

秦苒在吃饭，没理会。

“啪——”程隽随手把筷子往桌子上一扔，低敛着眉眼，声音温凉：“没空见他。”

程木在心里默默给江东叶点了根蜡，然后在桌上拿了一张饼，一边吃一边去楼下通知江东叶这个不幸的消息。

楼下，程木咬着饼，打开院子的门，看到站在门口，还穿着西装的江东叶，目光带着同情。

“怎么样？”看着程木的表情，江东叶心一下子就凉透了，俊美的脸有些扭曲，“不是，你还有心情吃饼？！你告诉我，我到底是怎么了？！”

江东叶刚刚才到小镇，听顾西迟说了秦苒、程隽都在这里，匆忙赶过来。

“往前两百米左转，再直走就到了你投资的节目组。”程木吞下一口饼，才不慌不忙地跟江东叶说了一句，“具体情况隽爷知道，我知道得不多，但都是因为你的节目组。”

江东叶想起秦苒问过两遍的“白天天”，他也不跟程木耗了，直接找到了节目组。

酒店里，导演跟副导一晚上没怎么睡，都在商量怎么让江东叶消火。

早上他们又忧心忡忡地坐在播放室，还没说上两句，外面的工作人员就连忙过来，面色大骇：“导演，江总来了！”

“这么早？”导演一看手机，才六点？这是连夜赶过来的？这么看重白天天？

他心下更慌，连忙站起来，跟副导往外走。

工作人员点头，严肃地开口：“江总脸色很黑，好像很生气……”

工作人员每说一句，导演跟副导心都要往下沉一点。

导演看了工作人员一眼：“你去把白天天叫下来。”

工作人员看了他一眼，就去楼上叫白天天。

这会儿虽然时间早，但大部分工作人员都起来了，几个人站在大厅噤若寒蝉，一句话也不敢说。

江东叶负手站在大厅中央，眸色冷冽，将导演跟副导扫一眼。他虽然在秦苒、顾西迟面前狗腿，但作为江氏一族唯一的继承人，气场不可小觑。

副导昨晚说得好听，这会儿低头看也不敢看江东叶。

导演顶住压力，将江东叶请到昨晚收拾出来的接待室：“江总，您请进。”

其他人都站在原地没敢开口，好半晌，等江东叶进去了，其他人才重重地松了一口气。

接待室内。

江东叶按着眉心，坐到沙发上：“节目组最近什么情况？”

导演恭恭敬敬地给江东叶倒了一杯茶，低着头，开口：“江总，您放心，白天天的事情我已经处理好了，物理题的镜头肯定会删掉。”

“白天天？”江东叶眉心紧锁。

导演估摸着他的语气，似乎越发冷漠，连忙道：“至于秦影帝的侄女的镜头，她的镜头能给节目组带来巨大的收益，您是投资人，肯定也要奔着受益去。但如果您真的不想要这些镜头，我们也可以删掉。”

昨晚导演列举了一系列收益，想要给江东叶看。但这时候江东叶这么不冷静，导演提都不敢提。

江东叶找到了一些苗头：“秦影帝的侄女？”

“对，昨晚我们跟录屏组已经商量过了，秦苒大多数镜头可以删，但言天王的不能，所以她还需要保留一些镜头，不然言天王那儿就没法解释……”导演匆匆忙忙地开口。

江东叶“砰”的一声摔了杯子，他抬眸看向导演，温暾的脸色瞬间僵硬：“再说一遍，你要删掉谁的镜头？”

江东叶的表情跟声音很不对劲。

导演抬头：“就、就是秦苒啊。”

江东叶不是傻瓜，但是他也万万没想到——这祖宗竟然闲得没事还来录节目了，不巧还正是他投资的节目，节目组还要删掉她的镜头……

但是让秦苒这么生气，肯定不是因为这种事，她对自己的镜头可能不在意，他抹了一下脸：“你们把白天天跟秦小姐的事情从头到尾跟我说一遍，一件事也不能漏。”

导演也震惊了一下，他注意到江东叶叫的竟然是……秦小姐？

事情峰回路转？

导演和副导对视了一眼，然后把秦陵、田潇潇、言昔，还有白天天的事情从头到尾详细地说了一遍。

“所以，你们把秦小姐请来的田潇潇赶出去了？”江东叶看了导演一眼，点点头，“很好。”

秦苒自带了秦修尘跟言昔的流量，要捧的田潇潇被导演组一句话都不说便赶出去了。

江东叶握紧了手机，站起身来，看了导演组一眼：“不想被封杀的话，赶紧站起来，安排接下来的事。”

“封……封杀？”导演张口。

江东叶冷笑，他疯狂地抓着脑袋：“别说你们，这件事处理不好，我都要凉。你们没事为什么要把那祖宗捧的人赶出去？她还是自带的流量捧人，活得不耐烦了？！”

江东叶懒得管呆愣在原地的两人，而是拿出手机，给顾西迟打了个电话。

两分钟后，顾西迟凉凉地回了一句：“今天录节目的地点发过来。”

江东叶一听，松了一口气，看起来秦苒还愿意搭理他，那就好。

他看了两个导演一眼："还愣着干吗？赶紧去准备今天的节目，田潇潇会参加，你们知道怎么做了？！"

副导反应过来，他比导演要傻一点："那捧白天天的剧本……"

"白天天？"江东叶已经知道江氏捧白天天，他也不回副导，直接给高层打了一个电话，眉眼敛起，"到底是哪个傻 × 要捧的白天天？"

高层这会儿才起床，被江东叶这一声怒吼，忽然清醒，他想起来这个人："江总，不是您亲自过问白天天的事情……"

"那是因为秦小姐提了她一句，我才问你们有没有这个人，你们给我自作聪明？"江东叶恨不得立刻出现在高层面前，揍得他亲妈都认不得他！

两个导演恍恍惚惚地听完好长一段对话，然后相互对视了一眼，原来……所有的一切都弄错了？

江氏捧白天天就是个乌龙？还是因为秦苒闹出来的乌龙？

也不等江东叶再说什么，导演立马上道地发誓："江总，我们一定会好好捧火田潇潇，将功赎罪！您放心！"

[第十一章]

今天苒姐
考虑好了吗

楼上。

白天天房间，经纪人激动得浑身颤抖："江总来了，导演让你下去接待。天天，你换件衣服，化个妆，我们赶紧下楼！"

"江总？"白天天正闭着眼睛，任由化妆师给她上妆，闻言，睫毛颤了一下。

"就是我们江总，听说导演连秦影帝都没叫，直接让你下去接待。"经纪人手指还在抖着，催促着白天天换衣服，"你穿好看一点，天天，你这次真的一步登天了。"

江氏，别说是娱乐圈，就算在整个A城，也能够得上金字塔顶端，当之无愧的娱乐圈霸主。

他们要捧的人，就没有捧不红的。

他们出品的节目，就没有被扣下的。

听到江总来了，白天天也忍不住了，她在江氏是见过江东叶的，对方高大俊美，温文尔雅，医生出身，还拿到了J大的经济学博士学位，最重要的，洁身自好，从来没有花边新闻……

娱乐圈排名第一的钻石王老五。

白天天连忙起身，她今天本来是要穿运动装走人设的，此时去换了件天蓝色裙子，为了避免不美观，她没穿外套，化好妆后，匆匆下楼。

今天的综艺节目依旧是七点半开始录。白天天化完妆换好衣服，下来已经是七点十分。

导演跟江东叶等人也刚下来。

白天天跟经纪人一眼就认出江东叶，两人往前走了一步。

脸色一直很差很冷的江东叶，看到他们二人似乎顿了顿，面色都变得温和起来，径直朝他们的方向走。

白天天紧张得身体都绷得很直，手抓着两边的裙子。

在江东叶距离她两步远时，她张了张嘴：“江……”

一句话还没说完，江东叶直接越过她，然后礼貌地跟刚从楼梯上走下来的秦修尘打招呼：“秦先生，您好。”

他还微微弯了腰，态度十分严谨，还带了些敬意。

还用了“您”？

秦修尘是认识江东叶的，但是两人不熟，尤其秦家退出了四大家族，论现在的地位，秦家甚至没有江家高，秦修尘手中更没有实权。就算是秦四爷，以现在江家在程家一脉火红的地位，江东叶都可以无视。

江东叶突然对自己这么尊敬……

秦修尘薄唇微抿，漆黑清亮的眸子略显疑惑，垂下眼睫遮住眸底的神色：“江总。”

他心底更是诧异，原来这个节目是江氏投资的，只是这种节目江东叶怎么会来？

秦修尘正诧异着，就见江东叶目光已经转向了他身后的秦陵。

“小陵，你脚好了吧？”江东叶又蹲下来，看了看秦陵的脚，“看来你顾哥的药依旧非常管用。”

“江大哥。”秦陵在校医室见过江东叶，与陆照影、江东叶等人都挺熟，抬头道，“你来找我姐姐的？”

江东叶含混不清道：“算是吧，节目快要录了，走吧。”

他带着秦陵等人一起往外走，却不知道，两人略显娴熟的对话，让大厅里除了导演以外的其他人十分震惊。

节目依旧是从酒店开始录的，璟雯也正好从楼上下来，看到这一幕，她忍不住走到秦修尘身边，压了压领子上的收音麦：“秦影帝，你们家小陵怎么会认识江总？”

秦修尘这会儿也不清楚情况，只抿唇，跟上去：“不清楚。”

一行人出去，只有白天天跟她经纪人还站在原地，还有一个摄影师。

十足的新人待遇。

以往白天天都是跟秦修尘一样的待遇，一直有五个专职摄影师跟拍，力保各个角度都有。

经纪人心下有些不安，他看着往摄影棚走的副导，连忙追上去，面色似乎挺恼怒，语气还带着质问：“你们不是说让天天接待江总……”

待在节目组这几天，经纪人发现导演组对他跟白天天很礼貌，以至于他的态度很强硬。

不然昨晚他也不会“内涵”田潇潇让节目组逼她离开。

这会儿跟副导说话，他理所当然地用上了之前的语气。哪想到，以往对他说话十分客气的副导，此时只是淡淡地看他一眼：“江总不用你们招待。”

“那天天的摄影师怎么回事，一个不够。”经纪人拧眉。

听到这句，副导瞥他一眼，似笑非笑地开口：“白天天的摄影师去拍别人了，当然，你们要觉得不够，可以不拍。”

副导说完，直接去了楼上。

经纪人往后退了一步，不敢多说，看到剧组的车真的要开走了，他连忙让白天天赶车。

白天天进入剧组以来，一直是专车待遇，此时却跟工作人员挤在一起，她还穿着露腿的裙子，十分不习惯。更重要的是，今天导演的态度，她只觉浑身被恐惧包围……

节目拍摄地点，秦苒跟田潇潇已经提前到了。

田潇潇下车，往四周看了看，这里是一处刚开发的风景区，看样子是个园林，只是全园封锁，没几个人。她还看到了节目牌子，意识到这是录节目的地点，她立马抓着秦苒要走：“苒苒，你怎么带我来这里？这儿是节目组的录制地点……”

她一抬头，就看到了节目组的车，她眼睛一瞪：“不好，苒苒，我们赶紧走，你不会真想得罪节目组背后的人吧？”

秦苒双手环胸，漠然地靠着一棵树，一动不动。

“唰——”节目组的面包车一辆辆停下。为首的车上下来一个穿着西装的男人，面容冷肃，气势凛然，他身后屁颠屁颠地跟着节目组导演，导演脸上带着恭敬又讨好的笑。

后面下来的秦修尘、璟雯等人都跟在那男人身后。

田潇潇朝那边一看，能让这些人这样对待的，应该就是温姐说的……节目组幕后 boss。

“苒苒，我们先……”田潇潇没想到秦苒这么刚，她完全拉不动。

田潇潇一句话还没说完，节目组幕后boss就朝这边过来。大boss脸上的冷硬严肃一扫而空，首先认错："秦小姐，让你久等了！"

江东叶目光在周围转了转，在节目现场看到一张凳子，他连忙搬过来，放到秦苒身边："你站得累不累，先坐。

"啊，你渴不渴，需不需要喝水？"

导演没想到冷硬的上司一瞬间变成了这样……

但导演也很快反应过来，连忙小跑到车上拿出干净的杯子跟水，刚要倒，就被江东叶一把抢了过去。

导演抬头，江东叶冷冷扫他一眼："你想干吗？"

江东叶一向识时务，本能的求生欲更是激发了他的速度，他的面色看起来有些狰狞。

导演被吓得松开手："江总，您……您请。"又立马往旁边退了三步。

导演脊背上更是不断有冷汗冒出来，一开始听江东叶叫"秦小姐"的时候，他还没这么惊恐，这会儿看到江东叶的态度他是着实惊骇了……

他原本以为江东叶那句"我都要凉"是危言耸听，眼下看江东叶这架势才知道绝对不是危言耸听。

导演意识到，如果秦苒真要计较……他们节目组除了秦修尘、秦陵以外的人包括江东叶都要凉……

A城这个圈子，尤其娱乐圈，所有人都走得战战兢兢，生怕自己一不小心就得罪了不该得罪的人。可导演没想到，他谨慎了大半辈子，最后竟然得罪了一个连江氏都得罪不起的！

一直以为秦苒就是秦修尘侄女的导演战战兢兢地回想这两天除了田潇潇，他有没有其他地方得罪了秦苒。

江东叶这才收回目光，去年跟顾西迟去M洲一趟，他也见识了不少世面。

不说程隽、程家现在在A城的地位，单论M洲彼岸庄园，把他跟顾西迟都吓崩溃的钻石大佬，江东叶现在都不想再回忆。

更别说那次擂台上秦苒跟唐轻打完之后，擂台上裂开的一条缝……

江东叶是发自内心地对秦苒表示深深的恐惧。

这次无意中似乎是真惹她生气了，连程隽都懒得理会他，更别说他知道秦苒是个脾气躁的，刚刚在休息室给顾西迟打电话的时候，顾西迟也不太想理会他……

江东叶仰了仰头，觉得不把几个大佬罩着的祖宗伺候好，自己回A城后离凉凉不远了。

想想那些年被程隽支配的恐惧，他在心底把手下的工作人员又骂了无数遍。

然后，他十分熟稔地倒完水，转身回去递给秦苒，这套用在顾西迟那里的动作他现在做起来也顺畅无比："秦小姐，你用着可还行，烫不烫，还是有些凉？"

见秦苒顿了几秒，终于接了杯子，江东叶长长地松了一口气。

他这才看向田潇潇，瞬间又变得温雅起来，脸上是恰到好处的歉意："你就是田小姐吧，抱歉，因为手下员工的问题，让你受惊了，都是个误会，接下来的节目……"

田潇潇一怔。

后面的话她没听下去，因为她现在确实受惊了。

江东叶看了看导演的方向，导演秒懂，朝余下的摄影师一挥手，余下的五个摄影师的镜头全都对准了田潇潇，一个不落。

秦苒也不是来耽误节目组拍摄进程的。这会儿已经七点半了，她就拿着杯子往旁边走了走，走出了田潇潇的镜头范围之外，让出了拍摄场地。

江东叶从昨天晚上一直绷着的神经这会儿终于缓过来。

"我就说怎么没看见潇潇，原来你提前过来了。"节目已经开始录制，璟雯也从震惊中回过神，她炉火纯青的演技再次成功地掩盖了脸上的表情，语气如常地跟田潇潇说话，并将其他几人成功带入了节目中。

言昔气定神闲地走过来，与昨天没什么两样地跟田潇潇打了招呼，还问她能不能把她的那首原创音乐发给他。

节目录制慢慢进入正轨。

秦修尘年少成名，在娱乐圈打拼这么多年什么大事没经历过？

他不动声色地看了眼江东叶的方向，江东叶跟秦苒认识他暂且不提，主要是——

以江家现在的地位，江东叶没必要对程家以外的其他人这样……

秦修尘自然也能想到，刚刚在酒店，江东叶之所以对他这般礼遇肯定是因为秦苒。

"秦影帝？"璟雯看向他，压了压收音麦，"你在想你侄女？"

秦修尘点头，精致的眉目微敛，喃喃自语："嗯，我在想她还能不能看上秦家……"

原本他以为让秦管家看到秦苒，秦苒可能还会回到秦家，或许还能把秦家拉回来。毕竟秦家虽然落魄，但也不是其他家族能比的。

而且，在A城混总要有个底牌，秦家虽然不强但也能做秦苒的后盾。现在，比起江家，他宁愿不让秦苒回秦家……

“什么？”璟雯没听清。

秦修尘摇头：“没事。”

他抬手，不紧不慢地接过璟雯递过来的任务卡，若有所思。

璟雯点点头，手还压着收音麦：“你侄女……有点怪啊。”

秦修尘扫她一眼，一顿：“你才怪！”

璟雯立刻换了个词：“我是说神秘，神秘，你说她一家被拐走的那些年，在外面都做了些什么？”

秦修尘低头看任务卡，不理会她。

江东叶落后秦苒一步，节目组开始拍摄，他才压低声音，问得小心翼翼：“秦小姐，我们回去吗？”

这件事可以过了吧？

秦苒把杯子放在节目组的桌上，深色的眸瞥他一眼，不冷不淡，这会儿才漫不经心地“嗯”了一声。

她刚侧了侧身，要从旁边绕过去。节目组拍外场的二十来个工作人员“唰”的一声，用平生从未有过的速度让开了一条宽阔的通道。

秦苒顿了一下。

行吧。

秦苒从让出来的通道往回走，众人的目光都不由自主地朝着两人的方向看过去。这才发现，不远处停了一辆黑色的车子。

江东叶先是拉开了后座的门，待秦苒进去了，这才坐到了副驾驶座。他刚坐进副驾驶座，就看到驾驶座上的程木嘴里叼着根棒棒糖，面无表情地看着他，还打了个招呼：“江少。”

江少……江少现在十分想跟他打一架。

拍摄现场。

看到那辆黑车开走了，导演这才抹了一把额头上不断沁出来的冷汗，让好几个摄像头对准田潇潇。节目录制中途的时候，导演还对田潇潇嘘寒问暖。

以往被节目组关怀的白天天，此时穿着齐膝裙，一双腿露在空气里，寒风袭来，她身上鸡皮疙瘩都起来了，可她丝毫不敢跟导演组提要回去的要求。

她怕自己回去了，今天就真的一点镜头都没有了。

白天天只是努力看向自己经纪人的方向，然而她的经纪人却一直怔怔地看着被众人围住的田潇潇，似乎没有发现她这里的状况。

一直觉得自己有锦鲤体质的白天天终于有些忍不住了。

她想破了脑袋，也没想到究竟哪里出了问题，田潇潇抱上大腿没错，但是跟她的锦鲤运气有什么关系？

今天节目组的气氛都跟以往不一样，连承受能力强大的秦修尘都难以避免。但也有两个人依旧与以往没什么两样，一是秦陵，他是秦苒的弟弟，其他人能接受。

第二个则是言昔，看到江东叶，他是除了秦陵之外唯一一个从头到尾不用演技就能保持淡定的人。

璟雯想想言昔跟秦苒的关系后，也不敢对言昔称兄道弟了，玩笑都不敢开得太过分。

节目组的人群中，秦修尘的经纪人忍不住找到了汪老大。

一直跟组的秦修尘的经纪人昨天就跟汪老大熟悉了，两人还交换了微信，知道秦修尘是秦苒的叔叔，汪老大对秦修尘的经纪人也十分礼貌。

“你们言天王也跟江总很熟吗？”经纪人看了汪老大一眼，询问。

汪老大摇头，直言不讳：“不熟。”

“那……”言昔这么淡定？真的跟网上传言的一样情商低？

汪老大似乎看透了经纪人的想法，想想秦修尘是秦苒的叔叔，不敢插科打诨，只道：“你知道我们言昔一路坦荡吧？”

经纪人点头：“对，因为言昔的粉丝多，还有神编曲，在乐坛影响力前所未有。”

神级编曲江山邑，在圈内神龙见首不见尾。

“对，神编曲。”汪老大抿了抿唇，压低声音，“不少歌手总是花大代价查我们江山老大，知道为什么没人能成功吗？”

经纪人觉得自己发现了娱乐圈的顶级机密，凑过头，小心翼翼道：“你说。”

“因为她是云光财团的人。”汪老大看着他，静静开口。

没见到秦苒之前，汪老大就知道江山邑是云光财团高层。毕竟言昔寄个东西都是直接转寄到云光财团，而秦苒要是不收退回来，还是云光财团的人眼巴巴地当作宝一样恭恭敬敬给送回来。

上次言昔寄出去的那个格莱美奖杯就是这样的结局，不过，言昔拒收了……

说起这个，汪老大觉得言昔有时候胆子挺大。

娱乐圈这种地方，就凭言昔的性格，背后没云光财团的运作，早八百年就凉了。

这件事言昔也清楚，所以看到江东叶才能面色如常。

听完汪老大的话，秦修尘的经纪人愣在原地。

江家虽强，但比起大佬级别的云光财团……

经纪人不由得望天，这确实没法比。

今天的综艺节目录完时，是下午五点，虽然比秦苒在的时候好一点，但也没好到哪里去，节目组想要的晚上夜游园林的效果没有出现……准备好的恐怖屋也没用上……

因为没有秦苒在，节目组甚至高兴地准备好了各种彩灯……

导演盯着屏幕上的秦陵，一句话都说不出来。

最后，还是副导安慰他："导演，你想想，他比他姐姐好多了！至少我们昨晚没费那么多脑细胞是不是？今天要是他姐姐上节目，我们连另外半个园林都走不到就要提前收工！"

听着副导的安慰，导演竟然觉得很有道理。

楼上，白天天已经洗完了澡，换了件衣服，身上还穿着件棉袄，不知是被冻了一天，还是因为其他原因，脸上没有一丝血色。

经纪人站在白天天身边，努力安抚着她："你的运气一直好，相信我，过几天就会没事的。"

他现在手底下没有其他艺人了，当初跟田潇潇解约之后，就专职带白天天。

现在白天天就是他的摇钱树，他必须稳住白天天的心态。

白天天被安抚了之后，经纪人才去楼下找了导演组，想要探探口风。

一个熟悉的工作人员带他去剪辑室，秦苒和田潇潇的事情内部几个工作人员知道得都差不多了。

"多年朋友，跟你透个底。"工作人员压低声音，"早点跟白天天解约吧，节目录完，她就要被冷藏了。"

"为什么？"白天天经纪人心底一骇，"节目组不是一直很捧天天吗？究竟出了什么问题？"

"捧她？"工作人员嗤笑一声，"那是因为底下工作人员弄错了。秦小姐是江总的朋友，也是田潇潇的朋友，知道田潇潇跟白天天早期的恩怨，就多问了江总一句白天天，后来底下的人就擅自揣测江总要捧白天天。"

经纪人抿唇，他表面上淡定，心里却已经翻江倒海，浑身血液倒流。

"后来你就知道了吧？节目组一开始就捧白天天，可惜人家田潇潇正主来了，导演竟然还把田潇潇赶出去了，拍白天天的马屁正好拍到了马腿上。要不然你觉得为什么江总大老远地赶来这个小镇？还不是为了给秦小姐道歉……”

工作人员有些八卦，最后还有些同情地看着经纪人：“田潇潇就是第一个江氏要捧到顶的人，这姑娘长得好看有辨识度，脾气又好，还是京协魏大师的记名弟子……她就算不是下一个秦影帝，也差不到哪里去，签到这样一个艺人，她的经纪人真是用了八辈子的运气。我记得你一开始是签田潇潇的吧？怎么突然跟田潇潇解约去签了白天天，运气也太差了吧？是不是那个温姐用什么逼你的？”

经纪人之前疑虑的一切现在都有了结果。

为什么会突然捧白天天，为什么叫白天天下来接待江总又不予理会，原来一切都是因为……捧错了人？

经纪人的脚步顿在了原地，极度的恐慌劈头盖脸地砸过来，如同阴云密布一样笼住了他。他也没有力气去找导演组理论，如同行尸走肉一般回到了白天天的房间。

一开始他跟田潇潇解约就是为了全心全力带火白天天，今天之前，他都十分庆幸当时跟田潇潇解约，不然也不会有现在的成就，直到刚刚工作人员的一番话……

小楼，程木正在收拾这几天用的一些东西。

江东叶回来后睡了一觉，现在终于活了过来，他坐在楼下的院子里：“明天一早就走？”

“对。”程木面无表情地把行李箱的拉链一拉，“早上五点半出发。”

江东叶腿微微搭着，翻了翻微信，然后点开顾西迟的头像给他转发了一条新闻——

《那些关于冰箱你不能不知道的事情……有些感谢再不说出来就晚了！》

“这么早？”江东叶见对方没回，就把手机放在桌上，他看了一眼楼上，然后压低了嗓音，“秦小姐没起床气？”

“还行吧，她现在收敛了很多。”程木想了想，然后回。

江东叶沉默了一下：“收……敛？”

江东叶默默给自己倒了一杯冷茶，灌了下去，他听得心又凉了一下。

门外，田潇潇跟温姐用了一天的时间录完节目回来找秦苒。

秦苒在楼上，田潇潇跟程木等人打了个招呼就去楼上了。

温姐作为经纪人社交手段自然是有的，没过一会儿就打听到程木的姓氏。

田潇潇跟秦苒说完话下来，就看到僵在楼下的温姐。

“你没事吧？”田潇潇询问，温姐知道江东叶的时候都淡定得很，怎么现在这副样子？

温姐摇了摇头，跟着田潇潇出去。等走出小楼一百米之后，温姐才重重地松了一口气。

田潇潇微微侧头：“温姐，你到底怎么了？”

“你知道今天送我们来的那个司机姓什么吗？”温姐恍恍惚惚的，看着身后的小楼，也没等田潇潇回答，一字一顿地道，“他姓程。”

程家C市的基地，程木来查询情况。

二堂主正在清点货物跟人员，明天七点之前要到达机场，大部分货物跟人马都清点齐全，只剩下一小队人马。

那是程饶瀚安插在C市的人马，也是这一次的核心人物，二堂主知道，到时候机场若是出了什么麻烦，程饶瀚可能会出面挽回局面。

即便程隽到时候犯下大错，有程饶瀚挽回局面，货物也不会损失很多，更不会给程家造成损伤。

所以那天他才把消息发给程饶瀚。

二堂主预想到了这一切，却没预想到，程饶瀚竟然不愿意给程隽收拾残局，狠到直接把他分队的人分割出来。

二堂主捏了捏眉心，找来分队队长。

“二堂主，我们家大少爷又不是做慈善的。”分队队长似笑非笑地看了二堂主一眼，“三少爷自己惹的祸让他自己去兜，我们大少爷可不掺和。”

“这是程家整体的利益，大少爷他……”程家现在分化严重，程饶瀚早就已经开始拉拢人才了。二堂主是程家一直保持中立的一派，程饶瀚派了自己的心腹分队队长私下来C市找二堂主，二堂主都没有答应。

“C市也是二堂主你努力积蓄了好几年的势力，你要不想因为三少爷的胡作非为让你的势力缩水一半，可以脱离三少爷这次的任务组，跟我们一起，大少爷保证让你的人和货物完好无缺地回到A城。”分队队长气定神闲地开口。

跟程饶瀚的人一起走，就表明站了队，二堂主一生忠于程老爷子，这一点他做不到。

他决心要用程隽这次错误的行动来叫醒程老爷子，只是程饶瀚的举动在他意料之外……

二堂主失魂落魄地坐在椅子上，一直被当成背景的程木像是置身事外，程木还非常淡定地喝了一杯茶："我要先回去了，秦小姐还有事找我，二堂主你明天要准时到。"

见程木这么淡定，二堂主心中一动，他希冀地看向程木："三少他疏通关卡了？"

程木一脸茫然："什么关卡？"

二堂主的心仿佛瞬间落入冰窖："不疏通关卡，我们人、物都过不了检……"

"怎么会？有隽爷在，那些东西都可以当作不存在。"程木正色。

程家三少是个傻的，连他的手下都是傻的……

分队队长看着一脸淡定的程木，不由得嗤笑一声，还当这里是A城？所有人都会看程家太子爷的脸色？就算是在A城，你也过不了检，更别说是在C市了。

当作不存在？你能怎么当作不存在？当机场背后的人不存在？

分队队长看了程木一眼，讥讽地笑了。

他也懒得听下去了，既然二堂主不听他的劝说，他便不再劝说，直接离开了书房。

程木也喝完了茶，他把茶杯放下，等分队队长关上了门，他才看了二堂主一眼："记得，明天七点起飞，你的手下、物品要准时到达我给的地点。"

程木第一次这么严肃，二堂主也有些被他震到了，下意识地点头。

等程木也离开之后，二堂主的手下才过来询问，他忧心忡忡的："二堂主，明天真要带所有兄弟跟货物一起去吗……大少爷不帮忙，我们会不会全折在那里？"

若全折在那里，对二堂主来说是极大的损失，他回到程家本家就几乎没了势力。

二堂主还在思索，也在纠结，目光正好碰到程木刚刚喝过的茶杯。

他忽然整个人一顿，连忙站起来拿过程木喝的茶杯。

"哗啦——"茶杯立马掉在桌上，碎成了几片。

什么样的力道能不动声色地把茶杯捏成这样？

二堂主回想着程木说过的话，他一拍桌子，想了好半晌，话语笃定："明天早上去机场！"

门外，程木一出来，就低头面无表情地发消息给秦苒——

"秦小姐，我为什么不能当着他的面把杯子捏碎？其实，我还能捏得更碎！我偷偷地捏碎了，但他会不会不知道那是我捏碎的？我是不是白捏了？"

秦苒不理会他。

程木很着急，又去问程金。

程金只回了他一串省略号。

他让程木闭嘴。

翌日，早上五点。

秦苒、程隽这一行人出发，江东叶跟他们一起回去。

一下楼，他们就看到停在院子中央的私人飞机。

江东叶看了眼程隽:“隽爷,不要告诉我,这个就是我们今天的交通工具……”

程隽把秦苒的箱子递给程木，听到江东叶的话，他漫不经心地看了江东叶一眼：“你不喜欢飞机可以不坐。”

江东叶连忙否决：“当然不是，只是我记得各大城市都有限飞令，我怕我们会被拘留，这种事我们在A城干就够了，在C市会不会太张扬了？”

听完，程隽看了他一眼。

江东叶主动理解了他的意思：这也叫张扬？

江东叶心情复杂地跟着程木一起上了私人飞机，一路上战战兢兢怕被炸下来，没想到四十分钟后安然无恙地到达了机场，江东叶也是恍恍惚惚。

“你们隽爷什么时候拿到了飞行令？”江东叶抹了一把脸，看向程木。

程木更加惊讶：“飞行令是什么？”

江东叶观察了一下程木的脸色，发现他是真不知道，才眯着眼看程隽离开的方向，他怎么觉得这次来C市，哪哪都不对劲？

机场服务人员先带着江东叶跟程木去了乘机通道，跟普通的乘机通道不太一样……

机场服务人员并没有检查江东叶的行李……也没办登机牌……

江东叶心底一惊，他刚想询问机场服务人员，却看到程木十分镇定，还礼貌地把自己的东西递给了空姐，让她去办托运，似乎习以为常。

“江少，你怎么了？”程木看了江东叶一眼。

本来想说话的江东叶选择闭嘴，也没有再问什么，而是跟程木一起故作镇定地去登机：“没什么。”

机场物检一区，程隽还在慢悠悠地排队买奶茶。

这个时间点机场的人不少，程隽前面有十几个人。

“我们先去找你那个堂主吧。”机场人多，秦苒没排队，就站在程隽身侧，不由得往下压了压帽子，“六点半了，待会儿他们赶不上飞机了。”

“够的。”程隽一手插在兜里，懒懒地收回了看奶茶的目光，“他们不会有多少人的。”

他又一算，清冷好看的眼眸稍稍眯了眯，不紧不慢地开口：“大概也就二堂主跟他的心腹，大约二三十个人，留十分钟给他们就行，放心。”

程隽也守时，他说七点，自然不会让人多等。

秦苒顿了一下，抬头望了望他：“你还算过？”

“自然。”前面一个人走了，程隽往前挪了一步，见秦苒不知在想什么，还顿在原地，他伸手把人拽过来，“我大哥的人会在里面作梗。”

秦苒“哦”了一声，她看了一眼前面的人，算了下时间，他们要买到奶茶，距离七点差不多只剩十分钟。

她不由得仰了仰头，叹气：“隽爷。”

程隽瞄她一眼：“说。”

“我不想喝了。”

两分钟后，两人到达物检一区内部。二堂主跟手下一行人正在里面，烦躁不安。

程木昨晚特意提醒了七点出发，所以他们五点就来了。毕竟他们有不少东西要经过例检，这么多人一个小时过检的话肯定不够。

然而，他们五点就来了，等到了六点半也没看到程隽跟程木的影子。

“二堂主，三少说七点出发，到现在都还没有检查的动静，他们到底知不知道流程？”二堂主的属下看着入口的地方，等了一个多小时，他已经烦躁了。

五点过检，他们这么多人时间勉强够，现在距离七点只有半个小时，程隽和程木连个人影都没有……

二堂主也在想，自己是不是被程木忽悠了，还是昨晚他误会了什么？

看着二堂主的样子，属下不由得看了他一眼:“二堂主，不说我们的物检问题，三少有给你登机信息吗？登机牌有发给你吗？”

这些东西……

二堂主昨晚脑子一热只看到程木的手段，确实没有考虑到这些，不由得张了张嘴。

属下看到二堂主这样，面面相觑。

其中一人拿着自己的身份证去不远处的自助机上刷了刷，什么登机信息都没有。

他茫然地转头看了看二堂主：“二堂主，我没有登机信息，你漏报了我的名字吗？”

“怎么可能？”名单是二堂主一一核对的。

他拿着自己的身份证去刷了一下信息资料，上面的乘机信息也是一片空白。

三少根本就没帮他们安排飞机？

二堂主不太相信，他拿着身份证去外面找了服务台，服务台的服务人员拿着他的身份证查了一下，然后看着二堂主，语气严肃又带着怀疑：“你说你们还有一堆人在一区？”

“你等等。”服务人员立马打了电话，叫了一队保安过来。

本来就不安地等在一区的手下看到二堂主竟然一脸颓丧地带着保安过来了，一个个大惊失色。

保安已然把这里当成了重点对象，拿着对讲机把门口封锁起来。

二堂主看着这些保安，脑子晕晕的，他侧身看着属下脸上的失望与丧气，有些后悔昨晚的武断了。他自己无所谓，可要知道是这样的情况，他不会让这些手下跟货物一起来……

“二堂主，三少呢？程木呢？你给他们打电话！”二堂主的心腹低声提醒。

二堂主拿起手机，苦笑一声，内心沉甸甸的，这时候打电话给程隽也不靠谱……

他刚打开通讯录，看着上面“大少爷”三个字，内心挣扎的时候——

门口正好传来一道清冽的声音：“就这里？”

程隽“嗯”了一声，然后懒洋洋地抬眸看了看一区，他早算好了大概有二十八个人，此时一抬眼却看到几百个人。

他一顿。

二堂主等人也下意识地抬头。

二堂主等了好半晌，终于等到了程隽。

他看了看程隽背后，没带机场的任何高层人员，心里“咯噔”一声——仿佛坠入冰窖。

C市的势力都是二堂主一点一点带出来的，原本是因为对程木和程隽抱有希望，觉得程木如果有这样的实力，或许他可以信任程老爷子的眼光……

“三少爷，我们赶紧撤回。”二堂主看了看程隽，眸色微沉，“能挽回多少损失算多少……”

程隽收回了看人群的目光，微怔之后，慢吞吞地拿出手机，长睫垂下，掩住了眸底的神色，似乎是发了一条消息出去。对于二堂主的话，他似乎没听见。

二堂主看到程隽依旧慢悠悠的，而程隽背后，刚刚那个保安按了一下呼叫机，门口处一大堆保安带着工具，呼啦啦地进来了。

二堂主好不容易冷静下来的脸又开始龟裂：“三少爷，C 市不是我们的地盘，机场背后是一个巨大的势力，我们在别人的地盘上发展势力，运送他们严令禁止的货物，如果他们强制扣下，老爷子也没有办法……”

这样大的势力，确实让人恐惧。

一开始程老爷子吩咐程隽来的时候二堂主就担心程隽不了解，此时看起来程隽确实不熟悉流程。

他这么说着，程隽却依旧没什么反应，只是看着二堂主左边的方向。

“三少！”二堂主看着那些穿着制服的保安，想想这次对程家、对一群忠心耿耿的手下们造成的损失，他恨不得当场自缢，早知道如此，就算提前投奔了程饶瀚也比现在这个情况好。

就在二堂主内心愧疚自责的时候，他身后忽然传来一道弱弱的声音：“二堂主……他们走了，门也开了……”

二堂主朝那个方向看过去，正是程隽刚刚看的方向，一直紧闭的通道大门打开了。

与此同时，刚刚进来的保安们像是受到了什么指示一样，也全都出去了……

这是什么情况？

二堂主和一行手下看着那个登机通道面面相觑。

“进去吧。”程隽抬手看了看手机上的时间，六点四十分，时间差不多，看着没有动作的二堂主等人，他又说，“七点准时起飞。”

二堂主一行人立马动作。

没有登机牌，也没有进行各项检查，没有任何风吹草动，就这么进去？

刚刚保安也毫无预兆地离开。

二堂主不由得回头，程隽跟他身侧的女生已经出去了，从头到尾没有多说一句，也没有用言语拉拢他们。

“二堂主，三少爷他怎么做到的？”手下拿着单子核对。

二堂主抿唇，他侧头看了手下一眼，面色沉吟着，程老爷子身体越来越差，看来是到了要站队的时候了……

外面，程隽看了看时间，还剩二十分钟，有一个航班已经开始登机，这时候排队买奶茶的人少了。

他又抓着秦苒去排队。

一路沉默。

这次排了五分钟就买到了，程隽接过奶茶，又拿着手机刷了钱，把吸管扎进去，递给秦苒。他微微蹙眉，深色的眼瞳盯着她，一动不动。

秦苒接过来，收回目光："走了，登机了。"

"你走什么。"程隽就跟在她身后一步远，离得很近，双手环胸，似乎想通了什么，他轻轻笑了一声，"程木应该没那个脑子能让他们那么多人今天来这儿。"

秦苒知道程隽跟程家的关系很玄妙，除了他初次出现在校医室那么诡异的地点，秦苒查过他一次，挖出来不少……

但后来就没有动手查他背后的事了。

他似乎对程家没什么归属感，跟程温如、程饶瀚两人年纪差距也大，似乎什么事业都不关心，什么事也不管。但他对程温如的事又很上心，甚至煞费心机地拉着她开了一家公司。

至于程家……

他看似不在意，但这次为了二堂主这边的势力，却是动用不小的财力，前后谋划了不少。

偏偏二堂主一行人优柔寡断，不太像是懂事的，浪费他的苦心。

她也没做什么，就让程木捏碎了一个杯子。

秦苒咬着吸管，抬头看天，空着的右手堵住了右耳。

程隽就十分耐心地把她堵住右耳的手拿下来："你昨天让程木做了什么？"

秦苒终于侧头，看了他一眼，两字箴言："闭嘴。"

她还叼着吸管，手上漫不经心地拿着奶茶，机场的灯光一向亮，恣意的眉宇笼罩着一层雪光，颜色明艳，忽明忽暗。

程隽原本没想多说，知道这人耐性不好，一望，手却顿了一下，心里也不知道是什么感觉，只微微俯下身，从身后拢住了她。

他那双好看漂亮的眼睫垂着，低敛的眸色挺认真："苒姐，我能再问一个问题吗？"

秦苒喝了口奶茶，听着他似乎很认真地在问她问题，就瞥他一眼，想了想，才允许他问："你问。"

机场广播这时候响起——

"前往A城的旅客请注意，您乘坐的MA7737次航班现在开始登机。请携带好您的随身物品，出示登机牌，由17号口登机……"

来往人多，声音很杂。

光影未明。

程隽低头看着她，长睫微颤，舒隽的眉眼垂着，漆黑漂亮的眼眸掩映着细碎的笑意："你现在找男朋友吗？"

不等秦苒回答，他又不紧不慢，声音压低，很有耐心地问："可以考虑一下我吗？"

机场人多，头顶还有广播的声音。

程隽第一次觉得，头顶的广播声音很烦。

他低着眸子，没半点儿回避，一瞬不瞬地盯着秦苒。

秦苒今天依旧穿着她平时常穿的卫衣，黑色，鬓发也漫不经心地垂在耳边，气质疏冷，从侧边看过去，能隐约看到清瘦细腻的线条。

程隽见她不回，收紧了手。

这个姿势太亲近了，说话时热气都能打到耳朵上，细细麻麻的犹如一阵细小的电流传到指尖。

秦苒睫毛颤了一下："你别靠太近。"

他抿起颜色略深的唇，雪色的姿容缱绻又笼着柔色，恍然不见平日里的清冷，语音低低的，又带着蛊惑的意味："那你考虑一下啊？"

头顶的广播，周边匆忙来往的人影都几乎变成了幻影。

秦苒看着程隽那张眉目似山水墨画一笔一画精心勾勒出来的脸……

她是那种看脸的人吗？

秦苒在心里想了一下，然后认命地低了低头……

——她是。

"那我考虑考虑。"她回。

机场人多，但两人样貌太过出色了，电视经过精修的图片上也少见两人这样的容色，一个就足以吸引路人的眼球，更别说两人在一起。

秦苒把卫衣的帽子拉上，遮了大半张脸："飞机要起飞了。"

"好。"程隽下巴擦过她的发丝，声音稍微有些轻慢，"那你考虑好了没？"

秦苒不说话。

程隽像拖着一只人形玩偶拖着秦苒，直到上了飞机，才有所收敛。

[第十二章]

再起风云

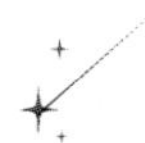

A 城，程家。

二堂主的手下在后面拉货物，二堂主先一步回程家本部复命。

最近两天程家不太安稳，程老爷子把 C 市那块肥肉给程隽的事情在程家已经传遍了。程家内部已经有传言，程隽在C市什么都没做，光陪着那位小女朋友玩。C 市那边的势力跟资产货物因为程隽的玩忽职守，少不得要缩水一半。

程饶瀚的心腹就在 C 市，程隽的一举一动没人比他们更清楚。程饶瀚今天特地没有出门，而是与其他堂主一起等在程家，等二堂主回来。

二堂主已经提前跟程老爷子报备了时间。一行人没等两分钟，就看到了二堂主，与大厅内所有人想象的颓丧之色不同，二堂主依旧精神奕奕。若真要说有什么不同，他似乎比以往更具气势。

程老爷子放下茶杯，一张苍老的脸容色肃然："三少爷呢？"

"三少爷陪秦小姐回学校了。"二堂主弯腰，恭敬地回答。

大厅里其他堂主一听，不由得面面相觑，程隽在程家不管事是出了名的，不过这一次有些过分了，连家主安排的事情都没有做好就又陪那个小丫头去了，果然还是美色害人。

"老爷子，三少爷太优柔寡断，注重儿女私情，程家继承人的三大名额他担不起。"一个眸色锐利、皮肤黝黑的中年男人开口。

程老爷子抿唇，提起这个，他脸上的神色淡了下来。

"这次 C 市的事情，三少爷太令人失望了。他固然聪明，但在大事上过于注重私人情绪。几年前您让他去基地带队，他带到一半就去学了医。这一次 C 市势力损失惨重，皆因他的不务正业，他心思不定，难以扛起程家大梁。"另一人站起来，拱手。

程饶瀚听着一行人的话，老神在在的，并不开口。

二堂主听到最后一个罪名，顿了顿，然后朝程老爷子禀告："家主，C 市的势力并没有损失惨重，三少爷已经成功归拢并收复到 A 城，快到程家了。"

"成功归拢？全到程家？二堂主果然是二堂主，短短三天之内就搞定了。"程饶瀚看着二堂主，明褒暗贬。

二堂主听出程饶瀚话里的嘲讽，他也不在意，只是严谨地开口："除了一小队人马，其他全员到齐。"

程饶瀚看着二堂主笃定、又不慌不忙的样子，搭在扶手上的手一顿。

他心知收到的情报是心腹给的，不会有半点差错，但……二堂主这稳重的态度却出乎他的意料之外……

二堂主的反应出乎程家所有人的意料，就算是程老爷子亲自去，没有十天时间，也难以把 C 市的势力全盘收复回 A 城。他们心里都知道，程隽根本就没有疏通那些关卡，二堂主如何能安全地把所有人马带到 A 城？

这二堂主是不是被程隽气傻了在做白日梦？

这时，程管家从门外进来："老爷，二堂主的人马已经回来了，在大院门口，等着您去清点。"

真的全回来了？

程饶瀚不相信，他抿着唇，沉着一张脸跟着老爷子一路往大院门口走。

大院是个校场，此时密密麻麻地站满了人，除了程饶瀚的那一小队人马，二堂主的人马一个不少。

刚刚在大厅还疯狂劝说程老爷子的几个堂主，此时面面相觑，皮肤黝黑的男人走到程饶瀚面前："大少爷，您说三少爷根本就没有疏通关卡？让我劝醒老爷子？您的'恩情'我记下了。"

程饶瀚哪里能想到，从来都不玩心计的程隽竟然也玩起了心计！

其他几个堂主虽然明面上不说，但因为这次的事件，对程饶瀚也颇有微词。

若程饶瀚提供的消息是真的，这对几大堂主来说很重要，可偏偏……程饶瀚提供的消息根本就是假的，这让几个堂主对程饶瀚有了个"不大气"的印象。

一行人身后，二堂主却在询问程管家程木的事情。

"程木？"程管家没想到二堂主竟然问起程木，"他跟他哥哥他们一起在特训营出身的。"

"特训营？"二堂主肃然起敬，"没想到 A 城的特训营这么厉害。"

"程木他只跟在三少身后。"程管家慢慢跟二堂主解释，"'金木水火土'似乎是三少爷小时候在外面捡到的，来历不清楚，一般不管程家的事，我们也只是见程木多一点。"

二堂主点点头，他一直知道程家本家很厉害，但没想到厉害成这样，随便一个特训营出身的人实力就这么强，瞬间对程管家发自内心地尊敬。

把二堂主送走，程管家才一头雾水地皱起眉头，这二堂主……真是奇了怪了。

这边。

秦苒跟程隽还在去云锦小区的路上，去了C市几天，临走的时候秦陵有东西要带给秦汉秋，而秦苒也要跟秦汉秋汇报一下秦陵的伤势没有太大问题。

两人到的时候，阿文不在，秦汉秋正坐在大厅的办公桌边，翻着一本文件。

“晚上在这儿吃饭吧？我上午刚好买了菜。”秦管家一向不允许秦汉秋做买菜或逛街这种事情，但秦汉秋一有机会就不会放过。

秦苒抬头扫了扫屋内的摆设，漫不经心地点头。

秦汉秋看她应了声，脸上喜意浮现，他又拿着文件去询问程隽。程隽就细致地把各个经济案例剖开来跟他讲，文件上这些晦涩烦琐的经济案例，被程隽引用了典故一说，让秦汉秋瞬间茅塞顿开。

尤其是……

秦汉秋看着程隽去厨房倒水的背影，不知道是不是错觉，这次小程好像对他更加礼貌了一点……

晚上在秦汉秋这里吃了饭，秦苒跟程隽才回亭澜。

两人刚走没多久，秦管家跟阿文就来给秦汉秋培训了。

“抱歉，二爷。”秦管家低头，“最近两天我们在忙着开发软件的工程，所以把你的培训都挪到了晚上。”

“没事，今天小程来过了，他已经教过我了。”秦汉秋把那份文件推到秦管家面前。

秦管家看着文件上秦汉秋留下的详细备注，还有条理清晰的建议，一愣，又是那个小程？

秦汉秋口中的秦苒的那个男朋友？

秦管家怔怔想着，也对，J大物理系的学生，能成为她的男朋友，一定也有过人之处。

他拿着秦汉秋备注过的文件出门，回到车上，忍不住给秦修尘打了一个电话。

秦修尘此时还在C市的酒店中，手机响起的时候，他正从浴室出来，穿着浴袍，白皙的指尖拢着衣领。

秦陵已经写完了今天的卷子，打开了电脑上的游戏。这几天他一直在玩秦修尘给他搜罗的游戏机，还是第一次在秦修尘面前玩秦苒给他下载的游戏，也没有避开秦修尘。

秦修尘一边拿着手机，一边随意地看向秦陵的方向，刚按下通话键，看到秦陵的动作，他的手忽然顿住，漂亮的黑色眼瞳中出现了惊愕之色……

秦修尘清清楚楚地看到秦陵点开一个游戏图标，然后轻车熟路地按下了一串代码。

电话已经接通，他却迟迟没有声音。

秦管家的声音还在那边询问：“六爷？您不在？”

“在。”秦修尘慢慢启唇，“管家，我这边有点事，待会儿回给你。”

他挂断了电话，走到秦陵身后，长睫垂着：“小陵，你在玩什么？”

“编程小游戏。”秦陵侧头看了秦修尘一眼，他对秦修尘没什么隐瞒，“叔叔你要玩吗？”

编程……小游戏？

秦修尘犹如玉色的手指压着手机，他在极力克制自己的情绪。他一直都以为秦陵只是喜欢玩游戏，还喜欢玩高难度的游戏，所以让工作室的人搜罗各种游戏给秦陵玩儿，有游戏机，也有益智游戏APP……从没想过他玩的是这些游戏。

“你继续玩，我看看。”秦修尘勉强压住了内心的惊骇。

秦陵犹疑地看了秦修尘一眼，然后坐直身体，继续敲击键盘，一行行代码输进去，他玩游戏入神后也就忘记了身边的人。他还拿出放在床头的书包，从里面拿出一本厚厚的《黑客入门》。

这书是秦苒列给他的书单上的其中一本，秦陵在网上搜过没有买到，后来秦苒自己给他拿过来了。秦苒列给他的那么多书中，秦陵最喜欢的就是这本。

他坐在位子上，因为记性好，他直接翻到自己需要的那一页，然后对照着程序编辑代码，在键盘上敲下一行行字符。他完全不知道，秦修尘站在他身后，站了许久才回过神来。

秦修尘没有在房间内打扰秦陵，而是穿了件外套，拿着手机走到外面，给秦管家回了电话。

“秦管家。”秦修尘找了个没人的走廊尽头，他看着窗外漫天的星火，一双漆黑的眼睛含着细碎的湿意，又似乎是笑了笑，“秦家有未来了。”

A城，坐在车内的秦管家猛地坐直，他很少见秦修尘这么失态的时候，除却老爷子死的那一次，他在娱乐圈再碰壁，秦修尘也没有露过怯态。

“未来？”秦管家心脏跳得很快。

秦修尘用另一只手遮着眼睛，他望着窗外，一字一顿地开口：“小陵。”

秦陵会编程的事情，秦修尘跟秦管家提了。

两人都沉默了好久，秦修尘才慎重地开口：“这件事要瞒好，培养好小陵前，不能透露一句，不然小陵处境危险。”

秦汉秋的存在秦四爷早就查到了，只是因为秦汉秋对秦四爷没有丝毫威胁，就算秦管家把他带到了秦家，秦汉秋也不能服众。

可秦陵不一样。

他现在才九岁，就对计算机领悟性这么高，天生就是秦家人，直接威胁秦四爷的地位，秦四爷那么狠辣的手段……

秦修尘握着手机的手一紧，他眸光一厉，不想再看到几十年前嫡系一脉全军覆没的场景，他现在唯一怕的就是护不住秦陵，甚至护不住秦苒……

手机那头的秦管家也没想到秦陵会有这么高的天赋。

他当初查秦汉秋消息时，只查到秦陵不认真学习，喜欢逃课打游戏，也不爱跟同龄人玩儿，十分自闭。所以接两人回来后，秦管家大部分注意力都放在很难扶起来的秦汉秋身上。

此时，听到秦修尘的话，他手指也忍不住抖着。

秦家……可以恢复二十年前嫡系一脉的盛世吗？

他不由得看向车窗外……

“你之前打电话给我是有什么事？”秦修尘暂且掩下内心翻涌的情绪，询问秦管家。

“我是想跟你说秦苒小姐的事情。”秦管家抿了抿唇，“不知道她愿不愿意回……”

“这件事你不用想。”秦修尘意识到秦管家想说什么，他直接打断，否决，“苒苒她现在情况很好，不需要回秦家。”

秦家现在是一个烂摊子，秦修尘不想因为秦家的事拖住秦苒，他无比地清楚，现在苟延残喘所剩无几的秦家是秦苒的拖累。

秦家就算要崛起，也要靠秦家人堂堂正正地崛起，而不是借着秦苒朋友的人脉施舍，这也是在消耗秦苒的朋友。

在听到秦陵的事情之前，秦管家觉得唯一能接管秦家的人可能就是秦苒。

此时一听秦修尘说起秦陵……秦管家对秦苒也就没那么执着，见秦修尘反对，他也就暂且歇了这个心思，现在最紧要的就是保护好秦陵。在秦陵有能力之前，不能让秦四爷发现他。

只是……秦管家想起秦汉秋嘴里的那个“小程”，他心里略显犹疑，光看秦汉秋的笔记，这个“小程”格局不小。

这边，秦修尘挂断了电话。

经纪人刚好从楼下上来，他给秦陵端了一盘时令水果：“您怎么在外面？”

房门没有关上，经纪人直接推开了门。

“跟秦管家打电话。”秦修尘收回手机，华美的脸上似乎有一层光。

他笑了笑，然后朝房间的方向走，看起来是有什么喜事。

经纪人把水果递给秦陵，瞥见秦修尘这样儿，诧异："这么开心？"

"好事儿。"不便跟经纪人说，秦修尘关了门，低头按着手机，慢慢思索秦陵的培养路线。

经纪人一进来，秦陵就换了个幼稚但经纪人又看不懂的游戏。

"言天王今天离开节目组了。"经纪人盯着秦陵吃完水果，才坐到秦修尘对面，"说起言天王跟江总……您不觉得您侄女有些不同寻常吗？"

秦修尘看他一眼，不紧不慢地给自己倒了一杯水，不答话。

"我原先以为您查不到她的地址，是因为她所在地闭塞。"经纪人压低了声音，"若是这样，'129 侦探所'没有收录，很有可能。但看现在的情况，您觉得是因为这个原因吗？"

再怎么，也不可能连秦苒的名字都收集不到。

秦修尘拿着杯子的手一顿。他看向经纪人，又看了眼秦陵的方向，没回。

经纪人却看着他，镇定地吐出两个字："忌惮。"

结合这两天秦苒在节目组的表现，除了忌惮，经纪人想不出来其他的词。

"您侄女跟言昔很熟。"经纪人往椅背上一靠，看着秦修尘的方向，"我也从汪老大那里得知，言昔背后是云光财团。"

"云光财团？"听到这一句，秦修尘眼眸才算有些波动。

"神级编曲江山邑是云光财团的人，我知道您对秦家有心结，您这个侄女是秦家关键点。"

秦苒的人脉，有些恐怖了。

秦修尘看着窗外，闻言，抿唇："她能混到今天，又容易到哪儿去。"

翌日，星期二，已经快到十一月中旬。

期中考试完，秦苒请了几天假之后，终于回到 J 大，步入新一轮学习。

物理系实验室地下二层，负责人在核对申请名单。

"今天申请书提交就要截止了，周校长那边最后一个保密协议跟申请书还没到吗？"负责人推了下眼镜，伸手整理手里的申请书，"是 J 大今年的新生王吧？"

四大家族和 J 大、A 大今年参加实验室考核的申请人都签了保密协议还有申请书，只剩下最后一个迟迟没有下来。

助理已经打电话确认过了，他看了负责人一眼，迟疑了一下："听说好像是请了两天假去 C 市玩了……"

"这个关头去 C 市玩？"负责人没想到会听到这个答案，他一愣，然后失笑，

“有时间？”对方手指搭着方向盘，嘴边笑意明显。

秦苒一顿，目光越过车，落到斜对面的咖啡馆：“对面吧。”

杨殊晏看了眼人来人往的对面，心底一丝诧异划过，却还是点头：“好。”

他把车停好。

在进咖啡馆的时候，秦苒已经选好了座位。看到秦苒选了人影喧嚣、靠近街道的玻璃窗边，杨殊晏脚步一顿，他垂下眼眸，两边的手动了动。

今天放假，咖啡馆的人多，大多是大学城的学生。

秦苒把围巾往上拉了拉，遮住了下巴。

杨殊晏点了杯咖啡，又点了杯奶茶给秦苒。东西上得快，他拿着勺子搅着咖啡，一双清朗的眸子看着秦苒，嘴角抿着笑意：“果然跟陆叔说的一样，苒苒，你变化很大。”

秦苒两只手捧着奶茶杯，透过玻璃窗去看马路边，没看到熟悉的车。她收回目光，抬眸，眉眼一如既往地轻佻：“财团出事了？”

一如既往，直奔主题。

“没，我只是看你的微信资料改了。”杨殊晏看向秦苒，澄澈的眸中映着她的倒影，“能走出来就好。”

秦苒一愣，没想到他还关注这件事，她拉下围巾，把围巾随意地挂在脖子上，抿了一口奶茶：“谢谢。”

“跟我用不着客气。”杨殊晏摇头，他靠着椅背看秦苒，清浅的眸光映着细碎的光影，“你应该都知道，我一直让你待在云光财团，没有让你卷入M洲。”

听到这一句，秦苒睫毛垂下，姣好的眼睛半眯着。

她漫不经心地应了一声，手支着下巴。

“我们在M洲过于复杂。”杨殊晏顿了顿，不知道想到什么，眸色变得有些淡，“有些人不知不觉就死在了贫民窟，找遍了整个M洲，或许连尸体都找不到。”

秦苒的语气听不出情绪，只是跷着二郎腿，朝他笑了笑：“那真可怜。”

“是可怜……”杨殊晏眼睫颤了颤，又抬头，恢复了以往温润如玉的眸色，“所以，你觉得你能应付吗？”

秦苒抬眸：“什么？”

“窗外的那个人，在M洲也不简单。”杨殊晏用小勺子搅着咖啡，眉眼温和，不经意地开口，朝她身侧的窗户看着，“你能应付吗？”

秦苒侧身，朝背后一看，一眼就看到站在对面的程隽，他眸色清清冷冷。

一直都淡定的秦苒握着奶茶杯的手紧了紧，精致的眉心微拧。

“符合你的审美。”杨殊晏看她的样子就知道了答案，轻声一笑。

秦苒一顿，看向他。

“出去吧，别让他等久了。”杨殊晏伸手把一边的奶茶盖子合上，看着她，眸色柔和。

秦苒拿着奶茶，起身跟他说了句再见，就出了咖啡馆。

刚离开一分钟，对面的椅子上又坐了一人。

陆知行摘下耳朵上的耳机，把手机放在桌上，看向杨殊晏：“杨先生，何必。”

认识这么多年，陆知行一直都知道杨殊晏很照顾秦苒。

杨殊晏收回目光，冷玉般的指尖握着咖啡勺子，闻言，敛眸，怅然：“不能再害死一个人。”

“嗯？”陆知行没听懂。

杨殊晏给咖啡加了糖，抿了一口，还是苦涩，他放下杯子：“走吧。”

没有解释。

咖啡馆外。

秦苒走到大街上，程隽依旧站在原地。

步行街来回穿梭的都是人影，他精致的眉眼懒懒散散的，透过人群望着她，身影修长，鹤立鸡群，与以往没什么两样。

秦苒走近，下意识地开口，抬头：“那……”

“我知道。”程隽低头，细密的睫毛垂下，覆盖了深色的瞳眸，把她围巾重新绕起来，“车还在路口。”

语气还是一贯的漫不经心。

秦苒跟在他身后，侧头看他一眼，走到街口的车边，看着他开副驾驶座的门，她低头喝了一口奶茶。

程隽等她上了车，才绕到驾驶座上。

秦苒右手拿着奶茶，左手系安全带，只感觉到他开了驾驶座那边的门，又“砰”的一声关上，她手中的安全带还没扣上，手就被程隽按住。

她下意识地抬头。

车就这么大，他倾身过来，更显得车内狭窄。程隽一手压着她的左手，另一只手将人揽得更近，鼻息交缠间，他笑：“苒姐，今天的你考虑好了吗？”

扣着她腰间的指尖紧了紧，程隽不等她回答，只低喃：“肯定考虑好了。”

他嘴角勾起，压低的声线是他惯有的懒散，又莫名带了丝低哑。

车厢内空气稀薄又干燥。

他近距离地凝视她，一双眼睛又黑又亮，温柔又认真，像是映着雪。

秦苒动了动左手，他按住她左手的手没太用力，稍微一翻转就能挣脱，她没说话，只是反手抓住他的手，像是回应。

程隽低眸，一双清眸看向秦苒，他没打算她现在能有什么回应。

真是……

要命……

程隽低了头……

亭澜。

程老爷子跟程温如挑了个秦苒不上课的时间来看秦苒，秦苒去找同学了，两人也不急，就坐在沙发上。

程温如靠着沙发，低头玩手机。

程老爷子就站在一边，询问程木最近秦苒的情况。

程木正在厨房泡茶，回答得很细致："秦小姐一直都在学习，基本上十二点后睡觉。"顿了顿，又开口，"吃饭都会看书。"

一听，程老爷子担忧地拧眉，叹气："她怎么这么刻苦？"

程管家看着老爷子，想起了还在云城时的秦苒……

他顿了一下，还是没有告诉老爷子实情，秦苒那时候除了打游戏就是不务正业，没事还会帮钱队他们追踪一下案件……

听程木口里这个这么努力的秦苒，程管家觉得有点儿玄幻……

秦小姐又要干吗？

正想着，玄关处传来声音，程管家一抬头，就看到秦苒跟程隽二人。

程隽懒洋洋地换鞋，散漫地跟老爷子打了个招呼。

程老爷子没有理会他，而是伸手理了理衣襟，看向秦苒，那张严肃的脸缓下来："最近学习累不累？下个星期想不想出去玩？温如，你喜欢有年代感的地方，邻省有个园林刚开发出来。"

秦苒取下脖子上的围巾，随手放到手边的沙发上。她算了算时间，歉意地看向程老爷子："短期内可能去不了，等我忙完。"

J 大实验室考核在即，徐校长跟宋律庭都这么注重，她也不能松散，需要准备很多东西。

"好。"程老爷子遗憾地点头，准备过段时间再来找秦苒玩。

程温如弯腰拿起水杯，看向秦苒，笑："别理我爸，你们院长有没有准备给你报明年三月份 J 大实验室的考核？"

"大小姐，你怎么现在就跟秦小姐说这个。"程管家一笑，他看向程温如，"秦小姐现在才刚进大一，你别给她这么大压力。"

当年程温如被普通考核考疯了的事情，程管家一直记着。

程隽指尖解开风衣的扣子，看向秦苒："你上楼看书。"

秦苒就礼貌地跟一行人打了招呼，拿了手机上楼，看书看视频。

等她的背影消失，程老爷子才坐好，接过程木从厨房倒过来的茶，听着程温如的话，程老爷子略显浑浊的眼睛眯着。

他跟程温如等人不一样，知道周山当初跟A大争秦苒，是冲着资源去的。秦苒那个资质，进实验室只是早晚的问题。

程老爷子捧着茶，瞥了程管家一眼："研究院不是才出了一个大二J大学生吗？我们得提早准备。"

程管家一怔。

谁前几天说的周校长过两年才让秦小姐进研究院的？这会儿话头就变了。

老爷子滤镜有点厚。

程老爷子说完，不紧不慢地喝了一口茶，这才看向程隽，脸依旧板着："怎么一直不回家？"

"没事情。"程隽脱下外套，坐到老爷子对面，靠着沙发，眸色浅淡。若是平日他肯定是不会解释的，今天似乎心情不错，还细细地跟老爷子解释了一句，"程家现在肯定很多人找我，我回去不方便。"

至于为什么不方便，程隽没继续往下说。

程老爷子却意会出来。

因为C市二堂主的事情，程隽在程家名声大噪，他一回去，程家找他的人多，拥护他的人会更多，所以他说不方便。

他把茶杯放下，抿唇看向程隽，眸子里浮起浅浅一层愠色："你应该比我更清楚，苒苒过几年肯定是要进研究院的。研究院早就不是纯粹的研究院了，多方势力混杂，研究成果被夺又被赶出研究院的，不止一个两个。那是徐家的地方，没人会听你程家三少的话，到时候，你能护得住？"

程隽头往后仰了仰，闻言，轻笑，有些气定神闲的："不劳费心。"

程老爷子："……"真想抽他。

临近晚饭，程老爷子跟程温如在这边蹭完晚饭，程老爷子又跟秦苒约好了下次再一起出去玩，才跟程温如一起回去。

身后，程隽看着老爷子跟程温如的背影。好半晌，他拿出手机，手机屏幕亮着。

若是秦苒此时在他身侧，一定能发现他手机页面停留在"129侦探所"的官方网站。

C市。

今天五点半，节目组又提前收工，节目组现在已经习以为常了。璟雯过来抱着秦陵狠狠亲了一口："你们姐弟俩果然都是大宝贝！"这才松开秦陵，心情愉悦地往楼上走。

回到房间，璟雯敷了个面膜。

放在桌上的手机响了一声，她接起，是她认识的一个圈内策划。

"您找我有事？"璟雯坐在电脑边的椅子上，把手机开了外音。

策划跟她打了招呼才说了正事："璟影后，你认识田潇潇吧？有件事我想请你帮个忙。"

策划主题曲还没有敲定，最近田潇潇上了热搜，她主页的纯音乐被圈内人发现，策划看中了这个音乐做主题曲，想要买下版权，稍加修改就能做他新电影的宣传曲。

主要田潇潇是一个新人，也不是什么歌手，买下版权不需要花多少钱，不用多花钱又能买下符合电影的主题曲，对于一个剧组来说最好不过。

但是田潇潇那边一直没有回应。

他看到璟雯跟田潇潇互关，就直接联系了璟雯。

策划跟璟雯只合作过一次，算是圈内比较有名气的，璟雯也想给田潇潇搭个线，敷完面膜就去找田潇潇说这件事。

田潇潇对璟雯、秦修尘等前辈一向尊敬，若是早些天璟雯找她，她可能就会把版权卖了，但经过言昔的提醒……

"璟影后，这个纯音乐我不卖版权。"田潇潇抱歉地看着璟雯。

身后，温姐用眼神示意田潇潇答应，眼睛都快抽风了。

璟雯没想到田潇潇不卖，她愣了一下，倒也尊重田潇潇的决定，跟田潇潇又说了几句之后，才离开。

等璟雯走后，温姐才看向田潇潇："你是傻的吗？先前十万就算了，现在五十万你也不卖？而且还是圈内制片人的电影，虽然是个文艺片，但卖出去对你之后也有不小的帮助……"

她还在劝说。

"这段纯音乐苒苒有帮我修改过，而且，言天王也不建议我卖掉。"田潇潇懒懒地抬头，咬了一口苹果。

听到秦苒跟言昔的名字，温姐一顿，立马改口："那就不卖了。"

顿了顿，温姐又坐在椅子上，看着吃苹果的田潇潇："为什么言天王会管你纯音乐的事……"

温姐低眸，思索秦苒跟言昔之间的关系，似乎有一条线出来，但太匪夷所思了……

楼下，秦陵跟秦修尘吃完饭一起回到房间，给秦陵授课的老师已经坐在桌边，桌上摆着电脑跟书。

老师讲解之后，秦陵就打开电脑。他看了秦陵一眼，然后压低声音，示意秦修尘跟他一起出去。

“您说。”秦修尘带上门，对秦陵的老师非常尊敬。

“小陵的天赋出乎我的意料之外，平生第一次见到，几乎都是一点就通。”秦陵的老师看着门的方向，口中忍不住赞叹，“最多再过一个月，我就没有什么新的东西可以教他的了，您要准备给他找一个新的老师。”

听完，秦修尘一愣。他预料到秦陵的天赋不错，但没想到老师对秦陵的评价这么高。

以前秦家还有不少技术大师，现在这些工程大师都投奔了秦四爷，秦修尘只能在外界找可信的人。

秦修尘能信任的人有限，再往上找，恐怕不得以要暴露秦陵了……他大肆找工程大师的消息，还有秦陵的消息总会暴露出来……

“谢谢老师。”秦修尘收拢思绪，开始思考一个月之后秦陵的问题。

综艺节目已经拍摄到一半，秦修尘之后的行程还没确定。

他低头看着手机，经纪人给他发了几部电影剧本，他伸手滑了滑，最后定在了 M 洲的一个剧本上，给经纪人回复了一句定下这个剧本。

秦修尘指尖按着手机，眸色低敛。

国内势力秦四爷能插手，M 洲呢？

秦修尘唇微抿，收起手机，回房间。

（未完待续）

《一万次心动 5》预计 2021 年 3 月预售!